KB239794

WILLIAM IRISH

환상의 여인

윌리엄 아이리시 / 최운권 옮김

해문출판사

환상의 여인

이 소설에 등장하는 인물은 모두 가공이다.
현재 생존해 있거나 고인(故人)이 된 사람과
이름이든 그 밖의 어느 것이든 비슷한 점이 있다면
그것은 순전히 우연의 일치이다.

1. 사형집행 전 150일

오후 6시

밤은 젊고 그도 젊었다. 하지만 밤의 공기는 달콤한데 비해 그의 기분은 씁쓸했다. 벌레라도 씹은 듯이 잔뜩 찌푸린 그의 표정은 상당히 떨어진 거리에서도 느낄 수 있었다. 그늘에 가득차 있고, 때로는 몇 시간이나 가슴에 뿌리박혀서 도무지 풀리지 않는 그런 처치곤란한 울분이었다. 그것은 또 주위의 모든 것과 완전히 동떨어져 있어서 매우 보기 흉한 느낌이 들었다. 주위 일대의 정경 중에서 그것만이 불협화음을 내고 있었다.

5월의 이 초저녁은 데이트하기에 알맞은 날씨였다. 거리의 반은 삼십대 이전의 남자들이 머리를 가지런하게 빗질하여 단정하게 매만지고선, 지갑을 두둑하게 채우고서 데이트 약속에 늦지 않으려고 발걸음도 가볍게 들떠서 외출하는 시간. 그리고 거리의 다른 반은 역시 삼십대 이전의 여자들이 얼굴에 분을 바르고, 소중히 간직해 두었던 단벌 나들이옷으로 한껏 멋을 부리고 똑같은 약속에 시간을 맞추려고 정신없이 달려가는 시간이었다. 어디를 봐도 이 거리의 모든 것이 밀회를 향하고 있었다. 길 모퉁이, 레스토랑, 술집, 약국 앞, 호텔 로비, 보석 상점의 시계 아래, 그 밖의 어디를 가도 누군가가 누군가를 기다리지 않는 장소는 없다고 해도 과언이 아닐 정도였다. 이런 식으로, 매우 낡긴 했지만 또한 가장 신선하기도 한 옛날 그대로의 방식이 변함없이 반복되는 것이다. "정말 미안해! 많이 기다렸어?" "오늘밤 당신은 정말 멋져요. 어디로 갈 거예요?"

서쪽 하늘은 주홍색을 바른 듯이 붉고——이것도 역시 데이트 때문에 치장을 한 것일까——두 개의 별이 다이아몬드처럼 저녁을 장식하고 있었다. 거리를 따라서 네온이 빛나기 시작하며, 오늘밤의 모든 게 다 그런 것처럼 길가는 사람들에게 추파를 보내고 있었다. 택시의 경적이 요란하게 울려퍼지며 모두가 한꺼번에 어딘가로 나가려 하고 있었다. 공기도 단순한 공기가 아니고, 코티 향수를 듬뿍 담은 샴페인을 흩뿌려놓은 듯했다. 멍하니 있자니 그것은 머릿속까지 스며들어왔다. 아니, 심장 속까지도.

그는 떨떠름한 표정을 얼굴에 띠고서 주위 분위기를 엉망으로 만들며 걷고 있었다. 도대체 무엇 때문에 저렇게 불쾌한 얼굴을 하고 있는 걸까 하고 사람들은 이상하다는 듯이 흘끗 쳐다보고는 지나쳤다. 신체에 이상이 있을 리는 없다. 저 정도로 빨리 걷는 걸 보면 두말할 것도 없이 건강체일 것이다. 주머니 사정 탓도 아니리라. 값비싼 옷을 어색하지 않게 입고 있는 모습은 도무지 벼락부자라고는 생각할 수 없었다. 나이 탓도 아니다. 삼십은 넘었다고 해도 기껏해야 몇 개월이지, 몇 년까지 갈 정도의 차이는 아니었다. 얼굴도 저렇게 찡그리지만 않는다면 멋있는 남자로 보일 것 같았다. 찡그린 모습을 자세히 살펴보면 그것을 충분히 짐작할 수 있었다.

누가 싸움을 걸어 오면 기꺼이 받아들이겠다는 듯한 눈매, 활처럼 아래로 구부러진 입가, 말발굽을 코 아래에 붙여놓은 것 같은 표정으로 그는 성큼성큼 걷고 있었다. 아무렇게나 팔에 걸친 코트가 걸을 때마다 위아래로 흔들렸다. 몹시 뒤로 눌러쓴 모자는 나중에 고쳐쓸 생각도 없이 홱 잡아당기기라도 한 듯이 엉뚱한 곳이 움푹 패어 있었다. 보도를 밟는 구두에서 불꽃이 튀지 않는 것은 밑창이 고무이기 때문이라고밖에 생각할 수 없었다.

그러다가 어느 술집에 들어가긴 했지만 애초부터 그곳에 들어갈 작정으로 걸어왔던 것은 아니었다. 그 술집 앞에까지 와서 갑자기 발을 멈춘 것이 가장 좋은 증거였다. 그 동작은 글쎄 뭐라고 하면 좋을까──마치 한쪽 바지 자락이 다리에 휘감겨 갑자기 걸을 수 없게 된 듯한 그런 느낌이었다. 머리 위에서 점멸하는 네온사인이 마침 지나는 길을 비추어주지 않았더라면 그는 그런 술집이 있다는 것조차 깨닫지 못했을 것이다. 제라늄 같은 진홍색의 네온에는 '안젤모'라고 적혀 있고, 마치 토마토 케첩을 병째 모조리 부어놓은 것처럼 보도를 완전히 붉게 물들이고 있었다.

너무도 갑자기 멈춰서는 바람에 휘청거린 그는 술집 안으로 천천히 들어갔다. 그곳은 보도에서 층계를 서너 칸 올라간, 좁고 길며 천정이 낮은 술집이었다. 안은 넓지 않았으며, 또 그때는 붐비지도 않았다. 눈이 편안해지는 장소였다. 은은한 호박색 조명이 위쪽을 향하고 있었다. 좌우의 벽을 낮게 도려내고, 안을 향해서 테이블이 나란히 놓여 있었다. 테이블 쪽으로는 눈길 한번 주지 않고 그는 안쪽의 카운터로 곧바로 걸어갔다. 안쪽 벽을 등에 지고 반원형의 카운터가 술집 입구 쪽을 노려보고 있었다. 카운터에 어떤 손님이 먼저 와 있는지, 아니 애초부터 사람이 없었는지 어떤지조차도 그의 안중에는 없었다. 높은 의자 하나에 코트를 팽개쳐놓고 그 위에 모자를 얹은 다음 그 옆의 의자에 앉았다. 오늘밤은 이곳으로 정했다는 듯한 그런 태도였다. 어렴풋이 하얀 윗도리가 고개를 숙인 그의 시야 위로 다가와서, "어서 오십시오." 하고 인사했다.

"스카치. 그리고 물을 조금." 하고 그는 말했다. "물은 아주 조금이면 돼."

위스키 잔은 비어 가도 물에는 손도 대지 않고 그냥 놔두었다. 처음 앉을 때 오른쪽에 마른 안주를 담은 접시가 있다는 것을 무의식중에 본 모양이다.

그는 아주 똑바로 앞을 보고 앉은 채로 그쪽으로 손을 뻗었다. 그렇지만 그의 손에 닿은 것은 불에 구워 모양이 뒤틀어진 게 아니라 매끈매끈한 것이었다. 그것이 갑자기 움직였다. 그는 그곳을 바라보며 뻗었던 손을 다시 거둬들였다. 다른 사람의 손이 한 발 앞서 접시 안으로 손을 뻗었던 것이다. "미안합니다." 하고 그는 말했다. "먼저 드시지요."

그는 또다시 얼굴을 정면으로 되돌리고는 자신의 마음속으로 젖어들어갔다. 그리고 나서 다시 한 번 고개를 돌려 새삼스럽게 여인을 바라보았다. 변함없이 침울하고 뭔가 값을 매기는 듯한 시선이었다. 그녀의 모자는 좀 특이해 보였다. 호박과 매우 흡사하게 생겼다. 모양과 크기만이 아니고 색깔마저 비슷했다. 타는 듯한 오렌지빛을 띠고 있어서, 그 강렬함에 눈이 아플 지경이었다. 그 모자는 마치 가든 파티의 낮게 매달아놓은 초롱불같이 카운터를 밝게 비춰 주고 있었다. 모자 한가운데에는 얇고 기다란 새 깃털 하나가 곤충의 더듬이처럼 곤두서 있었다. 이런 기묘한 모자를 쓰고 태연하게 앉아 있을 수 있는 여자는 아마 천 명에 한 명 정도나 될까? 하지만 그녀는 그런 것을 쓰고도 아무렇지도 않게 앉아 있는 것이었다. 언뜻 보아서는 사람을 놀라게 하는 것 같지만 아주 정상적인 여성이었으며, 우스꽝스러운 면은 어디에도 없었다. 모자 이외의 복장은 잘 조화된 검정 일색이어서, 등대와 같은 모자에 비하면 화려한 면은 없었다. 그 모자는 아마 그녀에게 있어서 자유의 상징 같은 것이리라. '내가 이 모자를 쓰고 있을 때는 조심하세요! 무슨 일을 저지를지 몰라요!'──마치 이렇게 말하고 있는 것 같았다.

그 동안 죽 그녀는 마른 안주를 씹으면서 그의 시선을 무시하려고 애쓰는 듯했다. 이윽고 입을 멈췄는데, 그것은 남에게 주시당하고 있다는 것을 깨달았다는 걸 나타내는 증거였다. 그는 의자에서 일어나 그녀의 곁으로 다가갔다. 그녀는 귀를 빌려주려는 듯이 약간 고개를 기울었다.

그 모습은 이렇게 말하는 듯했다. '할 이야기가 있다면 부담없이 하세요. 다만, 대답을 할지 안할지는 이야기의 내용에 따라서 결정해 보겠어요.'

그가 말하려고 한 내용은 실로 간단명료하고 솔직한, "무슨 약속이라도 있습니까?"라는 것이었다.

"있다면 있고, 없다면 없을 수도 있지요……" 그녀는 순수하게 대답했다. 결코 상대를 부추기는 듯한 그런 말투는 아니었다. 미소도 보이지 않고, 또 어떤 의미에서는 상대방에게 기회를 주는 듯한 태도도 나타내 보이지 않았다. 품위 있는 말씨나 태도로 보아 값싼 여자가 아니라는 것은 분명했다.

그의 태도에서도 바람둥이 같은 점은 조금도 보이지 않았다. 별다른 속셈이 없는 순수한 어조로, "약속이 있으시다면 그렇다고 하시죠. 폐를 끼치고 싶지는 않으니까."하고 말했다.

"귀찮다고는 생각지 않아요, 지금까지의 일을." 그녀는 자신의 마음을 충분히 나타내며 말했다. '내 마음은 아직 어떻게 하고 싶다고 결정하지 않았어요.'라고.

그의 시선은 카운터 위쪽에서 자기를 내려다보고 있는 벽시계로 향했다. "6시 10분이군요."

그녀도 시계를 쳐다보며, "그렇군요." 하고 대수롭지 않게 대답했다.

그 사이에 그는 지갑을 꺼내어 그 속에서 작고 네모난 봉투를 꺼냈다. 그리고는 그것을 벌려서 연어색을 띤 가늘고 긴 표를 두 장 꺼내어 펼치며 말했다. "여기에 '카지노 극장'의 쇼 특석표가 두 장 있습니다. AA열의 통로 쪽 좌석인데, 어떻습니까, 함께 가지 않겠습니까?"

"꽤 급하시군요." 여인은 표에서 그의 얼굴 쪽으로 시선을 돌렸다.

"서두르지 않을 수 없지요." 그는 또다시 불쾌한 모습으로 되돌아갔다. 여인에게는 눈도 주지 않고 분노를 띤 표정으로 표를 쳐다보고 있었다. "만일, 약속이 있다면 그렇다고 말씀해 주십시오. 다른 상대를 찾아볼 테니까."

여인의 눈에 언뜻 호기심 어린 빛이 스치고 지나갔다. "그 표는 꼭 사용해야 하는 건가요?"

"이론상으로는 그래요."

"그런 예의에 어긋나는 짓을 해서 이상하게 오해를 받고 싶지는 않아요. 아직 서로 잘 알지도 못하는 처지에." 하고 그녀는 말하고 나서, "물론 당신에게 이상한 속셈이 없다는 것은 알겠어요. 꾸밈없고 무뚝뚝한 말투로 보면 말씀하신 그 이상의 의미는 없겠죠?"

"없소." 그의 얼굴은 여전히 잔뜩 찌푸려져 있었다.

여인은 이제는 남자 쪽으로 몸을 기울이고 있었다. 그리고 이런 식으로 그의 제의를 받아들였다. "나는 전부터 이런 걸 은근히 기대해 왔어요. 지금이 바로 그 순간인 모양이에요. 이번을 놓친다면 순수한 의미에서의 이런 기회는 두 번 다시 오지 않겠죠."

"그럼, 먼저 처음부터 약속을 하나 해둡시다. 쇼가 끝난 뒤에 귀찮은 일이 생기지 않도록 말이죠."

"어떤 약속인지는 몰라도, 아무튼 좋아요, 따르도록 하죠."

"나와 당신은 단지 오늘 하룻밤만 친구라는 겁니다. 우리 둘이 함께 식사를 하고 쇼를 보는 겁니다. 하지만 이름이나 주소,

그 밖의 다른 개인적인 신상이라든가 자질구레한 일에 대해서는 일체 언급하지 않기로 합시다. 다만……"

그 다음은 그녀가 대신했다. "우리 두 사람은 하룻밤만의 친구로서 함께 쇼를 구경한다——확실히 사리에 맞고 지당하고, 또 당연하고도 꼭 필요한 약속이군요. 좋아요, 가도록 하죠. 서로 체면을 차릴 필요도 없고 거짓말을 할 필요도 없이 끝날 테니까."

여인이 손을 내밀자 두 사람은 가볍게 악수를 나누었다. 여인은 미소를 지었다. 기분좋은 미소였다. 약간 달짝지근하면서도 소극적이며 조심스런 미소였다.

그는 바텐더에게 신호를 보내어 두 사람분을 계산하려고 했다.

"내 것은 당신이 오기 전에 벌써 지불했어요." 하고 그녀는 말했다. "그리고 나서 천천히 음미해 보고 있는 중이었지요."

바텐더는 윗도리 호주머니에서 작은 전표 다발을 꺼내어 한 장에 '스카치 1-60'이라고 연필로 쓰고는, 그것을 찢어서 그에게 건네주었다.

전표에는 번호가 쓰여져 있었는데, 그가 받은 전표에는 위쪽 한구석에 바텐더가 새카맣고 크게 '13'이라고 쓴 것이 눈에 띄었다. 그는 쓴웃음을 지으면서 그 전표에 돈을 얹어서 건네주고는 그녀의 뒤를 쫓았다.

그녀는 한 발 앞서 출구로 다가서고 있었다. 벽 쪽의 테이블에 앉아 있던 젊은 여자가 조금 몸을 앞으로 내밀어, 지나가고 있는 화려한 모자를 전송하는 듯했다. 뒤를 쫓아가던 그가 그 젊은 여자의 동작을 눈여겨보았다.

술집을 나오자 그녀는 그를 돌아보며, "자, 이제부터는 모든 것을 당신에게 맡기겠어요." 하고 재촉하는 듯한 어조로 말했다.

그는 손을 들어 두어 대 건너서 손님을 기다리고 있는 택시를 불렀다. 그때 거리를 달리고 있던 다른 택시가 부르지도 않았는데 얌체같이 새치기해서 끼어들어오려 했다. 하지만 먼젓번 택시가 재빨리 앞질러서 그들이 부른 장소 앞에 차를 갖다 대는 바람에 그의 의도가 꺾여버리자 입에 담기 어려운 욕지거

리가 오고갔다. 이윽고 말싸움도 일단락되어 먼젓번 운전사가
열을 식히고 손님 쪽으로 주의를 기울였을 때는 이미 여자는
안에 타고 있었다. 동행인 남자도 바로 운전석 옆에서 기다리
고 있다가 '메종 블랑세'라고 목적지를 말하고 나서 그녀 옆에
올라탔다.

차내 등이 켜져 있었지만 두 사람은 그대로 두었다. 불을 끈
다면 매우 가까운 사이로 오해받기 쉽다. 그런 것을 의식해서
그랬는지는 몰라도, 조명을 어둡게 하는 편이 나았을 것이라고
는 두 사람 다 생각지 못했다.

이윽고 그녀가 아주 우습다는 듯이 작은 웃음소리를 냈다.
그도 그녀의 시선을 쫓아가다가는 무심코 웃어버렸다. 운전면
허증에 붙어 있는 사진에 미남자는 드물었지만, 이 사진은 아
무리 봐도 만화 같은 것이었다. 물주전자의 손잡이같이 생긴
귀, 뒤로 물러난 턱, 튀어나온 눈. 이름도 기억하기 쉽게 짧으면
서도 두운(頭韻)까지 달고 있었다. 앨 앨프.

그는 그것을 머릿속에 기억해 두었지만, 그 순간 이후로는
거의 의식하지 못했다.

'메종 블랑세'는 어깨가 뻐근할 정도의 고급 레스토랑은 아니
었지만, 요리는 뛰어난 것으로 알려져 있었다. 아무리 붐비고
있을 때라도 손님들이 잠자코 이해해서 조용한 분위기가 유지
되고 있는 그런 종류의 레스토랑이었다. 단 하나의 목적 때문
에 오는 단골손님들을 괴롭히는 음악 같은 것은 여기에서는 일
체 금지되어 있었다.

레스토랑에 막 들어서자 그녀는 그에게서 벗어나며 말했다.
"잠깐 실례해요. 화장 좀 고치고 오겠어요. 먼저 자리에 가 계
시죠. 내가 찾아갈 테니까."

화장실 문이 열렸을 때 그는 그녀가 모자라도 벗으려는지 한
쪽 손을 쳐드는 것을 보았다. 그때 문이 닫히는 바람에 모자를
벗었는지 어떤지는 알 수 없었다. 그는 문득 이렇게 생각했다.
저 여인은 갑자기 용기가 없어져서 저러한 태도로 나오는 것은
아닐까? 나에게서 떨어져 모자를 벗고 혼자서 식당으로 들어
오면 그만큼 사람들 눈에 띄지 않을 테니까.

입구에서 지배인이 반갑게 맞이했다. "혼자이십니까?"

"아니, 두 사람 좌석을 예약했소." 하고 그는 자신의 이름을 밝혔다. "스코트 헨더슨."

지배인은 명단에서 그의 이름을 찾아냈다. "아, 있습니다." 그는 계속해서 손님의 어깨너머를 바라보며, "혼자이십니까, 헨더슨 씨?" 하고 물었다.

"아뇨." 하고 헨더슨은 모호하게 대답했다.

안을 쳐다보자 비어 있는 테이블은 그것 하나뿐이었다. 그 테이블은 외따로 떨어져서 벽의 움푹 팬 곳에 놓여 있었다. 삼면이 벽으로 되어 있어서 그 테이블의 손님은 정면밖에 바라볼 수 없었다. 이윽고 여인이 식당 입구에 나타났다. 모자는 쓰고 있지 않았다. 그녀를 본 그는 그 모자가 그녀를 얼마나 돋보이게 했는지를 깨닫고는 깜짝 놀랐다. 그녀는 갑자기 평범한 여인이 되어 있었던 것이다. 조금 전의 그 휘황찬란함은 어디론가 사라지고, 유난했던 그 개성도 시들고 박력도 없어져 버렸다. 요컨대 검은 드레스를 입은 짙은 갈색 머리의 흔히 볼 수 있는 여인, 단지 그 공간만을 차지하고 있는 물체, 그런 것으로밖에 볼 수 없었다. 못생기지는 않았지만 그렇다고 해서 아름답지도 않은, 키가 크지도 작지도 않은, 세련되고 매력이 있는 것은 아니지만 그렇다고 꾀죄죄하지도 않은 여인. 이것도 저것도 아닌 아주 평범한, 어디에서도 볼 수 있는 그런 여성에 지나지 않았다. 하나의 부호, 하나의 합성물, 갤럽 여론조사의 한 표 정도로만 말할 수 있는 그런 존재였다.

그 순간 손님들의 머리가 그녀 쪽으로 향해졌지만 그대로 잠시 머물고 있는 머리도, 또는 자기가 본 광경을 머릿속에 새기고 나서 돌린 머리도 없었다.

지배인은 마침 샐러드를 만들고 있어서 그녀를 안내할 틈이 없었다. 헨더슨이 일어나서 자기 위치를 알렸다. 하지만 그녀는 곧바로 식당 안을 걸어들어오려고 하지 않고 벽을 따라 불안스러운 듯한 모습으로 빙 돌아서 왔다. 멀리 돌아서 왔지만 그런 것이 훨씬 사람들 눈에 띄지 않았다. 그 화려한 모자는 옆구리에 끼고 있었다. 그리고 자리에 도착하자마자 빈 의자 위에 모자를 내려놓고서 뭐라도 묻을까 봐 걱정이 되는지 테이블보의 끝으로 모자 일부분을 살짝 가려놓는 것이었다.

"여기는 자주 오시나 보죠?" 그녀가 물었지만 그는 일부러 못 들은 체했다. "미안해요." 하고 여인은 말을 부드럽게 낮추어서는, "이런 질문은 신상조사에 속하겠군요." 하고 말했다.

테이블 담당 보이는 턱 옆에 점이 하나 있었다. 보지 않으려고 해도 눈에 자꾸 띄었다. 헨더슨은 그녀의 의견은 물어보지도 않고 음식을 주문했다. 그녀는 가만히 듣고만 있었지만, 주문이 끝나자 마음에 든다는 듯이 그를 슬쩍 쳐다보았다.

드디어 힘든 작업이 시작되었다. 그녀로서는 화제를 선택하는 데에도 엄격한 제약이 있었고, 게다가 그의 답답한 기분과도 싸우지 않으면 안되었다. 남자 쪽에서는 일반적으로 남성들이 다 그렇듯이 그런 노력은 죄다 그녀에게 맡기고는 조금도 도우려는 기색은 보이지 않았다. 귀를 기울이고 있는 것 같긴 했지만 다른 일에 마음을 빼앗기고 있다는 것을 확연히 알 수 있었다. 그럴 때마다 그는 육체적인 고통이라도 겪는 듯이 힘겹게 마음을 현실로 되돌렸지만, 그 멍한 상태의 모습이 눈에 거슬려 상대방에게 실례를 범한다는 듯한 느낌을 주기도 했다.

"장갑 벗는 걸 싫어하십니까?" 하고 그가 갑자기 물었다.

모자를 제외하고 그녀의 몸에 붙어 있는 다른 모든 것과 마찬가지로 장갑도 검은색이었다. 칵테일이나 푸레를 들 때는 그다지 기이한 느낌이 들지 않았지만, 가자미 요리에 딸려 나온 레몬 조각의 즙을 짜는 데에 포크를 가지고 눌러 찌부러뜨리려고 하는 건 차마 볼 수가 없었다.

여인은 곧 오른쪽 장갑을 벗었다. 왼쪽 것은 조금 시간이 걸렸다. 가능하다면 벗고 싶지 않은 모양이라고 느껴질 정도였다. 아무튼 결국엔 약간 거친 동작으로 오른쪽과 마찬가지로 그것도 벗어버렸다. 그 왼손의 결혼반지를 쳐다보지 않으려고 일부러 그는 실내의 여기저기를 바라보았다. 하지만 자기의 반지를 남자가 보았으리라는 걸 그녀가 의식하고 있다는 것은 그로서도 알 수 있었다.

여인은 별로 힘들이지도 않고서 이야기를 능숙하게 끌어나갔다. 얼마나 빈틈이 없는지 진부하고 무미건조한 화제는 교묘하게 피해 나갔다. 날씨 얘기, 신문기사, 지금 먹고 있는 요리 얘기 따위는 하나도 언급하지 않았다. "그 '멘도자'라고 하는 여자 말예요. 그녀는 지금 보러 가려는 쇼에 등장하는 약간 머리가 이상한 남미인인데 ——1년 전인가 내가 봤을 때는 말에 거의 사투리가 없었거든요. 그런데 그 동안 연기를 할 때마다 점점 영어를 잊어버려서 사투리가 심해진 것 같아요. 이 상태로 가면 한 시즌만 더 지나가면 그녀의 말은 완전히 스페인 어로 되돌아가 버릴지도 모를 거래요."

그는 약간 웃어 주었다. 이야기하는 식으로 보아 교양이 있는 여자라는 것을 느낄 수 있었다. 다만, 교양이 있는 여자라면 오늘밤 이제부터 하려는 모험 같은 건 어떠한 구실을 붙여서라도 처음부터 깨끗이 거절해서 뒤끝을 남겨두지 않으려 했을 테지만.

그녀는 딱딱하지도 않았고 흐르는 물처럼 부드럽지도 않았고, 그 중간을 취하고 있었다. 그런 점으로 봐서도, 조금만이라도 한쪽으로 치우친 면이 있었다면 아마 더욱 확실한 인상을 남겼을 것이다. 조금만 더 성장과정이 나빴다면 요란하고 천한 언행을 보여서 갑자기 팔자가 펴진 여자라고 느껴졌을 것이다. 반대로, 좀더 교육을 받았더라면 총명한 점을 나타내어서 그 점이 틀림없이 인상에 남았으리라. 그렇지만 그 중간에 어물쩍하게 속해 있어서 2차원적인 존재보다 조금 나은 정도였다.

식사가 끝날 때쯤 해서 그는 여인이 자기의 넥타이를 물끄러미 바라보고 있는 것을 깨달았다. "색상이 이상합니까?" 그는 자기 넥타이를 쳐다보면서 물었다. 무늬가 없는 단색 넥타이였다.

"아뇨. 넥타이만 놓고 보면 매우 좋은데요." 하고 그녀는 당황해 하며 설명했다. "다만, 잘 어울리지 않는 것 같아요. 당신이 입고 있는 것 중에서 그것만이 조화를 이루지 않는군요. 어머, 미안해요. 뭐 꼭 당신을 탐색할 뜻은 없었어요." 그리고는 그녀는 입을 다물었다.

그는 지나가는 호기심으로 한 번 더 자기 넥타이를 내려다보았다. 그러고 보니 이제까지 자기가 어떤 넥타이를 매고 있었는지조차 자신도 모르고 있었던 모양이다. 지금 새삼스레 그것을 알고서 놀라는 것 같았다. 그는 그녀에게 지적받은 색채의 부조화를 다소라도 만회하려는 듯이 윗도리 주머니에 조금 삐져나와 있던 장식용 손수건을 꾹 눌러 집어넣었다. 그는 담배에 불을 붙이고 나서 잠시 코냑을 음미했다. 그런 다음 두 사람은 레스토랑을 나왔다.

다시 그녀가 모자를 쓴 것은 온몸을 비추는 큰 거울이 있는 현관 옆의 작은 방으로 나오고 나서였다. 그녀는 갑자기 생기를 되찾았다. 그제서야 그녀의 모습에서 눈에 띄게 멋진 분위기가 흘러나오는 것 같았다. 저 모자는 정말 묘한 힘을 가졌구나 하고 그는 생각했다. 마치 유리 샹들리에에 전류가 통하는 것처럼——

택시가 도착하자 6피트 4인치(약 193*cm*)는 족히 될 듯한 몸집이 큰 극장의 도어맨이 택시 문을 열어주었다. 그 화려한 모자가 그의 코 옆을 휙 스쳐지나가자 그는 우스울 정도로 눈을 동그랗게 떴다. 그는 코 아래에 새하얀 물개수염을 기르고 있는 모습이 마치 '더 뉴요커' 지(誌)에 나오는 그림 속의 극장 도어맨과 비슷했다. 튀어나올 듯한 부리부리한 눈은 모자의 주인이 택시에서 내려 그의 앞을 완전히 지나가는 것을 계속 따라가며 쳐다보았다. 헨더슨은 그 우스꽝스러운 눈초리에 마음을 빼앗겼지만 이내 완전히 잊어버렸다.

그들이 얼마나 늦게 도착했는지 극장의 로비에서는 사람 그림자 하나 발견할 수 없었다. 입구에 있어야 할 검표원조차 이미 자리를 떠나서 모습이 보이지 않았다. 로비를 지나 극장 안으로 들어서자 곧 어두운 무대의 불빛 사이로 누군지 알 수 없는 사람 그림자가——아마 안내원이리라——두 사람에게 다가와서 손전등으로 표를 확인하고는 달걀형의 불빛을 뒤쪽으로 돌려 두 사람의 발밑을 비춰주면서 좌석을 안내해 주었다.

그들의 좌석은 맨 앞줄로, 무대에서 아주 가까운 곳이었다. 처음에 무대는 오렌지빛으로 뿌옇게 보였지만, 이윽고 두 사람의 눈은 어두운 배경에 익숙해져 갔다.

두 사람은 영화의 기법처럼 하나의 장면이 다음 장면으로 겹쳐져 가는 모습을 참을성 있게 구경하고 있었다. 그녀는 미소를 짓기도 하고, 가끔 커다란 소리를 내어 웃기도 했다. 그는 억지로 만들어낸 웃음을 얼굴에 나타내는 것이 고작이었다. 시끄러운 음악, 현란한 색채, 그리고 컴컴하던 조명이 최고조에 달하자 막이 양옆에서 천천히 쳐지며 제1부가 끝났다.

객석 안에 불이 켜지고, 자리에서 일어나 밖으로 나가는 사람들의 웅성거리는 소리가 들려왔다.

"잠깐 나가서 담배를 한 대 피울까요?" 하고 그가 물었다.

"그냥 여기 있겠어요. 우리는 지금 막 도착했잖아요." 하고 여인이 대답했다. 그리고는 외투 깃을 여몄다. 실내의 공기는 답답할 정도였으므로, 그 동작은 될 수 있는 대로 다른 사람들에게서 얼굴을 감추려는 것으로밖에 생각할 수 없었다.

"안면이 있는 사람이 있소?" 잠시 뒤 그녀가 미소지으며 고개를 저었다. 그는 프로그램으로 눈을 가져갔다. 그의 손가락이 조급하게 움직이며 프로그램의 위쪽 오른편 모서리를 한장 한장 곁에서 안으로 접어넣고 있는 것이 아닌가. 이제는 위쪽 오른편 모서리에는 각(角)이 전부 없어지고 가지런히 접힌 작은 삼각형만이 겹쳐져 있게 되었다.

"이건 내 습관입니다. 오래 전부터 마음이 안정되지 않을 때는 이러곤 하죠. 말하자면 낙서 같은 거라고나 할까요. 하지만 내 자신은 전혀 느끼질 못한답니다."

무대 아래의 쪽문이 열리고 오케스트라 단원들이 제2부의 연주를 하기 위해 줄지어 자리로 돌아왔다.

두 사람의 바로 옆, 난간 바로 앞에 드럼치는 사람이 있었다. 그는 10년 동안 한 번도 밖의 공기를 쐬어본 적이 없는, 우리 안에 갇힌 동물 같은 남자였다. 얼굴은 초췌해질 대로 초췌해져 있었고, 머리카락은 찰싹 달라붙어 있었기 때문에 마치 하얀 줄무늬가 있는 젖은 수영모자라도 쓰고 있는 것처럼 보였다. 그리고 코 밑에는 콧물이라도 흘린 것처럼 볼품없는 수염이 붙어 있었다. 그는 객석 쪽으로는 조금도 눈을 돌리지 않고, 조급하게 의자의 위치를 바꾸기도 하고 악기를 조절하기도 했다. 이윽고 연주 준비를 마치고 무심코 객석 쪽을 향한 그의 눈에 갑자기 그녀와 그 모자가 들어왔다. 그는 묘한 걸 느낀 모양이었다. 맥빠진 흐리멍덩한 얼굴이 최면술에라도 걸린 듯이 갑자기 굳어지는 것이었다. 그리고는 물고기처럼 헤 벌린 입을 다물지 못했다. 어떻게 해서든지 그녀 쪽을 바라보지 않으려고 했지만, 어쩔 도리 없이 자꾸만 그의 시선이 다시 그녀 쪽으로 되돌아왔다.

처음 얼마 동안은 헨더슨도 재미있는 일이 벌어질 것 같은 기대를 가지고서 그 두 사람을 바라보았다. 하지만 곧 그것이 그녀에게 심한 불쾌감을 주고 있다는 것을 알아차리고는 재빨리 얼굴 표정을 바꾸어 그 남자를 매섭게 쏘아보았다. 그러자 그 드럼치는 남자는 당황해 하며 악보로 눈을 돌리더니 다시는 그녀 쪽을 바라보지 않았다. 하지만 그녀의 뒤쪽을 향해 있는 그의 시선과 일부러 목에 힘을 주고 있는 모습에서, 그녀를 바라보고 싶은 것을 애써 피하고 있다는 것을 쉽게 알아차릴 수 있었다.

"내가 저 남자에게 강한 인상을 준 모양이에요." 그녀는 낮은 목소리로 킥킥거리며 웃었다.

"드럼의 명수가 오늘밤은 엉망이군." 하고 그가 대꾸했다.

두 사람 뒤쪽의 좌석이 관객들로 채워져 갔다. 객석의 불은 어두워지고 무대의 조명이 밝아지면서 제2부의 연주곡이 울려 퍼지기 시작했다. 그는 무뚝뚝한 표정으로 프로그램의 윗모서리를 계속 접어갔다. 제2부의 중간쯤에서 커다란 산장이 무대 위에 나타났다. 미국인들로 구성된 극장 전속의 오케스트라가 그 대목에선 악기를 내려놓았다. 그 대신에 이국적인 톰톰(징의 일종)이 울리며 둔한 소리의 연주가 시작되었다. 그리고 오늘밤 쇼의 하이라이트인 남미의 인기 연예인 에스텔라 멘도자가 등장했다.

그는 무대 위의 변화를 미처 깨닫지 못하고 있는데 옆자리의 여인이 팔꿈치로 옆구리를 쿡쿡 찌르는 것이었다. 그는 멍하니 여자 쪽을 쳐다보고 나서 다시 무대로 눈길을 돌렸다. 이미 두 여자는 어떤 중대한 사실을 알아차린 모양이다. 하지만 민첩하지 못한 그로서는 아직 그 의미를 알아차리지 못했다. 조용히 속삭이는 소리가 그의 귓전에 들려왔다. "저 여자의 얼굴을 보세요. 중간에 푸트라이트 조명이 있으니까 잘 보이죠? 마치 나를 죽일 듯한 눈초리예요."

무대 위 여자의 표정이 풍부한 검은 눈동자 속에서 증오의 빛이 뚜렷하게 번쩍이고 있었다. 애교 있는 웃음을 짓고 있긴 했지만, 자신이 머리에 쓰고 있는 것과 똑같은 모자를 객석에서 발견하고는 그 눈동자는 불길처럼 타올랐던 것이다. 더욱이 그것은 객석의 맨 앞줄에서 이것 보란 듯이 앉아 있으니 눈에 안 들어올 수가 없는 것이다.

"겨우 알았어요. 나의 이 특별 주문품이 어디에서 힌트를 얻었는지——" 하고 그녀는 씁쓸하게 중얼거렸다.

"그런데 어째서 저렇게 화를 내는 걸까요? 오히려 큰소리치며 뽐내야 할 것 같은데."

"그런 여자의 마음을 남자들이 알 리가 없지요. 여자라고 하는 것은 보석이나 금니는 잃어버려도 괜찮지만, 모자만은 절대로 안돼요. 게다가 이 경우는 이 모자가 저 여자 연기의 특징, 다시 말해서 등록상표라고도 할 수 있는 거예요. 그런 걸 도둑맞았으니 화가 날 만도 하지. 저 여자가 허락해 주었을 리도 없고——"

"일종의 도용이란 말입니까?" 정신이 얼떨떨한 정도는 아니지만, 그의 호기심은 점점 고조되어 갔다. 그녀의 연기는 아주 단순한 것이었다. 참된 예술이 대개 그렇듯이——그렇다고는 하지만 아무렇게나 되는 대로 하는 예술도 사실은 없는 것은 아니었다……그녀는 스페인 어로 노래하고 있었는데, 그것은 어떤 의미가 있는 노래가 아니라 대체로 이런 가락의 것이었다.

치카 치카 붐 붐
치카 치카 붐 붐

이것이 몇 번이고 반복되었다. 그녀는 눈을 좌우로 커다랗게 움직이면서 한 걸음 옮길 때마다 엉덩이를 요란하게 흔들어댔다. 그리고는 옆구리에 달아맨 우묵한 바구니에서 작은 꽃다발을 꺼내어서는 여자 관객을 향해서 던지는 것이었다. 두 번째 합창이 끝날 즈음에는 앞쪽 두세 줄에 앉아 있는 여자 관객들의 손에는 모두 꽃다발이 들려져 있었다. 하지만 헨더슨 옆에 있는 여자만은 빈손이었다.

"이 모자에 대한 반감으로 일부러 나에게는 던지지 않는 거예요." 하고 그녀는 다 알고 있다는 듯이 속삭였다. 사실 엉덩이를 흔들고 발뒤꿈치를 쿵쿵 구르며 춤추고 있는 그 여자는 특히 두 사람 앞을 지나칠 때마다 어쩐지 기분나쁘게 눈동자를 번뜩이곤 하는 것이었다. 그곳에 다다르기만 하면 퓨즈 같은 여자의 눈동자에서는 번개 같은 섬광이 흘러나왔다.

"잘 보세요, 이쪽을 쳐다보게 할 테니까." 헨더슨이 난처해하지 않도록 그녀는 작은 목소리로 말했다. 그리고 나서 양손을 꽉 깍지끼고 얼굴 바로 아래로 가져갔다. 하지만 그러한 행동으로는 무대 위에 선 여자의 관심을 끌 수 없었다. 그녀는 꽉 움켜쥔 손을 다시 앞으로 죽 내밀었다. 무대 위의 여자 눈이 잠시 가늘어지는 듯했다가는 다시 여느때처럼 되돌아가서 다른 쪽으로 돌려졌다. 그 순간, 갑자기 헨더슨 옆 여인의 손가락에서 딱 하고 커다란 소리가 났다. 오케스트라의 연주 속에서도 뚜렷이 들릴 정도로 강한 소리였다. 무대 위 여자의 눈동자가 커지며 광적으로 빛나더니 이쪽으로 향해졌다. 그 여자는 또다시 꽃다발을 꺼내어 던졌지만 역시 헨더슨 옆의 여인에게는 오지 않았다.

"절대로 질 수 없어." 집요한 마음을 나타내며 중얼거리는 여자의 목소리가 그의 귀에 들려왔다. 그가 미처 무슨 뜻인지 생각해 보기도 전에 그녀는 자리에서 벌떡 일어나 얼굴 가득히 미소를 띠고는 도전적인 태도로 서 있는 것이었다. 그 순간, 두 여인 사이에 숨막히는 긴장감이 감돌았다. 그러나 승부는 처음부터 정해져 있었다. 연예인의 입장으로서는 아무리 방자한 태도를 보인다 해도 관객에게 대들 수는 없는 노릇이다. 다른 관객들을 앞에 두고 자기의 상품인 감미로움과 환상적인 매혹을 버릴 수는 없기 때문이다. 헨더슨 옆의 여인이 계속 서 있는 바람에 생각지도 못한 상황이 벌어지고 말았다. 무대의 여인이 엉덩이를 흔들면서 중앙으로 걸어오는 모습을 좇고 있던 스포트라이트가 아래쪽을 향해 갑자기 방향을 바꾼 것이다. 그와 동시에 맨 앞줄의 좌석에서 벌떡 일어서 있는 그녀의 머리부터 어깨까지가 환하게 드러나게 되었다. 그러자 완전히 똑같은 두 개의 모자에 객석 안의 모든 관객들의 시선이 집중되었다. 무대 근처에서부터 조그맣게 웅성거리는 소리가 들리더니, 이윽고 마치 잔잔한 수면에 돌을 던진 것처럼 점점 더 크게 퍼져나가기 시작했다.

무대의 여인은 모자를 벗어서 이 미묘한 비교에 종지부를 찍었다. 장내의 분위기에 압도당한 여인이 꽃가지 하나를 골라 푸트라이트 위로 던져서, 꽃가지는 부드러운 원을 그리며 날아갔다. 여인은 상대방을 빠뜨린 것이 미안하다는 듯이 얼굴을 찡그렸다. 그 표정은 이렇게 말하고 있는 듯했다. '당신을 못 보고 빠뜨렸어요. 미안해요. 고의로 그런 것은 절대로 아니에요.'

그렇기는 하지만, 그 표정 뒤에는 남국 여인 특유의 거센 분노가 짙게 깔려 있었다. 헨더슨과 동행한 여인은 자기에게 던져준 꽃을 가볍게 받고서 입술을 부드럽게 움직이며 제자리에 앉았다. 하지만 헨더슨만은 그녀의 입에서 새어나오는 거친 욕설을 들을 수 있었다. "고마워, 이 스페인 벌레야!" 그는 숨이 콱 막히는 기분이었다.

크게 충격을 받은 무대 위의 여인은 조금씩 몸을 흔들어대면서 천천히 무대 뒤쪽으로 움직여 가더니 이내 무대 위에서 사라졌다. 오케스트라의 음악도 그것에 따라서 기차 소리가 점차 멀어져 가듯이 조용히 사라져 갔다.

객석이 아직 갈채로 흔들리고 있을 때, 무대의 양 옆쪽에 있는 관객들은 아주 잠깐 동안이었지만 어떤 또렷한 모습을 눈여겨볼 수 있었다. 와이셔츠를 입은 두 개의 팔이——아마도 무대 감독의 팔인 것 같다——다시 무대로 나오려고 하는 멘도자를 꽉 붙잡았던 것이다. 그 여인은 관객에게 다시 인사하는 것 이상의 다른 의도를 갖고 있었던 것 같다. 그녀의 두 손은 곰에게 붙잡힌 것처럼 겨드랑이 쪽에 달라붙어 있었지만, 조금 전의 일에 보복을 할 작정인지 주먹을 불끈 쥐고 부들부들 떨고 있었던 것이다. 그러나 무대는 다시 어두워지고 다음 공연 차례로 바뀌었다.

드디어 마지막 막이 내려졌다. 헨더슨은 자리에서 일어나면서 프로그램을 자신이 앉아 있던 의자에 놓으려고 했다. 그러자 동행한 여인이 그것을 주워서 자신의 것과 함께 포개며, "오늘밤의 기념이에요." 하고 말하는 것이었다.

"당신에게 그런 소녀적인 취미가 있다고는 생각지 못했소." 그는 그렇게 말하고 여인의 뒤에서 사람으로 가득찬 통로를 천천히 걸어나왔다.

"이것은 소녀적인 취미와는 다른 거예요. 가끔 나는 충동적인 행동을 생각해 내어 즐기고 싶어하거든요. 그럴 때 이것이 도움이 되지요."

충동적인 행동? 그렇다면 큰 맘 먹고 생전 알지도 보지도 못한 자신과 하룻저녁을 보냈다는 의미인가? 그는 어깨를 으쓱했다.

두 사람이 극장을 나와 혼잡한 군중들을 밀어 헤치면서 택시를 잡으러 가는 도중, 갑자기 묘한 상황이 벌어졌다. 택시를 잡아서 막 타려고 하는데 장님 거지가 그녀 쪽으로 다가와서 동냥 그릇을 코앞으로 들이밀고는 그대로 가만히 서 있는 것이었다. 마침 그녀는 불이 붙은 담배를 손에 들고 있었다. 그런데 바로 그 거지 때문인지, 아니면 곁에 있던 누군가에게 부딪쳤기 때문인지는 모르지만 아무튼 담배가 그녀의 손에서 떨어져 거지의 동냥 그릇 속으로 들어가 버렸다. 헨더슨은 그 장면을 똑똑히 보았지만, 그녀는 보지 못한 모양이다. 그는 아무것도 모르는 거지를 막으려고 했다. 하지만 그 사이에 거지는 그릇 속에 손가락을 넣어 더듬다가 뜨거운 물체에 손가락이 닿자 깜짝 놀라 손을 얼른 꺼냈다. 헨더슨이 서둘러 불붙은 담배를 끄집어내고, 미안하다는 뜻으로 1달러짜리 지폐를 거지의 손에 쥐어주며, "아저씨, 미안합니다. 일부러 그런 것이 아니었소." 하고 작은 목소리로 말했다. 그리고는 상대가 담뱃불에 덴 손가락을 고통스러운 듯이 호호 불고 있는 것을 보고는 또다시 지폐 한 장을 꺼내어 주었다. 잘못하다가는 조금 전의 일이 고의적인 것으로 오해받을 만한 소지가 다분히 있었기 때문이다. 그녀의 행동이 절대로 고의적인 것이 아니라고 그는 장담할 수 있었다.

그녀를 따라서 그가 택시에 올라타자 택시는 달리기 시작했다.

"감동적인 장면이었군요." 그녀는 짤막하게 이렇게만 말할 뿐이었다.

그는 운전사에게 아직 행선지를 말해 주지 않았다. 이윽고 그녀가 물었다. "몇 시나 됐나요?"

"15분 전 12시요."

"그럼, 우리들이 처음 만났던 안젤모로 돌아가죠, 거기서 한 잔 마시고 헤어져요. 당신은 당신의 길을, 나는 나의 길을 가는 거예요. 나는 완전한 원을 좋아하거든요."

그는 무심코, '원은 모두 속이 비었소.' 하고 말하려다가, 이런 때 그런 말은 분위기를 깨는 거라는 생각이 들어서 잠자코 있었다.

술집은 두 사람이 처음 만났던 6시경에 비하면 꽤 붐볐다. 그는 카운터 쪽 맨 끝의 벽 쪽에 있는 빈자리를 하나 발견하고는 그녀를 거기에 앉으라고 하고서 자신은 그녀 곁에 섰다.

"그럼⋯⋯" 여자는 이렇게 말하고, 잔을 카운터에서 1인치 정도의 높이로 치켜들었다. 그리고는 의미 있는 눈길로 그를 물끄러미 쳐다보면서 말했다. "이제는 이별이군요. 만나서 매우 즐거웠어요."

"그렇게 생각한다니 나도 기쁘군요."

두 사람은 건배했다. 그는 단숨에 들이켰으며, 그녀는 조금 입을 대기만 했다.

"나는 여기에서 잠시 더 있겠어요." 그녀는 그만 헤어지자는 뜻으로 이렇게 말하고는 손을 내밀었다.

"즐거운 밤이 되길 바랍니다."

"안녕히 가세요."

두 사람은 단 하룻밤만의 친구답게 가볍게 악수했다. 그가 등을 돌려서 나가려고 하자, 그녀는 눈가에 주름을 짓고 웃으며 충고하듯이 말했다. "이제 기분이 가라앉았을 테니까 집에 돌아가서 부인하고 화해하세요."

그 순간 그는 깜짝 놀라 표정이 다소 굳어졌다.

"나는 처음부터 알고 있었어요." 그녀는 조용히 말했다.

그렇게 해서 두 사람은 헤어졌다. 그는 출구 쪽으로, 그녀는 술잔 쪽으로──

이렇게 해서 일장 드라마는 막을 내렸다.

밖으로 나가기 전에 그는 뒤돌아보았다. 활처럼 휜 카운터 끝의 벽 쪽에 그녀가 앉아 있는 것이 보였다. 수심에 잠긴 듯한 눈을 내리깔고──아마 술잔으로 장난을 치고 있으리라. 카운터의 둥근 모퉁이 근처에 앉아 있는 두 남자의 어깨가 V자 모양의 공간을 만들었으며, 그 사이로 눈에 확 띄는 오렌지빛 모자가 보였다. 눈이 부실 듯한 오렌지빛 모자——그것이 마지막이었다. 그에게서 훨씬 떨어진 건너편의 담배 연기와 그림자 속을 통해서, 그것은 마치 꿈처럼 현실도 과거도 아닌 장면 속으로 희미하게 떠올라 있었다.

2. 사형집행 전 150일

한밤중

그리고 나서 10분이 지난 뒤, 직선 거리로 불과 여덟 구획을 ──직선이라고 해도 그것은 두 개의 직선이었다── 하나는 똑바로 일곱 구획, 그리고 나서 왼쪽으로 돌아 다시 한 구획을 달려 그는 길 모퉁이 아파트 앞에서 택시를 내렸다.

거스름돈을 호주머니에 넣고 나서 열쇠를 꺼내어 현관문을 열고는 안으로 들어갔다. 정문 현관에서 어떤 사내가 어슬렁거리며 누군가를 기다리고 있었다.

그 남자는 누구나가 그런 것처럼 목적없이 왔다갔다 하며 서성거리고 있었다. 그 남자는 이 아파트에 사는 사람이 아니었다. 헨더슨은 처음 보는 얼굴이었다. 엘리베이터를 기다리고 있는 것 같지도 않았다. 엘리베이터의 숫자판에 불이 켜져 있지 않은 것으로 보아 어딘가 위층에서 멈춰 있는 모양이다. 헨더슨은 그 남자를 쳐다보지도 않고 곁을 지나쳐서 엘리베이터의 하강 버튼을 눌렀다. 그 남자는 벽에 걸려 있는 그림 하나를 발견하고는, 별 값어치도 없을 듯한 그 그림을 물끄러미 바라보기 시작했다. 그 남자는 헨더슨에게 등을 돌리고 있었다. 자신 이외의 다른 사람이 현관에 있다는 것을 의식하지 못했다는 모습을 지으려고 했지만, 그 행동은 어딘가 어색하게 보였다.

뭔가 꺼림칙한 사정이 있는 모양이라고 헨더슨은 생각했다. 그 그림은 그렇게 자세히 들여다보며 감상할 정도로 가치가 있는 것은 절대 아니었다. 틀림없이 누군가가 현관으로 내려오는 걸 기다리고 있는 모양이다. 그로서는 함께 데리고 나갈 아무런 권리가 없는 듯한 그런 누군가를──

헨더슨은 생각했다. 내가 무엇 때문에 저런 남자에게까지 마음을 쓰는 거지? 나와는 아무런 관계가 없는데.

엘리베이터가 내려와서 그는 안에 탔다. 육중한 청동문이 자동으로 닫혔다. 작동판 맨 위에 있는 6층 버튼을 눌렀다. 현관이 아래로 떨어져 내려가는 것이 바깥문에 끼워넣은 작은 유리창으로 보였다. 바로 그 직전에 그림을 감상하고 있던 남자가 데이트도 좋지만 더 이상 기다릴 수는 없다는 태도로 그림 앞을 떠나 교환대 쪽으로 한 발자국 내디디는 것이 보였다. 이것도 헨더슨에게는 아무 관계가 없는 장면에 지나지 않았다. 그는 6층에서 내려 아파트 열쇠를 찾으려고 호주머니를 만지작거렸다. 복도는 조용해서 그의 주머니 안의 동전이 짤랑거리는 소리밖에는 아무것도 들리지 않았다.

그는 열쇠를 찾아서 자기 아파트의 문을 열었다. 그의 아파트는 엘리베이터에서 내려 오른쪽에 있었다. 실내는 불이 꺼져 있어 어두컴컴했다. 그 광경을 보고 그는 목 안에서 화가 난 듯한 으르렁거리는 소리를 냈다.

스위치를 누르자 아담한 현관이 나타났다. 하지만 전등은 이 작은 공간밖에는 비추지 못했다. 그의 앞에 있는 아치 안쪽은 여전히 컴컴했다.

그는 손을 뒤로 돌려서 문을 닫고는 옆에 있는 의자 위에 모자와 윗도리를 내던졌다. 이렇게 고요하고, 또한 전등조차 꺼져 있는 것이 그에게는 좀 약이 오르는 일이었다.

그는 또 그 무뚝뚝한 표정을 지었다. 저녁 6시, 길거리에서 유달리 눈에 띄던 그 무뚝뚝한 표정을——

그는 아치 저쪽에 펼쳐진 어두컴컴한 공간을 향해서 이름을 불렀다. "마셀라——"

별로 다정함이 들어 있지 않은 명령적인 목소리였다. 암흑은 대답하지 않았다. 그는 날카롭게 야단치는 듯한 어조로 다시 소리치면서 어둠 속으로 들어갔다. "이봐, 적당히 해둬! 멀쩡히 깨어 있을 텐데 누굴 놀리는 거야? 침실 창에 불이 켜져 있는 것을 밖에서 봤단 말야. 계속 그렇게 버텨봤자 아무 소용 없어."

어둠은 여전히 대답이 없었다.

그는 어둠 속을 어기적어기적 가로질러 익히 알고 있는 벽의 어떤 지점을 노려보았다. 그는 조금 전의 흥분된 목소리가 아닌 낮은 목소리로 중얼거렸다. "내가 돌아올 때까지는 당신은 분명히 깨어 있었어. 그러다가 내 낌새를 알아차리고는 그렇게 잠든 체해! 이렇게 해서 어물쩍 넘어가려고!"

그는 팔을 앞으로 뻗었다. 그 손이 아직 아무것에도 닿지 않았는데 탁 하는 소리가 났다. 갑자기 위에서 빛이 쏟아져 내리는 바람에 그는 깜짝 놀라고 말았다. 생각지도 못하고 있는데 갑자기 전등이 켜졌던 것이다.

자신의 손끝을 쳐다보니 스위치는 3인치(약 7.5cm)나 앞에 떨어져 있어서 아직 닿지도 않은 상태였다. 누군가의 손이 스위치에서 떨어져 벽을 따라 움직이고 있었다. 그의 시선은 그 손에서부터 소맷부리로 점차 옮겨가서는 어떤 남자의 얼굴에 다다르게 되었다. 그는 깜짝 놀라 몸을 옆으로 얼른 돌렸다. 그러자 거기에서는 또 다른 얼굴이 그를 쳐다보고 있는 것이었다. 그는 다시 몸을 돌려서 자기 뒤를 바라보았다. 거기에도 또 다른 얼굴이 기다리고 있었다. 이렇게 세 개의 얼굴이 그를 중심으로 반원을 그리며 조각품처럼 꼼짝 않고 늘어서 있었다. 이세 물체, 아니 세 망령들에게 둘러싸인 헨더슨은 너무도 놀라 머뭇머뭇 주위를 둘러보았다. 혹시 방을 잘못 찾은 것은 아닐까? 여기가 정말 내 아파트인가?

그의 시선은 벽 쪽 테이블 위에 놓인 전기 스탠드의 하늘색 받침대에서 멈추었다. 분명 자기 것이었다. 한쪽 구석에 놓여 있는 키 낮은 의자——이것도 그의 것이었다. 문갑 위에 놓인 두 개의 사진틀. 그 중 하나에는 숱많은 머리를 구불구불하게 펴머한, 토끼 같은 눈을 가진 아름다운 여자가 뾰로통한 표정으로 서 있었다. 다른 하나에는 그의 얼굴이 있었다.

그 두 개의 얼굴은 반대방향을 향하고 서서 서로를 외면하고 있었다.

역시 자기 집에 돌아온 것은 틀림없었다.

그가 먼저 입을 열었다. 세 명의 남자가 말을 걸어올 기색이 전혀 없었기 때문이다. 그대로 계속 밤새도록이라도 그를 바라보고 서 있을 듯한 태도였다. "당신들 도대체 내 아파트에서 뭘 하고 있는 거요?" 하고 그는 거친 목소리로 말했다.

그들은 대답하지 않았다. 그는 다시 물었다.

"당신들 뭐하는 사람들이오?"

역시 대답이 없었다.

"이곳에 무슨 용무가 있소? 도대체 당신들은 어떻게 여기에 들어온 거요?" 그는 다시 한 번 아내의 이름을 불렀다. 이번에는 아까와는 달리, 이 남자들이 어째서 여기에 와 있는가에 대해서 아내에게 설명을 들어보려고 불렀던 것이다.

그가 얼굴을 돌린 쪽의 문은 지금 지나온 아치를 제외하곤 그곳에 있는 유일한 문이었는데, 웬일인지 닫혀 있는 것 같았다. 쥐죽은 듯이 비밀스럽게 닫혀 있는 것이다.

남자들이 말하는 소리가 들렸다. 그는 얼른 뒤돌아보았다. "당신이 스코트 헨더슨이오?" 그를 둘러싼 반원이 조금 좁혀졌다.

"아, 그렇소." 그는 다시 닫혀진 침실문 쪽으로 눈을 돌렸다. "어떻게 된 일이오? 도대체 무슨 일이 있었습니까?"

상대방은 그의 질문에 대답하지 않고 기분나쁠 정도로 침착하게 자기들의 질문만을 계속 퍼부었다. "당신은 여기 살고 있소?"

"틀림없이 여기에 살고 있소!"

"그리고 당신이 마셀라 헨더슨의 남편이 맞죠?"

"그렇고말고. 그런데 도대체 무슨 일이 일어난 겁니까?"

그 중의 한 남자가 손바닥을 내밀었다. 어떤 것을 내보인 것 같은데 그는 미처 알아차리지 못했다. 그가 들여다보려 했을 때는 이미 그가 손을 거둬간 뒤였다.

그가 문 쪽으로 가려고 하자 그 중 한 남자가 앞을 가로막았다.

"집사람은 어디에 있죠? 여기 없습니까?"

"있기는 있어요, 헨더슨 씨." 하고 그 남자가 부드럽게 말했다.

"있다면 어째서 나오지 않는 겁니까?" 그는 흥분된 목소리로 물었다. "말해 보시오. 무슨 일이 일어난 거요?"

"당신 부인은 나올 수 없어요, 헨더슨 씨."

"잠깐, 조금 전에 당신이 내보인 게 무엇이었소? 경찰 배지가 아닙니까?"

"자, 진정해요, 헨더슨 씨."

이렇게 해서 네 사람은 우스꽝스러운 스퀘어 댄스를 시작했다. 그가 한쪽으로 조금 움직이면 그들도 같은 방향으로 따라 움직였다. 그가 다시 원래의 위치로 되돌아오면, 그들도 따라서 위치를 바꾸었다.

"진정하라고! 아니, 나는 먼저 무슨 일이 있었는지를 알고 싶소. 강도입니까? 아니면 사고? 아내가 자동차에라도 치였습니까? 이 손을 놓으시오. 나를 저 방으로 들어가게 해주시오."

하지만 상대방은 세 쌍의 손을 가지고 있었다. 한 쌍의 손을 뿌리칠 때마다 다른 두 쌍의 손이 그를 붙잡았다. 그는 갑자기 분노가 치밀어 올라와서 금방이라도 폭발할 것만 같았다.

네 사람의 거친 숨소리가 조용한 실내를 가득 채웠다.

"나는 이 집의 주인이오. 여기는 나의 집이란 말이오! 이런 장난은 하지 마시오! 도대체 당신들이 무슨 권리로 나를 붙잡는 거요?"

갑자기 그들은 손을 놔주었다. 가운데에 있는 남자가 문에 가장 가깝게 있는 남자에게 신호를 보내며 내뱉듯이 말했다. "좋아, 들어가게 해줘, 조."

갑자기 문을 여는 바람에 그는 그만 헛발을 내딛고 말았다.

그곳은 아름답고 달콤한 사랑의 보금자리였다. 장식품은 푸른색과 은색으로 통일되어 있었고, 그에게 낯익은 향기가 공기 속에 떠돌고 있었다. 화장대 위의 파란색 스커트를 입은 인형이 커다란 눈에 공포를 가득 담고 그를 쳐다보고 있는 것 같았다. 푸른색 갓이 씌워진 스탠드의 두 개의 유리 기둥 중 하나가 인형의 무릎 쪽으로 비스듬히 쓰러져 있었다. 두 개의 침대에는 푸른색 커버가 씌워져 있었다. 하나는 평평했지만, 다른 하나는 누군가가 그 안에 숨겨져 있는 것처럼 부풀어올라 있었다.

잠을 자고 있는 것인지 병이 난 것인지, 머리부터 발끝까지 완전히 시트로 덮여 있었다. 시트 한쪽 끝에서 거품처럼 느슨하게 말린 머리카락 몇 가닥이 삐져나와 있었다.

그는 갑자기 발을 멈추었다. 그의 얼굴에 창백한 빛이 스쳤다. "저——저것은, 드디어 일을 저질렀군! 오, 바보 같은 사람——" 그는 겁먹은 표정으로 두 침대 사이에 있는 작은 테이블을 쳐다보았다. 아무것도 없었다. 술잔도, 작은 꽃병도.

그는 비틀비틀 침대로 다가갔다. 등을 구부리고 시트 안에 있는 그녀에게 손을 갖다댔다. 그리고는 둥근 어깨를 잡고서 걱정스러운 듯이 흔들어댔다. "마셀라, 괜찮아?"

세 남자는 그의 뒤를 쫓아 방에 들어와 있었다. 막연하긴 하지만 그는 자신의 일거일동이 그들에게 계속 감시당하고 있다는 것을 느꼈다. 하지만 그는 지금 아내에게밖에는 아무것에도 신경을 쓸 수가 없었다.

문 근처에서 세 쌍의 눈이 그가 푸른색 시트를 만지는 것을 지켜보고 있었다. 그는 시트의 한쪽 끝을 잡고 홱 젖혔다. 그러자 눈을 의심할 수밖에 없는 음산한 광경, 평생토록 마음에 새겨져서 잊혀지지 않을 장면이 나타났다. 그녀는 이를 드러내고 슬쩍 웃고 있었다──죽은 얼굴 특유의 싸늘한 유머를 담고 빙긋이 웃고 있었던 것이다. 머리카락은 부채살처럼 펼쳐져 베개 위에서 물결치고 있었다.

몇 개의 손이 귀찮게 다가왔다. 그는 비틀비틀 한 발자국씩 물러섰다. 그는 푸른색 시트와 그녀의 모습에서 눈길을 돌렸다. 영원히──

"이런 일이 일어나는 것만은 원치 않았는데." 하고 그는 더듬거리며 말했다. "이렇게 되리라고는 정말 생각도 못했어."

그의 이야기는 그들 세 사람의 뇌리에 차곡차곡 들어가리라.

그들은 헨더슨을 침실에서 데리고 나와 소파에 앉혔다. 그리고는 한 남자가 되돌아가서 침실문을 닫았다.

헨더슨은 소파에 조용히 앉아서 불빛이 눈부신 듯이 한쪽 손으로 눈을 가리고 있었다. 세 남자는 그를 쳐다보지 않고 있었다. 한 사람은 창가에서 멍하니 밖을 바라보고 있었고, 두 번째 남자는 작은 테이블 곁에 서서 잡지를 뒤적이고 있었다. 그리고 또 한 사람은 그와 마주앉아 있었지만 그를 보지는 않고 있었다. 그는 무엇인가로 손톱을 소제하고 있었다. 지금의 자신에게는 그것이 가장 중요한 일인 것처럼 완전히 몰두해서──

이윽고 헨더슨이 눈을 가리고 있던 손을 떼었다. 문득 정신이 들어 그는 사진틀 속의 여자를 쳐다보았다. 그것은 자기 쪽으로 기울어져 있었다. 그는 손을 뻗어 사진틀을 탁 덮었다.

세 쌍의 눈이 무언의 눈짓을 나누었다. 납덩이 같은 침묵이 무겁게 그를 짓눌러왔다. 이윽고 앞에 앉아 있던 남자가 입을 열었다. "당신에게 할 이야기가 있소."

"잠깐만 기다려 주지 않겠소?" 힘없이 그가 말했다. "너무 놀라서 어떻게 해야 할지 모르겠으니――"

앉아 있는 남자는 이해한다는 듯이 고개를 끄덕였다. 창가의 남자는 계속 밖을 내다보고 있었다. 테이블 옆에 있는 남자도 여전히 여성잡지를 넘기고 있었다.

이윽고 헨더슨은 눈을 크게 뜨기 위해서인지 눈꼬리를 손가락으로 잡고는 큰소리로 말했다. "이젠 괜찮습니다, 말씀하시죠."

그들은 평범한 이야기처럼 자연스럽게 말문을 열기 시작했다. 그것은 마치 전체의 사실 중에서 빠져 있는 것을 알아내기 위한 능숙한 화술일지도 모르지만, 그런 것은 전혀 느낄 수 없었다.

"헨더슨 씨, 당신의 나이는?"

"서른둘입니다."

"부인은?"

"스물아홉."

"결혼한 지는 얼마나 됐습니까?"

"5년 됐습니다."

"당신의 직업은?"

"주식중개인."

"오늘밤 몇 시쯤 집을 나갔습니까?"

"5시 반에서 6시 사이."

"조금 더 정확히 말해 주겠습니까?"

"좋아요. 정확하게 문을 닫고 나간 시간이 몇 시 몇 분인지까지는 말하기 어렵지만, 5시 45분에서 5시 55분 사이일 겁니다. 길 모퉁이까지 갔을 때에 6시 종이 울린 것을 기억하고 있으니까. 다음 구획에 허름한 교회가 있거든요."

"흠, 그럼 저녁식사는 하고 나갔습니까?"

"아닙니다." 그는 잠깐 말을 멈추었다. "아닙니다. 하지 않았어요."

"그럼, 식사는 밖에서 했습니까?"

"그래요, 밖에서 했습니다."

"혼자서요?"

"그렇습니다. 집사람과 함께 나가지 않았으니까."

테이블의 남자는 잡지의 마지막 장을 넘겼다. 창가의 남자도 창밖을 쳐다보는 데에 흥미를 잃은 모양이었다. 의자에 앉아 있는 남자는 헨더슨이 화를 내지 않도록 하기 위해서인지 일부러 호들갑스러운 어조로 계속 이야기해 나갔다.

"흠, 그렇다면 오늘밤은 보통때와는 달랐다는 거군요? 부인과 따로 밖에서 저녁식사를 했다는 것이 말입니다."

"그렇소, 보통때와는 달랐습니다."

"그럼, 오늘밤에 특별한 일이라도 있었습니까?" 형사는 헨더슨 쪽을 쳐다보지 않고 옆의 재떨이로 눈길을 돌렸다.

"나와 집사람은 오늘밤 밖에서 저녁을 먹기로 했었습니다. 그런데 외출할 때쯤 되어 집사람이 갑자기 머리가 아프고 기분이 좋지 않다고 해서 나 혼자만 나갔었지요."

"말다툼이라도 했습니까?" 형사가 목소리를 잔뜩 내리깔아서 물어보았기 때문에 알아듣기 어려웠다.

헨더슨도 똑같이 목소리를 낮추어 대답했다. "한두 마디 옥신각신하기는 했습니다. 하지만 별것 아니었지요."

"흠──" 형사는 부부 사이의 사소한 말다툼이 어떤 것인지 잘 이해하고 있다는 듯한 표정을 지었다. "그냥 사소한 것이었다는 말이죠?"

"당신들이 무슨 생각을 하고 있는지는 잘 모르겠지만, 집사람이 저렇게 될 정도의 일은 없었습니다." 그는 잠시 말을 멈췄다가 갑자기 빠른 말투로 물어보았다. "그런데 이게 어떻게 된 겁니까? 당신네들 쪽에서는 내게 무엇 하나 알려주지 않았어요. 도대체 어떻게 해서……"

문이 열려 있는 것을 보고 그는 갑자기 입을 다물었다. 최면술에라도 걸린 것처럼 멍하게 쳐다보고 있자니 이내 침실문이 닫혔다. 그는 벌떡 일어섰다. "당신들은 대체 무슨 일로 온 거요? 도대체 뭐하는 사람들입니까? 남의 침실에 들어가서 어쩌겠다는 겁니까?"

의자에 앉아 있던 남자가 다가와서 그를 앉히려고 어깨에 손을 갖다댔다. 하지만 힘을 주어 꽉 누르는 것이 아니라 오히려 위로해 주는 듯한 태도였다.

창가의 남자가 뒤돌아보며 말했다. "조금 흥분하셨군요, 헨드슨 씨."

모든 인간에게 감춰져 있는 일종의 선천적이고 자연의 권리라고 할 수 있는 것이 헨더슨 내부에서 솟아올라왔다. "날더러 침착하라고?" 그는 벌컥 화를 냈다. "집에 돌아와 보니 집사람이 죽어 있는데, 이런 상황에서 흥분하지 말라고?"

그는 정곡을 찔렀다. 창가의 남자도 그 일에 대해서는 더 이상의 말은 생각해 내지 못한 것 같았다. 침실문이 다시 열렸다. 방안에서 어수선하게 움직이는 소리가 났다. 헨더슨은 눈을 크게 뜨고 문에서부터 현관 쪽으로 천천히 시선을 옮겨갔다.

"아니, 그럴 수가 있소! 이봐요! 꼭 감자 부대 다루듯이 하다니 원. 저 아름다운 머리카락을 바닥에 질질 끌고 있잖아—— 집사람이 얼마나 소중히 아끼던 머리카락인데——"

손이 뻗쳐와서 그를 꽉 잡았다. 현관문이 소리도 없이 닫혔다.

희미한 향수 냄새가 텅 빈 침실에서 흘러나왔다. 그것은 이렇게 속삭이는 것 같았다. '잊지 말아요. 당신과 즐겁게 지낸 시절의 나를 잊지 말아줘요.'

그는 소파에 털썩 주저앉아서 두 손에 얼굴을 파묻었다. 거친 숨소리가 들려왔다. 그때까지 참아왔던 것이 한꺼번에 무너져 내리기 시작한 것이다. 그는 잠시 뒤에 천천히 고개를 들었다. "남자는 무슨 일이 있어도 울지 않아야 하는데—— 이렇게 울어버려서……"

앞의 의자에 앉아 있던 남자가 담배를 내밀어 불을 붙여주었다. 성냥불의 불꽃이 헨더슨의 눈동자 속에서 반짝였다. 이러한 잠시 동안의 일들이 방해가 되어 그랬는지, 그렇지 않으면 더 이상 물어볼 재료가 떨어져서 흐지부지된 것인지 질문은 더 이상 나오지 않았다. 다시 그들이 입을 열기 시작했을 때는 시간을 메우기 위해 할 수 없이 하는 맥빠진 잡담이었다.

"헨더슨 씨, 옷차림이 꽤 화려하군요." 의자에 앉아 있는 남자가 말을 걸었다.

헨더슨은 불쾌한 표정을 지었을 뿐 대답하지 않았다.

"당신 몸에 갖추고 있는 것이 모두 조화를 잘 이루고 있군요. 아주 멋집니다."

"화려함 자체가 하나의 예술이지요." 하고 잡지를 보던 남자가 옆에서 끼어들었다. "구두, 셔츠, 그리고 윗도리 호주머니의 장식용 손수건——"

"하지만 넥타이만은……" 하고 창가의 남자가 머뭇머뭇 말을 받았다.

"이런 상황에서 당신들은 겨우 내 옷에 대한 이야기만 하는 겁니까?" 하고 헨더슨이 가냘프게 항의했다.

"그것은 푸른색이어야 하지 않습니까?" 그 남자는 악의없게 말했다. "다른 것들이 모두 푸른색이니까 말이오. 그 넥타이 때문에 전체적인 조화가 엉망이 되어버렸군. 나는 유행에 대해선 잘 모르지만, 누가 봐도 좀 이상하다고 생각할 거요. 다른 것은 모두 조화를 이루고 있는데, 가장 중요한 넥타이 때문에 조화를 잃어버리다니—— 당신은 푸른색 넥타이가 없습니까?"

헨더슨은 애원하듯이 말을 되받았다. "도대체 나를 어떻게 하려고 이러는 겁니까? 지금 나에게는 그런 하찮은 일을 생각하고 있을 여유가 없다는 것은 당신들도 잘 아실 텐데……"

남자는 아까와 같이 억양없는 목소리로 다시 한 번 물었다. "푸른색 넥타이가 없습니까, 헨더슨 씨?"

헨더슨은 머리카락을 손으로 쓸어올리면서 말했다. "당신들은 나를 미치게 하려는 거요?" 그리고는 이런 진부한 이야기에는 이제 더 이상 견딜 수 없다는 듯이 일부러 억제한 목소리로 대답했다. "푸른색 넥타이라면 갖고 있소. 방안의 장롱 속에 걸려 있을 거요."

"그렇다면 어째서 그것을 매지 않았지요? 당신의 옷 전체가 푸른색으로 통일되어 있는데 말이오." 형사는 상대방의 기분을 풀어주려는 듯이 부드럽게 말했다. "처음에는 푸른색을 매려고 했다가 갑자기 마음이 바뀌어 지금의 그것을 맸다면야 이야기가 다르지만——"

"도대체 그것이 어떻다는 겁니까? 어째서 그런 하찮은 일로 나를 이렇게 괴롭히는 겁니까?" 헨더슨은 목소리를 조금 높여 말했다. "내 아내가 죽었어요. 지금 내 머리는 혼란스러워요.

그런 내가 왜 푸른색 넥타이를 맸느니 매지 않았느니 하고 떠들어야 합니까?"

그러나 질문은 끊임없이 계속되었다. 마치 물방울이 머리 위에 똑똑 떨어지듯이 똑같은 질문이 계속 퍼부어졌다. "정말 확실합니까, 처음부터 그것을 매지 않았었다는 것이?"

그는 자신을 진정시키며 말했다. "그래요, 확실합니다. 그것은 침실 장롱 속에 걸려 있을 겁니다."

형사는 천연덕스럽게 계속했다. "하지만 장롱 속에는 그것이 없더군요. 그래서 이렇게 묻고 있는 겁니다. 우리들은 이미 장롱을 열고 당신이 넥타이를 걸어두는 곳을 뒤져보았습니다. 하지만 그것만이 없었습니다. 다른 넥타이들은 모두 가지런히 걸려 있는데 말이오. 이것은 당신이 처음에는 그것을 골라서 맸다는 것을 말해 주는 겁니다. 그런데 문제는 어째서 갑자기 마음이 바뀌어 하루 종일 매고 있던 것을 풀고 다른 것으로 바꿔 맸느냐 하는 겁니다. 그것도 밤 외출에 전혀 어울리지 않는 그런 넥타이를 말입니다."

헨더슨은 손바닥으로 이마를 탁 치며 벌떡 일어섰다. "그만두시오! 더 이상 참을 수가 없소. 도대체 무엇을 바라고 있는 건지 그것부터 말해 주시오. 장롱 속에 없었다면 도대체 어디에 있겠습니까? 나는 그 넥타이를 매지 않았었습니다. 어디에 있습니까? 알고 있다면 가르쳐 주시죠! 어디에 있든지 그게 무슨 상관인지는 모르겠지만."

"사실 그것이 큰 문제입니다, 헨더슨 씨."

그 뒤에 긴 침묵이 이어졌다. 그의 얼굴은 점점 새파래져 갔다.

"그것이 당신 부인의 목에 꽉 졸려져 있었지요. 결국 그 넥타이가 부인의 숨통을 막아 버린 겁니다. 칼로 끊지 않으면 풀 수 없을 정도로 단단하게 묶여 있었단 말입니다."

3. 사형집행 전 149일

새 벽

밤 새도록 숨막히는 질문과 대답 속에서 어느새 빛이 창으로 새어 들어왔다. 사람뿐만 아니라 방안에 있는 모든 것이 변함이 없는데, 묘하게도 달라진 느낌이 들었다. 마치 올 나이트 파티를 끝낸 뒤 같았다. 재떨이뿐만 아니라 그릇이라는 그릇은 모조리 담배꽁초로 가득차 있었다. 파란색 전기 스탠드는 여전히 켜져 있었고, 사진틀도 그대로 제자리에 있었다. 하지만 그녀의 사진은 이젠 이 세상에 존재하지 않는 실체의 빈 껍질일 뿐이었다.

방안에 있는 사람들의 모습이나 행동은 죄다 술에 취한 것 같았다. 윗도리와 조끼를 벗은 채 와이셔츠 칼라 단추까지 풀어젖혔다. 한 사람은 욕실에 들어가서 수돗물로 기운을 차리고 있었다. 활짝 열려진 문으로 코푸는 소리가 들려왔다. 다른 두 사람은 여전히 담배를 피우면서 실내를 조급하게 서성거렸다.

헨더슨만이 조용히 앉아 있었다. 그는 밤새도록 앉아 있던 바로 그 소파에 여전히 앉아 있었다. 태어나서 지금까지 그 소파 위에서 한 발자국도 떨어져 본 적이 없는 듯한 느낌이었다.

욕실에 들어가 있던 버지스라는 남자가 밖으로 나왔다. 그는 머리를 통째로 세면대에 담갔다 꺼냈는지 물방울이 뚝뚝 떨어지고 있었다. "수건은 어디에 있소?"

그것은 평범한 질문이었지만, 그때는 헨더슨에게 묘한 여운을 주었다. "내가 직접 수건을 꺼내어 쓴 적이 없어서 모르겠소." 하고 그는 비통한 목소리로 대답했다. "필요할 때는 집사람이 언제나 꺼내어 주었기 때문에 수건을 어디에 보관해 두는지 모릅니다."

형사는 물방울을 뚝뚝 흘리면서 문 앞에 선 채 당황스러운 얼굴로 물었다. "그럼 커튼을 써도 괜찮겠소?"

"그렇게 하시오." 헨더슨의 목소리는 낮고 맥이 없었다.

심문은 또다시 시작되었다. 이제는 끝났겠지 하고 생각하면 다시 시작되는 것이었다.

"극장표가 두 장 있었다는 건 그리 중요한 문제가 아니오. 그런데 당신은 왜 그걸 그렇게 우리들에게 믿으라고 강조하는 겁니까?"

그는 사람을 잘못 쳐다보았다. 그는 대화할 때는 으레 말하는 상대방을 쳐다보곤 했었다. 그러나 이 말은 그가 마주보고 있는 상대가 한 것이 아니었다. "그게 사실이기 때문에 그렇다고 말하는 것뿐이오. 사실을 말하는 것이 대체 왜 안된다는 겁니까? 두 사람이 극장표 두 장을 가지고 있었다는 얘기에 대해서는 도대체 들어보지도 못했소? 그거야 지천으로 깔려 있는 얘기가 아니오, 당신, 안 그래요?"

다른 사람이 끼어들었다. "이봐, 헨더슨, 시치미떼지 마시지. 그럼, 그 여자는 대체 누구요?"

"누구 말입니까?"

"이런 빌어먹을, 또 처음으로 되돌아가 버렸군." 하고 그 남자는 어이없다는 듯이 되뇌었다. "이 얘기를 시작한 지 벌써 한 시간 반, 아니 두 시간이나 지났소. 다시 묻겠는데, 그 여자는 누구요?"

헨더슨은 피곤한 듯이 머리카락을 매만지면서 어쩔 도리가 없다는 듯이 고개를 떨구었다.

버지스가 와이셔츠의 옷자락을 바지춤 속으로 찔러넣으면서 욕실에서 나왔다. 그는 호주머니에서 시계를 꺼내어 손목에 찼다. 그는 건성으로 시계를 한번 슬쩍 쳐다보고는 어슬렁어슬렁 전화기 쪽으로 걸어갔다. 그의 목소리가 들려왔다. "걱정하지 마, 티어니."

아무도 그 말에는 주의를 기울이지 않았다. 헨더슨은 눈을 반쯤 내리뜬 채로 멍하니 마룻바닥의 카펫을 바라보고 있었다. 통화를 끝마친 버지스가 방안을 서성거리기 시작했다. 그는 창가 쪽으로 가서 차양을 움직여 햇볕이 많이 들어오도록 했다.

바깥쪽 창틀에 작은 새가 한 마리 앉아 있었다. 그 새는 그를 쳐다보며 고개를 갸웃거렸다. "이리 와보시오, 헨더슨. 이 새는 어떤 종류요?" 헨더슨이 금방 일어나려고 하지 않자, "이봐요,

빨리 오지 않으면 날아가 버린다고!" 하고 그는 그것이 세상에서 제일 중요한 일인 것처럼 소리쳤다.

헨더슨은 일어서서 그쪽으로 다가가 그의 곁에 나란히 섰다. 그래서 방에서 등을 돌리게 되었다.

"참새로군." 헨더슨은 짤막하게 말했다. 하지만 남자를 바라보는 그의 표정은, '당신이 알고 싶은 것은 이것이 아닐 텐데.' 하고 말하고 있는 듯했다.

"나도 그러리라고 짐작하긴 했소만……" 버지스는 그렇게 말하면서 헨더슨의 시선을 창밖으로 유도해 놓았다. "이곳에선 전망도 그렇게 나쁘진 않군."

"좋으시다면 저 새째 몽땅 가지시오." 헨더슨은 역겹다는 듯이 이를 악물고 내뱉었다.

그리고는 침묵이 계속되었다. 형사들은 한마디도 묻지 않았다.

그를 쏘아보는 세 남자의 시선은 그의 얼굴을 뚫어버릴 듯이 강렬했다. 그는 침착하려고 애썼다. 피부는 마분지처럼 딱딱하게 굳었지만 그런 내색을 하지 않으려고 안간힘을 썼다.

그녀는 그를 바라보았다. 그도 그녀를 바라보았다. 귀엽게 생긴 여자였다. 요즈음엔 앵글로 색슨의 특징을 갖추고 있는 사람이 매우 드문데, 그녀는 앵글로 색슨의 특징을 골고루 갖추고 있었다. 눈은 파랗고, 갈색 머리카락은 이마를 따라 잘 빗겨져 있었다. 그리고 남자처럼 선명한 가리마가 타져 있었으며, 연한 갈색의 낙타 코트를 그냥 어깨에 걸치고 있었다. 모자는 쓰지 않았으며 손에는 핸드백을 꼭 움켜쥐고 있었다. 아직은 젊어서 애정이라든가 남자라는 것을 믿을 수 있는 그런 나이의 여자였다. 아니, 영원히 그런 것을 믿을 수 있는 여자, 사랑의 이상향을 품고 있는 여자 같았다. 헨더슨을 바라보고 있는 그녀의 눈초리에서 그런 것을 엿볼 수 있었다. 사실 그녀의 눈은 향나무가 활활 타오르듯이 반짝거렸다.

헨더슨은 입술을 조금 적시고 나서 알아차릴 수 없을 정도로 가볍게 고개를 끄덕였다. 마치 이름도 기억할 수 없고, 어디에서 만났는지도 기억할 수 없는 여자. 하지만 생판 모른 체하고 넘어가고 싶지는 않은 여자라는 듯이.

헨더슨은 더 이상 그녀에게 관심이 없다는 듯한 태도를 지었다.

버지스가 은밀히 신호를 보낸 모양이었다. 남자들이 갑자기 모습을 감추자 방안에는 헨더슨과 젊은 여자만이 남게 되었다.

그가 손을 들어 막으려 했지만 이미 늦었다. 낙타 코트는 그녀의 어깨에서 벗겨져 소파 안 구석으로 떨어지고 여자는 로켓처럼 그에게 달려들었다. 그는 몸을 돌려 피하려고 했다.

"이러면 안돼. 조심해야 돼. 저놈들의 뜻대로 하면 안돼. 저놈들은 한마디라도 더 듣고 싶어서 안달이 나 있다고……"

"나는 아무것도 두렵지 않아요." 그녀는 그의 팔을 잡고 가볍게 흔들었다. "당신은? 당신은 어때요? 대답해 봐요!"

"나는 여섯 시간 동안이나 당신의 이름을 꺼내지 않으려고 애써 왔어. 그런데 어떻게 저놈들이 당신을 끌어들이게 되었지? 어떻게 당신을 알아낸 거지?" 그는 잠시 멈췄다. "제기랄! 내 팔이 하나 없어지는 한이 있더라도 당신만은 끌어들이고 싶지 않았는데."

"하지만 당신이 괴로운 입장에 놓인다면 나도 함께 고통을 받고 싶어요. 당신은 내 마음을 몰라요." 그녀는 얼른 자기 입술로 그의 입을 막았다.

잠시 뒤 그가 말했다. "아직 내용도 알지 못하고 키스부터 하는군……"

"아니에요, 그렇지 않아요." 하고 애원하듯이 말하는 그녀의 숨결이 그의 얼굴에 느껴졌다. "그렇게까지 억측하지 마세요. 그럴 필요도 없어요. 내가 그런 생각을 했다면 그것은 내게 잘못이 있는 거예요. 하지만 내 마음은 분명해요."

"그럼, 괜찮다고 말해 줘." 하고 그는 서글프게 말했다. "나는 마셀라를 미워한 것이 아니야. 단지 이대로 함께 생활할 수 있을 정도로 사랑하지 않았다는 것뿐이라고. 나는 마셀라를 죽이지 않았어. 내가 사람을 죽이다니, 그건 말도 안돼……"

그녀는 말로 표현할 수 없는 기쁜 표정으로 얼굴을 그의 가슴에 묻었다. "아무 말도 하지 마세요. 나는 다 알고 있어요. 내가 왜 당신을 사랑하는지 아세요? 당신이 미남이기 때문에? 똑똑하기 때문에? 용감하기 때문에? 당신도 그렇게는 생각지 않겠죠?"

그는 미소지으며 그녀의 머리카락을 쓰다듬었다. 그러면서 손을 멈추고는 살짝 입을 갖다댔다.

"내가 사랑하고 있는 것은 당신 가슴속에 있는 거예요. 그것은 아무에게도 보이지 않는, 단지 나만이 볼 수 있는 거예요. 당신의 마음속에 얼마나 좋은 것들이 들어 있는지 아세요? 당신은 정말 멋진 분이세요. 하지만 그것은 모두 마음속에 숨겨져 있어서 나 말고는 아무도 볼 수 없는, 나만의 것이에요." 천천히 얼굴을 든 그녀의 눈에는 눈물이 가득 괴어 있었다.

"이젠 그만해." 하고 그는 부드럽게 말했다. "나는 그런 사람이 아니야."

"판단은 내가 하는 거예요. 자신을 학대하지 마세요." 그녀는 조용히 말했다. 그리고 나서 현관 쪽을 바라다보았다. 그러자 환하게 밝던 그녀의 얼굴이 점점 어두워졌다. "저 사람들은 뭐래요? 어떻게 생각하고 있어요?"

"지금까지는 반신반의하고 있어. 확실하게 알고 있다면 이렇게 지금까지 나를 붙잡고 있겠어? 그런데 어떻게 해서 당신까지 끌어들이게 되었지?"

"어젯밤 집에 들어갔더니 당신이 6시경에 전화했었다고 하더군요. 그래서 내가 이곳으로 전화를 걸었어요. 11시쯤 되어서요. 그때 저 사람들은 이미 이 집에 와 있더군요. 저 사람들이 할 이야기가 있다며 곧 내게 사람을 보내겠다고 했어요. 그래서 그 이후 줄곧 감시당하고 있었어요."

"아니, 그럴 수가! 밤새도록 잠도 못 자게 했단 말이야!" 그는 흥분했다.

"당신에게 이런 일이 생겼는데 내가 어떻게 잠을 잘 수 있겠어요?" 그녀는 손으로 그의 얼굴을 어루만지며 말했다. "한 가지 중요한 게 있어요. 다른 것은 문제도 되지 않아요. 그것은 머지않아 밝혀질 거예요……당신, 저 사람들에게 어디까지 이야기했어요?"

"우리들의 일 말이야? 하나도 이야기하지 않았어. 나는 당신을 끌어들이고 싶지 않았거든."

"그럼, 그것을 이용하는 거예요. 지금 저 사람들은 당신이 뭔가 숨기고 있다고 생각하고 있어요. 이젠 나까지도 끼어들었으니까 저들이 알고 싶어하는 것을 모조리 말해 주는 거예요. 우리들에게는 창피한 것도, 두려운 것도 없잖아요. 이것은 빠르면 빠를수록 결말도 빨리 나요. 게다가 저 사람들은 우리 둘이 단순한 사이가 아니라는 것을 이미 눈치채고 있을 테니까……"

그녀는 갑자기 입을 다물었다. 버지스가 방으로 되돌아온 것이다. 그의 얼굴에는 만족스러운 빛이 떠올라 있었다. 이어서 다른 두 사람이 들어오자, 버지스가 그 중 한 사람에게 눈짓을 보내는 것이 헨더슨에게도 보였다.

"아래에 차를 대기시켜 놓았습니다. 집까지 모셔다 드리지요, 리치먼 양."

헨더슨은 그에게 다가갔다. "이 여자를 끌어들일 필요까진 없잖소. 당신들은 잘못 생각하고 있는 거요. 이 여자는 정말로 아무것도 몰라요."

"모든 것은 당신이 하기 나름이오." 하고 버지스가 말했다. "이 여자를 여기에 데려온 것도 모두 당신의 기억을 되살리기 위해서였어."

"내가 알고 있는 것, 내가 말할 수 있는 건 모두 말하겠소." 하고 헨더슨이 소리쳤다. "그 대신 이 여자에게 신문기자들이 몰려들거나, 이 여자의 이름이 신문에 실리지 않도록 그쪽에서 조처를 취해 주어야 합니다."

"사실대로 말해 준다면." 하고 버지스도 조건을 붙였다.

"이야기하지요." 헨더슨은 그녀 쪽으로 몸을 돌려, 지금까지보다 훨씬 부드러운 목소리로 말했다. "이젠 그만 돌아가, 캐롤. 걱정하지 말고 푹 잠이나 자. 곧 모든 일이 잘 해결될 거야."

그녀는 모두가 보는 앞에서 그에게 키스했다. 그런 자신의 마음이 자랑스러운 듯이——"상황을 계속 알려주세요. 가능한 한 빨리요. 할 수 있다면 오늘 안으로 알려주세요."

버지스는 그녀와 함께 문 쪽으로 가서 밖에서 경비를 서고 있는 경관에게 말했다.

"티어니에게 전해 주게. 이 여자에게 아무도 접근시키지 말도록. 이 여자에 대해서는 이름도 가르쳐 줘서는 안되고, 무엇을 물어와도 대답해서는 안돼. 아무튼 어떤 정보도 새어나가서는 안된단 말이야."

그가 방으로 돌아오자 헨더슨은 감사의 뜻을 전했다. "고맙소, 당신 진짜 신사로군."

형사는 흘끗 그를 쳐다보긴 했으나 아무 소리도 하지 않았다. 그냥 자리에 앉아서 수첩을 꺼내어 빽빽하게 쓰여진 두세 장에 줄을 죽죽 그어 지워버리고는 새로운 면을 펼쳤다. "그럼, 시작합시다."

"그러시오." 하고 헨더슨도 대답할 준비를 갖추고 다가섰다.

"당신은 부인과 말다툼을 했다고 했는데 분명합니까?"

"그렇습니다, 틀림없습니다."

"두 장의 극장표 이야기도 맞습니까?"

"그렇습니다."

"그렇다면 당신 부부 사이의 감정이 원만하지 않았던 것이로군?"

"처음부터 감정이라는 것은 없었습니다. 마비되어 있었던 것이지요. 얼마 전에 나는 집사람에게 이혼 이야기를 꺼냈습니다. 리치먼 양과의 일은 집사람도 알고 있었습니다. 내가 이야기를 했죠. 뭐, 하나도 숨길 생각은 없었습니다. 사실대로 이야기하고 싶었던 거죠. 그렇지만 집사람은 이혼할 수 없다고 하더군요. 리치먼 양과 밖에서만 어울리는 것은 졸렬한 짓이고, 나도 그런 장난은 계속하고 싶지 않았습니다. 사실은 어떻게 해서든지 리치먼 양과 결혼하고 싶었죠. 사정이 그래서 서로 떨어져 있으려고 했지만 도저히 보고 싶어서 참을 수가 없더군요. 이런 이야기도 도움이 됩니까?"

"매우."

"그저께 밤에는 더 이상 어떻게 할 수 없어서 리치먼 양에게 하소연 비슷하게 했습니다. 그랬더니 내가 난감해 하는 것을 보고는 그녀가, '내게 맡겨두세요. 내가 이야기해 볼게요.' 하며 자기가 나서겠다고 하더군요. 나야 물론 안된다고 펄쩍 뛰었죠. 그러자, '그럼, 한 번 더 당신이 설득해 보세요. 이번에는 방법을 바꿔서 이론적으로 따지고 들어가는 거예요.' 하고 그녀가 말하더군요. 그런 방법은 내 마음에는 들지 않았지만, 할 수 있는 데까지는 해보리라고 마음먹었습니다. 그래서 먼저 사무실에서 전화를 걸어 내가 잘 다니는 레스토랑에 자리를 예약해 두었습니다. 다음에 극장쇼 프로 두 장을 샀습니다. 무대 앞쪽의 통로 쪽 좌석으로 말입니다. 그리고는 둘도 없는 친구의 송별식에도 갈 수 없다고 연락했지요. 잭 롬버드라는 친구인데, 남미에 가서 2~3년 안에는 돌아오지 않을 예정입니다. 그런 터라 그 송별식이 출항 전에 그 친구 얼굴을 볼 수 있는 마지막 기회였던 거지요. 하지만 한번 마음먹은 거, 어떻게 해서든지 결말을 지어야겠다고 단단히 별렀었습니다.

그런 마음으로 집에 돌아왔는데 상황은 조금도 바뀌지 않았습니다. 아내에게는 조용하게 이야기를 나눌 마음조차 없었던 거죠. 이제까지 살던 식으로 그렇게 구질구질하게 계속해 나가자는 겁니다. 그때 내 마음이 울컥 치밀어올랐다는 것은 인정합니다. 보통 화가 나는 게 아니었습니다. 아내는 끝까지 버티더군요. 내가 샤워를 하고 옷을 갈아입을 때까지도 입을 꼭 다물고 있었습니다. 내가 외출준비를 다 끝냈는데도 아내는 의자에서 일어서려고도 하지 않았죠. 아내는 큰소리로 비웃으면서, '내 대신 그 여자를 데리고 가는 게 어때요? 어떻게 아까워서 내게 10달러씩이나 쓰겠어요?' 하며 빈정거리더군요. 그래서 보란 듯이 아내 앞에서 리치먼 양에게 전화를 걸었지요.

하지만 마침 그녀는 집에 없더군요. 마셀라는 배를 움켜쥐고 고소하다는 듯이 크게 웃어대는 겁니다, 글쎄.

그런 상황에서 내 기분이 어땠었는지는 당신도 알 수 있을 겁니다. 나는 핏대가 머리 끝까지 올라서 큰소리를 버럭 질렀습니다. '지금 거리에 나가서 맨 처음 만나는 여자를 당신 대신 데리고 가지! 군소리 없이 고분고분하고 포근한 여자를 말이야!' 그리고는 모자를 집어들고 문을 쾅 닫고는 밖으로 나가 버렸습니다."

그의 목소리가 태엽풀린 시계처럼 점점 느려졌다. "이것이 전부입니다. 그 이상의 일은 없었습니다. 누가 뭐래도 바뀔 수 없는 진실입니다."

"당신이 외출하고 나서의 행적과 시간은 아까 이야기한 대로 똑같습니까?" 하고 버지스가 물었다.

"틀림없습니다. 그러나 나는 혼자가 아니고 어떤 여인과 함께 있었습니다. 아내에게 말한 대로 처음 만난 여자에게 함께 극장에 가자고 했지요. 그녀는 흔쾌히 받아들이더군요. 그래서 그때부터 집에 돌아오기 10분 정도 전까지는 죽 그 여자와 함께 있었습니다."

"그 여자를 만난 것은 몇 시였습니까? 대강이라도 좋으니까."

"집을 나서고 나서 2∼3분 정도 지난 뒤였습니다. 50번 구획에 있는 술집에서였지요." 헨더슨은 손가락을 조금 움직이고는 계속 이어나갔다. "잠깐만요. 지금 생각났어요. 그 여자와 만난 정확한 시간이 말입니다. 내가 극장표를 꺼냈을 때 둘이 함께 벽시계를 쳐다보았거든요. 그때가 정확히 6시 10분이었습니다."

버지스는 손톱으로 아랫입술을 문지르면서 말했다. "그 술집의 이름은?"

"확실히 기억나진 않아요. 빨간 네온 간판이 번쩍이고 있었다는 것밖에는……"

"당신이 6시 10분에 정말로 그곳에 있었다는 것을 증명할 수 있겠소?"

"틀림없이 그곳에 있었다고 하지 않았습니까? 왜요, 그것이 그렇게 문제가 됩니까?"

"당신을 좀더 초조하게 만들 수도 있지만, 이제 죄다 가르쳐 주겠소. 당신 부인은 정확히 6시 8분에 죽었습니다. 쓰러지는 순간에 부인이 차고 있던 손목시계가 화장대의 모서리에 부딪혀서 깨어져 버렸더군요. 그것이 정확하게……" 그는 수첩을 보면서 읽어주었다. "6시 8분 15초." 그리고는 계속해서 말을 이었다. "두 발 달린 동물이, 아니 날개가 달려 있다고 해도 여기에서 50번 구획까지 1분 45초 동안에 갈 수는 없지. 당신이 6시 10분에 그곳에 있었다는 것이 입증되기만 하면 당신 혐의는 깨끗이 벗겨지는 거요."

"지금 방금 이야기하지 않았습니까? 나는 벽시계를 봤다고요."

"그것은 증거가 되지 않아요. 아직까진 근거 없는 진술에 지나지 않는단 말이오."

"그럼, 어떻게 해야 증거가 되는 겁니까?"

"그것이 확인된다면야——"

"꼭 술집에 있었던 시간을 확인해야 하는 겁니까? 여기에서의 시간이 분명하다면 그것으로 충분하잖습니까!"

"하지만 여기에서는 당신의 말밖에는 증명할 수 있는 다른 것은 하나도 없지. 우리들이 어젯밤부터 줄곧 당신 곁에 붙어 있었던 것을 무슨 이유라고 생각하는지 모르겠소."

헨더슨은 두 손을 무릎 위로 내려놓았다. "흠, 알겠습니다." 하고 그는 알아들을 수 없는 목소리로 말했다. 그 뒤 잠시 동안 침묵이 흘렀다.

이윽고 버지스가 입을 열었다. "당신이 술집에서 만났다고 하는 그 여자가 시간을 확인해 줄 수 있겠지요?"

"그녀는 나와 함께 벽시계를 바라보았어요. 반드시 기억하고 있을 겁니다. 그래요, 확인해 줄 수 있을 겁니다."

"좋아, 이제 문제는 해결됐소. 그녀의 증언이 당신에게 부탁받은 것이 아니라 진실이라면 말이오. 그녀의 주소는?"

"모릅니다. 처음에 만났던 술집으로 돌아가서, 그냥 거기에서 헤어졌으니까."

"흠, 그럼, 이름은?"

"그것도 모릅니다. 물어보지도 않았고, 그쪽에서도 가르쳐 주지 않았습니다."

"이름도 성도 모른다는 거요? 여섯 시간이나 함께 있었으면서——그럼, 그녀를 뭐라고 불렀소?"

"그냥 '당신'이라고만 했습니다." 그는 어두운 표정으로 대답했다.

버지스는 다시 수첩을 꺼냈다. "좋아요. 그럼, 그 여자의 인상을 말해 주시오. 어떻게 해서라도 찾아내야 하니까."

긴 시간이 흘렀다.

"말해 주시오." 하고 다시 버지스가 말했다.

헨더슨의 얼굴이 점점 창백해졌다. 그는 침을 꿀꺽 삼키고 나서는 내뱉듯이 말했다. "제기랄, 생각이 나질 않는군!" 그는 토하기라도 하듯이 외쳐댔다. "그녀에 대해선 깡그리 잊어버리고 말았소. 아주 깨끗이 머릿속에서 사라져 버렸단 말입니다." 그는 눈앞에서 손을 휘저으며 안타깝다는 듯이 말했다. "어젯밤 여기에 돌아왔을 때라면 몰라도 지금은 전혀 기억나지 않습니다. 너무 많은 일이 있었으니까요. 마셀라의 시체를 보고, 그리고 나서 밤새도록 당신들에게 끔찍할 정도로 시달리지 않았습니까? 그 여자의 모습은 강렬한 빛에 노출된 필름처럼 내 머릿속에서 완전히 사라져 버리고 말았어요. 함께 있었던 동안에도 그다지 눈여겨서 살펴보지는 않았지만, 여하튼 지금은 내 머릿속이 어수선한 것들로 꽉 차 있어서 도저히 생각나질 않아요." 그는 도움을 요청하듯이 모두의 얼굴을 차례차례 둘러보았다. "그녀는 별로 특징이 없었거든요."

버지스가 도와주려고 나섰다. "침착하게 잘 생각해 보시오. 자, 눈동자의 색깔은?"

헨더슨은 꼭 쥐고 있던 손을 양쪽으로 펼치며 모르겠다는 몸짓을 했다.

"기억이 그렇게 안 나요? 좋아, 그럼 머리카락은 어떤 모양이었소? 색깔은?"

헨더슨은 주먹쥔 손을 이마에 갖다댔다. "그것도 생각나지 않습니다. 어떤 색이 떠올랐다가는 곧 다른 색인 것 같다는 생각이 듭니다. 그래서 그 색인가 보다고 생각하면 다시 처음의 색깔로 돌아가 버리는 겁니다. 이거야 원! 모르겠습니다. 틀림없이 중간색이었는데. 갈색도 아니고 검은색도 아니고. 모자를 쓰고 있었기 때문에 잘 보이지 않았거든요……" 그는 갑자기 얼굴을 번쩍 쳐들고 말했다. "모자만은 분명하게 기억하고 있어요. 오렌지색 모자, 이것은 도움이 안될까요? 그래요, 틀림없습니다, 오렌지색이었습니다."

"하지만 그녀가 어젯밤에 썼던 모자를 벗어버리고 앞으로 반년 동안 그것을 쓰지 않고 다닌다면 어떡하겠습니까? 좀더 구체적으로 기억해 낼 순 없겠소?"

헨더슨은 고통스럽다는 듯이 관자놀이를 손가락으로 눌렀다.

"그 여자는 뚱뚱했소, 그렇지 않으면 비척 말랐소? 키는 컸소, 작았소?" 버지스는 화살처럼 빠르게 질문을 퍼부었다.

헨더슨은 좌우로 몸을 비틀었다. 날아오는 질문을 피하기라도 하려는 듯이 ──"틀렸어. 도무지 기억이 나질 않습니다!"

"우리를 놀리는 거야!" 하고 다른 남자가 차갑게 말했다.

"분명히 어젯밤의 일이오? 혹시 일주일 전이나 일년 전의 일이 아니고?"

"나는 원래 다른 사람의 얼굴을 잘 기억 못합니다. 아무 일이 없는 보통때조차도 그렇습니다. 분명히 그녀에게 얼굴이 있긴 있었는데……"

"지금 제정신이야!" 하고 한 형사가 소리쳤다. 헨더슨은 혼자서 머릿속으로 생각해야 하는 말을 무심코 내뱉는 바람에 주위 사람들을 화나게 만드는 것이었다.

"체격은 보통 여자들과 비슷했습니다. 내가 말할 수 있는 것은 그것뿐입니다……"

그 말이 결정적인 것이었다. 점점 험악해져 가던 버지스의 얼굴이 순간적으로 굳어졌다. 그는 마음이 넓은 사람인 모양이었다. 그는 필요없이 거추장스럽게 들고 있던 연필을 호주머니에 집어넣는 대신에 마음속 깊이 쌓아두었던 분노를 담아서 맞은편 벽을 향해 냅다 집어던지고 말았다. 그리고는 얼른 의자에서 일어나 그것을 주우러 갔다. 얼굴은 본래의 표정으로 되돌아와 있었다. 그는 지금까지 벗어두었던 윗도리를 급하게 껴입고는 넥타이를 앞으로 돌려 단정히 맸다.

"자, 모두――" 하고 그는 나지막이 말했다. "나가지. 너무 늦었어." 그는 현관 쪽으로 나가다 말고 헨더슨을 차갑게 쳐다보았다.

"당신, 도대체 우리들을 어떻게 보고 이렇게 놀리는 건지 모르겠어." 하고 그는 호통치듯이 말했다. "우습게 보았다면 커다란 착각이오. 당신은 그 여자와 적어도 여섯 시간은 함께 있었다고 했소. 그것도 바로 어젯밤에. 그런데도 당신이 그 여자의 인상에 대해서 무엇 하나 제대로 기억하지 못한다는 것이 말이나 됩니까? 술집에서는 어깨가 맞닿을 정도로 가깝게 앉아 있었고, 식당에서는 같은 테이블에 마주앉아서 식사했다고 하고서. 또, 극장에서는 세 시간 동안 바로 옆자리에 앉아서 구경했다고 했소. 게다가 가고 올 때도 함께 택시를 탔고―― 그런데도 여자가 오렌지색 모자를 썼다는 것밖에는 특징이 없다고 말할 수 있소! 우리들에게 그것을 믿으라는 거요? 이름도, 키도, 몸집도, 눈도, 머리카락도, 게다가 아무런 특징도 하나 없는 가공의 환상 같은 것을 우리가 믿으라는 말이지? 그 환상의 여인과 함께 저녁 내내 있었고, 아내가 살해되었을 때는 집에 없었다는 이야기를 그대로 죄다 받아들여라 그 말이군! 별로 훌륭한 솜씨는 못 돼요, 당신. 그런 것은 열 살 먹은 어린애라도 모두 알아차릴 수 있는 거라고. 당신의 말로 우리는 두 가지를 추측할 수 있소. 하나는 실제로 그런 인물은 존재하지 않는데 당신이 적당히 꾸며댄 것에 지나지 않는다는 것. 그리고 둘째로, 내가 보기에는 이쪽이 훨씬 더 확률이 높은 것 같소만──함께 있지 않았던 것은 마찬가지이지만──저녁의 복잡한 거리 속에서 우연히 보게 된 여자를 한 명 생각해 두었다가, 그 여자와 함께 있었다는 것을 우리들에게 믿게 하려고 애쓴다는 것이오. 지금으로서는 이 두 가지 생각밖에 할 수 없소. 그렇기 때문에 당신은 일부러 그녀의 인상이나 특징을 얼버무려서 우리들이 그녀를 찾아내어 사실을 밝히지 못하게 하려는 것 같은데, 그렇지 않소?"

"자, 어서 갑시다." 하고 다른 사람이 투박하게 생긴 소나무를 톱질하는 듯한 목소리로 헨더슨에게 소리쳤다. 그리고 나서 농담처럼 이렇게 덧붙였다. "버지스는 웬만해서는 화를 내지 않지만, 한번 화가 났다고 하면 철저하게 파헤치는 사람이오."

"체포되는 겁니까?" 스코트 헨더슨은 다른 남자에게 팔을 잡힌 채 문 쪽으로 끌려가면서 버지스에게 물었다.

버지스는 헨더슨의 말에 대답하지 않았다. 그 대답은 막 나가려고 하는 순간에, 어깨너머에 있던 세 번째 남자에게 내리는 지시 속에 들어 있었다. "조, 전기 스탠드를 끄게. 이제 당분간 여기에서 저것을 이용할 사람이 없을 테니까."

4. 사형집행 전 149일

오후 6시

자동차가 길 모퉁이에 멈춰서 있는데 어딘가 가까운 교회에서 시간을 알리는 종소리가 들려왔다.

"이제 울리는군." 하고 버지스가 말했다.

그들은 10분쯤 전부터 자동차의 시동을 걸어놓고 이때를 기다리고 있었던 것이다.

헨더슨은 자유의 몸도 아니고 체포된 것도 아닌 어중간한 상태로 버지스와 또 다른 남자 사이에 끼어 차의 뒷자리에 앉아 있었다. 또 다른 남자란 다름 아닌 어젯밤부터 오늘 아침까지 그의 아파트에서 끈질기게 심문했던 나머지 두 형사 중의 한 명이었다.

더치라고 하는 또 한 남자는 차 밖의 길가에 서성거리며 서 있었다. 그는 종이 울리기 직전까지 길 한가운데에 주저앉아서 구두끈을 고쳐매고 있었다. 이윽고 그가 일어섰다.

어젯밤과 똑같은 밤이었다. 인파로 활기찬 거리——서쪽 하늘은 아름답게 물들기 시작했으며, 사람들이 모두 어딘가로 외출하는 시간이었다. 헨더슨은 꼼짝없이 두 남자의 사이에 붙잡혀 있었다. 하지만 그의 가슴속에는 몇 시간만 지나면 눈이 아찔할 정도로 많은 변화가 일어나리라는 기대로 가득차 있는 것 같았다.

그의 집은 거기서 불과 두세 집 뒤쪽의 모퉁이에 있었다. 하지만 이제는 거기에서 살지 않았다. 그가 지금 살고 있는 곳은 경찰서에 있는 유치장이었다.

헨더슨은 힘없이 버지스에게 말했다.

"너무 앞쪽이오. 한 집 뒤로 물러나야 해요. 내가 저 여자용 옷가게의 진열창 앞을 지나갈 때 종이 울리기 시작했거든요. 이제 조금씩 기억이 나는군."

버지스는 보도에 있는 남자에게 그것을 말해 주었다. "더치,

한 집 뒤로 물러나서 거기에서 시작하게. 그래, 거기야. 그럼, 시작이야!"

두 번째 종이 울렸다. 버지스는 손에 쥐고 있던 스톱워치를 작동시켰다.

길거리에 있던 키가 크고 다리가 긴 빨간 머리의 남자가 성큼성큼 걷기 시작했다. 동시에 차도 조금씩 미끄러져 가기 시작해서 그 남자와 나란히 길거리의 바깥쪽 차도를 나아갔다.

더치라는 남자는 처음에는 약간 거북스러운 듯이 다리의 움직임이 부자연스러웠지만, 얼마 지나지 않아 자연스럽게 걷게 되었다.

잠시 뒤 버지스가 물었다. "속도는 어떻소?"

"조금 더 빨랐다고 생각합니다." 헨더슨이 대답했다. "나는 기분이 좋지 않으면 발걸음이 빨라지는 버릇이 있거든요. 아마 어젯밤에는 꽤 빠르게 걸었을 겁니다."

"좀더 빨리 걷게, 더치!" 하고 버지스가 명령을 내렸다.

다리가 긴 그 남자는 점차 발걸음을 빨리했다.

다섯 번째, 이어서 마지막 종소리가 울려왔다.

"이젠 어떻소?"

"대충 맞는 것 같습니다." 하고 헨더슨은 고개를 끄덕였다.

교차로에 도착했다. 신호등에 걸려 자동차가 멈춰섰다. 다리가 긴 남자는 그대로 길을 건너고 있었다. 어젯밤의 헨더슨도 신호를 무시했었던 것이다. 다음 구획의 중간 정도에서 자동차는 더치를 따라붙었다.

그들은 50번 구획에 와 있었다. 구획 하나를 스쳐 지나갔다. 이어서 두 번째 구획——

"발견했소?"

"아직 못했습니다. 혹시 지나쳐 버렸는지도 모르겠군요. 웬지 눈에 확 들어오질 않는데……저것도 아니고, 매우 새빨갰거든요. 보도가 온통 빨간색 페인트로 덮어쓴 것 같았으니까."

세 번째 구획. 이어서 네 번째.

"있소?"

"눈에 띄지 않습니다."

"당신이 지금 무슨 행동을 하고 있는지 잘 생각해 보시오."

하고 버지스가 경고 비슷하게 말했다. "시간을 끌려고 한다면 당신이 만들어놓은 그 알리바이도 불리하게 돼. 당신 진술대로라면 지금쯤은 이미 술집 안에 들어가 있어야 할 텐데. 8분 30초를 지나고 있으니까."

"어차피 당신은 나를 믿고 있지 않잖소." 하고 헨더슨은 차갑게 말했다. "그러니 뭐 다 똑같은 일 아니오?"

다른쪽에 있는 남자가 끼어들었다. "두 지점 사이의 정확한 보행시간을 계산하는 것이 좋을 거요. 그러면 당신이 실제로 그곳에 도착한 것이 언제인지 알 수 있을 테니까."

"9분을 넘어섰소!" 하고 버지스가 읊어대듯이 말했다.

헨더슨은 머리를 낮추고 천천히 스쳐 지나가는 바깥을 내다보았다.

어떤 간판이 스쳐 지나갔다. 하지만 네온에는 아직 불이 켜져 있지 않았다. 그는 얼른 되돌아보았다. "저겁니다! 아직 불이 켜져 있지 않지만 저게 틀림없어요. 안젤모라고 하는 술집입니다. 분명해요."

"멈춰, 더치!"

버지스는 소리치며 스톱워치를 눌렀다.

"9분 10초 반——거리가 복잡하고 교차로의 신호등도 매일 밤 똑같다고는 할 수 없으니까 10.5초의 오차는 무시해도 괜찮을 거요. 정확히 9분——당신의 아파트가 있는 길 모퉁이에서 이 술집까지 걸어오는 데 걸린 시간이오. 당신이 아파트에서 종소리를 들은 모퉁이까지 가는 시간을 1분으로 생각하겠소. 그 시간은 여기서 조사해 보면 되니까. 다시 말해서……" 그는 헨더슨 쪽으로 몸을 돌려 말했다. "당신이 늦어도 이 술집에서 6시 17분——그 이후는 곤란하오——그 시간에는 이미 술집에 들어가 있었다는 것을 증명할 수만 있다면 당신은 자동적으로 자유로운 몸이 되는 거요. 아직도 기회는 있다는 뜻이오."

"그 여자를 찾아낼 수 있다면——" 하고 헨더슨은 버지스에게 말했다. "내가 6시 10분에 여기에 있었다는 것이 증명될 텐데."

버지스는 차의 문을 열었다. "자, 들어가 봅시다."

"이 남자를 본 기억이 있습니까?" 하고 버지스가 물었다.

바텐더는 턱을 쓰다듬으면서 말했다. "본 적이 있는 것도 같은데. 하지만 우리들의 일이라는 것이 늘 수많은 손님들의 얼굴만 쳐다보는 것이 돼놔서……" 그는 조금 더 시간을 갖고 이리저리 헨더슨을 천천히, 그리고 유심히 살펴보고는 조심스럽게 말했다. "글쎄, 잘 모르겠는데요."

그때 버지스가 끼어들며 말했다. "때로는 액자가 그 속의 그림만큼 잘 보이는 경우도 있지. 자, 방법을 바꾸어 봅시다. 당신은 카운터의 맞은편 쪽에 서 있으시오."

모두 카운터 쪽으로 향했다.

"헨더슨, 당신은 어느 의자에 앉아 있었소?"

"이 근처입니다. 벽시계가 바로 위에 있었고, 마른 안주 접시가 옆에서 두 번째 자리 앞에 놓여 있었으니까."

"좋아, 그럼 앉으시오. 그렇게 해봅시다. 이봐요, 바텐더, 우리들에게는 신경쓰지 말고 이 남자의 얼굴을 잘 보시오."

헨더슨은 어젯밤처럼 무뚝뚝한 얼굴로 카운터의 앞쪽을 바라보았다.

효과가 있었다. 바텐더는 손바닥을 치면서 말했다. "아, 그래요! 그 불쾌한 표정으로 앉아 있었던 손님이로군요. 생각났어요. 아마 어젯밤이었죠? 딱 한 잔만 드시고 돌아가셨습니다."

"그 시간을 알고 싶은데……"

"내가 가게에 나온 지 한 시간이 안되었을 때였을 겁니다. 손님이 그다지 붐비지 않았으니까요. 어젯밤에는 꽤 늦어서야 손님들이 오기 시작했거든요. 때때로 있는 일이긴 하지만……"

"당신이 가게에 나온 지 한 시간이 안되었을 때라고 하면?"

"6시부터 7시 사이입니다."

"홈──하지만 우리는 6시 몇 분이었는지를 정확히 알아야 하는데."

바텐더는 고개를 흔들었다. "죄송합니다, 손님. 우리들은 자기 차례가 끝날 때밖에는 시계를 쳐다보지 않거든요. 일을 시작할 때도 대개는 보지 않지요. 정확히 알 필요도 없고, 안다고 해도 아무런 도움이 되지 않으니까요."

버지스는 눈썹을 치켜올리고 헨더슨의 얼굴을 쳐다보다가

다시 바텐더에게 눈을 돌렸다. "그때 여기에 있었던 여자에 대해서 말해 줄 수 있겠소?"

바텐더는 짤막하게 되물었다. "여자요?"

헨더슨의 얼굴은 새파랗게 되었다가 다시 새하얗게 바뀌어 갔다.

그가 무슨 말인가를 하려고 하자 버지스가 가로막았다. "이 사람이 자기 자리에서 일어나 어떤 여자 곁으로 가서 이야기를 나누는 것을 보지 못했다는 거요?"

"그래요. 이 손님이 다른 사람 곁에 가서 이야기를 나누는 것은 한 번도 보지 못했습니다. 확신할 순 없지만, 내 기억으론 그 시간에 가게에는 이분이 말을 나눌 만한 상대가 한 사람도 없었거든요."

"그렇다면 당신은 여자가 혼자 여기에 앉아 있는 것은 보았지만, 이 양반이 다가가서 말을 거는 것은 보지 못했다는 거로군?"

헨더슨은 울화통이 치밀어 옆에서 두 번째 자리를 가리키며 소리쳤다. "오렌지색 모자 말이야!" 버지스가 말릴 틈도 없었다.

"그런 이야기는 하는 게 아니오." 하고 형사가 주의를 주었다.

바텐더는 갑자기 짜증스러운 목소리로 말했다. "나는 37년째 이 일을 하고 있습니다. 손님들의 얼굴은 보기만 해도 진절머리가 난다고요. 매일밤 입을 뻐끔뻐끔 열고 닫으면서 술이나 부어넣지요. 손님이 어떤 모자를 썼으며, 누구와 누가 눈이 맞았는지는 기억하고 싶지 않습니다. 또, 기억할 필요도 없고요. 내게는 손님이란 곧 주문을 말합니다. 주문, 곧 술, 어때요? 손님은 단순한 술에 지나지 않아요! 그 여자가 어떤 술을 마셨는지 그것을 말해 준다면 여자가 여기에 있었는지 없었는지 가르쳐 드릴 수 있지요. 전표는 모두 보관해 두니까요. 지금 사무실에 가서 갖고 오지요."

사람들의 시선이 헨더슨에게로 집중되었다. "나는 스카치에 물을 섞어서 한 잔 마셨습니다." 하고 그는 말했다. "언제나 그렇게 마시지요. 잠깐만, 그녀가 마시던 잔에는 바닥에 조금밖에 남아 있지 않았었는데……"

바텐더는 커다란 양철 상자를 들고 돌아왔다.

헨더슨은 이마를 문지르면서 말했다. "잔 밑에 체리가 남아 있었는데 —— "

"그것이라면 여섯 가지 종류가 있지요. 내가 도와드리죠. 잔에는 받침대가 있었습니까, 그렇지 않으면 바닥이 평평한 것이었습니까? 남아 있던 술은 무슨 색이었죠? 맨해턴이라면 받침대가 있는 잔에 술은 갈색이고 —— "

"그래요, 그녀가 만지작거리고 있던 잔에 받침대가 있었습니다." 하고 헨더슨이 말했다. "그러나 남아 있던 술은 갈색이 아니라, 그래, 핑크색이었던 것 같습니다."

"잭 로즈군." 하고 바텐더가 자신 있게 말했다. "그렇다면 금방 알 수 있지요." 그는 전표를 뒤지기 시작했다. 조금 시간이 걸렸다. 맨 처음 것이 맨 밑에 깔려 있었기 때문에 한장 한장 뒤집어보아야 했다. "보세요, 이렇게 번호 순서대로 잘 정리해놓지 않았습니까?" 하고 바텐더가 설명했다.

헨더슨은 몸을 앞으로 기울이고 낮은 목소리로 말했다. "잠깐! 지금 생각났는데, 내 전표 위에 인쇄되어 있던 숫자 말입니다. 그것은 13, 정말 기분나쁜 번호였지요. 건네받았을 때 유심히 쳐다보았기 때문에 분명히 기억하고 있습니다. 그런 숫자라면 어느 누구라도 잊어버리지 않을 겁니다."

바텐더는 전표 두 장을 사람들 앞에 펼쳐놓았다. "예, 말씀하신 대로입니다. 이것이 손님 겁니다. 그런데 전표는 두 장으로되어 있군요. 13번이 스카치에 물을 섞어서 한 잔, 그리고 이것은 잭 로즈 세 잔, 74번이군요. 이것은 내 앞에서 일했던 오후 당번인 토미가 취급했군요. 그 친구의 글씨는 금방 알아볼 수있지요. 그리고 그 여자에게는 다른 남자 일행이 있었습니다. 잭 로즈 세 잔에 럼이 한 잔 있군요. 그것을 모두 혼자서 마실 여자는 없을 테니까요."

"그렇다면……?" 하고 버지스가 낮게 중얼거리듯이 말했다.

"가령 그 여자가 내가 일하는 시간까지 끈질기게 버티고 있었다고 해도 역시 본 기억은 없습니다. 하여튼 주문을 받은 것은 내 앞의 토미이지 내가 아니니까요. 만일 여자가 그때까지 남아 있었다고 해도 37년의 경험으로 보아, 이 손님이 그 여자의 곁에 가서 말을 걸었을 것 같지는 않습니다." 그는 잠깐 말을 멈추었다가 이었다. "내 경험으로 봐서는, 먼저 함께 있었던 남자가 그 여자와 같이 있었을 겁니다. 한 잔에 80센트나 하는 잭 로즈를 세 잔이나 사고서, 그 투자물을 뒤에 오는 손님에게 남기고 가버리는 사람은 아마 거의 없을 겁니다."

말을 마치고는 그는 이제 끝났다는 듯이 행주로 카운터 위를 훔치기 시작했다.

헨더슨은 떨리는 목소리로 말했다. "하지만 당신은 내가 여기에 있었다는 것을 기억하지 않았습니까! 나는 기억하면서, 어째서 그녀는 기억을 못 한다는 겁니까? 훨씬 눈에 잘 띄었을 텐데."

바텐더는 고집스럽게 말했다. "분명히 당신은 기억하고 있습니다. 지금 이렇게 두 번이나 만났으니까요. 그리고 그 여자도 얼굴을 본다면 생각해 낼지도 모르지요. 그렇지 않으면야 확신할 수 없습니다."

헨더슨은 다리가 풀린 주정뱅이처럼 두 손으로 카운터에 매달렸다.

버지스가 그 한쪽 손을 잡아당기며 낮은 목소리로 말했다. "돌아갑시다, 헨더슨."

하지만 헨더슨은 한 손으로 여전히 카운터를 붙잡은 채 조금도 움직이려고 하지 않았다. "이러지 말아요!" 하고 그는 목소리를 낮추어서 외치듯이 말했다. "내가 무슨 혐의를 받고 있는지 압니까? 살인입니다, 살인!"

버지스가 재빨리 손으로 그의 입을 틀어막았다. "쓸데없는 말은 하지 마시오, 헨더슨."

헨더슨은 계속 버티다가 형사들에게 끌려 뒷걸음질쳐 나왔다.

"13번이 맞긴 맞는 모양이군." 형사 한 사람이 비꼬는 투로 중얼거렸다. 헨더슨은 형사들에게 둘러싸인 채 길거리로 나왔다.

"이제는 어젯밤에 당신이 갔던 장소에서 그 여자와 함께 있었다는 것이 밝혀진다고 해도 아무런 도움이 되지 못할 거요."
버지스가 경고하듯이 말했다. 그는 택시 운전사를 찾아 데리고
오기를 기다리고 있는 중이었다. "여자는 늦어도 6시 17분에는
저 술집 앞에 모습을 나타내야 합니다. 하지만 나는 그보다 늦
은 시간에 그녀가 나타나지 않았을까 여겨지는데. 또, 그렇다
해도 얼마나 늦게 나타날지 그것이 궁금해. 그래서 이렇게 한
발 한발 처음부터 끝까지 당신의 어젯밤 행적을 조사해 보는
거요."

"그녀를 분명히 알고 있을 겁니다. 모를 리가 없어요!" 헨더
슨은 끝까지 버텼다. "어젯밤에 우리들이 간 곳에 있었던 사람
들 중 누군가가 그녀를 보고 기억하고 있을 겁니다. 만일 그녀
를 찾아낼 수 있으면 그녀가 언제 어디에서 처음으로 나를 만
났는지 말해 줄 겁니다."

버지스의 명령으로 택시 운전사들을 조사한 사람이 돌아와
서 보고했다. "'선라이즈 택시 회사'의 운전사 두 사람이 안젤
모 근처에 차를 세워두었더군요. 둘 다 데리고 왔습니다. 버드
히키와 앨 앨프라고 합니다."

"앨프!" 하고 헨더슨이 소리쳤다. "내가 생각해 내려고 한
그 기묘한 이름이 바로 그것입니다. 아까 이야기했었죠? 너무
나 우스꽝스러워서 우리들이 큰소리로 웃었다고."

"앨프를 데려와. 나머지 사람은 돌려보내도 좋아."

그는 면허증 사진과 마찬가지로 실제의 모습도 매우 우스워
보였다. 아니, 실물은 총천연색이라 더욱 우스웠다. 버지스가
물었다. "어젯밤에 이곳 정류장에서 메종 블랑세라는 레스토랑
까지 손님을 태워다 주었소?"

"메종 블랑세, 메종 블랑세……" 그는 생각을 더듬었다. "밤
새도록 많은 손님들을 태우고, 또 내려 드리고 해서——" 이내
그는 기억이 나기 시작했는지 덧붙여 말했다. "메종 블랑세라
면 날씨가 좋은 밤이면 65센트가 나오는 거리인데." 하고 낮은
목소리로 중얼거리다가 다시 본래의 목소리로 말했다. "아, 태
웠습니다! 30센트짜리 두 번 사이에 65센트짜리가 한 번 있었
습니다."

"잘 살펴보시오. 이 중에 당신이 태워다 준 손님이 있소?"

그의 시선은 헨더슨의 얼굴을 그냥 지나쳤다가 다시 되돌아왔다. "이 사람이죠, 아닙니까?"

"분명히 말하시오."

운전사는 의문부호를 걷어치웠다. "이 사람이 맞습니다."

"혼자였소, 아니면 동행이 있었소?"

그는 잠시 사이를 두고 나서 천천히 고개를 흔들었다. "동행이 있었던 것은 기억이 나지 않습니다. 혼자였던 것 같은데요."

헨더슨은 갑자기 발목이 뒤틀린 것처럼 휘청거렸다. "당신은 그녀를 틀림없이 보았을 겁니다! 다른 여자와 마찬가지로 그녀는 나보다 먼저 타고 먼저 내렸습니다."

"쉿! 조용히 하시오." 하고 버지스가 가로막았다.

"여자라고요?" 운전사는 기분나쁜 듯이 말했다. "당신이라면 기억합니다. 예, 기억하고말고요. 당신을 태우려다가 차가 부딪칠 뻔했으니까."

"그래요, 맞아요." 하고 헨더슨이 맞장구를 쳤다. "그래서 당신은 그녀가 차에 타는 것을 못 보았군요. 당신은 그때 다른쪽에 정신을 쏟고 있었으니까요. 그러나 목적지에 도착했을 때에는……"

"목적지에 도착했을 때에는——" 운전사가 헨더슨의 말을 되풀이하고는 확실한 말투로 대답했다. "나는 다른쪽엔 신경쓰지 않았습니다. 택시 운전사들은 요금을 받을 때는 한눈을 팔지 않거든요. 하지만 나는 여자가 내리는 것은 보지 못했는데요. 자, 이제 됐습니까?"

"차내등이 켜져 있었잖습니까?" 하고 헨더슨은 애원하듯이 말했다. "당신 바로 뒤에 앉아 있었던 그녀를 보지 못했을 리가 없어요. 백미러에, 아니 앞 유리창에라도 비쳤을 겁니다."

"그렇다면 분명해졌습니다." 운전사가 말했다. "이젠 틀림없습니다. 나는 8년 동안이나 택시 운전을 해왔지요. 차내등이 켜져 있었다는 것은 당신이 혼자였다는 증거입니다. 여자와 둘이 있으면서 차내등을 켜는 사람은 지금까지 본 적이 없거든요. 다시 말해서, 차내등이 켜져 있었다고 하면 그것은 손님이 혼자였다는 증거라고요."

헨더슨은 목에 뭔가 걸린 느낌이었다. "내 얼굴은 기억하면서 그녀의 얼굴을 기억하지 못하다니, 도대체 어떻게 된 겁니까?"

운전사가 대답할 겨를을 주지 않고 버지스가 먼저 말했다. "당신도 그녀의 얼굴을 기억하지 못하고 있잖소? 당신 말대로라면 당신은 그녀와 여섯 시간이나 함께 있었소. 하지만 이 사람은 겨우 20분 정도——그것도 그녀와 등을 지고 있었던 상황이었소." 버지스는 그것으로 이야기를 끝냈다. "좋소, 앨프, 이젠 됐소."

"아니, 나는 분명하게 말할 수 있습니다. 어젯밤에 이 사람을 태웠을 때는 분명히 동행이 없었습니다."

그들이 메종 블랑세에 들이닥쳤을 때에는 마침 뒷정리를 하고 있는 중이었다. 테이블보는 모두 벗겨지고, 손님들도 모두 돌아간 뒤였다. 주방 쪽에서 그릇들이 쨍그랑거리는 소리가 나는 것으로 보아, 종업원들이 밤참을 먹고 있는 것 같았다. 그들은 아무 장식이 없는 테이블 하나에 다가가서 의자를 끄집어내어 앉았다. 그 모습은 마치 망령들이 보이지 않는 요리를 앞에 놓고 지금부터 난장판 파티라도 한바탕 시작하려는 것처럼 보였다.

손님을 보면 인사하는 것이 버릇이 되어 있는 지배인은 근무 시간이 아닌데도 그들의 앞에 와서 정중하게 인사를 했다. 하지만 그의 태도는 절대로 예의바른 것이 아니었다. 넥타이와 와이셔츠를 풀어헤친 데다가, 입에 음식물을 가득 넣고 있어서 한쪽 볼이 혹처럼 불거져 나와 있었기 때문이다.

"이 사람을 본 적이 있습니까?" 하고 버지스가 먼저 입을 열었다.

검고 움푹 들어간 지배인의 눈이 헨더슨의 얼굴 위에 머물렀다. 그리고는 곧 대답했다. "예, 있고말고요."

"가장 최근은 언제였습니까?"

"어젯밤입니다."

"어느 자리였습니까?"

"저쪽이었습니다." 그는 조금도 망설이지 않고 벽 쪽의 테이블을 가리켰다.

"흠, 그래서요?"

"그래서라니, 무슨 말씀입니까?"

"누구와 함께 있었습니까?"

"아니, 혼자였습니다."

헨더슨의 이마에서 땀이 배어나기 시작했다. "어떤 여자가 나보다 조금 늦게 내 자리로 오는 것을 보지 못했단 말이오? 식사가 끝날 때까지 계속 함께 앉아 있었는데……거짓말하지 말아요. 당신이 바로 옆에 와서 인사를 하며, '뭐 불편하신 점은 없습니까, 손님?' 하고 물어보기까지 했잖습니까?"

"예, 그것은 제 일이니까요. 어느 손님에게나 적어도 한 번은 인사를 드리지요. 손님의 경우는 분명하게 기억하고 있습니다. 뭐라고 하면 좋을까, 조금 불쾌한 얼굴을 하고 있었으니까요. 저는 손님 양옆의 자리가 모두 비어 있었다는 것을 기억하고 있습니다. 그리고 만일 제가 '손님'이라고 했다면——사실, 그렇게 말했지만——그것은 당신이 혼자였다고 하는 절대적인 증거이지요. 여자 손님과 함께 있는 경우에는 반드시 '손님, 그리고 부인'이라고 말씀드리거든요. 이것은 틀에 박힌 문구이지요." 지배인의 눈동자는 얼굴 깊숙히 박힌 총알처럼 움직이지 않았다. 잠시 뒤 그는 버지스를 쳐다보며 말했다. "의심스러우면 어제 예약장부를 조사해 보시죠?"

"그렇게 하는 것이 좋겠군." 버지스는 일부러 귀찮은 듯이 느릿느릿 대답했지만, 그것은 그가 그 생각에 대단히 만족하고 있다는 것을 의미하는 것이었다.

지배인은 식당을 가로질러가서 찬장 서랍을 열고는 장부를 가져왔다. 그는 밖으로 나가지 않고 사람들이 모두 보는 앞에서 움직였다. 그리고 그는 장부를 펼치지 않은 채 그들에게 건네 주면서 짧게 말했다. "날짜는 맨 위에 쓰여 있습니다."

헨더슨을 제외한 사람들이 모두 장부 위로 머리를 모았다. 헨더슨만이 떨어져 있었다.

장부는 연필로 대충 기록되어 있었지만 읽는 데에는 아무 지장이 없었다. 열려진 면의 맨 위에 '5월 20일 화요일'이라고 날짜가 쓰여 있었다. 그리고 그 면 한쪽 끝에서 다른쪽 끝으로 커다랗게 X자가 그어져, 이미 쓸모가 없어졌다는 것을 나타내고 있었다. 하지만 그 X자는 쓰여진 글자를 읽는 데는 조금도 방해가 되지 않았다.

그곳에 열 사람 정도의 이름이 적혀 있었다. 그것은 다음과 같았다.

18번 테이블——로저 애슐리, 4인분(밑줄)
5번 테이블——레이번 부인, 6인분(밑줄)
24번 테이블——스코트 헨더슨, 2인분(밑줄 없음)
세 번째 이름 옆에는 (1)이라는 숫자가 적혀 있었다.

지배인이 설명했다. "이것을 보면 모두 알 수 있게 되어 있습니다. 밑줄을 그어 지운 것은 예약한 손님이 오셨다는 표시이고, 줄을 긋지 않은 것은 오지 않았다는 표시입니다. 또, 줄을 긋지 않고 옆에 숫자를 덧붙인 것은 손님 중 일부분만이 오시고 나머지 분은 오시지 않았다는 뜻입니다. 이 작은 괄호 속의 숫자는 제가 기억하기 좋게 만든 것이지요. 이렇게 해두면 나중에 손님 일행이 찾아오더라도 여러 가지를 묻지 않고도 어느 테이블로 안내해야 되는지 알 수가 있거든요. 가령 디저트를 드시고 식사가 끝날 때가 되어 일행이 또 나타나면 줄을 긋고 지우게 되어 있습니다. 그렇기 때문에 이 장부에 의하면, 이 손님은 두 사람 자리를 예약했지만 이 손님 혼자만 오셨다는 이야기죠."

버지스는 손가락으로 더듬어가며 혹시 지워진 흔적은 없나 하고 장부를 살펴보면서 말했다. "고친 흔적은 없군."

헨더슨은 한쪽 팔꿈치를 테이블에 올리고 앞으로 쓰러질 듯이 숙여진 머리를 받치고 있었다.

지배인은 두 손으로 장부를 치켜들었다. "저는 이 장부를 전적으로 믿습니다. 다시 말해서, 헨더슨 씨는 어젯밤에 혼자 오셨다고밖에 생각할 수 없는 거지요."

"그럼, 우리들도 똑같이 생각할 수밖에 없겠군. 이 사람의 이름과 주소를 적어 두게. 다시 찾게 될 일이 있을지도 모르니까. 다음에 테이블 담당 보이인 미트리 맬로프를 만나보세."

이내 헨더슨의 눈앞에 다른 얼굴이 나타났다. 하지만 그것뿐이었다. 꿈인지 장난인지 알 수 없는 이 게임은 계속되어 갔다.

이것은 속이 빤히 들여다보이는 연극이었다. 보이에게는 조금도 장난스러운 것이 아니겠지만, 다른 사람들에게는 우스운 게임에 지나지 않았다. 한 사람이 메모하는 것을 보고 보이가 재빨리 지적했다. "아, 잠깐만요, 손님, 제 이름에 필요없는 D자가 하나 들어 있습니다. 그것은 발음되지 않지요."

"그런 것은 상관없어." 하고 버지스가 말했다. "우리가 알고 싶은 것은……자네가 24번 테이블 담당인가?"

"예, 저기 10번부터 28번까지가 제 담당입니다."

"자네, 어젯밤에 24번 테이블에서 남자 손님의 시중을 들었나?"

보이는 정식으로 소개를 받았다고 생각한 모양이었다. "예, 맞습니다!" 하고 말하고 안색이 밝아지며, "어서 오십시오. 안녕하셨습니까? 또 찾아주십시오." 하고 인사했다.

그는 아무래도 그들을 경찰이라고는 생각지 않는 듯했다.

"아니, 이 양반은 다시 오지 않아." 버지스는 퉁명스럽게 말하고 나서 손을 들어 그 보이의 상투적인 인사를 막았다. "자네가 시중을 들었을 때, 테이블에는 몇 사람이 있었나?"

보이는 당황한 듯한 표정을 지었다. 가능한 한 도움을 주고 싶었지만, 자신의 말이 어떤 역할을 하게 될지 전혀 짐작을 못하는 것 같았다. "이분뿐이었습니다. 아무도 보이지 않았습니다. 혼자였어요."

"어떤 여자하고 함께 있지 않았나?"

"아뇨, 여자라니 대체 어떤 여자 말입니까?" 이어서 그는 천진스럽게 덧붙였다. "무슨 일이 있었습니까? 이분이 여자와 헤어졌나요?"

주위에 있던 사람들이 웅성거렸다. 헨더슨은 굳게 다물고 있던 입을 벌리고 고통스러운 상처를 입은 사람처럼 크게 심호흡을 했다.

"아, 밤새도록 헤어져 있었지." 하고 형사 하나가 익살맞게 말했다.

보이는 자신이 말한 것이 적중했다는 것을 알고 신나는 듯이 눈을 껌벅거렸다.

그때 헨더슨이 힘없이 그의 곁으로 다가가서 불안한 목소리로 말했다. "자네가 그녀에게 의자를 빼주지 않았나, 응? 그리고는 메뉴판을 펼쳐서 그녀에게 건네주었잖아!" 그리고는 자기 머리를 몇 번 가볍게 때린 뒤에 말했다. "나는 자네가 그렇게 하는 것을 조용히 지켜보았어. 그런데도 자네는 그녀를 보지 못했다는 건가?"

보이는 동부 유럽 특유의 애교 넘치는 커다란 몸짓을 섞어가며 변명을 늘어놓았다. 하지만 예의바른 태도는 아니었다. "예, 여자 손님이 오셨을 때는 반드시 의자를 빼드리지요. 하지만 오시지 않았는데 어째서 의자를 빼드렸을까요? 그럼, 제가 빈 자리의 의자를 빼드리고 메뉴판을 펼쳐보였다는 것인데, 그럴 리가 있겠습니까?"

"이 사람에게 하지 말고, 설명은 우리들에게 하게. 이 사람은 체포된 사람이야." 버지스가 이렇게 말하며 끼어들었다.

보이는 머리만 홱 돌려서 쳐다보았을 뿐 거친 말씨는 그대로였다. "이분은 팁을 한 사람 반에 해당되는 것만큼 주었습니다. 그런데 어떤 여자와 동행했다고 할 수 있겠습니까? 만일 어젯밤에 여자와 함께 와서 팁을 한 사람 반어치를 주었다면 오늘 제가 이렇게 친절하겠습니까?"

"한 사람 반어치란 무슨 뜻이지?" 하고 버지스가 물었다.

"한 사람에 50센트, 두 사람이면 1달러. 그런데 이 손님은 75센트를 주셨어요. 곧 한 사람 반의 팁이지요."

"두 사람 시중을 들고 75센트를 팁으로 받는 경우는 없나?"

"농담하지 마세요." 하고 보이는 숨을 거칠게 쉬며 말했다. "만일 그런 일이 있다면 이렇게 해주지요." 그는 테이블에 접시를 내려놓는 흉내를 냈다. 그것은 마치 더러운 것을 만진 듯한, 상대방을 완전히 무시하는 동작이었다. 그리고 나서, 손님 ──이번에는 헨더슨── 쪽을 저주스러운 눈초리로 노려보았다. 상대방이 위축될 정도로 따가운 시선이었다. 그 다음에 두터운 입술을 삐죽거리면서 조소가 담긴 곁눈질로 상대방을 쳐다보며 말했다. "이렇게 말해 주지요. '고맙습니다, 손님. 정말로 고맙습니다. 정말로 정말로 고맙습니다. 이렇게 많이 주셔서 정말 감사합니다.' 라고요. 여자와 함께 온 손님이라면 대개 무안해서라도 조금 더 주게 되지요.."

"나라도 그렇게 하겠군." 하고 버지스는 고개를 끄덕이고는 머리를 돌려서 말했다. "그런데, 헨더슨 씨, 당신은 팁을 얼마나 주었소?"

헨더슨은 기운 없이 말했다. "이 보이가 말한 대로 75센트를 주었습니다."

"한 가지만 더 부탁하지. 식사 전표를 볼 수 있겠나?" 버지스가 보이에게 물었다.

"지배인이 알고 있습니다." 보이는 이제 진지한 표정을 짓고 있었다. 자기가 틀리지 않았다는 것이 곧 증명되리라는 것을 기대하고 있는 듯했다.

지배인이 전표를 가지고 왔다. 전표는 하루치를 클립으로 묶어서, 월말에 집계하기에 편리하도록 정리해 놓았다. 문제의 전표는 곧 찾을 수 있었다.

테이블——24번, 보이——3번(정식 1인분——4.25)

그리고 '완불——5월 20일'이라는 보라색의 둥근 스탬프가 찍혀 있었다.

그 날짜의 24번 테이블 전표는 그 외에 두 장이 더 있었다. 하나는 '홍차 1——0.75'로 이것은 저녁식사 시간 직전의 것이었다. 다른 하나는 네 사람이 식사한 것으로, 밤 늦게 문닫기 직전의 것이었다.

헨더슨을 차에 태우기 위해서 모두가 애를 써야만 했다. 그는 완전히 인사불성 상태였다. 다리가 마비되어 움직여지지 않았다.

이윽고 현실감이 없어 보이는 건물과 가로수가 거울에 비친 모습처럼 계속 뒤쪽으로 미끄러져 갔다.

그는 갑자기 소리치기 시작했다. "저놈들은 거짓말을 하고 있는 거야. 모두가 나를 죽이려고 음모를 꾸미고 있어! 도대체 내가 무슨 짓을 했다고 저놈들이……" 헨더슨은 몸서리를 치고는 고개를 푹 떨구었다.

무대에서는 쇼가 진행되고 있었다. 음악소리, 웃음소리, 그리고 때때로 박수소리가 멀리 떨어져 있는 사무실까지 흘러 들어왔다가는 다시 희미하게 사라져 갔다.

지배인은 전화를 앞에 놓고 앉아 있었다. 입장 수입이 좋은지 회전의자에 느긋하게 앉아 담배를 피우면서 싱글싱글 웃고 있었다.

"표를 두 장 사신 것은 틀림없습니다." 하고 그는 정중한 말투로 대답했다. "하지만 이분에겐 동행이 없었습니다." 그리고 갑자기 걱정스러운 듯이 말했다. "아, 기분이 좋지 않으신 모양이군요. 죄송하지만, 이분을 곧 여기에서 데리고 나가주십시오. 쇼가 진행되는 도중에 소란이 일어나면 곤란하니까요."

그들은 문을 열고 짐짝을 옮기다시피 해서 헨더슨을 끌고 나갔다. 등이 뒤로 젖혀져서 바닥에 닿을 것 같았다.

한 줄기 바람처럼 노래소리가 무대 쪽에서 날아왔다.

치카 치카 붐 붐
치카 치카 붐 붐

"아, 그만해요." 하고 헨더슨은 애원하듯이 말했다. "이젠 도저히 견딜 수가 없습니다!" 그는 경찰차의 뒷자리로 굴러들어가 앉았다.

"이젠 털어놓지. 여자 같은 것은 애당초부터 없었다고 말이오. 그렇게 하면 시간도 절약되지 않겠소, 응?" 하고 버지스가 설득조로 말했다.

헨더슨은 냉정을 되찾고 대답하려고 애썼으나 그렇게 되지 않았다. "만일 그것을 인정했다, 아니 인정할 수 있다면 그 뒤는 어떻게 될 것 같습니까? 아마 나는 미쳐버리고 말 겁니다. 모든 것을 믿을 수 없게 되어버릴 겁니다. 내 이름이 스코트 헨더슨이라는 것조차 믿을 수 없을 거란 말입니다." 하고 그는 자신의 넓적다리를 내리쳤다. "이것이 내 넓적다리라는 것도 믿지 못하게 될 거요. 그리고 완전히 미치게 될 때까지 모든 사실을 의심하고 거부하게 될 겁니다. 그 여자는 여섯 시간 동안 내 곁에 있었어요. 그녀의 팔과 스치기까지 했는걸요."

그는 손을 뻗어 버지스의 건장한 어깨를 붙잡았다. "그녀의 옷이 끌리는 소리, 소곤거리던 목소리, 은은한 향수 냄새, 그녀의 숟가락이 달그닥거리는 소리, 의자에 앉을 때 난 희미한 소리, 그녀가 차에서 내릴 때의 희미한 요동. 그녀가 잔을 치켜들었을 때 내 눈에 비친 그 술잔은 대체 어디로 사라진 걸까?" 그는 주먹으로 무릎을 내리쳤다. 두 번, 세 번, 네 번, 다섯 번. "그녀는 있었어. 분명히 내 곁에 있었어!" 그는 금방이라도 울음을 터뜨릴 것처럼 얼굴 가득히 울상을 짓고 있었다. "그런데 모두 그녀가 없었다고 생각토록 꾸미고 있어!"

자동차는 계속해서 꿈의 나라를 달리고 있었다.

그는 어느 용의자도 입에 담지 않을 소리를 외쳐댔다. 그것도 마음 깊숙이에서 나오는 진심어린 목소리로——"무서워요. 나를 유치장으로 데리고 가주시오. 부탁입니다. 나는 두껍고 튼튼한 벽이 필요하단 말이오."

"이 친구, 떨고 있군!" 다른 사람의 일처럼 어떤 형사가 말했다.

"뭘 좀 마시게 해주지." 버지스가 말했다. "차를 세워. 누가 가게에 가서 음료수를 좀 사다 주게. 이렇게 고통스러워하는 것을 그냥 보고 있을 수가 없군."

헨더슨은 갈증난 사람처럼 벌컥벌컥 그것을 들이켰다. 그리고는 다시 의자에 등을 기댔다. "자, 가요. 빨리." 그가 애원했다.

"이 친구, 유령이라도 본 모양입니다." 한 남자가 쓸쓸하게 웃으며 말했다.

"유령 같은 건 모두 자기 자신이 만들어내는 거야."

그 다음에는 아무도 입을 열지 않았다.

이윽고 차는 경찰서에 도착해서, 모두 헨더슨을 둘러싸고 계단을 올라갔다. 헨더슨이 계단 하나에 걸려 비틀거리자 버지스가 그를 부축해 주었다.

"푹 쉬시오, 헨더슨." 그는 부드럽게 말했다. "그리고 나서 좋은 변호사를 찾는 거요. 이제부터는 그 두 가지가 필요하게 될 테니까 말이오."

5. 사형집행 전 91일

"**이**미 들으신 바와 같이 변호인측은 살인이 일어난 날 밤 6시 10분이 조금 넘어서 피고가 안젤모라는 술집에서 어떤 여자와 만났다는 것을 주장하고 있습니다. 그 시간은, 바꿔 말하면 경찰이 수사한 피해자의 사망시간보다 1분 45초가 지난 뒤입니다. 정말로 교묘한 일이라고밖에 할 수 없지요. 배심원 여러분도 금방 아시겠지만, 만일 피고가 6시 10분에 50번 구획에 있는 안젤모에 정말 있었다고 가정하면, 그보다 1분 45초 전에 피고가 자신의 아파트에 없었다는 것이 됩니다. 평범한 사람이라면 그 시간에 그만한 거리를 간다는 것은 절대로 불가능하지요. 아니, 바퀴가 네 개 달린 것, 날개를 가진 것, 프로펠러를 가진 것이라고 해도 불가능할 겁니다. 실로 교묘한 상황이지요. 하지만 이번 사건이라고 해서 틈이 없을 수는 없습니다.

어떻게 된 걸까요? 다른 어떤 날 밤에도 그런 일은 없었는데, 바로 사건이 일어난 날 때마침 이상한 여자와 함께 있었다는 것은 너무나도 우연이라고 생각지 않습니까? 혹시 그날 밤에 피고가 그녀를 필요로 하게 될 거라는 사실을 예측하고 있었던 것은 아닐까요? 그런 예감이 있었다고 하면 조금도 이상한 일이 아닙니다. 본인의 심문에 피고는 그날 밤밖에는 혼자 외출하여 처음 보는 여자에게 말을 걸어본 적이 없었다고 진술했습니다. 여러분도 들으셨겠지만, 결혼 이후 그런 일은 전혀 없었다고 했습니다. 한 번도 없었다고 말입니다. 이것은 본인이 아니라 피고가 직접 한 말입니다. 그런 생각은 그 순간까지 전혀 그의 머릿속에 없었던 겁니다. 그에게는 아주 어색하고 낯선 일이었습니다. 그런데 변호인측은 그날 밤에 일어났다는 일을 우리들에게 믿어달라고 하고 있습니다. 모든 것이 우연이 아닐 수 없습니다. 무엇보다도 중요한 것은……"

그는 어깨를 으쓱하고는 한참 동안 말을 잇지 않았다.

"그 여자는 도대체 어디에 있는 것일까요? 우리는 모두 그녀가 나타나기를 몹시 기다리고 있습니다. 변호인측은 어째서 그녀를 데리고 나오지 않는 것일까요? 무엇을 주저하고 있는 것일까요? 지금까지 변호인측이 그 여인을 이 법정에 출두시킨 적이 있습니까?"

그는 배심원 한 사람을 가리키며 물었다. "당신은 그녀를 봤습니까?" 다시 다른 사람을 가리키며 말했다. "그럼, 당신은?" 두 번째 줄에 앉아 있던 배심원에게도 물었다. "당신은 어떻습니까?" 아무런 대답이 없자 그는 절망적이라는 듯한 몸짓을 했다.

"우리들 중에 그녀의 모습을 본 사람이 있습니까? 이번 심리중에 그녀가 증언석에 앉은 적이 있었습니까? 물론 단 한 번도 없습니다."

그는 또 잠시 말을 멈추었다.

"그것은 그런 여자는 존재하지 않기 때문입니다. 처음부터 없었던 것입니다. 존재하지 않는 사람을 데려오는 것은 어느 누구도 할 수 없는 일이지요. 억지로 꾸민 이야기, 환상, 있지도 않은 것에 생명을 불어넣는다는 것은 불가능한 일입니다. 키가 크고, 숨을 쉬고, 풍만한 육체를 가진 여자를 창조할 수 있는 것은 하늘에 계신 하나님뿐입니다. 더욱이 하나님이라고 해도 한 사람의 여자를 창조하는 데에는 2주일이 아니라 적어도 18년이라는 긴 시간이 필요합니다."

법정 안의 여기저기서 웃음이 터져나왔다. 그도 거기에 응답하듯이 슬쩍 미소를 지었다.

"이 남자는 지금 생사가 걸린 재판을 받고 있습니다. 그런데 만일 그런 여자가 실제로 있었다면 어떻게 그녀를 이곳에 출두시키지 않을 수 있을까요? 이 증언대에 서서 간단한 증언을 하는 시간이 아깝기 때문일까요? 절대로 그런 것은 있을 수 없습니다. 만일……"

그는 잠시 멈췄다.

"이것은 '그런 여자가 실제로 있었다고 하면'이라는 가정하의 이야기입니다──하지만 그 문제는 일단 접어두기로 하지요.

우리들이 지금 있는 이 법정은 피고가 그날 밤 여인과 함께 있었다고 주장하는 곳에서 몇 마일이나 떨어져 있고, 또 그날 밤으로부터 몇 개월이나 지난 뒤입니다. 그래서 이번에는 피고가 그 여자와 함께 있었다고 주장하는 똑같은 장소, 똑같은 시간에 때마침 그 자리에 있었던 사람들의 증언을 들어보기로 하겠습니다. 만일, 그녀를 본 사람이 한 명이라도 있다면 그들 중의 어느 누구겠지요. 그럼, 그들은 그녀를 정말로 보았을까요? 여러분들이 직접 들으신 것과 같습니다. 그들은 피고를 보았습니다. 비록 희미하기는 하지만 그날 밤에 스코트 헨더슨을 보았던 것은 모두 기억하고 있습니다. 하지만, 배심원 여러분, 조금 이상하다고 생각지 않습니까? 보통 두 사람이 함께 행동할 경우, 다음 두 가지를 생각할 수 있습니다. 곧 두 사람 다 기억에 남아 있지 않든가, 아니면 두 사람 다 기억에 남아 있든가 하는 겁니다. 두 사람이 똑같은 장소에 있었는데, 한쪽은 보았지만 동행한 사람은 보지 못했다는 것이 과연 사람의 눈으로써 가능할까요? 이것은 물리학 법칙에 어긋나는 일입니다. 본인으로서는 납득할 방법이 없습니다. 머릿속이 혼란스러울 뿐입니다."

그는 조금 어깨를 으쓱했다.

"이것에 대해서 어떠한 설명이 가능한지 본인으로서는 여러분의 의견에 귀를 기울이고 싶을 뿐입니다. 또, 나 스스로도 두세 가지 생각해 보기도 했습니다. 그녀의 피부가 광선을 통과시키는 특별히 투명한 것이라면 사람들의 눈에 띄지 않을 수도 있겠지요……"

청중들 속에서 와 하는 웃음이 터져나왔다.

"……그렇지 않으면, 그녀는 피고와 함께 있지 않은 거겠지요. 과연 어느 쪽일까요? 그녀가 존재하지 않았다면 사람들 눈에 띄지 않았다는 것은 너무도 당연한 일이 아니겠습니까?"

여기에서 그는 태도와 목소리를 바꾸었다. 법정 안에는 긴장된 분위기가 감돌았다.

"이것은 지극히 중요한 점이므로 조금 더 검토해 보는 것이 좋을 것 같습니다. 이것은 한 남자의 생사가 걸린 재판입니다. 본인으로서는 이것을 어릿광대 놀음으로 끝내고 싶지는 않습니다. 반면에, 변호인측에서는 그런 의지가 없는 것처럼 보입니다. 우리들은 가정이나 추리에서 벗어나 현실로 되돌아와야 한다고 생각합니다. 환상이나 도깨비, 신기루, 꿈 같은 문제는 일단 접어두고 아무도 그 존재를 의심하지 않는 실존의 여자에 대해서 이야기를 해보겠습니다. 마셀라 헨더슨의 모습은 살아 있을 때나, 또 죽은 뒤에도 누구나가 분명히 확인할 수 있었습니다. 그녀는 환상이 아니었으니까요. 그녀는 살해된 겁니다. 경찰의 현장사진이 그것을 입증해 주고 있습니다. 이것이 첫번째 사실입니다. 그리고 우리는 지금 저기 피고석에 있는 한 남자의 모습을 보고 있습니다. 조금 전부터 계속 고개를 숙이고 있는——지금 고개를 치켜들었습니다만. 본인을 덤벼들 듯한 눈길로 노려보고 있군요. 피고는 지금 생사가 달린 재판을 받고 있습니다. 이것이 두 번째 사실입니다."

이어서 목소리를 낮추고 그는 혼잣말처럼 중얼거렸다. "본인은 공상보다는 사실을 더 좋아합니다. 그렇지 않습니까, 신사 숙녀 여러분? 사실 쪽이 다루기도 훨씬 좋으니까요."

그리고 나서 다시 목소리를 높여 말했다. "그럼, 세 번째 사실은 무엇일까요? 그것은 피고가 자기 아내를 살해했다는 것입니다. 이것도 앞의 두 가지 사실과 마찬가지로 부정할 수 없는 구체적인 사실입니다. 여러 가지 조사를 걸쳐 이미 이 법정에서 입증됐다시피 뚜렷한 사실입니다. 본인은 변호인측과는 달리 환상이라든가 영혼 같은 것을 여러분들에게 믿어달라고 하고 싶지는 않습니다."

그는 한층 더 목소리를 높였다. "우리들에게는 공적인 기록과 진술서, 그리고 증거가 있습니다. 피고의 주장과 재판과정을 자세하게 기록해 놓은 것들이지요!"

그는 배심원석의 앞 난간을 주먹으로 쾅 하고 내리쳤다. 숨막힐 듯한 정적이 잠시 이어졌다. 그리고 나서 목소리를 부드럽게 바꾸었다.

"배심원 여러분은 살인이 일어나기 직전의 상황과 가정의 배경에 대해서 이미 알고 계십니다. 이것들에 대해서는 피고 자신도 부정하지 않습니다. 여러분이 들으신 대로 피고는 그것을 확인했습니다. 압력을 받아 본의 아니게 진술했을지도 모르지만, 어쨌든 그는 인정했습니다. 이것은 곧 사건에 얽힌 여러 상

황이 거짓이 아니라는 사실입니다. 이 점에 대해서는 본인보다
도 피고의 말을 믿어주시기 바랍니다. 본인은 어제 증언대에
나온 남자를 심문했습니다. 그때 그의 답변은 여러분도 잘 들
으셨을 줄 압니다. 하지만 다시 한 번 확실히 해두기 위해 간단
하게 되풀이해 보겠습니다. 스코트 헨더슨은 집 밖에서 어느
여인과 사랑에 빠졌습니다. 그러나 그가 이 법정에 서게 된 것
은 그것 때문이 아닙니다. 그 젊은 여성은 이 법정에서 재판을
받지 않았습니다. 여러분도 잘 아시다시피, 그 여성의 이름은
이 법정에서 한 번도 거론되지 않았습니다. 이 더없이 잔인한,
그리고 용서받을 수 없는 살인에 그 여성을 끌어들여 증언을
강요한 사실이 없다는 것도 마찬가지로 알고 계실 겁니다. 그
이유가 무엇일까요? 그녀는 이 사건에 아무런 관련이 없기 때
문입니다. 억울한 사람을 벌주고 그 사람의 인생에 굴욕적인
오명을 씌우는 것이 이 법정의 목적이 아닙니다. 이 범죄는 저
기 보이는 저 남자 혼자서 저지른 것이지 그 여성은 아무 관계
가 없다는 말입니다. 그녀에게는 비난받을 만한 점이 없습니다.
그녀는 경찰과 검찰의 조사를 받았지만 범죄에 관련되었다든
가, 뒤에서 살인을 교사했다든가 하는 의심은 모두 풀렸습니다.
그런 사건이 일어났다는 것도 나중에야 알았을 정도입니다. 그
녀는 지금 아무 죄도 없는데도 고통의 늪에 빠져 있습니다. 그
리고 우리들은——변호인측과 검찰측 모두 말입니다——다음
한 가지 사실에 대해서 의견의 일치를 보았습니다. 그것은 그녀
의 이름이나 신분을 알고는 있지만, 그녀를 단지 '젊은 여성'이
라고만 부르기로 결정했다는 사실입니다.

　　그런데 피고가 이 '젊은 여성'에게 자신은 결혼한 몸이라는
것을 고백하려고 했을 때는 이미 두 사람의 사이는 위험한 상
태에까지 진행되어 있었습니다. 위험이라는것은 물론 피고의
아내의 입장에서 본 견해입니다. 그 '젊은 여성'도 피고가 유부
남인 것을 알았다면 절대로 그런 관계에까지는 가지 않았을
거라고 생각합니다. 그녀는 조심성이 많고 모든 면에서 훌륭한
여성입니다. 우리는 그녀와 이야기를 나누고 나서 그런 인상을
강하게 받았습니다.

　　본인도 역시 그녀가 우연히 유부남을 사랑하는 불행에 빠지

기는 했지만 훌륭한 여성이라고 생각했습니다. 다시 한 번 강조하지만, 사실을·모두 알고 나서 불륜의 관계를 맺는 여자는 없으니까요. 그녀는 어느 누구에게도 상처를 주고 싶지 않았던 겁니다. 그리고 피고는 두 여인과 관계를 맺을 수 없다는 것을 깨달았습니다. 그래서 피고는 아내에게 이혼을 요구했습니다. 몇 번이나 강요했던 것이지요. 하지만 그녀는 거절했습니다.

어째서였을까요? 그녀에게 있어서 결혼은 신성한 것이었습니다. 순간적인 변덕으로 헤어질 수 있는 그런 경솔한 행위가 아니었기 때문입니다. 요즘 같은 때에는 보기 드문 여자라고 말씀드릴 수 있겠지요.

피고가 그러한 아내의 이야기를 하자 '젊은 여성'은 그렇다면 단념하고 헤어지자고 했습니다. 그러나 피고는 그런 생각을 할 수가 없었습니다. 그는 두 여자 사이에서 이러지도 저러지도 못하는 곤란한 상태에 빠졌습니다. 부인은 그를 놓아주지 않았으며, 그는 그 나름대로 '젊은 여성'을 단념할 수도 없었던 것입니다.

그는 기회를 보아서 완전히 끝내버리려고 했습니다. 첫번째 방법이 냉담했다고 하면, 두 번째 방법은 뭐라고 해야 좋을까요, 그는 아내를 접대하려고 한 겁니다. 그것은 마치 거래처의 손님을 접대하는 것과 똑같은 방법이었습니다. 신사 숙녀 여러분, 이것만 보아도 이 남자의 성격을 잘 알 수 있을 거라고 판단됩니다. 엉망진창이 된 결혼생활, 파산 직전의 가정, 버려진 아내, 이러한 것들은 모두 그에게는 당연한 결과였지요. 그는 하룻밤의 일시적인 외출을 계획했습니다. 우선 극장표를 두 장 구하고 레스토랑의 좌석을 예약했습니다. 그는 집에 돌아와서 아내에게 오늘밤 함께 외출 하자고 말했겠지요. 그녀는 이 갑작스러운 남편의 제의를 이해할 수 없었습니다. 그 순간 그녀는 그의 뜻을 잘못 생각해서 화해하고 싶은 마음으로 기울어졌는지도 모릅니다. 그녀는 외출준비를 시작했습니다. 잠시 뒤, 방에 들어온 그는 아내가 아직 화장대에 앉은 채 더 이상 준비하지 않고 있다는 것을 발견했습니다. 그때는 그녀도 남편의 목적을 알아차렸던 것이지요.

그녀는 그에게 헤어지지 말자고 했습니다. 극장의 특석보다도, 호화스러운 요리보다도 가정이 훨씬 더 소중한 거라고 말했겠지요. 다시 말해서, 그가 이혼에 대한 이야기를 꺼낼 사이도 없이 그녀 쪽에서 강력하게 거절의 뜻을 나타냈던 겁니다. 그것이 그에게 결정적인 충격을 주었습니다.

그는 이미 외출준비를 마치고 난 순간이었습니다. 두 손에 넥타이를 들고 길이를 조절해서 목에 막 매려고 하는 중이었지요. 그러나 그는 자신의 마음속을 들여다보고 선수를 치는 아내의 말에 견딜 수 없는 증오와 경멸을 느꼈습니다. 그래서 손에 들고 있던 넥타이를 거울 앞에 앉아 있는 아내의 목에 세차게 감고 상상도 할 수 없을 정도로 잔인하게 졸라맨 것입니다. 경찰의 증언으로 이미 알고 계신 것처럼, 넥타이가 그녀의 목에 얼마나 단단히 감겨져 있었는지 잘라내지 않으면 안될 정도였습니다. 배심원 여러분에게 물어보겠는데, 여러분은 넥타이를 두 손으로 잡아당겨 본 적이 있습니까? 그것은 절대로 풀어지지 않습니다.

그녀는 죽었습니다. 처음에야 손을 휘두르면서 저항해 보았겠지만, 결국엔 남편의 손 안에서 숨이 끊어지고 말았던 것입니다. 그녀를 영원히 사랑하고 보호하겠다던 바로 그 남편의 손에 의해 저 세상으로 보내진 겁니다. 이 사실을 여러분 마음속에 분명히 새겨두시기 바랍니다.

그는 거울을 마주보고 선 채로 그녀의 몸을 끌어안고 있었습니다. 그녀는 말하자면 자신의 모습을 들여다보고 있었던 것입니다. 그는 한참 동안 그런 자세로 있다가 그녀가 쓰러지자 완전히 숨이 끊어졌는지를 확인했습니다. 그리고 나서 그는 어떻게 했을까요?

아내를 살려보려고 노력했을까요? 아니면 양심의 가책을 느꼈을까요? 아니, 결코 그렇지 않았습니다. 그 뒤의 상황은 이제부터 말씀드리지요. 그는 아내의 시체가 누워 있는 바로 그 방에서 태연하게 몸단장을 하고 외출준비를 끝마쳤습니다. 그는 아내의 목을 조른 넥타이 대신에 다른 넥타이를 꺼내어 맸습니다. 모자를 쓰고 윗도리를 입고 집을 나서기 직전에, '젊은 여성'의 집에 전화를 걸었습니다. 그렇지만 그것은 그녀에게 있어선 정말 다행스러운 일이었습니다. 마침 그녀는 집에 없었던 거지요. 따라서 그녀는 그 뒤 몇 시간 동안 아무것도 모르고 있었습니다. 그는 왜 그녀에게 전화를 걸었을까요? 양심의 가책을 받아 자신의 죄를 고백하고 그녀의 도움이나 충고를 받고 싶었기 때문일까요? 아닙니다. 그는 단순히 그녀를 증인으로 이용하려고 했던 것뿐입니다. 그녀에게는 사실을 말하지 않은 채 자신의 알리바이를 만들어내려고 했다는 말입니다. 다시 말해서, 그 극장표와 레스토랑의 예약석을 핑계로 살해한 아내 대신에 그녀를 꾀어내려고 하는 의도였습니다. 그래서 그녀를 만나면 곧 시간을 확인시켜서 그녀가 나중에 정확한 시간을 기억하도록 꾸밀 작정이었지요. 그녀 스스로 법정에 출두하여 증언하도록 해서 그의 알리바이를 인정받으려는 생각이었습니다. 물론 조작된 시간을 그녀에게 기억시킬 작정이었겠지요. 하지만 이것은 실패로 끝났습니다. 그녀와 연락이 닿질 않았으니까요. 그는 할 수 없이 다른 방법을 생각해 내야 했습니다. 그는 혼자 외출하여 태연한 태도로 자신과 아내를 위해 계획해 두었던 곳을 하나도 빠짐없이 돌아다녔습니다. 그때는 아직 피고가 주장하는 것——즉, 도중에서 우연히 만난 여자를 끌어들여 알리바이에 이용하려던 생각은 털끝만큼도 없었다고 말할 수 있습니다. 그 당시에 그는 굉장히 흥분된 상태에 있었을 테니까요. 아니, 그 생각이 마음 한구석에 자리잡고 있긴 했지만, 행동으로 옮길 용기가 없었겠지요. 또, 상대방이 자신의 행동에서 진상을 눈치챌지도 모른다는 불안도 있었겠지요. 그리고 어쩌면 알리바이를 만들어내기에는 시간이 너무나 지나버렸는지도 모릅니다.

그렇다면 가장 좋은 방법은 무엇일까요? 말할 것도 없이 그것은 가공의 인물을 만들어내는 것이었습니다. 그에게는 존재하지 않는 환상이지만 적당히 얼버무려두면 뒤에 나타나서 두 사람이 만났던 시간에 대한 그의 진술을 깨버릴 염려는 전혀 없을 테니까요. 바꾸어 말하면, 그에게 뒷받침 없는 알리바이와 들통이 날 알리바이 중에서 어느 것이 더 유리할 것인가 하는 문제가 되지요. 배심원 여러분의 생각은 어떻습니까?

근거 없는 알리바이는 완전히 입증되지 않고 계속 논리상의 의문을 남기는 것입니다. 반면에, 들통이 날 수 있는 알리바이는 저절로 진실이 밝혀져 변명의 여지가 없게 되는 거지요. 그렇기 때문에 그는 근거 없는 알리바이 쪽을 택한 것입니다.

그는 그날 밤의 자기 행적 속에 가공의 이야기를 집어넣었습니다. 그의 쪽에서는 그런 여자가 존재하지 않으며, 절대로 발견되지 않는다는 것을 잘 알고 있었지요. 그리고 그 여자가 발견되지 않는 것에 대해서 묘한 쾌감을 맛보고 있을 겁니다. 이것은 그 여자가 나타나지 않는 한, 그가 내세운 알리바이가 도움이 될 테니까요.

본인은 여러분에게 아주 간단한 질문을 한 가지 드리겠습니다. 여기 한 남자가 있습니다. 그 남자의 생사가 어떤 인물의 모습을 기억하고 있는지 없는지에 달려 있을 경우, 그가 아무것도 기억하지 못한다는 것이 도대체 말이나 되는 일입니까? 그런 일이 있을 수 있을까요? 저 남자는 단 한 가지도 기억하지 못하고 있습니다. 눈동자의 색깔, 머리카락의 색깔, 얼굴 윤곽, 몸매도 기억하지 못합니다. 그녀의 특징에 대해서는 무엇하나 제대로 기억하는 것이 없습니다. 여러분도 한번 저 사람의 입장에 서서 생각해 보십시오. 여러분의 목숨이 걸려 있는데, 이렇게 완고하고 철저하게 잊어버릴 수가 있을까요? 만일, 그가 그녀가 나타나기를 바라고 있다고 하면 어떻게 이렇게 완전히 그녀를 잊어버릴 수가 있을까요? 그녀가 실제로 존재하는 인물이라면 말입니다. 그것은 여러분의 현명하신 판단에 맡기겠습니다.

배심원 여러분, 본인은 더 이상 말할 것이 없습니다. 이 사건은 아주 간단합니다. 다시 생각해 볼 것도, 따져볼 것도 없다고 생각합니다." 이어서 그는 연극 대사처럼 말끝을 길게 끌면서 말했다. "본인은 스코트 헨더슨을 아내 살해용의자로 기소합니다.

그리고 그 대가로 그의 생명을 요구합니다.

본인의 논고는 이것으로 마치겠습니다."

6. 사형집행 전 90일

"**피**고는 일어나서 배심원 쪽을 향해 서주십시오. 그리고 배심원장도 일어서 주십시오. 배심원 여러분, 판단을 내렸습니까?"

"예, 재판장님."

"이 피고는 기소 사실에 대해서 유죄입니까, 무죄입니까?"

"유죄입니다."

피고석에서 목을 조르는 듯한 목소리가 들려왔다. "아, 하나님……나는 절대로……아닙니다."

7. 사형집행 전 87일

"피고는 본 법정이 판결을 내리기 전에 하고 싶은 말이 있습니까?"

"나는 내가 범행을 저지르지 않았다는 것을 알고 있습니다. 하지만 모두가 내가 했다고 주장하는데 무슨 말을 할 수 있겠습니까? 내가 그런 주장을 한다고 해서 나를 믿어주는 사람이 있을까요? 재판장님은 지금 나에게 사형을 언도할 생각이 아닙니까?

재판장님이 그렇게 판결을 내린다면 나야 어차피 죽지 않겠습니까? 나도 다른 사람과 마찬가지로 죽음이 두렵습니다. 죽는다는 것은 결코 즐거운 일이 아니죠. 하지만 오심(誤審) 때문에 죽는다는 것은 더욱 괴로운 일입니다. 나는 내가 저지른 죄 때문이 아니라 잘못된 재판 때문에 죽게 되는 것입니다. 죽음 중에서도 이렇게 가혹하고 억울한 죽음은 없을 것입니다. 하지만 최후의 순간이 오면 나는 그것을 담담하게 받아들일 생각입니다. 지금으로서 내가 할 수 있는 일은 그것뿐이니까요.

그러나 지금 내 말에 전혀 귀를 기울이지 않고, 내 말을 믿어주지 않는 모든 분들에게 분명히 말해 둡니다. 나는 아내를 죽이지 않았습니다. 그건 내가 저지른 일이 아닙니다. 나는 살인하지 않았어요. 배심의 어떤 판결도, 법정의 어떠한 심리도, 전기의자 위의 어떠한 처형도——세계의 어디를 간다고 해도 마찬가지지만——자기가 저지르지 않은 일을 저질렀다고 할 수는 없을 겁니다.

재판장님, 나는 판결을 받아들일 준비가 되어 있습니다. 아무 미련도 없습니다."

판사석에서 동정어린 독백처럼 목소리가 울려퍼졌다. "안됐습니다, 헨더슨 씨. 나는 지금까지 판결을 기다리기 위해 내 앞에 섰던 사람들에게서 지금 당신이 말한 것처럼 감동적이고 품위 있는 변론을 들어본 적이 없습니다. 그러나 본 사건에 대한 배심원의 판결을 나로서는 움직이기 어렵습니다."

그는 목소리를 약간 높여서 말했다. "제1급 살인죄에 따라 심리되어 유죄라고 확정한 스코트 헨더슨에게 본인은 전기의 자에 의한 사형을 선고한다. 위의 형은 ××형무소의 소장에 의해 10월 20일 이후 일주일 이내에 집행된다. 하나님, 이 영혼에 은총을 내려주소서."

8. 사형집행 전 21일

양쪽으로 사형수 감방이 줄지어 서 있는 복도——그의 독방 바로 밖에서 낮은 목소리가 들려왔다. "여깁니다."

그리고 나서 열쇠꾸러미의 짤랑거리는 소리보다 조금 더 큰 목소리가 외쳤다. "면회요, 헨더슨."

헨더슨은 대답하지도 움직이지도 않았다. 문이 열렸다가 다시 닫혔다. 길고 어색한 침묵이 감도는 가운데 두 사람은 마주 쳐다보고 있었다.

"나를 벌써 잊어버렸소?"

"자기를 죽이려고 하는 사람을 잊을 리가 있습니까?"

"나는 어느 누구도 죽이고 싶지 않소, 헨더슨 씨. 다만, 죄를 범한 사람을 심판대로 보낼 뿐이오."

"그럼, 이번에는 자신이 직접 집어넣은 사람이 보내진 장소에서 도망치지 않고 얌전하게 있는 것을 확인하기 위해 일부러 들르셨군? 내가 하루 종일 고통스러워하는 모습을 보아야 만족스럽다는 거 아닙니까? 대단히 수고가 많으시군. 자, 잘 보시오. 나는 이 독방에서 꼼짝않고 있소이다. 이젠 안심하고 돌아가시지."

"아주 날카롭군, 헨더슨."

"서른두 살의 나이로 죽게 된 남자가 어떻게 달콤한 말을 속삭일 수 있겠소?"

버지스는 대답하지 않았다. 그 말에 알맞는 대답을 할 수 있는 사람은 아무도 없을 것이다. 그는 아픈 곳을 찔리기라도 한 것처럼 한두 번 눈을 깜박거렸다. 그리고 나서 창 쪽으로 걸어가서 밖을 내다보았다.

"좁지요?" 하고 헨더슨이 돌아보지도 않고 말했다.

대화가 끊기자 버지스는 자신도 갇혀 있다는 착각이 들었는지 갑자기 등을 돌려 그 자리에서 벗어났다. 그리고 호주머니에서 뭔가를 꺼내어 헨더슨이 앉아 있는 침대 앞으로 다가왔다.
"피우겠소?"

헨더슨은 비웃는 듯한 얼굴을 들었다. "담배가 나와 무슨 상
관이 있습니까?"

"너무 그렇게 말하지 마시오." 형사는 쉰 듯한 목소리로 말
하고는 여전히 손을 내밀고 있었다. 헨더슨은 마지못해 한 개
비 꺼내들었다. 피우고 싶지는 않았지만, 그렇게 하면 혹시 버
지스가 나가주지나 않을까 하고 생각하는 듯했다. 눈초리는 여
전히 매서웠다. 그는 담배를 입에 물었다.

버지스가 불을 붙여주었다. 헨더슨은 더욱 경멸하는 표정으
로 작은 불꽃 너머로 가만히 상대방의 얼굴을 바라보았다. "무
슨 일입니까? 드디어 사형집행일이 결정되었나요?"

"당신 기분은 이해하오……" 하고 버지스는 타이르는 듯한
어조로 조용하게 말했다.

그러자 헨더슨은 침대에서 벌떡 일어나서, "내 기분을 당신
이 안다고!" 하고 내뱉듯이 소리쳤다. 그리고는 담뱃재를 털고
서 바로 그 손으로 상대방의 발을 가리켰다. "당신은 그 발로
어디든지 가고 싶은 곳에 갈 수 있소!" 이어서 엄지손가락으로
자신의 발을 가리키며 말했다. "그렇지만 나는 그렇게 할 수 없
소!" 그는 고함을 지르며 입술에 힘을 주었다. "이젠 나가! 어
서 여기에서 나가 달란 말이야. 그리고 다른 사람을 찾아봐. 나
같은 중고품이 아닌 신품을 찾아보란 말이야!" 그는 다시 웅크
리고 벽을 향해 담배 연기를 내뿜었다. 연기는 벽에 부딪쳐 버
섯구름처럼 펼쳐져서 다시 그가 있는 쪽으로 되돌아왔다.

두 사람은 이제 얼굴을 마주보고 있지 않았다. 하지만 버지
스는 아직 그곳에 선 채로 돌아갈 기미를 전혀 보이지 않고 있
었다. 그가 이윽고 입을 열었다.

"상고는 기각된 것 같소."

"그래요, 기각되었습니다. 이젠 모든 것이 다 끝나버렸지요."
그는 몸을 돌려 상대방의 얼굴을 쳐다보았다. "무엇 때문에 그
렇게 침울한 얼굴을 하고 있는 거요? 내 고통이 오래 가질 않
아서 유감입니까? 아니면 나를 두 번 죽일 수 없어서 실망하셨
나?"

버지스는 담배가 썩기라도 한 것처럼 얼굴을 찡그렸다. 그리고 그것을 바닥에 버리고는 발로 비벼 껐다. "벨트 아래를 치면 반칙이오, 헨더슨 씨."

헨더슨은 잠시 동안 상대의 얼굴을 뚫어질 듯이 쳐다보았다. 분노의 불꽃으로 타올라서 시뻘개진 그의 눈이 갑자기 상대방의 태도가 바뀌었다는 것을 알아차린 것 같았다. "무슨 생각을 하고 있는 겁니까? 몇 달이나 지난 지금, 도대체 무슨 일로 찾아온 거요?"

버지스는 자기 목을 만지며 말했다. "나도 확실히는 모르겠소. 형사로서는 분명히 이상한 행동이오. 나는 당신이 기소되어 재판을 받게 되었을 때 이미 내 일은 끝났다고 생각했었소. 아무래도 설명하기가 어렵군." 그는 어색하게 말을 끊었다.

"어려울 것이 뭐 있소? 나는 독방에 감금된 사형수에 불과한데."

"그렇기 때문에 더욱 말하기 어려운 거요. 내가 여기에 온 것은, 다른 게 아니라, 흠……내가 말하고 싶은 것은……" 그는 잠시 머뭇거리다가 결단을 내렸다. "나는 당신이 결백하다고 믿고 있소. 이것을 말하고 싶었던 거요. 이렇게까지 된 뒤에 이제 와서 무슨 말을 해도 아무 소용이 없겠지만……그러나 헨더슨 씨, 나는 당신이 범인이라고는 생각지 않소."

긴 침묵이 흘렀다.

"아무 말이라도 좋으니 이야기 좀 해보시오. 그렇게 앉아서 내 얼굴만 쳐다보지 말고."

"무슨 말을 하면 좋겠습니까? 시체를 묻은 남자가 다시 그것을 파내어, '할 말이 없군. 내 실수였소.' 하고 사과한다면 시체가 무슨 말을 하겠습니까?"

"그건 당신 말이 맞소. 물론 말하기 곤란하겠지. 그때 당시에 나는 내 나름대로 확실한 증거에 의해서 일을 처리했소. 하지만 이젠 그 고정관념 속에서 벗어나고 싶소. 내일이라도 당장 그때와 똑같은 차례대로 되풀이할 생각이오. 내 개인적인 감정 같은 건 절대로 개입시키지 않겠소. 구체적인 사실에 근거해서 조사해 가는 것이 내 임무이니까."

"그런데 도대체 무엇 때문에 당신 생각이 바뀌었는지 모르겠군요." 하고 은근히 비꼬면서 헨더슨이 말했다.

"그것은 설명할 수 없소. 다른 여러 가지 사실과 마찬가지로 막연한 것이오. 그것은 지난 몇 달 동안 천천히 내 마음에 스며들어왔소. 마치 물이 종이에 스며들듯이. 사실은 법정에서부터 시작되었지만. 일종의 반작용이라고나 할까. 당신에게 불리한 증거로 제시된 것들을 나중에 다시 한 번 생각해 보니 모두 반대 방향을 가리키고 있었소. 내가 말하는 것을 당신이 모두 이해하리라고는 생각지 않아요. 엉터리 알리바이라고 하는 것은 본래 교묘하고 한치의 틈도 없는 게 보통이오. 그렇지만 당신의 경우는 터무니없고 허점투성이였소. 문제의 그 여자에 대해서 무엇 하나 기억하는 것이 없었소. 열 살 먹은 어린애라도 그 정도는 분별할 수 있을 거요. 법정 안에서 가만히 앉아 있는 사이에 그 생각이 들기 시작하더군. 저 남자가 말하고 있는 것은 모두 진실이다――라는 생각이 말이오.

조금이라도 거짓이 있으면 끈질기게 부인할 리가 없다. 자기가 결백하지 않다면 저렇게 철저하게 기회를 묵살시켜 버릴 리가 없어. 꺼림칙한 점이 있는 사람은 더욱 교활하고 약삭빠른 법이지. 그런데 당신은 생명이 위태롭게 되었는데도 몸을 보호하기 위해서 두 개의 명사와 한 개의 형용사만 되풀이할 뿐이었소. '여자', '모자', 그리고 '기이하다' 고 말이오. 나는 당신 말이 진실일 거라는 생각이 들었소.

집에서 부부 싸움을 해서 기분이 언짢은 남자가 맨 처음 들어간 술집에서 별로 관심도 없는 여자를 우연히 알게 된다. 그것뿐이 아니다. 집에 돌아와 보니 아내가 죽어 있고 자신은 범인으로 몰리는 상황이 된다. 당연히 그는 몹시 당황하겠지……"

그는 정감어린 표정을 지었다. "그런 경우에 사람들은 어떨까? 그날 스쳐지나간 일들을 모두 분명히 기억하고 있을까? 그렇지 않으면, 어렴풋하게 기억하고 있는 것마저도 그 소동 탓으로 깨끗이 지워지고 아무것도 기억할 수 없게 될까? 도대체 어느 쪽일까?

그 의문이 계속해서 내 머리를 괴롭혔소. 생각하면 생각할수록 그것은 더욱 강하게 내 머리를 압박해 왔소. 전에도 한 번 여기에 왔다가 되돌아간 적이 있었소. 그리고 나서 나는 리치먼 양과 몇 차례 만나보았소."

헨더슨은 목을 길게 빼고 말했다. "그래서 무엇을 알아냈습니까?"

그는 헨더슨의 질문에 재빨리 대답했다. "아니, 아직 아무것도 알아낸 것은 없소. 아마 당신은 그녀가 나를 설득해서 여기로 보냈다고 생각할지도 모르오. 하지만 사실은 그와는 정반대요. 오늘 내가 여기에 들른 것은 내 스스로 찾아온 것이지 누가 억지로 보낸 것이 절대로 아니오. 나는 다만 당신을 돕고 싶을 뿐이오." 그는 감방 안을 왔다갔다 했다. "나는 이제 무거운 짐을 벗은 기분이오. 하지만 지금까지의 내 수사방법에 문제가 있다고는 생각지 않소."

헨더슨은 잠자코 있었다. 그는 바닥을 쳐다보며 가만히 생각에 잠겨 있었다. 무언가를 깊이 생각하는 태도였다. 처음의 그 덤벼들 듯한 태도는 많이 누그러져 있었다. 서성거리는 버지스의 그림자가 그의 머리 위를 이리저리 지나갔다. 하지만 헨더슨은 그쪽은 쳐다보려고도 하지 않았다.

이윽고 그 그림자가 멈추고 호주머니를 뒤지는 소리가 들려왔다. "어떤 사람이라도 좋으니 당신을 도와줄 수 있는 사람을 찾아내야 하오. 자기의 시간을 완전히 당신을 위해서 희생해줄 수 있는 사람을 말이오." 그는 또다시 동전을 짤랑거렸다. "나는 안되오. 나는 처자식이 있는 몸이오. 직장을 그만둘 수도 없소. 게다가 당신과 나는 남남이니까."

헨더슨은 조용하게 중얼거리듯이 말했다. "나는 당신에게 부탁한 적도 없습니다."

버지스는 동전을 만지작거리는 것을 멈추고 헨더슨 쪽으로 조금 더 다가갔다. "당신이 잘 아는 사람을 하나 고르시오. 내가 할 수 있는 말은 이것뿐이오." 그는 주먹을 꽉 쥐고 약속이라도 한다는 듯이 치켜들었다. "그렇게 한다면 나도 힘닿는 데까지 도와주겠소."

그 말에 헨더슨은 머리를 들었다가 다시 고개를 푹 숙였다. 그리고는 가는 목소리로 내뱉었다. "누가 좋을까요?"

"누구라도 관계없지만, 정열을 갖고 이 일에 뛰어들 사람이면 좋소. 신념이 있고, 돈이나 명예에 욕심이 없는 사람——당신이 스코트 헨더슨이라는 이유만으로 당신을 도와줄 수 있는 사람, 당신 대신에 자신이 죽어도 좋다고 생각하는 사람, 아무리 궁지에 몰려도 나약하게 행동하지 않는 사람, 비록 가망이 없더라도 물러서지 않을 사람, 이런 열의와 신념이 있는 사람이 필요하오. 그런 사람이 아니면 아무런 도움이 되질 않소."

그는 말하면서 한 손을 헨더슨의 어깨에 올려놓았다. 마치 잘 들어달라고 부탁하는 것처럼——"당신에게 그런 마음을 갖고 있는 여자가 있소. 하지만 그녀는 나이가 아직 어려. 정열은 있어도 경험이 없단 말이오. 최선은 다하겠지만 그것만으로는 안돼요."

여기에서 비로소 헨더슨의 거친 얼굴빛이 차차 누그러졌다. 얼핏 감사의 눈길마저 보였다. 그는 젊은 애인에게 바치고 싶은 감사의 뜻을 대신 형사에게 보냈던 것이다. "나도 느끼고는 있었습니다……"

"이 일은 남자가 아니고는 안돼요. 빈틈없는 남자——그녀에 못지않게 당신을 생각해 주는 남자가 필요하오. 반드시 있을 거요. 누구에게나 그런 친구가 한 사람 정도는 있는 법이니까."

"나도 전에는 그런 친구가 있었어요. 하지만 나이를 먹을수록 점점 어려워집니다. 특히 결혼하고 나서는 더욱 그렇습니다……"

"하지만 내가 이야기한 그런 의리 있는 친구라면 떨어져 나갈 리가 없지요." 하고 버지스가 말했다. "진정한 친구라면 변하지 않는 법이오."

"전에는 그런 친구가 있었지요." 하고 헨더슨은 중얼거리듯이 말했다. "한때는 친형제처럼 친하게 지냈지만 이젠 이미 지나간 일입니다."

"친구에게 시간제한 같은 건 없소."

"어쨌든 그는 지금 이곳에 없습니다. 요전에 만났을 때 남아메리카로 떠난다고 했었습니다. 어느 석유회사와 5년간 계약을 맺었다고 하면서——" 그는 형사 쪽으로 고개를 돌리고 말했다. "당신은 형사라는 직업에 맞지 않게 꽤 순진한 사람이군요. 3,000마일이나 떨어진 곳에 있는 친구에게 이제부터 시작하려는 새로운 장래를 포기하고 내 일을 맡아달라고 하는 게 너무 지나친 요구는 아닙니까? 더욱이 지금은 가깝게 지내고 있는 사이도 아닌데 말이오. 사람은 나이를 먹어가면서 얼굴이 두꺼워진다는 게 맞는 말 같습니다. 이상(理想)도 시들해져 버리고 서른두 살의 남자는 스물다섯 살 때의 친구와는 다릅니다. 이제는 단지 서로 안다는 것에 지나지 않지요. 나도 역시 마찬가지입니다."

버지스가 그의 말을 막았다. "한 가지만 물어봅시다. 옛날에 그 친구가 당신을 위해서라면 어떤 희생이라도 무릅쓸 수 있는 사람이었소?"

"물론 그랬습니다."

"그렇다면 지금도 그렇게 해줄 거요. 우정에 나이란 관계가 없는 거니까. 옛날에 갖고 있던 우정이라면 지금도 똑같이 갖고 있을 거요. 만일, 그렇지 않다면 옛날에도 진정한 친구가 아니었을 거고."

"하지만 그런 것으로 우정을 테스트하는 건 옳지 못합니다. 그 친구가 그렇게 하기에는 상황이 너무 어려워요."

"그 친구가 당신의 생명보다 5년 계약의 일 쪽을 더욱 중요시한다면야 물론 아무런 도움이 되지 않겠지. 하지만 그렇지 않다면 그야말로 당신에게는 꼭 필요한 사람이오. 안된다고만 생각할 게 아니라 일단 기회를 줘보는 게 어떻겠소?"

그는 호주머니에서 수첩을 꺼내어 펼쳤다.

베네수엘라 카라카스 시
남미석유회사 본사
존 롬버드 귀하

자네가 떠난 뒤 마셀라를 죽인 혐의로 사형선고를 받았네. 중요한 증인을 찾아내면 무죄를 증명할 수 있네. 내 변호사들도 해보았네만 자네에게 그 일을 부탁해야겠네. 나를 도와주게. 자네 말고는 없네. 사형집행일은 10월 셋째 주네. 나를 도와주게, 스코트 헨더슨.

9. 사형집행 전 18일

그의 피부에는 적도 가까운 나라에서 왔다는 것을 나타내는, 햇볕에 탄 흔적이 역력히 드러나 있었다. 요즈음의 여행자들이 대개 그렇듯이 그도 역시 빠른 길을 택해 날아왔다. 비행기를 이용하기 때문에 눈깜짝할 사이에 미국의 서해안에서 동해안으로 날아오기도 하고, 리오를 떠나 멀리 뉴욕의 라 가디아 공항에 도착해도 사흘 전에 난 여드름이 채 없어지지 않을 정도이다.

그는 스코트 헨더슨과 같은 연배로 보였다. 하지만 그것은 5~6개월 전의 헨더슨을 말하는 것이지, 감방 안을 서성거리며 1년을 한 시간으로 계산하고 있는, 축 늘어지고 울상을 짓고 있는 지금의 헨더슨은 아니다.

그는 남미에서 입고 있던 옷을 그대로 입고 있었다. 이곳에서는 계절에 어울리지 않는 새하얀 파나마 모자, 색깔도 옷감도 미국의 가을에는 어울리지 않는 회색 면양복, 이런 모습이 남들의 눈에 띄지 않으려면 베네수엘라의 작열하는 태양이 필요하리라.

키는 크지도 작지도 않고, 행동거지는 다소 부드러웠다. 별로 힘들이지도 않고 돌아다닐 수 있는 사람이었다. 모르는 사람이 그를 보면 1년 내내 전차 뒤나 쫓아다니는 남자라고 생각할지도 모른다. 언뜻 보기엔 이미 한 구획이나 앞을 달리고 있는 전차를 달려가 잡을 수 있을 정도로 빠릿빠릿한 것처럼 보이지는 않기 때문이다. 옷은 새것이었으나 몸차림은 단정치 못한 편이었다. 조금씩 흔들리는 머리카락은 이미 깎을 때가 지나 있었고, 넥타이도 증기다리미가 한 번 지나가야 했다. 그것은 뒤틀린 채 나선형의 엿처럼 축 늘어져 있었다. 그 인상을 한마디로 표현한다면, 귀부인을 상대로 해서 파티장의 마루를 미끄러지고 있는 것은 생각할 수가 없었고, 그보다는 선박의 갑판 감독이라든가 제도판과 씨름하고 있는 토목기사 쪽이 훨씬 어울렸다. 외모는 대충 이런 정도로 별로 시원찮았지만, 그의 몸에는 일종의 중후함 같은 것이 깃들어 있었다. 굳이 고루한 표현을 빌자면 남자 중의 남자라고 할까.

"그 친구는 지금 어떤 상태로 지내고 있나요?" 간수의 뒤를 쫓아 계단을 올라가면서 그는 낮은 목소리로 물었다.

"뭐 다 그렇고 그렇게 지내는 거 아닙니까." 하고 간수가 대답했다. 그 이상 어떤 것을 기대할 수 있겠는가 하는 미적지근한 말투였다.

"그렇고 그렇게라──" 그는 고개를 흔들며 아무에게도 들리지 않을 정도로 중얼거렸다. "불쌍한 녀석."

간수는 벌써 그 방에 도착하여 문을 열고 있었다. 사내는 잠시 숨을 죽이고 뒤로 물러서서 목 안을 쓸어내리려는 듯이 크게 침을 꿀꺽 삼켰다. 그리고 나서 감방의 창문 모양의 가장자리를 살펴보려고 문을 움직였다. 그리고는 쓴웃음을 띠고서 한 손을 죽 내뻗으며 성큼성큼 안으로 들어갔다. 마치 사보이 플라자 호텔의 로비에서 기다리고 있는 상대방 쪽으로 다가가고 있는 느낌이었다.

사내는 김빠진 어조로 내뱉듯이 말했다.

"여어, 오랫만이군, 헨디. 그런데 이거 어떻게 된 거야? 나를 몹시 사모했었다고?"

헨더슨의 반응에는 형사가 찾아왔을 때와 같은 불쾌한 빛은 조금도 보이지 않았다. 하긴 이 남자는 오랜 친구가 아니었던가. 그는 갑자기 얼굴이 밝아지며 상대방과 똑같은 어조로 대답했다. "나는 지금 여기에 살고 있지. 어때, 이곳의 느낌이?"

두 사람은 영원히 놓지 않을 것처럼 마주잡은 손을 위아래로 흔들어댔다. 간수가 열쇠를 채우고 사라진 뒤에도 그들은 손을 늦추지 않았다.

마주잡은 손에 두 사람의 마음이 서로 통하고 있는 것이었다. 입밖으로는 내지 않아도 분명히 서로를 이해할 수 있었다. '와 주었군. 역시 돌아와 주었어. 결국 내게도 진정한 친구는 있었던 거야.'

또한, 롬버드의 손도 열정이 넘치게 대답하고 있었다. '나는

자네편이야. 내가 붙어 있는 이상, 어느 누구도 자네에게 손가락 하나 까딱하지 못할 걸세.'

그 뒤 잠시 동안은 서로가 당면한 문제를 언급하지 않도록 신경을 썼다. 두 사람은 정말로 이야기하고 싶은 사실만을 제외한 모든 것을 화제로 삼았다. 그것은 눈앞에 놓여 있는 문제가 너무나도 심각해서 피가 엉길 정도로 끔찍한 경우 흔히 볼 수 있는 일종의 쑥스러움이랄까, 아니면 일종의 회피와 같은 것이었다.

"야아, 질렸어, 이곳의 기차 말이야. 덕분에 이렇게 온통 먼지투성이가 되었잖나." 하고 롬버드가 요란하게 떠벌렸다.

"건강해 보이는데, 잭. 그쪽 생활은 자네에게 잘 맞는 것 같군 그래." 하고 헨더슨도 대꾸했다.

"농담 말게! 더럽고 지독히도 외로운 곳이었어! 게다가 음식도 입에 맞지 않고 모기는 또 얼마나 극성맞은지. 5년 계약에 서명을 하다니, 내가 한 일이지만 나 같은 등신도 없을 걸세."

"그렇지만 돈은 신나게 벌 수 있잖아?"

"그거야 물론이지. 하지만 그런 곳에서 돈을 벌어봤자 무얼 하겠나? 쓸데가 없어. 맥주에서는 석유 냄새만 나고……"

"그렇다고 해도 너무 미안해. 자네에게 커다란 짐을 던져주어서……" 하고 헨더슨은 우물우물 대답했다.

"아닐세, 나는 오히려 고마운걸." 하고 롬버드는 남자답게 되받았다. "하지만 아직 그 계약은 유효해. 잠깐 휴가를 얻어서 온 것뿐이니까."

그는 잠시 입을 다물고 있었다. 그러다가 그만 문제를 건드리고 말았다. 하긴, 그 문제는 계속해서 두 사람의 마음속에 맴돌고 있었던 것이긴 하지만. 그는 친구의 얼굴에 보내고 있던 시선을 다른 방향으로 돌리며 말했다. "그런데 그 일은 대체 어떻게 된 거야, 헨디?"

헨더슨은 애써 웃음을 지으며 대답했다. "뭐 말하자면 오늘부터 2주일 반이 지나면 우리 동창생 중 하나가 어떤 전기 실험에 참가하게 된 거야. 동창회보에서 내 일을 뭐라고 떠벌여 놓았더라? '결국 그의 이름은 신문지상을 장식하게 될 것이다' 였던가? 꽤나 대단한 예언이야. 내 이름은 그날 어느 신문에 나 실릴 테니까."

롬버드는 날카로운 시선을 그에게 돌렸다. "나는 그런 일에는 참지 못해. 쓸데없는 소리는 그만두게. 우리들 사이는 어제오늘의 것이 아니잖나. 남 대하듯 하지 말고 탁 터놓고 얘기해 봐."

"아──" 하고 헨더슨은 괴로운 어조로 대답했다. "정말 인생이란 것은 짧은 거야." 이렇게 말해 버리고 나서 그 감회가 지금의 자신에게 얼마나 잘 어울리는가를 깨닫고는 겸연쩍은 듯이 고소(苦笑)를 지었다.

롬버드는 한 귀퉁이에 붙어 있는 세면대 위에 걸터앉아서 흔들거리는 한쪽 발목을 양쪽 손으로 붙잡아 들어올려서 다리를 꼰 채로, "자네 부인과는 한 번밖에 만나지 못했었지." 하고 회상하듯이 말했다.

"두 번이야." 하고 헨더슨이 고쳐주었다. "왜 길거리에서 우리 부부하고 한번 마주친 적이 있잖아, 잊어버렸나?"

"아, 그래, 그래. 자네 부인이 뒤쪽에서 자네의 팔이 끊어질 정도로 죽어라 끌어당겼었지."

"옷을 사러가던 참이었지. 그런 때의 여자의 마음은 자네도 알지, 응?" 그리고는 이젠 이 세상에 없는 여인을 위해 이리저리 변명을 늘어놓았다. 이미 지금에 와서는 아무런 의미도 없다는 것을 조금도 깨닫지 못하고 있는 것 같았다. "자네를 저녁식사에 한번 초대하려고 했는데 그게 잘 안되더군. 자네라면 그런 정도는 이해해 주겠지, 응?"

"그럼, 그럼." 하고 롬버드는 죽이 맞아서 대꾸했다. "뭐 마누라들이야 죄다 남편의 결혼 전 친구들을 멀리 하려고 드는 것 아니겠어?" 그는 남미산의 독한 담배를 꺼내어 헨더슨에게 건넸다. "혀가 부어오르고 입술에 물집이 생길지도 모르지만, 뭐 한 대 피워 보게. 그곳 제품인데, 화약과 살충제를 섞어서 만들었는지 아주 형편없어. 글쎄, 이곳 담배를 살 틈도 없었다니까." 롬버드는 자기 담배를 깊숙이 들이마시고 나서, "슬슬 자네 입으로 자세한 얘기나 들어보세." 하고 말했다.

헨더슨은 한숨을 내쉬다가 문득 멈추고는, "좋아, 시작하지. 벌써 몇 번이나 떠들어댄 스토리라서 잠꼬대라도 할 정도야."

하고 대답했다.

"지금 나는 아무것도 쓰지 않은 칠판 같으니까 가능한 한 건너뛰지 말고 상세하게 얘기해 주게."

"나와 마셀라의 결혼은 정말이지 소꿉놀이 같은 유치한 것이어서 가정생활이라고 할 수 있는 확고한 기반 같은 건 조금도 없었어. 이런 얘기는 친구 사이라도 입에 담기가 거북스럽지만, 사형수 감방에 들어와 있는 처지에 고상한 체해 봤자 아무 소용도 없으니 몽땅 털어놓겠네. 그러니까 1년쯤 전에 어쩌다가 진짜 남녀관계라고 하는 놈이 나를 찾아왔어. 발을 빼려고 했을 땐 이미 늦어버렸지. 그 여자는 자네가 만난 적도 없으니까 이름을 꺼낼 필요도 없다고 생각해. 법정에서도 그 점은 관대하게 처리해 주더군. 재판이 진행되는 동안에도 그저 '젊은 여성'으로만 통해 왔지. 그러니까 나도 그렇게 부르겠네."

"자네의 '젊은 여성'이라?" 롬버드는 알겠다고 했다. 그는 팔짱을 낀 채 눈을 지그시 감고 뭔가 골똘히 생각하는 표정으로 상대의 말에 귀를 기울이고 있었다.

"나의 '젊은 여성', 정말이지……그녀야말로 가장 이상적인, 진짜 나의 사랑이었어. 내가 결혼하기 전에 만났다면——모든 게 순조로웠을 거야. 아, 물론 내 마누라가 그런 여자였다면 더 바랄 나위도 없지. 생각지도 않은 행운을 잡게 되는 거 아니겠나. 그도 저도 아니라면 비록 결혼은 했더라도 그런 경험을 하지 못하게 되면 진짜 사랑이란 것이 어떤 건 줄도 모르고 끝나게 되니까 역시 아무런 불만이 없는 거겠지. 하지만 결혼 뒤에 그런 일이 일어나서 후회했을 때는 이미 돌이킬 수 없는 사태로 빠져들게 된다고 하는 것, 이것이 바로 문제일세."

"그거 꽤나 골치아픈 일이겠군." 하고 롬버드는 안됐다는 듯이 중얼거렸다.

"그런 일은 흔히 있게 마련이야. 나는 그 '젊은 여성'과 두 번째 만났을 때 마셀라에 관해서 이야기했어. 그리고 나서는 만나지 않을 작정이었지. 열두 번째 만나고 나서도 역시 우리 둘은 그 사실을 꺼내어 다시는 만나지 말자고 했었네. 서로가 상대를 피하려고 노력했던 거야. 쇠붙이를 자석에서 떼어낼 정도로 힘든 일이긴 했지만.

마셀라는 한 달도 채 지나지 않아서 그녀와의 관계를 알게 되었어. 내가 먼저 그녀에 관해서 몽땅 털어놓았다네. 그래서 그런지 흔히 세상에 나도는 듯한 그렇게 큰 충격은 받지 않더군. 마셀라는 싱글싱글 웃으면서 그저 잠자코만 있었어. 마치 어항 속에서 기어다니고 있는 두 마리의 거북을 가만히 바라보고 있는 것처럼 말이야.

나는 마셀라에게 이혼하자고 해보았지. 그때가 아마 우리 관계가 꽤나 깊어져 있을 때였을 거야. 하지만 아내의 얼굴에는 느긋하고도 동요가 전혀 없는 미소가 떠오르더군. 내가 말하고 있는 것에는 관심조차 없다는 것을 분명히 알아챌 수 있었지. 자신이 앉아 있는 곳 앞쪽 열의 좌석에 구두가 한 켤레 놓여져 있는 것을 바라보는 정도로밖에 생각지 않더군. '생각해 보죠.' 하고 마셀라는 말하더군. 그리고 나서 생각하기 시작했어. 몇 주일, 아니 몇 달이 흘러갔지. 그렇게 해서 천천히 시간을 벌고 나를 이러지도 저러지도 못하는 상태로 내버려두었던 거야. 그 동안 나는 그녀의 그 느긋한 조소만 받고 있어야 했었어. 우리 세 사람 중에서 마셀라만이 그렇게 즐기고 있었던 거라네.

덕분에 나는 내 자신의 마음을 분명히 확인할 수 있었지. 한 남자로서 나는 그 '젊은 여성'을 어떻게 해서든 내 것으로 만들고 싶었네. 하지만 난 미적지근한 것은 영 싫었어. 바람둥이가 되고 싶지도 않았고 말이야. 나에게는 단지 아내가 필요했던 거야. 그렇지만 집에 있는 여자는 아내라고 부를 만한 여자가 아니었어."

그는 양손으로 얼굴을 감싸고 손가락 틈새로 바닥을 내려다보고 있었다. 이미 지나가 버린 이야기를 하는 데도 그의 손은 부들부들 떨리고 있었다.

"그때 '젊은 여성'이 이렇게 말하더군. '무슨 방법이 있을 거예요. 우리들은 완전히 당신 부인의 손 안에 잡혀 있고, 부인도 그것을 잘 알고 있어요. 당신이 그냥 잠자코 있는 것은 결코 좋은 태도가 아니에요. 이렇게 계속되면 부인도 똑같이 그 끔찍한 얼굴로 당신을 대하게 되지 않겠어요? 그러니까 친구를 대하듯 부드럽게 상대해 보는 게 어떻겠어요? 언제 둘이서 함께 외출해서 마음을 털어놓고 서로 이야기해 보세요. 당신 부부도 옛날에는 서로를 사랑했던 시절이 있었을 것 아니에요. 그렇다면 공통의 추억거리가 아직 남아 있을 거예요. 부인이 당신에 대해 애틋하게 느끼고 있는 감정 같은 것들이 조금은 남아 있을 것 아니겠어요? 그리고 그러한 것이 우리들을 위해서뿐만 아니라 부인 자신을 위해서도 좋은 일이라고 생각해요.' 라고 말일세.

그래서 나는 쇼 입장권을 사고, 또 결혼 전에 둘이서 잘 가던 레스토랑에다 자리를 예약해 놓았지. 그리고 나서 집에 돌아와 이렇게 얘기를 꺼냈다네. '오늘밤 함께 외출하지. 옛날처럼 말이야.' 그러자 아내는 그 느긋한 미소를 또다시 얼굴에 띠고는, '예, 좋아요.' 하고 대답하더군.

내가 샤워를 하고 있는 동안 마셀라는 경대 앞에 앉아 화장을 하고 있었어. 나는 목욕탕에서 휘파람을 불며 샤워를 하고 있자니 갑자기 그녀가 좋아지는 거야. 그리고는 우리의 결혼이 실패한 원인이 무엇인가를 문득 깨닫게 되었지. '젊은 여성'을 좋아한 것은 분명했지만, 그것을 사랑이라고 착각하고 있었던 거야."

그는 손에 들고 있던 담배를 바닥에 내던지고는 발로 비벼 껐다. 그리고는 물끄러미 그것을 바라보았다.

"어째서 마셀라가 처음부터 거절하지 않았는지 모르겠어. 왜 샤워를 하며 신나게 휘파람을 불고 있는 나를 그대로 보고만 있었을까? 머리를 가지런히 빗어넘기고 있는 나를 거울 속으로 잠자코 바라보고만 있었던 이유가 뭐지? 내 윗도리 호주머니에서 살짝 삐져나온 손수건을 만족스러운 눈길로 바라보고 있었던 것은 또 어째서였을까? 요 반 년 동안에 그렇게도 신나 보이던 얼굴은 처음이던데, 그 이유가 뭐였지? 처음부터 마음에도 없었으면서 나갈 채비를 한 것은 또 어째서였을까? 바로 그거야——그것이 그녀의 수법이란 말일세. 마셀라는 그런 여자였어. 나를 어중간하게, 이러지도 저러지도 못하는 상태로 놔두는 것이 그녀에게는 꽤나 재미있었던 거야. 이혼이라고 하는 큰 문제에 있어서도 그렇고, 밖으로 외식하러 가는 작은 문제에 있어서도 그것은 별 차이가 없었어.

그때는 나도 조금씩 알아차릴 수 있었지. 거울에 비친 그녀

의 그 미소. 외출준비를 하는 체하면서도 실제로는 거의 손도
대지 않고 있는 그 능글맞은 수법.

나는 넥타이를 매고 있었지. 하지만 그녀는 모든 동작을 완
전히 멈추고는 손 하나 까딱하지 않고 그냥 앉아 있더군. 아무
것도 하지 않고서 그냥 앉아만 있었단 말일세. 그리고는 바로
그 미소만이 얼굴에 남아 있더군. 괴로운 사랑에 빠져 있는 남
자에게 보내는 그 조소. 다른 여자와 사랑에 빠져서 이제는 자
기 가슴이라도 도려낼 줄 수 있을 만큼 안달이 난 남자.

여기서부터 이야기는 두 갈래로 나누어지네. 경찰의 이야기
와 나의 이야기로 말이야. 하지만 지금까지 나온 이야기는 경
찰이나 나나 조금도 꾸민 것이 없어. 머리카락 정도의 차이도
없어. 경찰에서는 내가 아내를 죽였다고 결론을 내렸지만, 그때
까지의 내 행동의 아주 사소한 부분에 이르기까지 그 친구들은
죄다 인정하고, 또 그렇게 알고 있더군. 그들은 철저하게 구석
구석까지 조사를 한 모양이야.

내가 넥타이를 손에 든 채 그녀의 등뒤에서 거울을 들여다보
고 있는 시점부터는 6시를 가리키고 있는 시계의 큰 바늘과 작
은 바늘처럼 스토리는 완전히 정반대방향으로 나뉘어 버리지.
내 이야기는 이쪽으로, 그들의 이야기는 완전히 저쪽 방향으로
갈라지는 거야. 우선 내 이야기부터 말하겠네. 이것이 진짜 이
야기이니까.

마셀라는 내가 말을 걸 때까지 가만히 기다리고 있었어. 그
렇게 잠자코 가만히 앉아 있었던 목적은 바로 거기에 있었던
거야. 그 미소, 시치미떼고 있으면서 화장대 끝에 양손을 포개
어놓고 있던 그 모습도 다 그 때문이었어. 나는 잠시 그녀를 물
끄러미 쳐다보다가 드디어 입을 열었지.

'갈 마음이 없는 거야?'

그녀는 웃기 시작했어. 깔깔거리며 웃기 시작한 거야. 기가
막히게 통쾌하고도 긴, 허파 저 밑바닥부터 터져나오는 그런
웃음이었단 말이야. 나는 그때까지는 웃음이 그렇게 큰 무기가
되리라고는 생각도 못했다네. 거울 속에 비친 내 얼굴이 순식
간에 창백해지더군.

그리고 나서 그녀는 이렇게 말했다네. '하지만 극장표를 내버

릴 필요는 없어요. 돈을 시궁창에 버리는 것과 같으니까요. 그녀를 내 대신 데리고 가면 어때요? 쇼 정도는 보여줘도 괜찮아요. 식사도 함께 하세요. 그녀가 당신을 좋아하도록 말이에요. 하지만 그녀가 맘대로 당신을 차지하려는 것만은 절대로 용서하지 않겠어요.' 마셀라의 대답은 기껏 이렇더군. 그 이후에도 계속해서 그 대답은 변함이 없었을 걸세. 나는 그때 알아차린 거야. 앞으로 죽을 때까지 그 상태로 지내게 될 거라는 사실을.

그 다음에 일어난 일이야 뻔하지 않겠나. 나는 부드득 이를 갈고 한쪽 손을 치켜들었어. 마셀라의 뺨에 닿을 듯한 거리였지. 손에 들고 있던 넥타이가 어떻게 되었는지는 기억에 없어. 아마 마룻바닥에 떨어졌겠지. 다만, 그것을 그녀의 목에 감아 죄지 않았다는 것만은 기억하고 있네.

나는 절대로 손을 대지 않았어. 댈 수 없었지. 나는 그런 남자는 아닐세. 마셀라는 내가 그렇게 하도록 유도했지만 말이야. 그 이유야 알 수 없지. 내가 난폭한 사람이 아니라는 걸 익히 알고 있기 때문에 그럴 걱정은 아예 하지 않았는지도 모르지. 내 모습은 거울 속에 가득차 있었으니까 물론 돌아다볼 필요도 없었어. 그녀는 냉소를 섞어서 이렇게 말하더군. '자, 때려 보세요. 케이시 선수, 지금 막 타석에 들어섰습니다.(마티 케이시는 미국 프로 야구의 전설적인 강타자.) 그런 장난을 해봤자 아무런 소용도 없다고요. 당신이 나에게 다정한 체하든지 화를 내든지, 뭐 신사적으로 나오건 난폭하게 나오건 별로 사정은 바뀌지 않을 거예요.'

그리고 나서 우리는 모든 인간사가 다 그렇듯이 입에 담아서는 안될 일들을 갖고서 서로 떠들어댔지. 핏대가 오를 대로 오르긴 했지만 그녀에게 손가락 하나 대지는 않았어.

'당신은 나 같은 건 조금도 필요로 하지 않고 있어. 그런데 왜 이렇게까지 나를 붙잡아두려는 거지?'

'강도라도 들어왔을 때 써먹으려고요.'

'좋다고, 하지만 이제부터는 이런 식으로는 끌려가지 않을 거야.'

'그래 봤자 별로 달라지지 않을 거예요.'

'오, 좋아, 이제야 생각나는군. 당신에게 줄 게 있어.' 나는 지갑에서 1달러짜리 지폐를 두 장 꺼내어 마셀라의 등 뒤쪽으로 집어던지며 소리쳤다네. '이것은 당신과 결혼해서 당신을 끌어안았던 값이야!'

분명히 야비하고 유치한 방법이었지. 나는 그대로 모자와 윗도리를 집어들고 방을 뛰쳐나와 버렸네. 나오면서 보니 그녀는 여전히 거울 앞에 앉은 채 큰소리로 웃어대고 있더군. 웃고 있었어, 잭, 죽어 있지 않고 말이야! 나는 정말이지 손가락 하나 까딱하지 않았어. 그녀의 웃음소리는 문을 닫은 뒤에도 나를 쫓아오고 있었다고. 그 소리를 떨쳐버리려고 나는 엘리베이터를 기다리지 않고 계단으로 뛰어내려갔지. 덕분에 내 머리가 좀 이상해져 버렸어. 그 웃음소리가 좀처럼 사라지지 않는 거야. 아래층까지 내려갔는데도 계속해서 쫓아오는 거야. 아파트를 빠져나가니 겨우 들리지 않더구먼."

그는 말을 끊고 오랫동안 침묵을 지키고 있었다. 자기가 불을 붙인 일막의 광경이 점차 식어가서 사라져버린 것을 알고는 비로소 다음 이야기를 계속할 마음이 생겨나는 듯했다. 잔뜩 찌푸린 이마의 주름에서 땀이 배어나오고 있었다.

"그리고 난 뒤에 집에 돌아와 보니……" 하고 그는 조용히 계속해 나갔다. "마셀라는 죽어 있었어. 경찰에서는 내가 죽였다고 하더군. 그 친구들 말에 따르면 범행시각은 6시 8분 15초경이었다는 거야. 그녀의 손목시계가 그 시간을 가리키고 있었다나. 내가 문을 닫고 나가고 나서 10분 이내에 사건이 벌어진 것이지. 그걸 생각하면 지금도 등골이 오싹해진다네. 어느 놈인지는 모르지만 범인은 이미 아파트 안의 어딘가에 숨어 들어와 있었던 거야."

"하지만 자네는 계단으로 내려왔다고 하지 않았나?"

"우리 층에서 옥상으로 올라가는 계단에 숨어 있었는지도 모르지. 그거야 내가 어떻게 알 수 있겠나? 게다가 우리 부부의 대화를 처음부터 끝까지 엿듣고 있었는지도 몰라. 내가 나오는 것도 죄다 보고 있었을 거야. 나는 문을 굉장히 세게 닫았으니까 아마도 그것이 통겨서 꽉 닫히진 않았는지도 모르지. 그래서 범인이 집안으로 들어갈 수 있었을 거야. 그리고는 마셀라가 눈치채지 못하는 사이에 덤벼들었던 거야. 그녀의 웃음소리가 너무 커서 아무도 들어오는 기미를 알아차리지 못했겠지. 문득 알아차렸을 때에는 이미 때가 늦은 뒤였겠고……"

"그렇다면 빈집털이나 좀도둑의 짓인가?"

"그렇겠지. 하지만 그 목적이 무엇이었는지는 경찰수사에서도 밝혀지지 않았어. 그것으로 보아 도둑의 소행은 아닐 거야. 아무것도 훔쳐가지 않았거든. 마셀라가 앉아 있었던 화장대 서랍에는 16달러가 들어 있었는데, 그게 고스란히 들어 있었어. 또, 추행할 목적도 아니었던 것 같아. 그녀는 의자에 앉은 자세로 살해당하고 나서도 그대로 방치되어 있었거든."

그러자 롬버드가 되받듯이 물었다. "처음에는 분명한 의도를 갖고 들어갔다가 목적을 달성하지 못한 사이에 무엇인가 놀라서 도망친 것은 아닐까? 밖에서 무슨 소리가 났다든가, 자신이 막 저지른 범행이 갑자기 두려워졌다든가, 뭐 그러한 경우가 셀 수도 없이 많지 않은가, 응?"

"설사 그렇더라도——" 헨더슨은 맥빠진 목소리로 이어나갔다. "다이아몬드 반지가 보란 듯이 화장대 위에 그대로 놓여 있었거든. 범인은 그것을 그냥 놔두고 나가버렸어. 아무리 당황했다고 해도 그 정도야 집어갈 수 있지 않겠나?" 그리고는 고개를 저으면서 계속해 나갔다. "넥타이가 치명타였어. 그것은 넥타이걸이의 아래쪽에 걸려 있었던 거였어. 넥타이걸이는 옷장 꽤 깊숙한 곳에 있지. 사실 그 당시 내가 입고 있었던 양복과 그 밖의 모든 것에 제대로 어울리는 것은 그 넥타이뿐이었네. 그 넥타이는 내 손으로 직접 고른 것이었으니까. 하지만 내 손으로 마셀라의 목에다 그것을 휘감지는 않았네. 한바탕 소리치고 있을 때 문득 쳐다보니까 어디로 갔는지 보이지 않더군. 아마 바닥에 떨어졌는데 미처 내가 깨닫지 못했었나 봐. 나는 아무 생각없이 집에 돌아올 때에 매고 있었던 넥타이를 끄집어내어 와이셔츠 위에다 대강 걸쳐매고서 그냥 뛰쳐나온 거야. 그 뒤 범인이 몰래 들어가서 살금살금 다가가다가 그것이 눈에 띄어서 그걸 주워서는……그런데 도대체 그놈은 어떤 작자일까? 어째서 마셀라를 죽였을까?"

"아무런 이유도 없이 충동적으로 일을 저질렀는지도 모르지." 하고 롬버드가 말했다. "아무런 이유도 없이 사람을 죽이고 싶어하는, 그런 정신병자 같은 놈이 그 근처를 헤매다가 저지른 것이 아닐까? 그놈이 자네의 부부 싸움을 훔쳐보다가 자극을 받아서 말이야. 특히, 문이 꽉 닫히지 않은 것을 발견하고 나서는, 살인을 저질러도 잡힐 염려가 없겠다고 생각했을지도 몰라. 그 점은 자네에게도 책임이 있어. 그런 예는 왕왕 있는 일이잖은가?"

"그렇다면야 쉽게 잡히진 않겠지. 그런 종류의 살인자는 꼬리를 잡기가 매우 어려워. 우연한 계기로 잡히는 것을 기다리는 수밖에 없겠지. 세월이 한참 흐른 뒤, 전혀 다른 사건 때문에 잡힌 뒤에 실토하다가 나올지도 모르지만, 그때가 되면 무슨 소용이 있겠나?"

"자네의 전보에 적혀 있는 중요한 증인이라고 하는 사람은 어떻게 된 건가?"

"지금 그 얘기를 꺼내려던 참이었어. 이번 사건 전체를 통해서 그것만이 나에게 유일한 희망이야. 가령 경찰에서 진범을 잡을 수 없다고 해도 내 자신의 손으로 혐의를 풀 수 있는 방법이 남아 있는 것이지. 이 사건에서는 두 가지 사실이 부각되어 있긴 하지만, 그 두 개가 반드시 일치될 필요는 없어. 전혀 동떨어진 별개의 것이라도 좋아. 어느 하나라도 그 나름대로 결정적인 것이 되니까."

그는 이야기를 해나가면서 한쪽 손을 주먹쥐어 그것으로 다른 손을 몇 번이고 두들겨댔다. "여기에 한 여인이 있어. 내가 이렇게 감방 안에서 이번 사건에 대해 이야기하고 있는 지금 이 순간에도 어딘가에 분명히 존재하고 있을 거야. 그리고 그 여인이 나의 아파트에서 여덟 구획 떨어진 어느 술집에서 나와 함께 술을 마셨던 시간만 증언해 준다면 나는 풀려나는 것이지. 그 시간은 틀림없는 6시 10분이었으니까. 현재 어디에 있는지, 또 어떤 이름을 갖고 있는지도 모르지만 그녀는 나와 마찬가지로 분명히 기억하고 있을 거야. 경찰은 내 행적을 재현해 보고서, 만일 내가 집에서 살인을 했다고 하면 그 시간에 그 술집까지 가는 것이 불가능했다고 했네. 잭, 만일 자네가 나에게 힘이 되어줄 수 있다면, 이렇게 꼼짝없이 몰려 있는 나를 구해 줄 마음이 있다면 제발이지 그녀를 좀 찾아주게. 그녀만이 이 사건을 풀 수 있는 열쇠일세."

그러자 롬버드는 한참 동안이나 입을 다물고 있다가, "그 여자를 찾는 데 지금까지 얼마나 손을 써봤나?" 하고 물었다.

"모든 방법을 다 동원해 봤지." 하는 자포자기한 듯한 대답이 흘러나왔다. "인간이 할 수 있는 모든 방법을 죄다 말이야."

롬버드는 침대로 다가가서 친구 곁에 털썩 주저앉으며, '휴우──하고 마주잡은 양손 사이로 한숨을 내쉬었다. "경찰이나 자네의 변호사가 사건 직후에 충분한 시간을 들여 조사했는데도 실패했다는 말이군. 그것을 몇 달이나 지난 지금에 와서, 그것도 며칠 남지도 않은 겨우 18일 동안에 내가 도전한다고 해서 무슨 승산이 있다는 건가!"

이미 간수가 와 있었다. 롬버드는 일어서서 풀이 죽어 있는 헨더슨의 어깨에 손을 갖다대고 나서 감방을 나서려 했다. 헨더슨은 손을 내밀고 우물거리듯이 말했다. "이별의 악수라도 해주지 않겠나?"

"무슨 소리야? 내일 다시 올 건데."

"그럼, 나를 도와주겠다는 건가?"

롬버드는 뒤돌아서서 뚫어져라 상대를 쳐다보면서 그런 어리석은 질문은 도리어 성가시다는 듯이, "도와주지 않겠다고 누가 그러기라도 했나?" 하고 화난 듯이 소리쳤다.

10. 사형집행 전 17일, 16일

롬버드는 양손을 호주머니 속에 푹 찔러넣은 채 감방 안을 이리저리 서성거리고 있었다. 그러다가 자신의 발이 움직이고 있는 것을 그제서야 깨달은 것처럼 자기 발밑으로 시선을 떨어뜨렸다. 그는 멈춰서서 이렇게 말했다. "헨더슨, 조금 더 자세히 얘기할 수 없겠나? 나는 마술사가 아니야. 모자 속에서 여인을 끄집어낼 수는 없다고."

헨더슨은 진절머리가 나는 듯한 표정으로 대꾸했다. "나 자신도 그 일에 대해서는 지겨울 정도로, 아니 꿈속에도 나타날 정도로 생각하고 또 생각해 봤어. 아무리 졸라봐야 더 이상은 나올 것이 없어."

"자네는 여자의 얼굴을 전혀 보지 못했나?"

"몇 번이고 눈에 들어온 거야 틀림없지만 기억이 도통 나질 않아."

"다시 한 번 처음부터 더듬어가 보세. 그런 울상은 짓지 말고. 우리들이 할 수 있는 일은 이것밖에 없어. 자네가 술집에 들어갔을 때 이미 그 여자는 카운터 쪽의 의자에 앉아 있었다고 했지? 그렇다면 그때의 첫인상을 말해 보게. 아무거라도 생각해내봐. 인간의 기억에는 불가사의한 면이 있어. 나중에 시간을 충분히 들여서 검토해 보는 것보다, 벌써 사라져 버렸을 첫인상이 오히려 분명하게 남아 있는 수가 많지. 어쨌어, 첫인상 말이야."

"한쪽 손이 크래커가 담긴 접시 쪽으로 뻗어 있었어."

롬버드는 흘끗 상대의 얼굴을 쳐다보며 지겨운 듯이 물었다. "아니, 전혀 상대 얼굴을 쳐다보지도 않고 의자에서 일어나 자리를 옮겨가서 그 여자에게 말을 걸었다는 게 도대체 말이 되나, 응! 말이 안되잖아, 그건! 어떻게 상대가 젊은 여자인지를 알았지? 거울을 통해서 보고 말을 걸 작정이었나? 그럼, 어떻게 여자가 젊다는 것을 알았느냔 말이야."

"스커트를 입고 있었으니까 여자였고, 목발을 사용하지 않고 있었으니까 멀쩡한 여자라고 생각했어. 그 두 가지만으로도 나는 충분했어. 그녀와 함께 있는 동안 계속해서 나는 건너편에 있는 내 '젊은 여성'의 얼굴을 쳐다보고 있었거든. 말하자면, 마음의 눈을 통해서 말이야. 그런 나에게 무엇을 얘기하라는 건가?" 이번에는 헨더슨이 화를 냈다.

롬버드는 쌍방의 마음이 진정되기를 기다리고 나서 다시 물었다. "목소리는 어땠지? 뭔가 연상되는 거라도 없었나, 응? 어디 출신이라든가, 어떤 환경의 여자라든가……"

"고등학교를 나왔다든지, 도회지 출신이라든지 하는 것 말이지? 말투는 나와 비슷했어. 순수한 뉴욕 토박이 같았어. 사투리는 조금도 쓰지 않았거든."

"특별히 사투리 쓰는 것을 느끼지 못했다면 이곳 사람인 모양이군. 하기야 그렇다고 해도 별 도움도 안되겠지만. 택시 안에서는 어땠나?"

"별로. 그냥 타고 있었을 뿐이야."

"레스토랑에서는?"

헨더슨은 반항적으로 고개를 뒤로 젖히며 소리를 내질렀다. "안돼, 잭, 아무것도 기억나질 않아. 아무리 해봐도 안되는 것을 어떻게 하겠나? 먹고, 떠들어대고……단지 그것뿐이었어."

"그래, 그럼, 무슨 이야기를 했지?"

"기억나지 않아. 한마디도 생각해 낼 수가 없어. 기억에 남을 것 같은 이야기도 없었어. 시간을 때우려고 적당한 사이를 둬가면서 이야기를 했을 뿐이니까. 그 레스토랑의 고기는 맛이 있다든가, 전쟁은 싫다든가 하는 것들 말야."

"나까지 머리가 이상해져 오는군. 자네가 그 '젊은 여성'에게 홀딱 빠졌다는 것은 설마 거짓말이 아니겠지?"

"무슨 소리야? 하지만 그 얘기는 그만두세."

"극장에서는 어땠나?"

"그녀가 극장에서 일어선 것만은 생각이 나. 이미 자네에게도 몇 번 얘기했잖나. 자네도 이렇게 대꾸했잖아. '그것만으로는 어떤 여자인지 알 도리가 없어. 단지 그 시간에 그 여자가 어떤 일을 했다는 사실뿐이지……'"

롬버드는 몸을 앞으로 잔뜩 기울이며 물었다. "그런데 어째서 그녀는 일어서게 되었나? 그것이 의문일세. 그때는 공연 도중이었다고 했지? 아무런 이유도 없이 그렇게 일어서는 사람이 있을까?"

"글쎄. 그녀의 마음속을 꿰뚫어볼 수는 없으니까."

"자네는 자기 자신의 마음속의 일조차 알지 못하니 당연하지. 어쨌든 좋아, 그 문제는 일단 뒤로 미루도록 하세. 결과가 나오면 어느 것이나 원인으로 거슬러 올라갈 수 있으니까."

그는 잠시 동안 초조한 듯이 왔다갔다 했다. 조금 시간을 둠으로써 두 사람의 머리를 식히려는 생각이었다. "그 여자가 일어섰을 때 잠깐이라도 얼굴을 쳐다보지 못했나?"

"쳐다본다고 하는 것은 눈동자의 움직임에 의한 물리적인 행위일 뿐이지. 그러나 살펴본다고 하는 것은 뇌세포를 이용하는 지능적인 행위야. 나는 밤새도록 그녀를 쳐다보기는 했지만 살펴본 적은 한 번도 없었단 말일세."

"미치게 만드는군." 롬버드는 얼굴을 찡그리며 양미간에 주름을 잡았다. "도저히 자네에게서는 아무것도 알아낼 수가 없을 것 같군. 그러나 누군가 그것을 알게 해줄 상대, 즉 그날 밤 자네가 그 여자와 함께 있는 것을 본 사람이 틀림없이 있을 거야. 두 사람이 여섯 시간 동안이나 함께 거리를 헤맸으면 적어도 누군가는 본 사람이 있을 텐데."

헨더슨도 쓴웃음을 지으면서 대꾸했다. "그 점은 나도 골백번은 생각해 봤어. 그리고는 나의 착각이란 것을 알았네. 아마 그날 밤 길거리의 사람들은 죄다 집단 난시에라도 걸렸던 모양이야. 경찰에서도 내게 몰아세우더군. 당신 머리가 이상한 거 아니야? 그런 여자가 정말로 있었나? 당신의 환상이 아니고? 엉뚱한 상상을 하고 있었던 게 아니란 말이지?──하고 말일세."

"지금은 그런 마음을 버리는 게 좋아!" 하고 롬버드가 거칠게 내뱉었다.

"시간이 다됐소." 하고 밖에서 간수가 소리쳤다.

헨더슨은 자리에서 벌떡 일어나 바닥에서 타다 남은 성냥을 주워 벽 쪽으로 가지고 갔다. 벽에는 성냥의 시커먼 그을음으로 그려놓은 짧은 선이 평행을 이루며 몇 갠가 그어져 있었다. 위쪽의 선은 모두 사선이 덧붙여져 X자형이 되어 있었지만, 아래쪽에는 아직 매끈한 선만이 몇 갠가 남아 있었다. 그는 그 중 한 선에 사선을 그어 X 표시를 했다.

"그것도 잊어버려!" 롬버드는 퇴 하고 손바닥에 침을 뱉고는 성큼성큼 벽으로 다가가서 마구 문질러버렸다. X 표시도, 그냥 선만의 표시도 모두 순식간에 지워져 버렸다.

"조금 더 이쪽으로 와보게." 그는 연필과 종이를 꺼내면서 말했다.

"이번에는 내가 일어서지." 하고 헨더슨이 말했다. "거기는 한 사람이 앉으면 딱 돼."

"이미 자네도 내가 무엇을 찾고 있는지 짐작하겠지? 아직 아무도 손대지 않은 산 재료야. 즉, 제2급의 증인이지. 법정에도 소환되지 않았고 경찰도, 자네의 변호사도 그냥 흘려버린 사람들 말이야."

"너무 큰 기대는 하지 마. 여러 귀신들이 법정에 나왔었지만 죄다 소용없었어. 그런 귀신 제2급품을 끌어들여서 제1급의 귀신을 찾는 데 이용하려는 것이 자네의 생각인 모양인데, 차라리 영매(靈媒)에게라도 찾아가는 편이 낫지 않겠나?"

"나로서는 그 사람들이 길거리에서 자네와 소매를 스쳤을 뿐이라고 해도 괜찮아. 자네와 길거리에서 그저 마주친 사람이라도 괜찮아. 중요한 것은 다른 사람이 한 번도 다룬 적이 없는 신품이어야 한다는 거야. 아직 우리들이 쐐기를 박을 수 있는 여지가 어딘가에 틀림없이 남아 있을 거야. 아무리 얄팍해도 좋아. 우리들 손으로 한번 리스트를 만들어보세. 자, 시작하지. 우선 술집부터."

"또 술집이야?" 하고 헨더슨이 한숨을 내쉬었다.

"바텐더는 이미 쓸모가 없어. 자네들 두 사람 말고 술집 안에 있었던 사람은?"

"없었어."

"잘 좀 생각해 봐, 초조하게 굴지 말고, 빌어먹을. 억지로 생각해 내려고 하면 더 생각이 나지 않는 법이지. 그렇게 되면 처음부터 다시 시작해야 된다고."

(4~5분이 경과했다.)

"잠깐, 박스 석(席)에 앉아 있었던 어떤 젊은 여자가 그 여자를 보려고 고개를 돌렸댔어. 술집을 나오다가 얼핏 그것을 보았지. 어때, 도움이 되겠나?"

롬버드는 연필을 움직여 나갔다. "그 여자를 찾을 수 있는 방법이 없을까? 그것이야말로 내가 찾고 있는 건데 말야. 그 여자에 대해서 기억나는 것이 없나?"

"없어. 그 빌어먹을 여자 이상으로 기억이 나질 않아. 단지 얼굴을 돌려서 그 여자를 쳐다봤다는 것뿐이야."

"그럼, 다음으로 가보세."

"택시? 이것도 이미 조사가 끝났어. 그 운전사는 법정에 나와서 엉뚱한 소리만 늘어놓더군."

"그럼, 레스토랑은? 그 메종 블랑세에는 물품보관소의 아가씨 같은 사람도 없었나?"

"있기는 있었지만, 그 여자를 기억하지 못한다는 점에서는 마찬가지야. 그 아가씨는 그래도 정상적인 핑계를 갖고 있는 사람 중의 하나이지. 물품보관소가 있는 벽 쪽으로는 나 혼자서만 갔으니까. 그 환상의 여인은 나와 헤어져서 화장실에 갔었거든."

롬버드는 다시 연필을 굴렸다. "화장실에는 시중드는 여자가 있었을 텐데? 또 가령, 그녀가 자네와 동행이라는 것은 알지 못했다고 해도 그 여자를 따로 볼 수 있는 기회는 얼마든지 있잖겠나? 그리고 레스토랑에서는 그 여자를 관심 있게 본 사람도 없었나, 응?"

"그 여자는 나중에 혼자서 테이블로 왔으니까."

"그럼, 이제 극장으로 가세."

"낚시바늘 같은 희한한 머리를 기른 도어맨이 있었어. 내가 기억하고 있는 것은 그 정도야. 그는 그 여자가 쓰고 있는 모자를 보고서 처음에는 멍청히 바라만 보다가 갑자기 눈을 휘둥그렇게 뜨더구먼."

"좋아, 그것은 집어넣어 보세." 롬버드는 뭔가를 긁적거리면서 물었다. "안내원은 어떤가?"

"우리들은 늦게 도착했지. 손전등으로 어둠을 밝게 비춰주었다는 기억밖에는 없어."

"그건 안되겠고. 무대 쪽은 어떤가?"

"출연자들 말인가? 유감스럽게도 그 쇼라는 것이 눈이 팽팽돌 정도로 변화무쌍한 프로여서 말이야."

"아니, 그녀가 일어섰다면 누군가가 눈여겨보았을 텐데? 출연자들 중에서 경찰조사를 받은 사람은?"

"없네."

"내가 조사해도 별 상관은 없겠군. 이 사건에서 우리들은 조그만 것 하나라도 지나쳐 버려서는 안돼, 그렇잖나, 응? 어떤일이라도 말이야. 그날 밤, 자네 주위에 있었던 사람이라면 가령 앞 못 보는 장님이라도, 나는……아니, 왜 그래?"

"아!" 하고 헨더슨은 날카롭게 소리쳤다.

"뭐야, 왜 그래?"

"자네가 지금 한 말 때문에 막 기억이 났어. 장님이 있었어. 돌아오는 길에 장님 거지가 끈질기게 달라붙었거든……" 이렇게 말하고 나서는 롬버드가 연필을 급히 움직여 메모하는 것을 보고는, "이봐, 농담이겠지?" 하고 반신반의하듯 물었다.

"그렇게 보이나?" 하고 롬버드가 침착한 목소리로 말했다. "이제 곧 알게 될 걸세." 그는 다시 연필을 움직이면서, "이것도 포함시키는 거야. 그밖의 다른 것은 없겠지?" 하고 말하고는 그 종이를 호주머니 속에 넣고서 일어섰다.

"이 순서대로 더듬어보면 어딘가에 돌파구가 있을 걸세!" 그는 엄숙한 표정으로 굳게 약속하고서 문 쪽으로 걸어가서 철문을 밀고 밖으로 나갔다. 그리고 나서는 헨더슨의 시선을 쫓아, 그것이 X 표시를 지운 흔적 위로 멍하니 집중되어 있는 것을 보고는, "그 벽 좀 쳐다보지 마!" 하고 덧붙였다. 그리고 나서 복도의 반대쪽을 손가락으로 가리키며, "자네를 저곳으로데려가지 못하게 할 테니까."

"놈들이 나를 데리고 가겠다고 했어." 하고 헨더슨은 비꼬는투로 말했다.

신문 광고. 모든 신문의 사람찾는 광고란에 게재.

'지난 5월 20일 오후 6시 15분경, 안젤모 술집의 박스 석에 어떤 일행과 동석했었던 젊은 여자를 찾습니다. 당신은 그때 좌석 옆을 지나가는 오렌지색 모자를 되돌아본 기억이 없습니까? 만일 그런 기억이 있다면 아래 장소로 연락주시기 바랍니다. 당신은 술집 안쪽을 향해서 앉아 있었을 겁니다. 기억이 나면 급히 알려주시기 바랍니다. 한 사람의 운명이 거기에 달려 있습니다. 회답에 관해서는 절대로 비밀을 지켜드리겠습니다. 당(當) 신문사 내 654번 J.L.

회답은 없었다.

11. 사형집행 전 15일

롬버드

하얗게 세기 시작한 머리카락을 눈 위에까지 늘어뜨리고 양배추 냄새를 푹푹 풍기는 더럽고 지저분한 여인이 문을 열었다.

"오배넌 씨 댁이죠? 마이클 오배넌 씨……?"

그가 거기까지 말하자 상대방이 날카롭게 소리질렀다. "거참, 되게 귀찮게 구는군. 내가 오늘 사무실까지 찾아갔었어요. 그랬더니 거기에 있던 남자가 수요일까지 기다려 주겠다고 했단 말예요. 우리는 그런 가난뱅이 회사를 짓밟을 생각은 없어요. 도산 직전이라고 말하려는 거예요, 정말이지."

"부인, 나는 수금원이 아닙니다. 다만 지난 봄에 카지노 극장의 도어맨으로 일했었던 마이클 오배넌 씨와 할 얘기가 좀 있어서 찾아온 겁니다."

"그러고 보니 그 양반, 그전에 그런 일을 하긴 했었던 것 같군요." 여인은 가시돋친 말투로 대답했다. 그리고 나서는 고개를 옆으로 조금 기울이고 소리질렀다. 롬버드가 아닌 다른 누군가에게 소리치는 모양이었다. "그 사람은 한 가지 직업을 잃고 나면, 그 뒤는 돌절구처럼 의자에 엉덩이를 딱 붙인 채 새로운 밥줄은 찾으려고도 하지 않는 거예요. 잠자코 앉아만 있으면 누가 자기를 찾아올 줄 아나 봐요, 그 꼴에."

그녀는 잘 길들여진 바다표범처럼 쉰 목소리로 안쪽 어딘가를 향해 소리쳤다.

"여보, 당신에게 손님이 찾아왔어요, 마이크!" 여인은 그렇게 한바탕 소리를 지르고 나서는 롬버드에게 말했다. "상관없으니까 들어오세요. 그 양반, 지금 구두를 꿰매고 있으니까요."

롬버드는 기차 통로 같은 복도를 지나갔다. 그 복도는 끝없이 계속될 것처럼 기분나쁜 길이었지만, 물론 그럴 리야 없을 테지. 막다른 곳에 방이 있고, 테이블이 방 중앙에 놓여 있었다.

그 테이블과 나란하게, 롬버드가 찾고 있는 인물이 구질구질한 꼬락서니로 드러누워 있었다. 반듯한 나무 의자를 두 다리에 마주대고 그 위에 몸을 뻗쳐놓고 있었는데, 공중에 붕 떠 있는 부분은 줄로 만든 다리처럼 활 모양으로 축 늘어져 있었다. 옷차림이라야 구두만 벗고 있는 정도가 아니라, 입을 것조차 변변히 걸치지 않고 있다고 하는 편이 옳았다. 실제로 상반신은 팔꿈치까지밖에 오지 않는 엷은 누런색 속옷만을 걸치고 있었고, 그 위에 멜빵이 걸쳐져 있었다. 발 쪽의 의자에는 발가락 부분에 구멍이 뚫린 양말 두 짝이 천정을 향하고 있었다. 롬버드가 들어가자 그는 경마 예상기사가 실려 있는 분홍색 종이와 시큼한 냄새가 물씬 나는 파이프를 곁에다 내려놓았다.

"무슨 일이쇼, 선생?" 하고 그가 낮은 목소리로 물었다.

롬버드는 모자를 테이블에 놓고는 상대방의 허락도 없이 무턱대고 의자에 앉으며, "실은, 내 친구가 어떤 사람을 찾고 있습니다." 하고 비밀 얘기인 체하며 말을 꺼냈다. 이런 사람들에게 처음부터 사형선고니, 경찰과 협의를 봤다느니 하는 등은 서툰 수법이다. 그렇게 되면 완전히 공포에 질려서 알고 있는 것도 말해 주지 않을 것이다. "그 친구에게는 대단히 중요한 일입니다. 경우에 따라서는 돌이킬 수 없는 일이 벌어질지도 모르거든요. 그래서 이렇게 찾아온 겁니다. 당신이 극장에서 일하던 지난 5월의 어느 날 밤 어떤 남녀가 입구에서 택시에서 내린 것을 혹시 기억하지 못하십니까? 당신이 택시의 문을 열어주었다고 하던데……"

"글쎄요, 택시 문을 열어주는 게 내 직업이오만……"

"그 두 사람은 조금 늦게 도착했을 겁니다. 그날 밤 맨 마지막 손님이었는지도 모르죠. 그런데 그 여자는 눈에 금방 띄는 오렌지색 모자를 쓰고 있었습니다. 게다가 꼭대기에는 얇은 깃털로 장식을 한 아주 기묘하게 생긴 모자였지요. 그 여자는 바로 당신 곁을 지나쳐 갔으니까, 그 모자도 당신의 눈앞을 스쳐 지나갔을 겁니다. 당신의 눈이 이렇게 좌에서 우로 천천히 그걸 따라갔을 텐데요. 너무나 눈앞을 가까이 스쳐가면 도리어 그게 뭔지 알 수가 없는 일이 종종 있긴 하지만."

"그건 이 양반의 특기예요." 하고 부인이 입구에 서서 빈정거리듯이 말했다. "미인이 몸에 지니고 있는 거라면 아주 홀딱 빠져버리는 사람이거든요. 어떤 물건인지 알건 모르건 상관없이 말예요."

두 남자가 신경쓰지 않고 이야기를 계속해 나갔다.

"당신의 그런 행동을 내 친구는 보고 있었어요." 하고 말을 하고는, "우연히 그곳에서 그 광경을 보았던 그 친구가 내게 얘기해 주더군요." 하고 롬버드가 말했다. "그는 테이블에 양손을 올려놓으며 상대 쪽으로 몸을 기울였다. "기억나십니까? 그 여자를 기억하시겠습니까?"

오배넌은 천천히 고개를 양옆으로 흔들었다. 그리고는 윗입술을 꽉 깨물었다. 그리고 나서 다시 고개를 흔들면서 롬버드를 향해 비난의 시선을 보냈다. "당신, 지금 무엇을 물어보고 있는지나 아쇼? 내 직업은 밤마다 수많은 얼굴들을 쳐다보는 겁니다. 더욱이 그 얼굴들의 대부분은 남녀 한쌍이 되는 게 보통이라고요."

롬버드는 테이블 너머로 상체를 기울인 채로 잠시 그대로 있었다. 그렇게 뚫어지게 노려보면 저절로 상대방의 기억이 되살아날 것으로 기대하고 있는 듯이. "부탁이오, 오배넌 씨. 잘 좀 생각해 봐요. 부탁이오. 불쌍한 내 친구에게는 당신의 기억만이 유일한 희망이오."

그 말을 듣고 부인이 서서히 다가왔지만 말참견은 하지 않았다.

오배넌은 세 번째로, 하지만 이번엔 단호하게 고개를 흔들었다. "기억이 안 나는걸. 내가 거기에서 일하던 동안에 차의 문을 열어준 사람들 중에서 지금까지 기억에 남아 있는 것은 단지 한 사람밖에 없소. 어느 날 밤엔가 술이 잔뜩 취해서 온 남자였는데, 내가 택시 문을 열어주자마자 그 양반이 머리부터 굴러떨어져서 내가 부축해 줄 수밖에 없는 형편이어서……"

조금도 듣고 싶지 않은 그 추억이 넘쳐 흘러나올 것 같아서 롬버드는 얼른 그것을 막으면서 일어섰다. "그럼, 할 수 없군요. 아무리 해도 기억이 나질 않는단 말이죠?"

"안돼요, 아무리 해도."

오배넌은 다시 그 끔찍한 냄새가 나는 파이프와 경마 기사를 손에 들었다. 부인은 이미 두 사람의 바로 곁에 와 있었다. 그리고는 아까부터 롬버드의 안색을 읽어내려고 뚫어지게 바라보고 있었다. 그녀는 입발린 말을 말 끝에 슬쩍슬쩍 비치면서, "만일 이 양반이 그 일을 기억해 낸다면 무슨 대가라도 있는 건가요?" 하고 물었다.

"아, 물론이죠. 내가 알고 싶은 걸 가르쳐 준다면야 나름대로 보답을 해드릴 생각이지요."

"들었어요, 마이크?" 그녀는 아주 처량하게 남편을 다그쳤다. 그리고 나서 남편의 어깨에 양손을 얹고는 밀가루라도 반죽하듯이, 아니면 관절을 마사지라도 해주는 듯이 거칠게 흔들어댔다. "해봐요, 마이크. 어서 생각해 봐요, 응!" 그 남편은 한쪽 손을 목 뒤로 돌려서 그녀의 팔을 잡고는 소리를 질러댔다. "그렇게 흔들지 말어! 머릿속에 뭐가 남아 있어도 그렇게 흔들어대면 다 잊어버리겠다, 제기랄!"

"아무래도 안될 것 같군." 롬버드는 한숨을 내쉬고는 등을 돌려서 실망한 모습으로 좁은 복도를 되돌아나왔다.

뒤에서 멀어져 가는 실내에서는 부인의 목소리가 점차 화가 섞인 울부짖음으로 높아져 가는 것이 들려왔다. 그녀는 남편의 단단한 어깨에 또다시 공격을 가하고 있는 모양이었다. "저것 봐요, 그냥 돌아가잖아! 어떻게 해봐요, 마이크! 저 사람은 단지 당신에게 기억해 내보라고 하는 것뿐이에요. 그래, 그것도 기억해 내지 못한단 말예요, 내 참!"

그녀는 실망한 끝에 남편의 소지품에 애꿎은 화풀이를 하고 있는 게 분명했다. 고통어린 소리가 들려왔다. "아니, 내 파이프, 내 경마 기사를 어떻게 하려는 거야?"

두 사람이 큰소리를 지르며 서로 욕지거리를 퍼붓는 것을 들으면서 롬버드는 손을 뒤로 하여 문을 닫았다. 그러자 갑자기 무슨 음모라도 꾸미고 있는 듯한 섬뜩한 침묵이 찾아왔다. 롬버드는 모든 것을 다 알고 있는 듯한 모습으로 계단을 걸어 내려갔다.

역시 예측한 대로 그의 뒤를 쫓듯이 어수선한 발소리가 실내에 울려퍼지고, 이어서 문이 거칠게 열렸다. 그리고는 오배넌 부인의 목소리가 계단 위쪽에서 열띠게 들려왔다. "기다려요,

손님! 돌아오세요! 그이가 지금 막 기억해 냈어요!"

"정말입니까?" 롬버드는 쌀쌀맞게 대답했다. 그리고는 그 자리에 멈추어서서 부인 쪽을 바라다보았지만 돌아갈 기색은 보이지 않았다. 그는 지갑을 꺼내어 그 한쪽 끝을 엄지손가락으로 어루만지며 말했다. "당신 남편에게 이것만 물어보시오. 그 여자가 팔에 걸치고 있었던 삼각 슬링이 검은색이었는지, 아니면 흰색이었는지 말이오."

부인은 그 질문을 앵무새처럼 흉내내어 방안으로 전달했다. 그리고는 대답을 받아 그것을 롬버드에게 전했다──그 목소리에는 약간 주저하는 빛이 들어 있긴 했지만. "흰색이었답니다. 이브닝 드레스에 맞춰서요."

롬버드는 지갑을 도로 호주머니에 집어넣으면서, "안됐군요." 하고 딱 잘라서 말하고는 계단을 내려갔다.

12. 사형집행 전 14일, 13일, 12일

젊은 여성

그가 깨달았을 때에는 그녀가 의자에 앉고 나서 5~6분이 지난 뒤였다. 그것은 정말 묘한 것이었다. 카운터 쪽에는 아직 손님 그림자가 조금밖에 없었으므로 그녀가 들어오면 사람 눈에 띄지 않을 리가 없다. 그렇다면 꽤나 조용히 들어와서 자리에 앉았던 모양이다. 그녀가 들어온 것은 그가 카운터를 향해서 똑바로 돌아앉은 직후의 일이리라. 그렇다면 그가 나타남과 동시에 도착하도록 시간을 적당히 조절했다고밖에는 생각할 수 없었다.

풀을 먹인 새 코트를 요란스레 차려입은 그가 로커 룸에서 나와 자신의 주위를 한 차례 둘러봤을 때에는 그녀의 모습은 보이지 않았었다. 그 점은 분명했다.

처음 손님에게 술을 따라주고 나서 몸을 돌렸더니 조용히 앉아 있는 그녀가 눈에 띄었던 것이다. 그는 곧 그녀에게로 다가갔다.

"무엇으로 하시겠습니까, 손님?"

웬지 이상스럽게도 자기 얼굴을 물끄러미 쳐다보고 있다고 그는 생각했다. 하지만 곧 그것을 부정했다. 아니야, 지나친 자격지심이야. 손님은 누구나 주문할 때에 내 얼굴을 쳐다보게 마련인걸. 마실 것을 만드는 건 바로 나 자신이니까.

하지만 그녀가 쳐다보는 태도가 어쩐지 심상치 않았다. 고쳐 먹었던 처음의 느낌이 다시 머릿속을 스쳤다. 쳐다보는 것 그 자체가 하나의 살아 있는 물체 같았다. 쳐다보는 것이 주목적이고 주문은 첨가물 같았다. 그 모습은 그에게, 즉 그녀가 술을 주문하고 있는 상대에게 보내는 메시지를 담고 있었다. 그 시선은 이렇게 말하고 있었다. '나를 잘 보세요. 잘 기억해 둬요.'

그녀는 위스키와 물을 주문했다. 그가 그것을 가지러 갈 때에도 그녀의 눈은 끝까지 그에게서 떨어지려고 하지 않았다.

그도 처음에는 그 야릇한 시선의 의미를 알 수 없었고 좀 귀찮은 느낌을 받았지만, 그런 사소한 감정은 떠오르자마자 곧 희미해져 버렸다. 처음 얼마간은 마음에 꺼려지는 것도 없이 떠올랐다가는 곧 사라져 버리고 말았다.

이렇게 해서 일단 일은 끝나고 말았다.

그는 주문한 술을 그녀에게 날라다 주고는 곧 등을 돌려 다른 손님 쪽으로 갔다. 잠시 막간이 있었다. 그 동안은 그녀의 일을 잊어버리고 있었다. 그녀 쪽에서도 그 사이에 다소의 변화가 있을 법한 일이다. 손의 위치를 바꾼다든가, 잔을 집어든다든가, 술집 안을 둘러본다든가, 뭐 달리 어떻게라도 말이다. 하지만 그렇지가 않았다. 그녀는 미동 하나 하지 않고 그냥 거기에 앉아만 있는 것이었다. 마치 어디에서 오려낸 여자 인형 그림을 의자 위에 꽂아놓은 것만 같았다. 마실 것에는 손도 대지 않은 채 가만히 앉아 있는 것이었다. 술잔은 그가 갖다놓은 바로 그 자리에, 그가 놓은 그 모양 그대로 남아 있었다. 단 한 가지 움직이는 것이 있었다. 그녀의 눈이었다. 그것은 그의 움직임을 줄곧 쫓고 있었다. 항상 따라다니며 떨어지지 않는 것이었다.

그가 하는 일에 잠시 틈이 생겼기 때문에 피하고 싶더라도 어쩔 수 없이 그녀의 시선과 마주치지 않을 수 없었다. 그가 자기를 뚫어져라 쳐다보는 그녀의 눈길을 의식하고 나서 첫번째의 일이었다. 이미 그는 그녀의 눈이 줄곧 자기 위에 머물러 있다는 것을 알고 있었다. 그는 당황하고 말았다. 도대체 이게 무슨 뜻이지──그는 도무지 갈피를 잡을 수가 없었다. 그는 괜스레 거울을 들여다보았다. 내 얼굴에 뭐라도 묻어 있는 걸까, 그렇지 않으면 코트가 좀 이상한가, 원──이렇게 생각해 본 것이었다. 하지만 어디에도 이상은 없고, 언제나와 같이 변함없는 자기의 모습이었다. 자기에게 저렇게 시선을 보내며 움직이지 않고 있는 것은 손님들 중에서도 그녀 혼자뿐이었다. 도대체 어떻게도 생각해 볼 수 없는 일이었다.

그것은 정말이지 의식적이었다. 그 증거로는, 그가 움직이는 데 따라서 그녀의 시선도 따라 움직이고 있었기 때문이다. 마음속에 심각한 고민이 있어서 허공에 보내던 시선이 가끔 그에게로 향해지는 것은 절대로 아니었다. 그런 꿈꾸는 듯한, 멍한 시선이 아니었다. 그 눈길 뒤에는 의지의 움직임이 숨어 있었다. 분명히 그에게 향해지고 있는 것이었다.

일단 그런 사실을 의식하자 머릿속에서 쫓아내 버릴 수가 없었다. 그것은 그의 마음속에 기어들어와 그를 괴롭혔다. 그 자신도 가끔씩 슬쩍 눈을 돌려 그녀 쪽을 살피게 되었다. 그때마다 그는 그런 것을 눈치채이지 않으려고 조심을 했다. 역시 그가 쳐다볼 때마다 그녀의 시선은 분명히 자기를 향하고 있었다. 그가 눈길을 돌린 뒤에도 그녀의 시선은 계속해서 쫓아왔다. 성가신 기분이 점차 강해지고 나중엔 은근히 부아가 치밀어오르는 것이었다.

그는 저렇게 가만히 움직이지 않는 인간은 여태까지 본 적이 없었다. 그녀에게 속해 있는 것은 무엇 하나 움직이는 게 없었다. 마실 것도 이제 금방 그곳에 갖다놓여진 듯이 외면당한 채 그대로 있었다. 그녀는 젊은 여인의 불상처럼 그곳에 앉은 채 엄숙한 시선만 끊임없이 보내오고 있는 것이었다.

화는 고통으로까지 이어졌다. 마침내 그는 그녀에게 다가가서 그녀 앞에 멈춰섰다.

"술은 마시지 않으십니까?"

이렇게 가볍게 두드려 봄으로써 분위기를 바꾸어 그녀를 움직이게 해보려는 것이었다. 하지만 말짱 헛일이었다. 그녀에겐 받아들여지지 않은 것이다.

그에 대한 대답은 억양이 없고 의미도 없는 단순한 것이었다. "그냥 놔두세요."

상황은 그녀에게 유리했다. 그녀는 젊었다. 남자일 경우에는 바텐더에게 눈총을 받고 싶지 않으면 몇 잔 더 주문을 해야만 한다. 그러나 젊은 여성에게 있어서 그런 자격지심은 필요없다. 게다가 그녀의 경우는 바람기 있는 상대를 구하는 것도 아니고, 모르는 남자에게 계산을 떠맡기려는 것도 아니었다. 요컨대 나무람받을 만한 행동은 조금도 보이지 않는 것이다. 그런 그녀 앞에서 그는 완전히 두손들고 말았다.

그는 맥없이 그녀 앞에서 물러나 카운터 끝 쪽까지 가서는 다시 한 번 뒤돌아보았다. 그녀의 시선은 변함없이 집요하게 자기 위에 못박혀 있었다.

불쾌함 같은 건 이미 잊어버린 뒤다. 그는 양 어깨를 흔들어 보기도 하고 셔츠의 깃 매무새를 바로잡기도 해보면서 그 눈길을 의식하지 않으려 했다. 그녀가 아직도 자신을 쳐다보고 있다는 것을 알고 있었다. 하지만 뒤돌아보며 그것을 확인하는 그런 서툰 짓은 이제 하지 않기로 했다. 기분만 더욱 나빠질 뿐이었기 때문이다.

손님들이 밀려 들어와 주문이 쇄도하면, 평소 같으면 머리가 지끈지끈 아플 지경이지만 오늘밤만은 그렇지 않았다. 할 일이 생기면 싫더라도 몸을 움직여야만 하고, 그러는 사이에 저 지긋지긋한 시선을 잊을 수 있기 때문이다. 그러나 그 중간중간에는 반드시 작은 틈이 생기게 마련이다. 상대를 해줘야만 하는 손님도 줄어들고, 잔은 모두 닦아놓았고, 술을 따라줄 일도 없어지게 되자 자신에게 집중되고 있는 그녀의 시선이 이제는 아플 정도로 느껴져 오는 것이었다. 이렇게 되자 그는 자기의 손이나 행주를 어떻게 해야 좋은지조차 알 수가 없게 되고 말았다.

그는·맥주잔을 엎어놓고 금전등록기의 숫자를 바꾸어놓았다. 드디어 인내의 긴 끈을 끊고서, 도대체 그녀가 바라는 것이 무엇인지 그 의도를 잡아내려고 그는 용감하게 나서기로 했다.

"무슨 볼일이라도 있으십니까?" 그의 목소리는 핏대가 올라와서 쉬어 있었다.

그녀의 말투는 변함이 없고 아무런 힌트도 주지 않았다. "볼일이 있느냐고요?"

그는 앞으로 몸을 내밀며 말했다. "어쩐지 볼일이 있는 것처럼 보여서……"

"그래요?"

"실례지만, 혹시 내 얼굴이 누군가 아시는 분과 닮기라도 했나요?"

"아뇨."

그는 침을 꼴깍 삼킨 뒤, "나를 쳐다보고 있는 모습이 틀림없이 그러리라고 생각해서요……" 하고 혀꼬부라진 목소리로 말했다. 이것은 노골적으로 불쾌감을 표시하는 방법이었다.

이번에는 대답이 없었다. 하지만 여전히 그 눈은 그를 놓아주지 않았다. 결국 그는 항복하고 물러날 수밖에 없었다.

그녀는 웃지도 않고, 말도 하지 않고, 적대감을 나타내지도 않았다. 다만 가만히 앉아서 올빼미 같은 눈으로 그의 뒤만 쫓고 있는 것이었다.

그녀가 찾아내서 사용하고 있는 무기는 실로 무서운 것이었다. 긴 시간, 가령 한 시간, 두 시간, 또는 세 시간에 걸쳐서 가만히 관찰당하고 있다는 것이 얼마나 견디기 어려운 고통인지 보통 사람들은 상상도 못하리라. 보통 사람들은 그러한 방법으로 인내도를 시험받은 적이 없을 테니까.

드디어 그의 내부에서 변화가 일어나기 시작하고 있었다. 그는 서서히 기력을 잃어가며 심신이 피곤해져 오는 걸 느꼈다. 막으려고 해도 소용이 없었다. 그 한 가지 이유는 반원형의 카운터에 둘러싸여 있어서 도망칠 수 없기 때문이었고, 또 하나는 그 무기의 성격상 어쩔 수 없는 것이기 때문이었다. 되받아돌려 줄까 하고도 생각했지만, 그때마다 그것은 단지 인간이 인간을 바라보는 눈길일 뿐이어서 뭐라고 딱 부러지게 그 의미를 포착할 수 없다는 것을 깨닫게 되는 것이었다. 그 지배권은 그녀의 수중에 있었다. 전파라든가 광선이라든가 하는 종류들은 몸을 돌려 피하려고 해도, 또 막으려고 해도 그 방법이 없는 것이다.

아직 한 번도 경험해 본 적이 없는 절박감이 점차 무겁게 그를 내리누르기 시작했다. 숨을 곳이 필요했다. 로커 룸으로 도망치고도 싶었다. 카운터 밑으로 웅크리고 들어가서라도 그녀의 시선에서 도망치고 싶었다. 그는 슬쩍 이마의 땀을 닦아내면서 그녀의 공격을 쫓아버리려고 했다. 머리 위의 벽시계로 눈을 주는 것이 점차 빈번해져 갔다. 그전에 어떤 남자의 생사가 그것에 걸려 있다고 했었던 바로 그 시계였다.

그는 여인이 어서 돌아가 주었으면 하고 바랐다. 하나님에게 그것을 빌었다. 그러나 그녀에게는 자진해서 돌아갈 기색은 전혀 보이지 않았다.

술집을 찾아오는 사람들에겐 보통 그럴 듯한 이유가 여러 가지 있지만, 그녀의 경우는 그러한 구실이 전혀 없는 것 같았다.

그런지라, 그러한 이유로 인한 구원을 기대할 수는 없는 노릇이었다. 그녀가 술집에 온 것은 누군가를 만나기 위한 게 아니었다. 그렇다면 벌써 상대와 만났을 것이다. 또한, 술을 마시고 싶었던 것도 아니었다. 위스키잔은 벌써 몇 시간 전에 그가 갖다놓은 그대로 손도 대지 않고 놓여 있었다. 그녀가 찾아온 목적은 단 한 가지밖에 없었다. 그를 바라보는 것, 그것만이 유일한 목적이었다.

온갖 방법으로도 그 눈길을 물리치는 데 실패한 그는 문단을 시간만 애타게 기다리게 되었다. 도망칠 길은 그것밖에 없는 것이다. 손님들이 점차 일어나서 그의 주위에 아군의 숫자가 줄어들어감에 따라서 그의 신경을 자극시키는 그 마력은 점점 강해져 갔다. 이윽고 반원형의 카운터 여기저기에 커다란 틈이 생기자 메두사 같은 표정으로 쫓아다니던 그 빈틈없는 시선은 더욱더 강해질 뿐이었다.

그는 잔을 떨어뜨렸다. 전에 없던 일이었다. 그녀의 시선이 그를 철저하게 쳐부순 것이다. 그는 여자 쪽을 노려보며 유리잔의 깨진 조각들을 주우면서 입속으로 저주의 말을 퍼부어댔다.

그가 이미 포기한 가운데에서도 드디어 분침이 12의 숫자에 다달았다. 새벽 4시, 문단을 시간이 된 것이다. 마지막 손님으로 남아 있던 두 남자가 뭔가 열심히 얘기하다 폐점시간임을 알고는 자발적으로 일어섰다. 그리고는 계속해서 떠들어대면서 비틀거리며 문 쪽으로 향했다. 하지만 그녀는 일어서지 않았다. 눈썹 하나 까딱하지 않았다. 김빠진 위스키를 앞에 두고 여전히 의자에 앉아 있었다. 눈도 깜박이지 않고서 그대로 시선을 그의 위에 못박고 있는 것이었다.

"안녕히 가십시오." 여인이 듣도록 그는 일부러 큰소리로 두 손님을 전송했다.

그녀는 꿈쩍도 하지 않았다.

그는 전기 제어함을 열고 스위치 한 개를 껐다. 밖의 조명이 꺼지고 그가 있는 카운터 뒤편에서 비추는 희미한 불빛만이 남았다. 마치 그때까지 몸을 숨기고 있던 어둠이 스멀스멀 기어나오듯이 나타나는 느낌이었다. 그의 모습은 그것을 등진 검은 실루엣이 되어 떠올랐다. 그녀의 새하얀 얼굴도 육체에서 분리된 듯이 주위의 암흑에서 주위를 엿보고 있었다.

그는 여인 쪽으로 다가가서 김이 빠져버린 위스키를 치웠다. 내던지듯이 내용물을 쏟아붓자 술방울이 튀었다.

"이제 문닫을 시간이 되어서요." 하고 그는 귀에 거슬리는 어조로 말했다.

그녀는 겨우 움직였다. 급히 의자에서 내려서서 잠시 의자에 손을 대고는, 급격한 위치변화에 따라서 순환기계가 움직이기 시작하는 것을 기다렸다.

그는 얼른 흰 테이블보를 벗기면서 곤혹스런 어조로 물었다. "이게 뭐요? 무슨 장난이야? 도대체 뭘 어쩌겠다는 거요?"

그녀는 듣지 못한 것처럼 대답도 하지 않고 불이 꺼진 술집에서 문 쪽으로 조용히 움직이고 있었다. 그녀가 카운터를 떠나갔다고 하는 단지 그 이유만으로 이렇게 마음이 시원해지리라고는 꿈에도 생각지 못했다.

가슴이 꽉 막혔던 것이 풀어지고 커다란 안도감이 솟아나오는 것을 느꼈다. 셔츠 앞쪽을 벌린 채, 그는 한 손을 카운터에 대고서 피로에 지친 몸을 여인이 나간 방향으로 내밀었다.

출구 쪽에 심야등이 켜져 있어서, 거기까지 가자 재차 그녀의 모습이 보였다. 출구에서 조금 못 미쳐 그녀는 멈춰서서는 획 뒤를 돌아보았다. 그리고는 또다시 아까의 그 의미심장한 눈빛을 보내는 것이었다. 지금까지의 모든 일이 죄다 환상이 아니었다는 걸 증명해 주기라도 하는 듯한 태도였다. 아니, 그렇기는커녕 아직 모든 게 끝난 것이 아니라, 잠깐 휴식을 취하는 데에 불과한 것이라는 사실을 분명하게 가르쳐 주고 있는 듯한 느낌이었다.

문에 열쇠를 채우고서 몸을 돌리자 그녀는 2~3야드 앞의 보도에 조용히 서 있었다. 그가 나오기를 기다리기라도 하는 것처럼 문 입구 쪽을 향해 서 있었다.

집으로 가는 방향이 그쪽이므로 싫더라도 그녀가 있는 쪽으로 걸어가지 않으면 안되었다. 두 사람은 진짜 1피트 정도의 간격으로 스쳐지나갔다. 보도가 좁은 데다가, 그녀는 벽 쪽에 바짝 붙기는커녕 보도 한가운데에 떡 버티고 서 있었기 때문이다.

그가 스쳐지나감에 따라 그녀도 천천히 얼굴을 돌렸지만, 아무 말도 하지 않으리라는 것을 그는 알고 있었다. 하지만 상대가 이상하리만큼 끈기 있게 침묵을 지키고 있었으므로 오히려 그의 쪽에서 무심코 입을 놀리고 말았다. 방금 전까지만 해도 그럴 생각은 추호도 없었는데.

"도대체 왜 이러는 거요?" 그는 협박하는 투로 말했다.

"내가 뭐라고 했나요?"

그는 계속해서 걸어가려고 하다가 갑자기 획 몸을 오른쪽으로 돌려서 여인과 마주섰다.

"당신, 지금까지 술집에 앉아서 나에게서 한시도 눈을 떼지 않았어! 밤새도록 나를 쳐다보고만 있었어. 내 말 듣고 있는 거야?" 그는 화가 났다는 걸 강조하기 위해서 자기 손바닥을 주먹으로 두들겼다. "그리고 또 밖에서까지도 이렇게 지켜 서 있다니……!"

"길거리에 서 있으면 안된다는 법이라도 있나요?"

그는 굵은 손가락을 들이밀며, "이봐, 아가씨, 조심하는 게 좋아! 아가씨를 위해서 하는 말이야."

그녀는 대답하지 않았다. 입을 열지도 않았다. 말다툼을 할 때에는 잠자코 있는 편이 항상 승리를 차지한다. 그는 스스로의 패배에 허덕이면서 비틀비틀 걷기 시작했다.

그는 뒤돌아보지 않았다. 하지만 뒤돌아보지 않아도 그녀가 뒤쫓아오는 것을 알 수 있었다. 그녀 쪽에서도 별로 감출 생각이 없는 것 같아서 그런 사실을 알아차리기가 어렵지 않았다. 아무리 주의를 기울이지 않으려 해도 한산한 밤거리를 때리는 그녀의 연약한 구둣소리는 명료하게 그의 귀에 울려 들어왔다.

교차로가 그의 발밑을 미끄러지듯이 스쳐지나갔다. 그는 한 칸 낮은 아스팔트를 계속해서 나아갔다. 어느덧 시가지는 동서로 이어졌다. 그 동안에도 계속해서 그 조급하지 않은 콩콩 하는 소리는 적당한 간격을 두고 뒤를 쫓아왔다.

그는 결국 뒤돌아보았다. 처음에는 단지 경고만을 줄 작정이었다. 그녀는 마치 대낮에 산책을 즐기고 있는 것처럼, 보는 이를 조바심나게 할 정도로 진절머리나는 발걸음으로 걷고 있었다. 등을 꼿꼿이 세우고 한가로이 발걸음을 옮기고 있는 여자들을 흔히 발견할 수 있는데, 그녀의 경우도 그 느긋한 발걸음이 오히려 당당한 인상마저 주는 것이었다.

그는 조금 더 걸어가다가 또 뒤돌아보았다. 이번에는 아예 몸째 그녀 쪽으로 돌려버렸다. 분노의 감정은 마침내 억제할 수 없게 되었다.

그녀는 걸음을 멈추기는 했으나 우뚝 발을 디디고 서서 한 발자국도 물러설 기미를 보이지 않았다.

그는 성큼성큼 뒤돌아와서 바로 그녀 앞에서 분노를 터뜨렸다. "이젠 그만 돌아가시지! 이젠 충분할 텐데, 응? 돌아가지 않으면 내게도 생각이……"

"나도 이쪽으로 가요." 대답은 그것뿐이었다.

이번에도 그녀에게 유리했다. 만일 입장이 바뀐다면——하지만 경관을 불러서 어떤 젊은 여자가 계속해서 뒤쫓아오고 있어 곤혹스럽다고 호소한다면 정말로 믿어줄까?

그런 바보스러운 일을 의식하지 않고 부끄러움마저도 견딜 수 있을 정도로 얼굴이 두꺼운 남자가 과연 있을까? 그녀는 욕지거리를 퍼붓는 것도 아니었다. 소매를 걷어붙이고 있는 것도 아니었다. 다만 그와 똑같은 방향으로 움직이고 있을 뿐이다. 술집 안에서와 마찬가지로 그는 어떻게도 할 수 없는 입장이었다.

그는 진짜 잠깐 동안이었지만 그녀 앞에 머물렀다. 하지만 그것도 어차피 체면을 유지하기 위한 허세에 불과했고, 가능한 한 창피를 당하지 않고 불리한 입장에서 빠져나오기 위한 시간을 벌려는 데 지나지 않았다. 이윽고 그는 코를 킁킁거리면서 몸을 홱 돌렸지만, 그것도 아직 전쟁이 끝나지 않았다는 걸 알릴 작정으로 해보는 허세에 불과하다고 여겨질 뿐이었다.

그는 여인에게서 떨어져 다시 길을 건넜다.

열 걸음, 열다섯 걸음, 스무 걸음, 보조를 맞추듯이 또 지겨운 행진이 시작되었다. 빗방울이 천천히 진흙탕에 떨어지듯이 콩, 콩, 콩, 콩——또다시 그의 뒤를 쫓아오는 것이었다.

어느새 모퉁이를 돌아 그는 지붕이 달린 계단을 올라가기 시작했다. 매일밤 그곳에서 전철을 타는 것이었다. 꼭대기까지 올라가자 플랫폼이 길게 이어져 있었다. 그는 지금 막 자신이 올라온 경사가 급한 계단을 내려다보면서 그녀가 나타나기만을 기다렸다.

그러자 계단을 올라오고 있는 그녀의 발소리가 난간의 철근에 연결되어 금속음을 울리게 했다. 이윽고 계단의 중간에서 그녀의 얼굴이 보였다.

개찰구를 통과한 그는 쫓기는 쥐새끼의 마지막 발악과도 같은 자세를 취했다.

그녀는 계단을 다 올라서서 그가 앞쪽에서 기다리고 있는 것에는 신경도 쓰지 않고 태연하게 다가왔다. 손에는 이미 5센트짜리 동전이 쥐어져 있었다. 마침내 두 사람의 거리는 회전 나무문의 가로 폭 정도로 좁혀졌다.

그는 팔을 휙 뒤로 젖혀, 언제라도 손등으로 상대방을 후려칠 자세를 갖추었다. 잘만 명중되면 그녀를 빙글빙글 춤추게 할 수도 있으리라. 그리고 나서는 개처럼 이빨을 드러내며 화를 냈다. "제기랄, 돌아가! 빨리 밑으로 꺼져!" 그는 잽싸게 손을 뻗쳐 그녀에게 틈도 주지 않고 엄지손가락으로 동전 투입구를 막아버렸다.

그녀는 단념하고 옆으로 위치를 옮겼다. 하지만 그도 재빨리 위치를 옮겼다. 그녀는 다시 먼저 위치로 되돌아왔다. 그도 역시 몸을 옮겨 방해를 했다. 그때 갑자기 고가전철역 안의 모든 것이 진동하기 시작했다. 막차가 들어오고 있는 것이다.

지금까지 그는 손등으로 내리칠 자세로 그녀를 위협했다. 하지만 이번에는 정말로 그 팔을 휘둘러댔다. 정말 맞았더라면 그녀를 쓰러뜨릴 만한 힘이었다. 그녀는 구역질나는 냄새를 맡기라도 한 것처럼 가볍게 머리를 흔들었다. 그의 손이 그녀의 코끝을 스쳐지나갔다.

그때 갑자기 바로 곁에서 유리문을 두드리는 소리가 났다. 초라한 사무실 입구에서 역원이 몸을 내밀고 말했다. "그만두시죠, 손님. 무슨 짓을 하는 겁니까? 전차에 타려는 사람을 괴롭히다니, 경찰을 부르겠소!"

그는 변명을 늘어놓았다. "이 여자가 바보인지는 잘 모르겠지만 정신병원에 집어넣는 게 날 거요. 계속해서 내 뒤만 쫓아오고 있단 말이오."

하지만 그녀는 냉정한 말투로, "3호선을 탈 수 있는 사람이 당신 혼자뿐인가요?" 하고 대꾸하는 것이었다.

그는 불쑥 자기들 사이에 끼어들어서 문 밖으로 몸을 내밀고 있는 역원에게 다시 한 번 호소했다. "이 여자에게 행선지를 좀 물어봐 줘요. 자기도 알지 못할 테니까."

그녀는 역원에게 대답했다. 하지만 그 목소리의 억양으로 보아 단순히 역원에게 대답하는 것 이상으로 의미를 담고 있는 게 분명했다.

"나는 27번 구획까지 가요. 2번가와 3번가 중간쯤 되죠. 그렇다면 이 전차를 타는 게 맞죠?"

그녀를 방해하고 있던 남자의 얼굴이 창백해졌다. 그도 그럴 것이, 그녀가 말한 것은 다름 아닌 그가 내릴 역이었던 것이다.

그녀는 그의 행선지를 잘 알고 있는 것이다. 이제는 그녀를 뿌리치려고 해도, 따돌리려고 해도 부질없는 짓이었다.

역원은 손을 내밀고 판결을 내렸다. "자, 어서 지나가세요, 아가씨."

그녀는 남자가 길을 비켜주는 걸 기다리지 않고 옆쪽 문으로 들어갔다. 그때의 그에게는 길을 열어주는 것조차도 불가능하게 보였다. 더욱이 그것은 그 자신의 강한 의지라기보다는 오히려 일시적으로 전신이 마비되어 버린 것 같은 느낌이었다. 자신의 행선지를 그녀가 이미 알고 있다는 것에서 받은 충격 때문이리라.

그 사이에 전차가 도착했다. 하지만 그것은 반대편이었고 두 사람이 탈 전차는 아니었다. 전차가 떠나버리자 역 구내는 다시 어두컴컴해졌다.

그녀는 어슬렁어슬렁 플랫폼 끝까지 걸어가서 거기에서 전차를 기다렸다. 이윽고 그도 그녀에게서 전신주 두 개를 사이에 둔 거리에서 멈춰섰다. 두 사람 다 전차가 오는 방향을 쳐다보고 있었으므로 그에게서는 그녀가 시야에 들어왔지만, 그녀 쪽에서는 그가 보이지 않았다.

그때 그녀는 자신이 무엇을 하고 있는지 의식하지 못하는 듯 플랫폼을 따라 어슬렁어슬렁 더 앞쪽으로 걸어갔다. 이러한 경우 누구나가 다 그렇게 생각하겠지만, 그냥 서서 기다리는 무료함을 달래려고 의미도 없이 움직이고 있는 것이리라. 이렇게 해서 그녀는 이윽고 역원의 시야에서 벗어나는 곳까지 가게 되었다. 이미 역의 지붕은 없어지고, 플랫폼의 폭도 좁아져서 겨우 한 사람이 지나갈 수 있는 정도였다. 그녀는 거기에서 걸음을 멈추었다. 그녀의 생각으로는 거기에서 다시 오른쪽으로 돌아 조금 전까지 있었던 곳으로 되돌아갈 작정이었다. 하지만 그곳에 우뚝 멈춰서서 그에게 등을 돌린 채 전차가 오는 방향을 쳐다보고 있는 동안에 어떤 설명할 수 없는 긴박감, 급박한 위험 같은 게 다가오는 듯한 느낌이 들었다.

그것은 플랫폼의 바닥을 밟는 발소리에 묻혀서 오는 게 분명했다. 남자가 여자 쪽으로 다가오고 있었다. 그녀와 마찬가지로 가벼운 발걸음이었다. 하지만 문제는 그것이 아니었다. 역 전체를 감싸고 있는 부자연스러울 정도의 정적 속에서 또박또박 들려오는 그의 발소리에 담겨 있는 불길한 여운——그것이 바로 문제였던 것이다. 특히나 마음에 걸리는 것은 바로 그 리듬이었다. 발에 끈이라도 질끈 동여맨 것 같은 느낌——실제로는 잘 맞추어진 계산 아래에서 접근해 오고 있었지만, 그것을 마치 의미 없는 산보로 위장하려는 저의가 담겨져 있는 것이었다. 어떻게 해서 그렇게 느끼게 되었는지 그녀는 알 수 없었다. 다만, 아직 뒤돌아보진 않았지만 그래도 그것을 알아차렸던 것이다. 그녀가 등을 돌리고 있었던 짧은 시간 사이에 그녀의 머리를 문득 스치고 지나간 것이다. 지금까진 없었던 불길한 느낌이……

그녀는 얼른 뒤돌아보았다.

조금 전 전신주 두 개를 사이에 두었을 때보다 그는 오히려 더욱 점잖았다. 하지만 그녀의 얼굴을 굳게 만든 것은 그런 게 아니었다. 그는 플랫폼을 따라 걸어오면서 바로 곁의 세 번째 레일을 흘끔 내려다보았다. 그녀는 그것을 놓치지 않고 포착했다. 바로 그것이었다!

그녀는 즉시 사태를 알아차렸다. 남자가 자기를 스쳐지나가면서 팔꿈치로 조금 밀거나, 아니면 발로 툭 차면 되는 것이다. 그녀는 자신이 위기에 몰려 있다는 것을 깨달았다. 자기는 역의 맨 끝까지 와 있는 것이다. 별 생각없이 걷는 사이에 그녀는 역원의 눈이 미치지 않는 곳으로 벗어나 버린 것이다. 사무실은 개찰구를 지켜보려고 조금 안쪽으로 틀어박혀 있어서 플랫폼의 끝까지는 바라다볼 수가 없었다.

플랫폼에는 그와 그녀 두 사람뿐이었다. 그녀는 건너편을 쳐다보았다. 그곳엔 완전히 인적이 끊어져 있었다. 아까의 전차가 모두 휩쓸고 간 것이다. 자기가 타고 갈 전차는 아직 모습도 드러내지 않고 있었다.

더 이상 물러난다는 것은 자살행위나 마찬가지이리라. 그녀의 등뒤 2~3야드(약 1.8~2.7m)에서 플랫폼은 끝나고 만다. 이제 그녀는 막다른 골목에 몰려 있는 것이었고, 나머지는 그의 생각에 달려 있었다. 역원에게 도움을 받을 수 있는 플랫폼 중간까지 되돌아가려면 그를 지나치지 않으면 안되는데, 그것이야말로 그가 바라는 바이고, 또한 노리고 있는 목적을 오히려 도와주게 되는 결과가 되리라.

상대가 행동으로 나오기 전에 그녀가 먼저 비명을 지르기라도 한다면 혹시 역원이 달려와 줄지도 모른다. 하지만 그럴 경우엔 그녀가 염려하고 있는 사태로 도리어 더욱 촉진시킬 수 있는——즉, 대단한 위험을 초래할 염려가 있었다. 남자가 극도의 긴장상태에 있다는 것은 그의 안색을 보고서도 알 수 있었다. 섣불리 비명을 지르면 오히려 그녀의 생각과는 정반대의 효과를 가져오기가 쉬우리라. 그러한 일시적인 착란은 분노라고 하기보다는 오히려 겁을 내는 데서 비롯되는 것이다. 비명을 지르기라도 하면 그에게 더욱더 공포감을 심어주게 되기 때문이다.

조금 전까지만 해도 그녀는 남자를 몹시 위협했었다. 사실, 필요 이상으로 겁을 먹게 했는지도 모를 일이다.

그녀는 조심스럽게 천천히, 가능한 한 철로 쪽에서 조금 더 물러났다. 이윽고 그녀의 등이 대형 광고판에 닿았다. 그녀는 광고판에 엉덩이를 딱 눌러붙이고는 그대로 몸을 옆으로 비켜 가면서 아주 조심스럽게 플랫폼을 따라 걸어오고 있는 남자 쪽을 향해서 한발 한발 떼어 나아갔다. 옷이 광고판에 닿을 때마다 옷자락 스치는 소리가 났다. 그 정도로 광고판에 꼭 등을 대고 있었던 것이다.

그녀가 그의 궤도 내에 들어오자 그도 또한 그녀의 앞길을 막듯이 몸을 옆으로 기울였다. 두 사람의 움직임에는 숨막힐 정도의 슬로 모션이 있었다. 노면에서 세 칸 높이에 있는 인적이 끊긴 플랫폼, 엷은 황색의 불빛이 좁은 간격을 두고 머리 위에서 비치고 있는 무대 위를 한발 한발 떼어놓고 있는 두 사람의 모습은 마치 어항 속을 천천히 헤엄치고 있는 물고기 같았다.

남자가 서서히 다가온다. 여자가 그쪽으로 움직여 간다—— 이제 두 사람의 간격은 단지 두세 발자국뿐이었다.

그때 별안간 개찰구가 움직이는 소리가 나더니 무슨 장사인가를 하는 듯한 흑인 여인이 플랫폼에 들어섰다. 그녀는 두 사람 쪽으로 걸어오다가 갑자기 몸을 구부려 발목 근처를 긁기 시작했다.

두 사람은 흑인 여인이 나타났을 때의 자세 그대로 각자 자기 몸의 긴장을 조금씩 풀어나갔다. 흑인 여인은 광고판을 등에 댄 채 더욱더 몸을 구부려, 이제는 정강이까지 긁는 것이었다. 남자는 갑자기 맥빠진 것처럼 근처의 자동 껌 판매기 쪽으로 다가갔다. 그녀의 눈에는 조금 전까지의 무시무시한 독기가 남자의 온몸 털구멍에서 빠져나오는 것같이 느껴졌다. 이윽고 그는 허둥지둥 그녀의 곁에서 떨어져 갔다. 아무런 말도 오가지 않은 채 시종 무언의 연기가 진행되었던 것이다.

두 번 다시 이런 일은 일어나지 않으리라. 다시 그녀가 주도권을 잡게 되었다.

전차가 번개처럼 미끄러져 들어왔다. 두 사람은 같은 차량의 반대쪽 끝의 문으로 타서 양쪽 끝에 자리를 잡았다. 두 사람 다 아까의 그 긴박감에서 벗어나 있었다. 남자는 머리가 무릎에 착 달라붙을 정도로 상체를 구부리고 있었고, 여자도 등을 조금 구부린 채 천정의 전등을 바라보고 있었다. 두 사람 사이에는 흑인 여인만이 앉아 있을 뿐이었다. 그녀는 또 생각난 듯이 발을 긁으면서 어딘가 적당한 곳에서 내리려고 자꾸만 역 이름에 신경을 쓰는 것 같았다.

두 사람은 28번 구획에서 내렸다. 이번에도 역시 반대쪽 끝의 문을 이용했다. 그는 뒤쪽에서 그녀가 계단을 따라 내려오는 것을 느끼고 있었다. 그는 뒤돌아보지는 않았지만, 그의 머리가 기울어진 모습으로 그녀도 그런 걸 알아차렸다. 이제는 순순히 그녀가 하는 대로 내맡기고 있는 듯했다. 그녀가 원한다면 아직도 적지 않게 남은 길을 계속 쫓아와도 상관없다고 생각하는 것 같았다.

두 사람은 27번 구획에서 2번가 쪽으로 방향을 돌렸다. 그는 길 이쪽편, 그녀는 저쪽편에서 집 네 채 정도의 거리를 유지하고 있었다. 그가 어느 집으로 들어갈지 그녀는 알고 있었고, 그런 사실은 이미 그도 짐작하고 있는 터였다. 미행 아닌 그 미행은 이제 단순하게 기계적인 것으로 바뀌어 버렸다. 단 한 가지 사실만이 그의 가슴에 의문으로 남아 있었다——어째서 이렇게 끈질기게 쫓아오는 걸까? 사실 이거야말로 가장 중요한 문제가 아니었던가.

이윽고 그는 길 모퉁이에서 가까운 어두운 문 속으로 빨려 들어가듯이 모습을 감추고 말았다. 마지막 순간까지 빈틈없고 냉정한 콩콩 하는 소리가 건너편 보도에서 나고 있다는 것을 그는 의식하고 있는 게 분명했다. 하지만 뒤돌아보고 싶은 것을 꾹꾹 눌러참고 아무런 기색도 내보이지 않았다. 초저녁 이래 처음으로 두 사람은 헤어지게 된 것이다.

그녀는 지금까지 두 사람 사이에 계속해서 일정하게 존재하고 있었던 거리를 줄이고 그 건물의 정면에 멈춰섰다. 그리고는 열 개 남짓한 어두운 창문들 중에서 특히 두 개를 주시하고 있었다.

이윽고 한 창문에 불이 켜졌다. 그 불빛은 애타게 기다리고 있던 상대가 돌아온 것을 맞이하는 듯한 느낌을 주고 있었다. 하지만 곧 다시 불은 꺼지고 말았다. 급히 명령이 내려진 모양이었다. 그 뒤로는 계속 어두운 채였다. 다만 회색을 띤 커튼이 거울에 비친 영상처럼 가끔씩 흔들릴 뿐이었다. 그녀는 그 커튼을 통해서 한 사람 내지 그 이상의 사람들에게 자신이 감시당하고 있다는 것을 알아차렸다.

그녀는 그대로 그곳에 못박힌 채 계속 서 있었다.

거리의 저편에서 고가전철이 반딧불처럼 꿈틀거리며 지나갔다. 택시 한 대가 지나가다가 운전사가 그녀에게 호기심에 찬 눈빛을 보냈지만, 유감스럽게도 차에는 이미 손님이 타고 있었다. 또, 이런 시간인데도 어떤 사람이 지나다가 다가와서는 그녀가 혹시 말을 걸어 오지나 않을까 하는 시선을 보냈지만, 그녀는 홱 고개를 돌리고 나서 그 남자가 멀리 사라져가버린 뒤에야 다시 몸을 원상태로 돌리는 거였다.

갑자기 땅에서 솟아난 것처럼 한 경관이 그녀 곁으로 다가섰다. 아니, 사실은 조금 전부터 그녀가 눈치채지 못하도록 살짝 다가와서 그녀를 지켜보고 있었던 게 분명했다.

"아가씨, 잠깐만⋯⋯실은 저 아파트에 살고 있는 어떤 부인에게서 신고가 들어왔어요. 아가씨가 그 부인의 남편을 근무처에서부터 줄곧 따라와서는, 30분 이상이나 여기에 서서 저 창문에서 눈을 떼지 않는다고요?"

"예, 그래요."

"그럼, 이제 돌아가는 게 좋지 않겠소?"

"저, 부탁이 있는데요, 내 팔을 붙잡고 저기 모퉁이까지 가주시겠어요? 나를 붙잡아가는 것처럼 말예요."

영문을 알지도 못하면서 경관은 그녀가 시키는 대로 했다. 창문이 보이지 않는 곳까지 가자 두 사람은 걸음을 멈추었다.

"이것을 좀 봐주세요."

그녀는 종이쪽지 하나를 꺼내어 경관에게 보였다. 경관은 근처의 희미한 가로등 불빛 아래에서 그것을 들여다보았다. "누구요, 이 사람이?"

"뉴욕 경찰본부의 살인과 담당 형사예요. 의심나면 전화로 물어보세요. 이 일은 그 사람이 승인도 했고, 또 허가도 받아서 하는 거예요."

"오라, 그럼 미행임무 같은 거란 말이군요?" 경관은 다소 경의를 표했다.

"이제부터는 저 집에서 내 일로 신고가 들어가도 일체 모르는 체하고 있어 주세요. 앞으로 2~3일간만 시끄러우면 돼요."

경관이 가버리자 그녀는 전화를 걸었다.

"어떻게 되어가고 있소?" 전화 상대방이 물었다.

"이미 침착하지 못한 거동을 보이고 있어요. 술잔을 떨어뜨려 깨뜨리기도 하고, 조금 전에는 고가전철 플랫폼에서 나를 밀어 떨어뜨리려고도 했어요."

"고생하는군. 근처에 사람이 없을 때에는 너무 접근하지 마시오, 알겠소? 그 친구가 이 일에 어떤 의미가 담겨 있는지, 어떤 목적으로 이러고 있는지를 조금도 눈치채게 해서는 안된다는 걸 잊지 말아요. 최악의 경우가 닥쳐도 질문을 해서는 안됩니다. 그것이 최상의 방법이오. 그 녀석이 우리의 목적을 알아차리면 모두가 헛수고야. 그것만 눈치채이지 않는다면 그 녀석은 허둥거리다가 결국엔 우리가 생각한 대로 빠져들 게 틀림없소."

"그는 몇 시경에 직장에 나가죠?"

"매일 오후 5시 정각에 아파트를 나섭니다." 상대방 남자는 참고자료라도 갖고 있는 것처럼 자신 있게 대답했다.

"그럼, 내일은 그때부터 쫓아다니겠어요."

사흘째·되던 날 밤, 부르지도 않았는데 지배인이 그녀의 자리에 다가와서 말을 걸 듯하다가 바텐더에게 물었다.

"어떻게 된 건가? 어째서 이 젊은 숙녀분의 주문을 받지 않는 거지, 응? 내가 조금 전부터 다 지켜보고 있었어. 이 아가씨가 온 지 벌써 20분이나 지났어. 자네 눈에는 아무것도 안 보이나?"

바텐더의 얼굴은 창백해졌다. 그녀가 오고 나서는 하는 일이 죄다 이 모양이다.

"저는 그럴 수 없어요……" 그는 목소리를 낮추어 더듬거리며 말했다. "이건 고문입니다, 안젤모 씨――이 여자는 저를 괴롭히고 있는 거라고요." 그는 눈물이 날 정도로 크게 쿨룩거렸다. 양볼이 크게 부풀어 올랐다가 다시 납작해졌다.

그녀는 1피트(약 30cm) 정도 떨어진 곳에서 두 사람이 대화하는 모습을 순진스런 눈으로 바라보고 있었다.

"오늘밤이 벌써 사흘째라고요. 저 여자는 그냥 앉아서 저를 쳐다보고만……"

"그거야 주문을 하려면 당연한 거 아닌가?" 지배인은 그를 나무랐다. "그럼, 자네는 어떻게 하겠다는 건가?" 지배인은 다시 바텐더의 얼굴을 들여다보다가 표정이 심상치 않다는 것을 알아차렸다. "어떻게 된 거야? 어디가 아픈가? 집에 가서 쉬고 싶으면 그렇게 하게. 피트에게 전화해서 나오라고 할 테니까."

"괜찮습니다." 하고 바텐더는 당황해서 말했다. 겁먹은 듯한 여운이 그 목소리에 섞여 있었다. "돌아가다니요. 그렇게 되면 저 여자가 또 뒤를 계속 쫓아와서 밤새도록 길 건너편에 서 있을 겁니다! 집에 돌아가는 것보다는 사람이 많이 있는 곳이 훨씬 나아요!"

"바보 같은 얘기는 그만두고 주문이나 받게." 지배인은 무뚝뚝하게 말하고 등을 돌렸다. 그러면서 슬쩍 그녀 쪽으로 눈길을 던졌다. 그리고는 그녀가 정숙하고 온화하며 전혀 악의가 없는 여자라는 것을 확인했던 것이다.

그녀 앞에 마실 것을 갖다놓는 남자의 손이 참으려 해도 어쩔 수 없이 떨려서 그만 술이 조금 엎질러져 버렸다. 두 사람은 모두 말이 없었다.

"오, 어서 오십시오." 그녀가 개찰구에 들어오자 역원이 반가운 듯이 말을 걸었다. "묘하군요. 아가씨와 그 남자──지금 막 지나간 남자 말이오──그 사람하고는 언제나 거의 같은 시간에 도착하는군요. 그렇다고 똑같은 시간에 도착하는 것도 아니고. 아가씨도 알고 있소?"

"예, 나도 느끼고 있어요." 하고 그녀는 대답했다. "매일밤, 두 사람 다 같은 곳에서 나오는걸요."

그녀는 역원 가까이에 머물러 있었다. 그래야만 자신이 보호받을 수 있으리라고 믿고 역원과 잡담을 하면서 전차가 올 때까지의 시간을 보내고 있었다. "기분좋은 밤이죠?……아까 그 남자 친구는 요즘 괜찮은가 보죠?……내 생각엔 다저스 팀은 우승하기 힘들 것 같은데……" 그녀는 가끔씩 플랫폼으로 눈길을 보냈다. 한 개의 인형이 거기에 있었다. 걷고 있는 때도 있었고, 가만히 멈춰서기도 하고, 때로는 보이지 않는 경우도 있었지만 그녀는 경솔하게 플랫폼으로 나가는 장난은 삼갔다.

전차가 도착해서 문이 열리면 그때서야 비로소 그녀는 그곳에서 나와 토끼처럼 재빨리 전차에 타는 것이다. 그런 도중에는 그녀를 위험에 빠뜨릴 만한 일은 일어나지 않을 것이다. 고압이 흐르고 있는 그 세 번째 레일은 이미 전차의 아래에 있기 때문이다.

고가전철이 오늘밤에도 시끄럽게 지나가고 있었다. 택시도 한 대 지나갔다. 운전사가 그녀에게 눈길을 보냈지만 더 이상 손님을 태울 필요는 없었다. 장사는 이미 끝난 뒤라 차를 끌고 집으로 가고 있는 중이었다. 밤늦은 통행인 둘이 시끄럽게 떠들며 지나가자 그 근처는 또다시 정적에 휩싸였다.

그 순간, 갑자기 아무런 예고도 없이 그 건물 입구에서 한 여자가 튀어나왔다. 여인은 머리를 풀어헤치고 건물 현관에서 총알처럼 쏜살같이 달려오는 것이었다. 잠옷 위에 코트를 걸치고 맨발에 찌그러진 구두를 구겨신고 있었다. 확실한 자기 의사를 알리듯 빠른 발걸음으로 오는 바람에 구두가 탁탁 소리를 냈다. 그 태도로 보아 이쪽편에 서 있는 여인을 어떻게 해보겠다고 마음먹고 있는 것은 의심할 여지가 없었다.

여자는 얼른 몸을 돌려 재빨리 길모퉁이를 돌아 그 골목길로 접어들기 시작했다. 그 당당한 동작으로 보아 무서워하는 기색 같은 건 조금도 없고, 단순히 자신이 전혀 관심을 갖고 있지 않은 상대에게서 몸을 피하는 것이라는 걸 느낄 수 있었다. 아까의 그 여인의 날카로운 목소리가 그녀의 뒤를 쫓아왔다. "벌써 사흘째야! 왜 우리 그이를 쫓아다니는 거지? 빨리 꺼져. 그렇지 않으면 진짜 큰일을 당하게 될 거야, 알겠어!"

여인은 모퉁이를 돌아 잠시 모습을 나타내고는 무서운 표정으로 노려본 뒤에 얼른 자기 집으로 되돌아갔다.

그러자 얼마 안 있어 젊은 여인이 다시 되돌아왔다. 그리고 지금까지 서 있던 곳에 다시 멈춰서서 아까와 똑같이 쥐구멍을 바라보고 있는 고양이처럼 건너편의 두 개의 창문을 가만히 지켜보는 것이었다.

고가전철이 꿈틀거리며 지나간다……택시가 지나간다…… 밤늦은 통행인이 걸어와서 스쳐지나가고 또 사라져 간다……

보이지 않는 눈으로 그녀를 내려다보고 있는 두 개의 창에는, 그렇게 생각해서 그런지 절망의 표정이 짙게 스며들어 있었다.

"이젠 다됐어." 하고 전화의 목소리가 말했다. "내일 하루만 지나면 놈은 완전히 죽는 소리를 낼 거야."

그날은 그가 비번이었다. 그는 그녀를 쫓아버리려고 한 시간 이상이나 애쓰고 있었다. 이제는 남자의 태도만 보아도 다음 행동을 예상할 수 있게 되었다. 이번에는 햇볕이 드는 건물 앞에 멈춰서서 벽에 몸을 기대는 것이었다. 눈앞에는 쇼핑 손님들이 몰려왔다 몰려가곤 했다. 그는 지금까지 두세 번 발을 멈추었지만 곧 다시 걷기 시작했다. 언제나 그랬다. 그가 걷기 시작하면 그녀도 곧 뒤를 쫓았다.

하지만 이번에는 좀 다르다는 것을 그녀는 문득 느꼈다. 거의 무의식적으로 멈춘 것처럼 보였다. 옆구리에 끼고 있던 작은 꾸러미가 풀어져 땅에 떨어졌지만 그는 내버려둔 채 주울 생각도 하지 않는 것이었다.

그녀도 조금 더 거리를 두고 멈춰섰다. 지금까지와 같이 자신이 걸음을 멈춘 것이 그와는 관계가 없는 일이라고 하는 기색은 보이지 않았다. 그녀는 심각한 얼굴로 그를 바라다보고 있었다.

태양은 눈부신 백광을 남자 위로 퍼부었다. 그는 눈을 깜박거렸다. 그 깜박거림이 점차 빨라졌다.

뜻밖에 그는 갑자기 울기 시작했다. 창백하고 추한 얼굴이 쭈글쭈글하게 변해 버렸다.

두 사람이 이상하고도 희한하다는 듯이 멈춰섰다. 두 사람이 네 사람, 여덟 사람으로 불어났다. 그와 그녀는 어느샌가 사람들에게 둘러싸여졌다. 빙 둘러싼 사람들은 점점 많아지고, 또 계속해서 모여들었다.

그는 창피함도 잊어버리고 군중들에게 호소했다. 우는 소리로──자기를 구해 달라고, 이 여자로부터 보호해 달라고 애원하는 것이었다.

"도대체 나를 어떻게 하려고 이러는 건지 저 여자에게 물어 봐 주세요. 무슨 목적인지 말이오. 저 여자는 벌써 며칠 전부터 나를 쫓아다니고 있단 말입니다. 밤이나 낮이나! 이젠 참을 수가 없어요. 이젠 나도……"

"뭐야, 이 사람, 술이 취했나?" 하고 어떤 여인이 옆사람에게 말했다.

그녀는 담담하게 서 있었다. 그가 애써 그녀를 끌어들이려고 해도 소용이 없었다. 어딘가 모르게 위엄이 있으며 침착한 그녀의 용모는 보는 이의 눈을 부드럽게 해주었다. 그에 비하면 남자 쪽은 추하다고 하기보다는 오히려 우습게 보였으므로 결과는 뻔했다. 사람들의 동정이 일방적이 되는 것도 당연했다. 이렇듯 군중이란 잔혹한 것이다.

여기저기에서 쓴웃음이 흘러나왔다. 쓴웃음이 조소로 변했다. 이윽고 조소가 폭소로, 또 노골적인 야유로 변했다. 그 중에서 한 사람만이 무감동하고 진지한 얼굴을 하고 있었다. 바로 그녀의 얼굴이었다.

이런 구경거리를 만든 장본인인 그는 입장이 유리해지기는 커녕 한층 더 나빠지게만 되었다. 지금까지는 그를 괴롭혀 온 적은 단 한 사람뿐이었는데, 그것이 갑자기 30명 정도로 늘어난 것이다.

"더 이상 참을 수가 없어. 본때를 보여주겠어." 그는 갑자기 성큼성큼 그녀에게 다가왔다. 주먹을 휘두를 생각인 모양이다.

그러자 몇몇 남자들이 달려들어 그의 팔을 붙들고 옆으로 흔들어대면서 욕설을 퍼부었다. 다음 순간 그녀 주위의 사람들이 가세했다.

이대로 놔두었다가는 집단폭행을 당할 게 분명했다.

그녀는 사람들에게 호소했다. 냉정하지만 낭랑하게 울려퍼지는 그녀의 목소리에 사람들은 행동을 딱 멈추었다. "그만두세요. 놔주세요. 그 사람이 하고 싶은 대로 하게 내버려두세요."

하지만 그 목소리에서는 따뜻함도 동정도 없이 강철 같은 쌀쌀맞음밖에는 느낄 수 없었다. 그것은 이렇게 말하고 있는 듯했다. '이 남자의 일은 내게 맡겨두세요. 이 남자는 내 것이니까.'

그를 붙잡고 있던 손들이 떨어지고 꽉 쥐었던 주먹은 느슨해졌다. 헝클어진 윗도리를 바로잡고서 사람들은 조금 긴장을 풀었다. 그는 다시 사람들에게 빙 둘러싸여졌다. 그녀도 함께.

그는 어딘가로 달아나려는 듯이 몇 번이나 두리번거렸다. 겨우 한 곳을 찾았는지 갑자기 달려들어서는 마침내 포위망을 벗어나게 되었다. 그리고는 허겁지겁 자신이 만들어놓은 추태의 현장에서 도망치기 시작했다. 하지만 여자는 그곳에 선 채 달려가는 그를 바라보고만 있었다. 한 주먹거리밖에 안되는 가냘픈 여자에게서 커다란 남자가 도망쳐 가는 것이다. 정말 희극의 극치였다.

그녀도 머뭇거리지 않았다. 군중의 박수갈채나 사람들 앞에서 승리를 맛보았다고 하는 얄팍한 쾌감 같은 건 아예 염두에도 없었다. 그녀는 이리저리 손을 내뻗어 주위 사람들을 밀쳐내고 남자의 뒤를 쫓기 시작했다. 가볍고도 예쁘장한 그녀는 힘찬 모습으로 발을 내디뎌 남자와의 사이를 좁혀갔다.

기묘한 추적이 시작되었다. 실로 우스꽝스러운 추적이었다. 쫓는 것은 가냘픈 젊은 여인, 쫓기는 것은 체격이 우람한 남자 바텐더. 이런 장면이 백주 대낮의 뉴욕 시에서 벌어지고 있는 것이었다. 인파를 헤치면서.

그녀가 다시 쫓아온다는 것을 그는 곧 알아차렸다. 처음에는 어두운 불안감에 휩싸여 뒤돌아보았다. 남자가 다시 한 번 뒤돌아보기를 그녀는 기다리고 있었다. 드디어 그가 두 번째로 뒤돌아보았을 때 그녀는 손을 들어 얼른 멈춰서라는 신호를 보냈다.

이제 때가 된 것이다. 지금이 바로 절호의 기회인 것이다. 근처의 벽에다가 남자를 세워놓고 그녀는 버지스에게 전화를 걸면 된다. 이제 버지스와 교대해서 끝마무리는 그에게 맡기면 되는 것이다. '이제는 당신도 그날 밤 그 술집에서 헨더슨이라고 하는 남자와 함께 어떤 여자가 있었다는 것을 인정하겠지? 어째서 못 보았다고 말했지? 누군가에게 돈으로 매수된 거야, 그렇지 않으면 협박을 받아 거짓으로 증언한 거야? 도대체 누구의 조종을 받은 거지?'

그는 그 다음 모퉁이에서 잠깐 멈춰서서 덫에 걸린 동물처럼 도망갈 길이 없을까 하고 여기저기를 둘러보고 있었다. 공포는 이미 그의 얼굴에 새하얗게 습격해 오고 있었다. 도망칠 수 있는 성역을 찾아서 눈에 띄는 방향으로 달아나려고 하는 그의 당황한 모습에서 절박한 불안감이 느껴졌다. 그에게 있어 그녀는 이미 가냘픈 여성, 단번에 쓰러뜨릴 수 있는 상대가 아니었다. 그녀는 복수의 여신 네미시스인 것이다.

둘 사이의 간격이 급속하게 좁혀지자 그녀는 다시 손을 쳐들었다. 그것은 그의 어정쩡한 도주에 일침을 가하는 것이었다. 그는 길 모퉁이의 인파 속에 파묻혔다. 거기에는 횡단보도를 건너려는 사람들이 드문드문 떨어져 있기는 하지만 팔꿈치와 팔꿈치를 맞대고서 일직선으로 늘어서 있었다. 신호등은 빨간색이었다.

그는 다시 한 번 자기를 쫓고 있는 그녀를 뒤돌아보고 나서 사람을 밀어헤치고 앞으로 몸을 내밀고 뛰어나갔다.

그녀는 깜짝 놀라서 멈춰섰다. 소리 높여 달려오던 두 발의 뒤꿈치가 보도의 보이지 않는 틈바구니에 걸리기라도 한 것 같은 느낌이 들었다. 끼이익 하는 급브레이크 소리가 아스팔트 위에 울려퍼졌다.

그녀는 두 손으로 눈꺼풀을 강하게 내리눌렀다. 하지만 그전에 이미 그녀는 남자의 모자가 놀라울 정도로 높게 원을 그리며 공중에서 올라가 춤추는 것을 보고 말았다.

어떤 여인이 비명을 지른 것을 시작으로 해서 일종의 포효와도 같은 혼란의 외침이 사람들 사이에서 울려퍼졌다.

13. 사형집행 전 11일

롬버드

롬버드는 벌써 한 시간 반이나 그의 뒤를 밟고 있었다. 세상에 앞도 못 보는 거지를 미행하는 것만큼 우울한 일이 또 있을까. 인간의 나이는 1년 단위로 세는 것이 보통이지만, 미행하는 상대는 그 수명을 1세기 단위로 세는 거북처럼 느릿느릿 움직이고 있었다. 한 구획을 가는 데 평균 40분은 걸렸다. 롬버드는 몇 번씩이나 시계를 보며 그 시간을 재보았다.

상대는 길을 안내하는 개조차 데리고 있지 않았다. 사거리를 건널 때마다 지나가는 사람의 도움을 받지 않으면 안되었다. 귀찮아하는 사람은 없었지만, 교통순경들은 신호가 바뀔 때까지 그가 미처 건너지 못하면 잠깐 동안이나마 교통을 차단시켜 주어야만 했다. 지나가는 사람들은 반드시 몇 푼씩을 그의 동냥 그릇 속에 넣어주었다. 그런지라, 천천히 걷는 것이 그에게 있어서는 오히려 돈을 버는 데 유리한 것이었다.

그것은 롬버드에게는 더할 수 없는 고통이었다. 그는 활동적이고도 사지가 멀쩡한 인간이었다. 더욱이 최근에는 시간의 귀중함에 대한 감각이 지극히 예민해져 있는 상태가 아닌가. 이 끝없는, 마치 기어가는 듯한 행진은 옛날 중국에서 행하던 물방울 고문을 연상케 하는 면이 있어서 그는 당장이라도 달려가서 멱살을 잡고 싶은 심정이 몇 번씩이나 울컥 치밀곤 하는 것이었다. 그러나 조급함을 억누르며 냉정한 얼굴로 상대에게서 잠시도 눈을 떼지 않았다. 느긋하게 꼬나문 담배가 안정시키는 역할을 했다. 상점 입구나 진열창 앞에서 잠시 동안 잠자코 서서 기다리면 약간은 거리가 벌어진다. 그러면 큰 걸음으로 몇 발자국만 걸으면 거리는 좁혀져서, 다시 우뚝 멈춰서서는 자기가 노리는 먹이가 현미경처럼 거리를 맞춰 나가기를 기다린다. 이런 식으로 잠깐씩 쉬기도 하고 성큼성큼 걷기도 함으로써 그 지겹게 느린 걸음으로부터 다소나마 해방될 수 있었던 것이다.

이런 상태가 영원히 계속되지는 않으리라는 것을 그는 거듭
해서 자신에게 타일렀다. 밤이 새도록 하는 짓거리는 아닐 게
다. 앞쪽에서 그림자를 늘어뜨리며 가는 것은 분명 육체를 가
진 인간이다. 따라서 잠도 필요할 것이다. 언젠가는 길거리에서
집안으로 들어가 드러누울 때가 오겠지. 그네들에겐 한밤중부
터 새벽까지 구걸을 하며 다니는 습관은 없다. 수익체감법칙으
로 그 이유를 설명할 수 있다.

마침내 시간이 다 된 모양이다. 롬버드는 이미 거의 포기한
상태였지만, 역시 종착역까지 온 것이다. 상대가 한길을 벗어나
도로에서 벽으로 둘러쳐진 곳으로 들어가 버렸다. 그곳은 사람
들에게 잊혀진 채 폐허로 되어버린 듯한 곳으로써, 두 사람은
능히 빠져나갈 수 있지만 아무런 도움도 기대할 수 없을 만한
장소였다. 그늘 속에 몸을 숨길 만한 곳이기는커녕, 거꾸로 뭔
가 도움을 받지 않으면 안될 것 같은 장소였다. 한쪽은 머리 위
로 달리는 철도 노선으로 나뉘어 있었다. 겉 쪽에 울퉁불퉁한
화강암을 쌓아올려, 그것이 육교로 되어 있다.

장님의 안식처는 그곳에서 조금 뒤에 있는, 낡을 대로 낡은
매우 누추한 연립주택이었다. 이런 가까운 곳에 숙소가 있으리
라곤 예기치 않았던 만큼, 롬버드는 보다 신중을 기하지 않으
면 안되겠다고 생각했다. 그는 꽤 가까운 곳에서 기다려야겠다
고 생각했다. 이 주변의 거리는 인적이 거의 끊어진 한적한 곳
이어서, 그의 구둣소리와 뒤섞여 줄 만한 다른 발자국 소리는
거의 들을 수가 없었다. 게다가 저런 패거리들은 일반적으로
귀가 아주 발달되어 있다고 하지 않는가.

따라서 상대가 들어가는 것을 눈으로 보면서도 울화통 터지
게도 꽤나 멀리 떨어져서 지켜보기만 하는 신세를 면할 수 없
었다. 하지만 얼른 판단을 바꾸어 잽싸게 따라붙었다. 가능하다
면 몇 층에 살고 있는가 하는 것 정도는 확인하고 싶었기 때문
이다. 그는 일단 입구에 멈춰서서 조심스레 어떤 소리라도 들
어보려고 귀를 기울였다.

지팡이 소리가 생각할 수 없으리만큼 천천히 계단을 계속해
서 올라갔다. 그것은 마치 꼭 죄어놓지 않은 수도꼭지에서 떨
어지는 물방울이 텅 빈 나무 양동이에 떨어지는 소리 같았다.

그는 숨을 죽이며 귀를 세웠다. 네 번 그 소리가 끊겼다가 템포가 바뀌었다. 계단을 돌고 있는 것이리라. 경사진 계단을 올라갈 때와 비교해서, 평평한 층계참을 걸을 때는 지팡이 소리가 둔했다. 마침내 그 소리는 건물 전면에서 뒤쪽으로 사라져 갔다.

그는 위쪽 어딘가에서 문이 닫히는 희미한 소리가 들려올 때까지 기다렸다가 자신도 올라가기로 했다. 발소리를 죽이며, 게다가 재빨리—— 지금까지 꽉꽉 누르고 있었던 에너지가 단숨에 방출되어 버리는 듯한 느낌이었다. 계단은 경사가 급한데다가 여기저기 파손되어 있어서 보통 사람이라면 그냥 질려 버렸을 것이다. 그러나 지금의 그에겐 아무것도 안중에 없었다.

뒤쪽을 향한 문이 두 개 있었지만, 그는 이내 구별할 수가 있었다. 그 하나는 꽤 가까이서 보니 변소가 틀림없다고 생각되었기 때문이다.

계단 꼭대기에서 거친 숨이 가라앉기를 기다렸다가 또다시 발을 옮겼다. 그는 장님이 얼마나 귀가 예민한지를 다시 한 번 생각해 냈다. 그러나 그는 목적을 달성할 수 있었다. 그가 덜컹거리는 마룻바닥을 한 장도 건드리지 않았던 것은 체중이 가벼운 탓이 아니라 남달리 예민한 운동신경 덕분이었다. 그는 옛날부터 민첩함에는 누구보다 뛰어났고, 인간의 여린 피부로 감싸여져 있다기보다는 경주용 자동차의 엔진이 되어 보닛 밑에 장치되어 있다는 편이 어울릴 듯한 사내였다.

그는 문틈으로 귀를 갖다댔다.

물론 불빛은 새어나오지 않았다. 안에 있는 남자에게는 빛 같은 건 존재하지도 않기 때문에 불을 켤 필요도 없으리라. 그러나 움직이는 낌새만은 가끔 느껴졌다. 그것은 그에게 작은 동물을 연상시켰다. 굴 속으로 들어가 완전히 자리를 잡기까지, 몸을 편안히 하기 위해 잠시 동안 바스락거리고 있는 듯한 그런 느낌이었다.

사람 소리는 없었다. 혼자 있는 모양이다.

적당한 시간이 지났다. 자, 지금이 좋을 것 같다. 그는 문을 두드렸다.

움직임이 급히 정지하는 듯한 낌새가 나더니 다음 순간 쥐죽은 듯 고요해졌다. 방 그 자체가 진공관처럼 텅 비어 있다고 말해 주는 것 같았다. 오직 정적만이 존재하고 있었다. 그 상태는 ──이쪽에서 더 이상 어쩌지 않는다면── 그가 이대로 밖에 서 있는 한 변할 것 같지가 않았다.

그는 다시 문을 두드리며, "이봐요!" 하고 책망하는 듯한 어조로 말했다.

세 번째 노크는 명령적이었다. 다음엔 쾅쾅 두들겨댈 요량이었다. "이것 봅시다." 정적 속에서 그의 거친 소리만 울려퍼졌다.

방바닥이 주춤거리듯 삐걱거리고, 입을 문틈에다 대고서 거의 소리랄 것도 없는 소리가 이렇게 물었다. "누구쇼?"

"친구요."

그 소리를 듣고 실내의 목소리는 안심하기는커녕 한층 더 부들부들 떨며 대답하는 것이었다. "내겐 친구가 없어. 당신이 잘못 안 거요."

"좌우지간 문 좀 엽시다. 당신에게 해를 끼칠 만한 위인은 아니오."

"그건 안돼요. 난 지금 혼자뿐이오. 아무도 안으로 들일 수는 없소."

자식, 오늘 번 돈이 염려되는 모양이군──하고 롬버드는 생각했다. 무리도 아닐 테지. 이런 식으로 지금까지 날치기당하지 않고 지내왔다면 그게 오히려 더 이상한 일일 테니까.

"이것 봐요, 문 좀 엽시다. 잠깐이면 되니까 열어봐요. 얘기할 게 좀 있소."

상대방은 떨리는 목소리로 다시 대꾸했다. "돌아가시오. 그렇게 계속 밖에 서 있으면 창문으로 소리칠 거요." 그러나 위협적인 소리라기보다는 오히려 애원하는 듯이 들렸다.

잠시 이러지도 저러지도 못하고 우물쭈물하고 있었다. 어느 쪽도 옴쭉달싹도 하지 않았고, 소리 하나 내지 않았다. 서로가 엎어지면 코 닿을 만한 거리를 사이에 두고 있다는 걸 날카롭게 의식하고 있는 것이다. 문 한쪽에는 두려움이 있었다. 그리고 그 반대쪽에는 확고한 의지가 있었다.

마침내 롬버드는 지갑을 꺼내어 안을 조심스레 살펴보았다.

가장 액수가 큰 것은 50달러짜리였다. 그밖에도 소액권 지폐 몇 장이 있었다. 그러나 그는 액면이 큰 것을 집었다. 그리고는 웅크리고 앉아서 그것을 문 밑 틈새로, 이미 이쪽에선 잡을 수 없을 만큼 완전히 실내로 밀어넣었다.

그는 일어서며 다시 말했다. "엎드려서 문 밑을 더듬어 보시오. 내가 도둑이 아니란 걸 알 거요. 자, 알았으면 어서 문을 열어봐요."

아직 주저하고 있는 기색이었지만, 잠시 뒤에 체인이 벗겨지는 소리가 들렸다. 빗장도 벗겨지고, 마침내 열쇠구멍으로 열쇠가 돌았다. 아주 단속이 철저했다.

마지못해 문이 열리며, 몇 시간 전에 거리에서 처음 본 검은 안경이 똑바로 그를 쳐다보았다. "동행이 있습니까?"

"아니, 혼자요. 그리고 당신을 해칠 뜻으로 온 게 아니니까 안심하기 바라오."

"경찰에 관계되쇼?"

"아아, 그런 사람이 아니오. 그럴 생각이라면 경관이라도 한 사람 데리고 왔을 테지만―― 자, 아무도 없지 않소. 난 잠시 할 얘기가 좀 있소. 알아듣겠소?" 그는 뚜벅뚜벅 안으로 들어갔다.

방안은 칠흑 같아서 아무것도 보이지 않았다. 무엇 하나 존재하지 않는 암흑의 장막, 저승이 바로 이런 곳을 가리키리라. 처음엔 복도에서 새어들어오는 황갈색 빛이 쐐기 모양으로 실내로 던져지고 있었지만, 문을 닫자 그것마저 사라져 버리고 말았다.

"전등은 켜지 않소?"

"그래요." 하고 장님이 대답했다. "이것이 공평할 거요. 얘기만 한다면 빛이 필요없을 테니까."

그는 어딘가에 앉은 모양인지, 가까운 곳에서 낡은 침대의 스프링이 삐걱거리는 소리가 났다. 아마 그날 번 돈을 매트리스 밑에 숨기고, 그 위에 올라앉아 있을 것이다.

"이것 봐요, 바보 같은 짓은 그만두시오. 이거야 원 얘기도 편안히……" 롬버드는 무릎 높이의 주위를 손으로 더듬었다. 그러다가 거의 망가진 흔들의자의 팔걸이가 손에 닿자, 그것을 끌어당겨 앉았다.

상대의 긴장한 목소리가 어둠 속에서 들려왔다. "할 말이 있다고 했죠? 자, 이렇게 들어왔으니까 어서 말해 보쇼. 얘기하는 덴 눈이 안 보인다고 곤란하지는 않을 테니까."

롬버드는 떨떠름하게 대꾸했다. "담배라도 피우지 않겠소? 당신, 담배는 피우지?"

"손에 들려 있을 때는." 하고 상대는 지친 목소리로 말했다.

"자, 한 대 빼쇼." 치직 하는 소리가 나며 라이터의 조그만 불빛이 롬버드의 손에서 비쳤다. 실내의 일부가 빛 속으로 들어왔다.

장님은 침대 끝에 걸터앉아 지팡이를 무릎에 놓고, 언제라도 무기로 쓸 자세를 갖추고 있었다.

롬버드는 주머니에서 손을 뺐다. 그러자 손에는 담뱃갑이 아니라 리볼버 권총이 쥐어져 있었다. 그는 권총을 몸에 바싹 붙여 장님을 곧바로 겨냥했다. "손이나 드시지!" 하고 롬버드는 거칠게 내뱉었다.

장님이 움찔했다. 지팡이가 무릎에서 바닥으로 굴러떨어졌다. 그는 얼굴을 감싸듯이 떨며 양손을 위로 올렸다. "역시 돈이 목적이었군!" 하고 그는 목쉰소리로 말했다. "방에 들이는 게 아니었는데——"

롬버드는 꺼낼 때와 마찬가지로 조용히 권총을 거두며 침착한 어조로 말했다. "당신은 장님이 아니로군. 이런 쇼를 할 필요도 없이 난 진작에 알고 있었소. 단지 내가 그런 사실을 알고 있다는 걸 당신에게 알려주려고 이런 짓을 했을 뿐이오. 50달러짜리에 문을 열어주었다는 사실만으로도 충분한 증거가 아니겠소? 당신은 잠깐 성냥을 켜서 지폐를 들여다봤겠지. 가짜 장님이 아니라면 어떻게 그것이 1달러짜리가 아니란 걸 알지? 1달러짜리와 50달러짜리는 크기도 형태도 촉감도 모두 똑같아. 1달러짜리로서야 문을 열어줄 가치도 없을 테고. 아까 당신이 갖고 들어온 돈도 꽤나 많겠지. 그러나 50달러짜리라면 다소 위험이 있어도 상관없으리란 기분이 들었을 거요. 지금까지 모은 돈에 비교한다면야——"

쓰다 둔 일그러진 양초가 눈에 띄었기 때문에, 그는 얘기를 계속해 나가며 그쪽으로 가서 라이터의 불을 옮겨붙였다.

　"역시 경찰이었군." 하고 장님은 떨면서 손등으로 이마의 땀을 자주 닦아냈다. "좀더 빨리 알아차렸어야 했는데——"

　"당신이 생각하는 그런 사람은 아니오. 당신이 어떤 구실을 만들어 오가는 사람들의 돈을 끌어모으던 나에게는 관심 밖이야. 자, 이젠 안심하겠소?" 롬버드는 의자로 되돌아와 앉으면서 말했다.

　"그럼, 도대체 누굽니까? 내겐 무슨 볼일로……?"

　"당신이 본 어떤 일을 기억해 주었으면 하는 것뿐이오, 장님 선생." 하고 그는 일부러 비웃는 듯이 말했다. "잘 들어봐요. 당신은 5월 어느 날 밤, 카지노 극장 앞을 어슬렁거리며 나오는 손님에게 구걸을 하고 있었지——"

　"그렇지만 그곳엔 하도 많이 가봐서……"

　"내가 말하는 것은 하룻밤, 어느 특별한 날의 밤이오. 다른 날 밤 같은 건 필요없어. 그런 거야 아무러면 어때. 자, 그 특별한 날 밤——남녀 두 명이 극장에서 나왔소. 여자의 차림새가 좀 특이했지. 눈에 금방 띄는 오렌지색 모자를 쓰고, 모자 꼭대기에는 더듬이처럼 곧고 긴 깃이 꽂혀 있었소. 그 두 사람은 현관에서 조금 떨어진 곳에서 택시를 타려고 했지. 그때 당신이 달라붙은 거요. 자, 지금부터가 중요한 부분이니 잘 들어요. 당신이 내민 그릇에 여자가 자선을 베풀 생각이었는지 자기가 피우다 만 담배를 던져넣었소. 덕분에 당신은 손가락을 데었지. 그때 동행한 남자는 황급히 그걸 집어내며, 사과하는 뜻에서 1달러짜리 두 장을 당신에게 쥐어주었소. 그리고는 아마 이런 식으로 얘기했을 거요. '미안하게 됐습니다. 그만 실수를 해서.' 어때, 기억이 날 텐데? 불붙은 담배가 매일밤 그릇 속에 던져져서 손가락을 델 리도 없겠고, 또 한꺼번에 한 사람에게 2달러씩이나 받는 일도 매일밤 있는 건 아닐 테지."

　"기억나지 않는다고 말한다면 어떡하실 거요?"

　"할 수 없지. 지금 당장 이곳을 나가 가까운 경찰서에 가서 사기꾼이라고 알리는 수밖에. 당연히 당신은 형무소에 근무하지 않으면 안되겠고, 경찰의 블랙 리스트에 실려지겠지. 그리고 앞으로는 거리에서 구걸하는 게 발견되면 그 즉시 경찰 신세가 되겠고."

침대 위의 남자는 미친 듯 마구 제 얼굴을 잡아뜯었다. 그 순간에 검은 안경도 눈 위로 기어올라갔다. "그렇다면 내가 기억하고 있든 말든 억지로 말하라고 하면 되지 않습니까?"

"좌우지간 당신이 기억하고 있다는 걸 알고 있기 때문에 하는 얘기요."

"그럼, 기억하고 있다고 한다면 어떻게 되는 겁니까?"

"우선 내게 당신이 기억하고 있는 얘기를 몽땅 해주시오. 그리고 다시 한 번 내 친구인 어떤 형사에게 그 얘기를 해주고. 그 양반을 여기로 데리고 올 수도 있고, 당신을 그 양반 있는 곳으로 데리고 갈 수도 있고——"

거지는 다시 동요의 기색을 보였다. "그러면 몽땅 탄로나는 거 아뇨, 그거? 그것도 상대가 형사라니! 나는 장님으로 되어 있으니 그 두 사람을 봤다고 할 수도 없고. 당신은 아까 내가 모른다고 잡아뗀다면 어떻게 하겠다고 나를 협박했지만, 이것도 역시 결과는 마찬가지가 아닙니까?"

"아니, 당신이 얘기하는 상대는 그 양반뿐이지, 경찰 그 자체와는 관계가 없소. 내가 말을 해놔서 죄가 안되게 약속을 받을 거요. 자, 어때? 기억하고 있어, 없어?"

"예, 기억하고 있어요." 장님 거지는 낮은 목소리로 인정했다. "그 두 사람을 분명히 봤죠. 나는 그 극장 밖처럼 밝은 장소에서는 검은 안경을 끼고 있어도 눈을 거의 감고 있죠. 그러고 있는데 담배에 손가락을 데어서 깜짝 놀라 눈을 뜨고 말았던 겁니다. 그래서 안경 너머로 두 사람의 모습을 보게 되었죠."

롬버드는 지갑에서 뭔가를 꺼내어 보였다. "이 남자?"

장님은 안경을 위로 올리고 자세히 들여다보다가 말했다. "그런 것 같은데. 꽤나 오래 전 일인 데다가 얼핏 봤을 뿐이지만, 이 사람인 것 같습니다."

"여자는 어땠소? 다시 한 번 보면 알아볼 수 있겠소?"

"아, 또 봤어요. 남자는 그날 밤뿐이었지만, 여자는 그 뒤 적어도 한 번은 더 봤어요."

"뭐라고?" 롬버드는 벌떡 일어나 몸을 앞으로 내밀었다. 빈 의자가 그의 등뒤에서 흔들렸다. 그는 장님의 어깨를 잡고서 정보를 쥐어짜내려는 듯이 뼈와 가죽만 남은 상대의 몸을 밀어붙였다. "그 얘기를 해봐! 어서, 빨리!"

"그날 밤에서 며칠 지나지 않은 날이었어요. 그래서 같은 여자인 걸 알았죠. 그때 계단을 내려오는 남녀 한 쌍의 발자국 소리를 들었습니다. 여자가, '잠깐 기다리세요, 어쩌면 재수가 좋아질지도 모르겠어요.' 하고 말하기에 날 보고 그러는구나 하고 생각했습니다. 아니나 다를까 여자의 발소리가 이쪽으로 향해 오더군요. 그리고는 돈을 넣어주었습니다. 25센트짜리 동전이었죠. 나에게는 소리만으로도 구별이 가능합니다. 바로 그때 이상한 일이 일어난 겁니다. 그것 때문에, 아 그때 그 여자로구나 —— 하고 느꼈던 거지요. 아주 번뜩 스쳐가는 느낌이어서 보통 사람이라면 못 느꼈을 겁니다. 여자가 내 앞에서 지극히 짧은 순간 발을 멈추더군요. 그런 일은 보통 사람들에게선 거의 없는 일이었지요. 이미 돈을 주고 난 뒤였으니까. 그래서 나는 이 여자가 나의 어딘가를 살펴보고 있는 모양이구나 하고 알아차렸습니다. 나는 그릇을 오른손에 쥐고 있었죠. 불에 덴 손에 그 당시에는 큰 물집이 생겨 있었거든요. 그 여자가 손가락 옆쪽을 보고 있다는 것을 나는 알았습니다. 그러더니 여자가 —— 누구한테 하는 소리인지는 모르지만, '어머 이상한 일도 다 있네!' 하고 낮은 목소리로 중얼거리는 것을 들었죠. 그리고는 여자의 발자국 소리는 남자가 기다리고 있는 쪽으로 되돌아갔습니다. 바로 이런 정도의 얘기인데 —— "

"그러면 —— "

"아, 잠깐만, 아직 얘기가 더 있어요. 그래서 나는 눈을 가늘게 뜨고 그릇 속을 들여다봤지요. 그랬더니 처음의 25센트짜리 동전 외에 1달러짜리 지폐가 더 들어 있는 게 아니겠습니까. 그 여자가 준 거였죠. 그때까지 1달러짜리 지폐 같은 건 받지 않았거든요. 그렇다면 여자는 왜 25센트짜리 동전을 준 뒤에 다시 1달러짜리를 더 내놓았겠습니까? 그건 그날 밤 바로 그 여자였기 때문이지요. 내 손의 물집을 보고, 며칠 전 밤에 일어난 일이 생각났던 거지요 —— "

"흠, 아마 틀림없을 거야." 하고 롬버드는 안타까운 듯이 이를 깨물었다. "당신이 그 여자를 정말로 봤다면, 그녀가 어떤 옷차림을 하고 있었는지 말해 줄 수 있겠소?"

"정면에서 본 것이 아니라서요. 눈을 뜰 만한 배짱은 사실 없었거든요. 불빛이 너무 밝아서, 잘못하다간 들킬 염려도 있고 해서. 여자가 등을 돌리고 나서야 비로소 나는 1달러짜리를 봤습니다. 그리고는 가늘게 뜬 눈을 들고는 속눈썹 사이로 여자의 뒷모습을 슬쩍 보았죠. 그때 마침 차를 타려는 순간이었습니다."

"뒷모습을 봤단 말이지! 그래, 그것만이라도 말해 봐요. 어땠소, 뒷모습 말이오?"

"아니. 뭐 전체를 다 본 건 아니었어요. 눈을 뜬 것이 발각되면 곤란하거든요. 그때 막 그녀가 발을 들어 차에 오르려고 하는 바람에 실크 스타킹의 솔기와, 한쪽 구두의 뒷굽뿐이었지요. 속눈썹 사이로 본 것이어서 그 정도밖에는 초점이 맞지 않았죠."

"첫날밤엔 오렌지색 모자, 그리고 일주일 뒤의 밤엔 스타킹 솔기와 구두의 뒷굽뿐이라고!" 롬버드는 거지를 침대로 밀어붙였다. "이런 식이라면 그 두가지를 채워넣어 여자 하나를 만들어내는 데 잘은 몰라도 20년은 족히 걸리겠군."

그는 문 입구로 가서 문을 열어젖히고는 거지 쪽을 노려보았다. "당신은 더 알고 있어, 나는 다 알아! 그것을 다 털어내려면 직업을 드러내는 수밖에 없겠군. 첫날밤 당신은 극장 밖에서 번쩍 눈을 뜨고 그녀의 전신을 본 게 분명해. 또, 두 번째 밤에도 여자가 차에 타며 운전사에게 말한 목적지 같은 걸 들었을 텐데——?"

"아뇨, 그렇지 않았소."

"아무튼 이곳에 꼼짝말고 있어. 이곳을 떴다간 알아서 해. 아까 말한 그 양반에게 전화를 걸고 오겠어. 이곳으로 오라고 해서 함께 얘기를 들어봐야겠어."

"경찰을 부른다고?"

"괜찮다고 했잖아. 나나 그 양반이나 당신에겐 관심이 없어. 그렇게 놀랄 필요는 없어. 그러나 내가 나가고 없는 사이에 도망이라도 친다면, 뒤끝이 안 좋을 거야."

그렇게 말을 내뱉으며 그는 문을 닫았다.

전화 저편의 목소리가 깜짝 놀라는 듯했다. "아니, 벌써 실마리를 잡았단 말이오?"

"어느 정도는 잡았습니다. 그래서 당신에게도 있는 그대로를 들려주고 싶습니다. 당신이라면 더 많은 것을 캐낼 수가 있을 테니까요. 내가 지금 있는 곳은 123번가와 아베뉴 공원이 합쳐지는 곳인데, 철도 선로 바로 앞집입니다. 지금 곧 이리로 와주시죠. 그리고 당신의 의견을 듣고 싶습니다. 지금 순찰중인 경관에게 부탁해서 내가 돌아갈 때까지 그 건물 입구를 지키라고 했습니다. 나는 길 모퉁이를 돌아 가장 가까운 공중전화에서 걸고 있습니다. 지금부터 샛길 입구에서 당신을 기다리겠습니다."

몇 분 뒤 버지스는 속도를 늦춘 순찰차에서 뛰어내렸다. 순찰차는 그대로 달려 사라졌다. 그는 롬버드와 경관이 서 있는 건물 입구로 향했다.

"이 안입니다." 롬버드는 말과 동시에 아무런 설명 없이 안으로 들어갔다.

"그럼, 나는 돌아가도 되겠군요." 경관은 등을 돌려 걷기 시작했다.

"수고했습니다." 롬버드는 뒤에 대고 말을 던졌다. 그리고는 버지스와 롬버드는 잽싸게 계단을 가로질러 오르기 시작했다.

"맨 꼭대깁니다." 하고 말하면서 롬버드는 앞장서서 오르기 시작했다. "녀석이 그 여자를 두 번 봤다고 하더군요. 그날 밤과 일주일 뒤의 밤에요. 장님이지만, 웃으시면 안됩니다. 가짜거든요."

"흠, 그 정도만 해도 여기 온 보람은 있겠군." 하고 버지스는 고개를 끄덕였다.

두 사람은 난간을 붙잡고 앞서거니 뒷서거니 하면서 첫번째 층계참까지 올라갔다.

"눈감아 주시기 바랍니다――가짜 장님이란 것 때문에 경찰을 두려워하고 있거든요."

"알아서 처리하겠소. 그 정도의 가치만 있다면." 하고 버지스는 중얼거리듯이 대답했다.

2층 층계참. "아직 한 층 더 위입니다." 롬버드가 확인하듯 그렇게 말했다.

두 사람은 잠깐 숨을 내쉬었다.

3층 층계참. "여기서부터 위의 불빛은 어떻게 된 거지?" 하고 버지스가 헐떡거리며 물었다.

롬버드의 발걸음이 갑자기 멈춰졌다. "이상한데, 내가 내려올 때는 확실히 한 개가 켜져 있었는데. 전기가 나간 건가, 아니면 누가 장난을 친 건가?"

"켜져 있었던 게 확실하오?"

"확실합니다. 녀석의 방은 어두웠지만 열려진 문틈으로 복도의 빛이 비쳐 들어왔었던 게 생각나거든요."

"내가 앞장서겠소. 손전등을 갖고 있으니까." 버지스가 옆쪽으로 빠져나가 앞장섰다.

그는 막 손전등을 꺼내어 들려고 하다가 그만 계단과 계단 사이의 층계참에서 갑자기 두 팔과 두 다리를 탁 짚으며 엎어지고 말았다. "조심해요.." 하고 그는 롬버드에게 소리쳤다. "뒤로 물러서요."

손전등이 동그란 원을 그리며 켜진 순간 주위의 벽과 가장 아래쪽 계단 사이의 조그마한 장방형 마룻바닥이 눈에 들어왔다. 그리고 그곳엔 흉하게 구부러진 모양으로 한 인간이 쓰러져 있는 것이었다. 다리를 아래쪽에서 두세 계단째에 거꾸로 내던지고 몸통은 층계참에 늘어져 있었고, 머리는 층계참 벽때문에 부자연스럽고 날카로운 각도로 뒤로 젖혀져 있었다. 기적적으로 무사한 검은 안경이 한쪽 귀에 걸려 있었다.

"이 남자요?" 하고 버지스가 물었다.

"그렇습니다." 롬버드는 퉁명스럽게 대답했다.

버지스는 남자 위로 구부리고 앉아서 잠시 살펴보다가 다시 일어섰다. "목뼈가 부러졌군. 즉사했소." 그는 손전등으로 계단 위쪽을 비추며 그쪽으로 올라가서 마루 이쪽 저쪽을 살펴보았다. "헛디뎠군. 계단 꼭대기에서 발을 헛디뎌 거꾸로 굴러떨어져 층계참 벽에 머리를 부딪쳤소. 계단 맨 위쪽 가장자리에 미끄러진 흔적이 있어요."

롬버드는 천천히 그의 곁까지 올라가서는 정말이지 기가 막힌다는 듯이 아주 깊숙이 혹——하고 한숨을 토해 냈다. "뜻하

지 않은 때에 사고를 일으키다니! 겨우 잡았다고 생각했는데
── " 그는 문득 말을 끊고, 손전등 빛 속에서 버지스를 살피
듯이 쳐다보면서 물었다. "사고 이외의 것은 생각할 수 없겠습
니까?"

"당신과 경관이 입구에서 기다리고 있는 사이에 누군가가 안
으로 들어온 사람은 없었소?"

"허 ── 들어온 사람도 나간 사람도 없었는데요."

"뭔가가 떨어지는 듯한 소리는?"

"전혀. 만일 들었다면 곧 달려와 봤을 겁니다. 하긴, 당신을
기다리고 있는 사이에 적어도 두 번은 이 위쪽 철길로 긴 열차
가 지나갔습니다. 그것이 지나갈 때는 시끄러워서 아무 소리도
들을 수가 없죠. 어쩌면 그 사이에 일어난 일인지도 모르겠군
요."

버지스도 수긍했다. "그렇다면 이 건물의 다른 사람들에게도
들리지 않았겠군. 대체 사고가 아니라면 너무나도 우연이 많아.
저 벽에 머리를 열 번 정도 들이박는다 해도 생명에는 지장이
없을 텐데. 목뼈가 부러지지 않고, 그저 기절 정도로 말이오. 이
건 재수없게 즉사했다는 얘긴데, 그러한 일을 상상이나 할 수
있겠소?"

"그런데 저 전등은 또 어떻게 된 걸까요? 지나치게 우연이
겹치지 않습니까? 당신에게 전화를 걸기 위해 내가 급히 계단
을 달려 내려갈 때 저 전등은 분명히 켜져 있었어요. 그렇지 않
다면 천천히 내려갔을 겁니다. 그런데 나는 쏜살같이 달려 내
려갔거든요."

버지스가 벽을 따라 손전등을 비추다가 곧 전구를 발견했다.
전구는 소켓 속에 끼워진 채 벽 옆에 붙어 있었다. 그는 그곳으
로 눈을 돌리며 말했다. "당신이 말하는 뜻을 잘 모르겠소. 만
일 그가 가짜 장님 짓을 하고 있었다면, 아니 적어도 거의 눈을
감고 생활을 하고 있었다면 ── 뭐 둘 다 마찬가지이겠지만 말
입니다 ── 전등이 켜져 있던 없던 문제가 안될 것 아니겠소?
어둡다는 게 그에게는 불리할 리 없으니까. 실제는 캄캄한 쪽
이 밝을 때보다 발밑이 훨씬 정확했을 거요. 평소 눈을 사용하
는 데 익숙해 있지 않을 테니까."

"그럴지도 모르죠." 하고 롬버드가 말했다. "내가 돌아오기 전에 도망치려고 급히 서둘러서 뛰쳐나간다──너무 다급한 끝에 눈을 감는 걸 잊어버리고 그만 뜬 채로 있었다──눈을 뜨고 있을 때의 그는 우리들보다 훨씬 불편하겠군요."

"당신 얘기에는 모순이 많아요. 만일 그가 눈이 부셨다면 전등은 켜져 있어야 합니다. 하지만 이렇게 전등이 꺼져 있는 걸 문제삼고 있으니. 도대체 당신 요점은 어느 쪽에 있는 거요? 어느 누구라 해도 그가 발을 헛디딜 거라는 사실을 미리 계산에 넣을 수는 없잖소. 또한, 저런 식으로 굴러떨어져 목뼈가 부러지리라고도 예상할 수 없는 거 아니겠소?"

"그렇군요. 그럼, 우연한 사고였겠군요." 롬버드는 자포자기한 듯 한 발자국 한 발자국마다 모든 체중을 다 쏟아넣으면서 무겁게 계단을 내려갔다. "이 녀석을 족치면 뭐라도 나올지 모르지만, 이렇게 되어서야 다 틀려버리고 말았잖습니까."

"너무 실망하지 마시오. 또 다른 실마리를 찾아봅시다."

"그러나 이제 저 녀석에게서는 다 틀려 버렸어요. 게다가 단서는 죄다 저 녀석이 갖고 있어서 물어올 때만 기다리고 있는 상황이었는데." 롬버드는 시체가 뒹굴고 있는 계단참으로 발을 내딛다가 갑자기 획 돌아섰다. "아니, 저게 어떻게 된 거지?"

버지스는 벽을 가리켰다. "전등이 들어왔잖아! 당신이 계단을 내려가는 진동으로 켜진 거요. 이제야 첫번째 수수께끼가 풀렸군. 저 녀석이 굴러떨어지는 충격으로 전류가 끊어졌던 겁니다. 전선 어딘가가 접촉이 잘 안되는 모양이오. 이것으로 전등 문제는 풀렸소." 이어서 그는 롬버드에게 말했다. "당신은 돌아가는 게 좋겠소. 보고는 내가 할 테니까. 당신이 또 다른 것을 찾아낼 생각이라면, 여기서 속상해 해봐야 아무 소용 없잖소."

롬버드는 아주 의기소침해져서 무거운 발걸음으로 계단에서 거리로 옮기고 있었다. 평상시의 경쾌함은 어딘가로 사라지고 말았다. 뒤에 남은 버지스는 층계참의 시체 옆에 그냥 서 있었다.

14. 사형집행 전 10일

젊은 여성

버지스가 그녀에게 건네준 쪽지에는 이렇게 쓰여 있었다.

클리프 밀번
고용된 밴드맨, 지난번 시즌에 카지노 극장 출연.
현재는 리젠트 극장.

그 외에 전화번호가 두 개. 하나는 어느 시간까지의 경찰서의 전화. 또 하나는 그의 집 전화——이것은 그의 근무가 끝난 뒤에 그녀가 그를 필요로 할 경우를 위해서였다.

그는 그녀에게 이렇게 말했었다. "이런 식으로 해두면 나에게서 별도로 지시받을 필요는 없을 겁니다. 당신이 알아서 생각해서 행동하세요. 당신 직감이 나보다 더 나은 지혜를 내줄 거요. 그렇게 떨고만 있지 말고 정신을 바짝 차려요. 당신이라면 충분히 할 수 있을 거요."

지금 거울 앞에 앉아서 그녀는 여러 가지 생각에 몰두하고 있었다. 되든 안 되든 일단 부딪쳐 보는 거야——이것이 그녀가 생각한 유일한 방법이었다. 깔끔하고도 왈가닥 같은 얼굴 모습은 어디론가 사라지고 없었다. 곧게 뻗은 가리마에서부터 한쪽 옆으로 곱게 빗어내린 단정한 머리——이것도 사라지고 없었다. 그 대신 머리 가죽이 아플 정도로 잔뜩 당겨서 말아올린 머리엔 구릿빛 잔털과 물결치는 머리카락이 드러나 있었다. 그것은 어떤 열매의 즙으로 축축하게 적신 뒤 금속 투구처럼 말린 것이었다. 그 밖에 언제나 그녀의 옷차림새에서 느낄 수 있었던 싱싱하고 우아한 느낌도 역시 사라져 버리고 없었다. 그 대신 혼자 자기 방에 있는 것조차 부끄러워 몸을 사릴 것 같은 몸에 꼭 달라붙은 옷이 그녀를 감싸고 있었다. 스커트는 너무 짧아서 의자에 앉으면 징그럽게 다 드러날 정도였지만——
아무튼 이런 모습이라면 남들의 눈길을 끌기에는 충분하리라.
양쪽 뺨에는 둥그런 연지. 마치 정지신호처럼 보였지만, 실상
그녀가 노리는 것은 그 반대인 진행신호인 셈이다. 땅콩을 꿴
목걸이가 목 언저리에서 달랑달랑 흔들리고 있었다. 손수건은
레이스 장식이 지저분하게 붙어 있는 데다가, 코를 찌르는 싸
구려 향수를 듬뿍 뿌려놓았다. 그 악취미적인 향기에 자기도
질린 듯 콧등을 찡그리며 황급히 핸드백 속으로 쑤셔넣었다.
눈두덩이에도 지금까지는 사용해 본 적도 없는 시퍼런 색을 찍
어발랐다.

　스코트 헨더슨은 이런 장면을 처음부터 죽 거울 옆에 둔 사
진틀 속에서 지켜보고 있었다. 그녀는 쓰러질 듯한 애틋한 모
습으로 중얼거렸다. "당신마저도 이것이 난 줄은 모르시겠죠?"
그리고는 후회하듯 한마디 덧붙였다. "그렇게 보지 마세요, 예.
눈은 감으시고."

　그런 모습에다가 남자가 쉽게 접근해 올 수 있는 음란한 물
건들을 잔뜩 걸치고 있었지만, 여기에서 한 수 더 떠보기로 했
다. 그녀는 다리를 쳐들고서 장미 장식을 붙인, 숙녀답지 못한
핑크빛 공단 밴드로 넓적다리를 묶었다. 그곳은 허리를 구부리
면 빠듯이 보이는 부분의 바로 밑이었다.

　그녀는 얼른 돌아섰다. '그의 그녀'는 지금 거울에 비친 저 여
자여서는 안된다. 그녀는 '그의 그녀'가 아닌 것이다. 그녀는 방
안 이곳저곳의 전등을 끄고 돌아다녔다. 겉으로는 냉정한 듯
보였지만, 속으로는 잔뜩 긴장하고 있는 터였다. 그 모습은 그
녀를 잘 알고 있는 사람마저도 알아볼 수 없었다. '그'였다면야
물론 한눈에 알아볼 테지만. 그러나 그는 여기에는 없는 인물
이었다.

　드디어 문 옆의 마지막 전등을 끄기에 앞서 그녀는 짧은 기
도를 중얼거렸다. 외출할 때면 언제나 외어대는 기도문이었다.
방안의 액자 속에 멋지게 들어 있는 그이 쪽으로 시선을 던지
며 그녀는, "그래요, 아마 오늘밤일 거예요." 하고 낮게 소리를
내지 않고 중얼거렸다. "반드시 오늘밤은 멋지게 해낼 거예요."

　그녀는 전등을 끄고는 문을 닫았다. 그이는 어둠 속 유리 저

편에 남겨두었다.

택시에서 내리자 천정의 조명은 휘황찬란하게 빛나고 있었지만, 그 밑 보도에는 아직 인적이 드물었다. 그녀는 장내의 불빛이 꺼지기 전에 상대에게 추파를 던질 시간이 필요했기 때문에 1초라도 빨리 안으로 들어가고 싶었다. 공연작품에 대해서는 반쯤밖에 몰랐다. 그렇다고 해서 쇼가 끝나고 나올 때쯤 되면 맨 처음 들어갈 때보다 더 알게 되는 것도 아니다. 쇼의 제목은 '쉬지 말고 춤을 추어요'라고 한다.

그녀는 매표구 앞에서 발을 멈췄다. "오늘밤 좌석을 예약해 두었어요. 맨 앞줄 통로 옆. 이름은 미미 고든."

이 좌석을 손에 넣기 위해서 그녀는 며칠간을 소비해야만 했었다. 그것은 사실 중요한 일은 쇼를 보는 게 아니라, 그녀 자신을 노출시키는 데 목적이 있었기 때문이다. 그녀는 돈을 꺼내어 지불했다. "전화로 말한 대로 틀림없겠죠? 틀림없이 드럼 치는 분 옆좌석이죠?"

"그렇습니다. 예약을 받기 전에 확인해 두었습니다." 하고 매표구 남자는 말하며 그녀가 예상했던 대로 찡긋 윙크를 보냈다. "그 사람에게 관심이 많으신 모양입니다. 부러운데요, 그 남자가."

"그건 오해예요. 그 남자야 아무려면 어때요. 조금도 몰라도 상관 없어요. 그 뭐라고 하나요, 누구에게나 취미라고 하는 게 있잖아요. 내 경우에는 그게 드럼이에요. 쇼를 보러 갈 때는 언제나 드럼 옆좌석에 앉는답니다. 드럼을 치는 모습을 보면 웬지 가슴이 두근두근거리는 거예요. 드럼 중독이랄까, 어릴 때부터 그 소리가 그렇게 좋을 수가 없었어요. 미쳤다고 생각하실지 모르지만(그녀는 양손을 벌리며)——그렇게 된 거예요."

"쓸데없이 끼어들어서 미안합니다." 매표구 남자는 멋적게 사과했다.

그녀는 안으로 들어갔다. 현관에서 표를 받는 사람은 지금 막 도착한 모양이었고, 안내원도 계단 밑 대기실에서 막 올라온 것 같았다. 그녀가 얼마나 일찍 입장했는가는 그것만 봐도 알 수가 있었다. 발코니석, 조금 늦게 오는 것이 멋진 손님이라는 옛날부터의 통념은 이젠 통하지 않게 되긴 했지만, 그렇다

해도 1층 정면석에서는 그녀가 가장 먼저 온 손님이었다.

그녀는 혼자 털썩 자리에 앉았다. 조그만 머리를 금박으로 장식한 인물이 휑뎅그렁한 빈 좌석의 바다에 잠겨 있다. 지극히 조악스럽게 꾸민 그녀의 몸차림은 외투로 잔뜩 감싸고 있어서 다른 세 방면으로는 완벽하게 감추고 있었다. 그녀가 자신을 내보임으로써 효과를 얻고자 하는 상대는 오직 한 사람밖에 없었다.

등뒤의 좌석들이 점차로 콰당콰당 젖혀지기 시작했다. 극장 안의 빈 좌석들이 거의 채워져 가자 옷 스치는 소리, 나지막한 속삭임 소리들이 들려왔다. 그녀는 오직 한곳에만 시선을 보내고 있었다. 그것은 무대 가장자리에 있는 반쯤 내려앉은 듯 보이는 조그만 문이었다. 그 문은 그녀의 좌석과는 반대쪽에 있었다. 그 틈새로 불빛이 새어나오고 왁자지껄한 소리가 들려왔다. 그들은 문 뒤쪽에 모여서 출연 순서를 기다리고 있는 것이다.

갑자기 문이 열리고, 그들은 오케스트라 박스로 들어왔다. 모두들 상반신을 앞쪽으로 구부리고서 각각 자기 자리로 향했다. 그녀는 누가 그 남자인지를 몰랐다. 한 번도 본 적이 없었으므로 자리에 앉을 때까지 모르는 것도 당연했다. 모두가 제자리를 잡고 앉자, 에이프런 스테이지(불쑥 나온 앞무대) 앞에 가느다란 초생달 모양이 이루어졌다. 지휘자는 푸트라이트보다 한 단 낮은 곳에 있었다.

그녀는 머리를 숙이고 무릎 위의 프로그램을 열심히 들여다보고 있는 체했지만, 사실은 검정을 칠한 듯한 속눈썹 밑으로 앞쪽을 살피고 있는 것이었다. 지금 나오는 저 남자일까? 아니었다. 그는 한 자리 건너편 의자에 앉았다. 그럼, 그 뒤를 따라나오는 저 남자? 저건 너무 악당 같은 얼굴인데. 그 남자가 두 번째 앞좌석 의자에 앉는 것을 보고 그녀는 휴 하고 가슴을 쓸어내렸다. 클라리넷 주자 정도 되겠군. 그럼, 저기 저 남자, 그래 저 남자가 틀림없을 거야——아니, 그 남자도 방향을 바꿔 반대쪽으로 가버렸다. 첼리스트였다.

이제 더 이상 나올 사람은 없었다. 그녀는 갑자기 불안을 느꼈다. 마지막 한 명이 손을 뒤로 돌려 문을 닫았다. 이제 아무도 더 이상은 나올 것 같지 않았다. 그들은 전부 제자리를 잡고서 악기의 음을 맞추고 있었다. 지휘자도 이미 제 위치에 서 있었다. 그리고 그녀 바로 앞의 드럼 의자만이 묘하게 불길한 느낌을 던져주며 빈 채로 남아 있는 것이었다.

쫓겨났나, 제길. 아니, 설령 그렇다 치더라도 그의 대역이 그 자리를 메꿀 텐데? 갑자기 병이 나서 오늘밤엔 출연할 수 없게 된 건가? 아니, 하필이면 오늘밤을 골라서 병이 난단 말야! 지금까지는 매일 밤 거르지 않고 출연했었는데. 이 특별석 표를 다시 한 번 손에 넣자면 앞으로 몇 주가 걸릴지도 모른다. 쇼는 호평 속에 진행되고 있었고, 표도 연일 매진이었다. 게다가 그녀는 그렇게 기다리고 있을 수도 없었다. 시간은 정말 귀중했고, 또한 점점 줄어들고 있어서 이제는 며칠밖에 남아 있지 않은 것이다.

악사들이 낮은 목소리로 농담을 하고 있는 것이 그녀의 귀에 들려왔다. 그녀는 바로 앞좌석에 있었는지라, 악기 조율 때문에 다른 관중은 들을 수 없는 비밀스런 얘기까지도 거의 놓치지 않고 들을 수 있었다.

"그 녀석 오늘 본 적 있나? 이번 시즌이 시작되고부터 제시간에 온 적이 한 번도 없어. 벌금 가지고는 안되겠어."

그러나 알토 색소폰이 말을 받았다. "금발 머리를 쫓아가서 들판 속에라도 처박혀, 여기 오는 것을 잊어버렸나 봐."

그 뒤의 사내가 농담 반 섞어 끼어들었다. "그래도 그 녀석만한 드럼 주자도 구하기 힘들다고 하던데."

"아무리 그래도 그렇지!"

그녀는 프로그램의 이름에 눈을 떨구고 있었지만, 활자는 뿌옇고 흐릿해서 잘 보이지 않았다. 불안이 엄습해 온몸이 굳어졌다. 이 무슨 운명의 장난이란 말인가? 오케스트라 악사들은 모두 눈앞에 있는데, 그 중 오직 한 명——그녀에게 도움이 될까 말까 한 그 사람만이 없는 것이다.

그녀는 마음속으로 생각했다. "이건 정말이지 그날 밤 스코트처럼 재수가 없어."

전주가 울려퍼지기 전의 정적이 찾아왔다. 악사들은 긴장을 했고, 악보대의 불이 들어왔다. 벌써부터 절망에 빠져 있던 그녀는 그쪽으로는 눈도 주지 않고 있었는데, 그때 갑자기 오케스트라 박스 쪽 문이 열렸다가 얼른 닫혔다. 전광석화 같은 빠름이었다. 그리고선 한 개의 그림자가 모든 사람의 뒤를 묘하게 돌아와서, 그녀의 바로 앞쪽 좌석을 차지했다. 재빨리 오려고, 또 가능한 한 지휘자의 눈을 피하려고 등을 잔뜩 구부리고 종종걸음으로 왔던 것이다. 이렇게 해서 나타난 그 남자는 그녀의 시야에 들어온 첫순간부터 어쩐지 자라 목을 연상케 했고, 그 뒤로도 이 인상은 계속 변하지 않았다.

지휘자는 그에게 따끔한 눈길을 주었다.

그는 얼굴도 붉히지 않았다. 그리고는 헐떡거리며 옆자리 사내에게 속삭이는 소리가 들렸다. "어이, 내일 두 번째 레이스는 반드시 잡을 수 있어. 확실한 정보가 들어왔거든."

"확실하다는 건 불확실한 게 아니란 말이지?" 하고 그 남자가 건성으로 대답하는 소리가 들려왔다.

그는 아직 그녀를 보지 못했다. 아직까진 악보대를 만지작거리기도 하고, 악기 상태를 맞추고 하는 데 정신이 팔려 있었던 것이다. 그는 준비를 끝내고서, "오늘 경기는 어때?" 하고 옆자리 사내에게 물었다. 그리고는 방향을 바꿔, 마침내 처음으로 오케스트라'박스의 난간 너머로 극장 안을 바라다보았다.

그녀는 그것을 기다리고 있었다. 물끄러미 그가 있는 쪽을 응시했다. 작전은 성공했다. 그녀의 시야 범위 밖에서 그는 누군가를 팔꿈치로 쿡 찌른 듯했다. 그러자 멍청한 대답이 들려왔다. "응, 알고 있어, 봤어."

그녀의 존재는 그에게 상당한 충격을 준 모양이다. 자신에게 던져진 시선을 그녀는 피부로 느낄 수 있었다. 그 시선이 더듬는 곡선을 그래프로 그리려고 마음먹는다면 그릴 수도 있을 것 같았다. 그녀는 차분하게 대처했다. 이렇게 되면 서두를 필요는 없다. '생전 처음 겪는 일인데도, 나나 저 사내나 충분히 서로를 느끼고 있다는 게 묘하군.' 그녀는 마음속으로 그렇게 생각했다. 그리고 프로그램에 그어진 어떤 선에, 그 수수께끼 같은 기호의 의미가 잘 납득이 가지 않는다는 모양으로 빤히 그곳에 시선을 쏟고 있었다. 그것은 점으로 페이지 이쪽 끝에서 저쪽 끝까지 연결되어 있었다. 덕분에 그녀는 주욱 시선을 집중할 일이 생겼다.

빅토리느·····················딕시 리

그녀는 점을 세어보았다. 배역과 출연자의 이름 사이에 24개
가 찍혀 있었다. 자, 이제 슬슬 시작할 때가 되었지. 꽤 시간을
끌었으니까. 그녀는 천천히 속눈썹을 들어올리고 눈을 크게 떴
다.

눈과 눈이 마주쳤다. 그녀는 그대로 그의 눈을 응시했다. 그
는 그녀가 질려서 눈을 돌리려니 하고 생각하는 모양이었다.
그러나 그녀의 눈은 그의 시선을 받아들이며 그가 보고 있는
한은 마찬가지로 마주보고 있었다. 그 눈은 이렇게 얘기하고
있는 듯했다. '나에게 흥미가 있소, 아가씨? 좋아요, 주저하지
마시오. 나는 괜찮으니까.'

그는 상대가 너무나도 간단히 받아들여 주었기 때문에 꽤나
놀란 듯한 모습이었다. 그래서 그런지 그는 마음껏 바라보았다.
살짝 웃어주기까지 했다. 그 미소는 그녀가 거부한다면 이내
물러설 준비를 갖춘 것이었다.

그러나 그녀는 태연스레 받아들였다. 그녀 또한 그와 마찬가
지로 미소를 보냈다. 그의 미소가 은근해졌다. 그녀의 미소도
마찬가지로 은근해졌다.

서론이 끝나고 마침내 본론으로 들어가기 시작했다——그런
데 막 그 순간 무대 뒤에서 벨이 울려퍼졌다. 지휘자는 악보대
를 톡톡 두드리며 일동의 주의를 모으고는 양손을 크게 벌려
포즈를 취했다. 그 손이 까딱 하고 움직이자 전주곡이 시작되
고, 그와 동시에 남자와 여자 사이의 교류는 뚝 끊어져 버렸다.

이것만으로도 충분해——하고 그녀는 스스로를 위로했다.
지금까지는 잘 진행되었다. 처음부터 끝까지 내내 음악만 연주
되는 쇼가 있다는 소리는 들어본 적이 없다. 반드시 숨쉴 시간
이 있을 것이다.

막이 올랐다. 무대 위의 소리나 빛이나 사람 자취에 그녀는
정신이 번쩍 들었다. 그러나 무대 같은 건 아무래도 좋았다. 애
시당초 쇼를 보러 온 것이 아니었으니까. 그녀는 자신의 일에

만 주의를 쏟고 있었다. 그녀의 일이란 악사 한 명을 녹이는 것
이었다.

휴식시간이 되어 다른 동료들이 하나둘씩 슬슬 자리를 뜨기
시작하자 그는 그녀에게 말을 걸어 왔다. 그의 의자는 출구에
서 가장 멀기 때문에 나간다 해도 제일 마지막이 된다. 덕분에
그는 다른 동료들에게 눈치채이지 않고 그녀에게 얘기를 걸 수
있는 기회를 잡은 것이다. 그녀 주위의 관객도 모두 자리를 떠
바깥으로 나가버렸기 때문에 그녀 이외에는 아무도 없다는 것
을 그도 알고 있었다. 사실, 지금까지는 그녀의 행동에서 일말
의 의심마저 느끼고 있긴 했지만, 그런 불안은 이젠 깡그리 사
라져 버리고 없었다.

"어때요, 재미있었소?"

"너무 멋져요." 하고 그녀는 어리광스런 목소리로 대답했다.

"앞으로의 예정은 어때요?"

그녀는 입을 샐쭉 내밀며 대꾸했다. "없어요. 있어도 상관없
지만."

그는 동료들의 뒤를 쫓아나가면서, "예정이 생겼소." 하고 다
소 아니꼬운 투로 말했다. "바로 지금."

그가 나가버리자마자 그녀는 매정하리만큼 무자비하게 스커
트를 끌어내려 버렸다. 가능하다면 비누거품을 듬뿍 내어 온몸
이 화끈화끈할 정도로 뜨거운 물로 샤워를 하고 싶은 기분이었
다.

그녀의 이목구비가 본래 위치로 되돌아왔다. 짙은 화장도 그
변화를 감출 수는 없었다. 오직 그녀 혼자서만이 생각에 잠긴
채, 텅 빈 좌석이 늘어선 가장자리 열에 걸터앉아 있었다. 아마
오늘밤, 그래요—— 당신, 오늘밤이야말로——

마지막 막이 내리고 극장 안이 밝아졌다. 그녀는 자꾸 멈칫
거리며 떨어진 물건을 줍는 시늉도 해보고, 흐트러진 옷을 바
로잡는 시늉도 해보며 뒤에 남아 있었다. 다른 관객들은 느릿
느릿 통로에서 나가고 있었다.

악단도 연주를 끝냈다. 그는 드럼 위쪽에 붙어 있는 심벌스
를 마지막으로 한번 두드리고는, 손으로 위치를 바로잡으며 드

럼채를 놓고 나서 악보대의 불을 껐다. 이것으로 오늘밤 일은 끝났고, 드디어 자유시간이 된 것이다. 그리고 나서 그는 천천히 그녀 쪽으로 향했다. 이미 이 장소에서의 주도권은 완전히 자기 손에 달려 있다는 투로 그는 말을 걸었다. "음악실 입구 빈터에서 기다려요. 5분 정도 있다가 나갈 테니까."

바깥에서 그를 기다린다고 하는 단순한 행위마저도 그녀로서는 극히 참기 힘든 일이었지만 어쩐 일인지 그런 감정을 조금도 느낄 수 없었다. 그 작자의 인물 됨됨이가 모든 것을 그런 색으로 물들이고 있는 건지도 몰랐다. 피부가 근질근질해지는 것 같은 느낌을 참으며 그녀는 빈터를 왔다갔다 하고 있었다. 다소 불안하기도 했다. 또, 그보다 먼저 나오는 악사들이 지나는 길에 슬금슬금 그녀를 훔쳐보는 것이 불쾌감을 더해 주는 것이었다.(그는 마지막까지 남아 있었기 때문에 그녀의 의지할 데 없는 허전한 기분을 조금이라도 빨리 메꾸어줄 수가 없었다.)

갑자기 그녀는 몸이 붕 떠가는 듯한 기분을 느꼈다. 아직 모습도 제대로 보지 못한 사이에 그가 다가와서는, 밑도끝도없이 그녀의 팔을 자기 겨드랑이에 끼고서 그녀를 끌듯이 하여 그대로 걷기 시작한 것이었다. 이렇게 막무가내로 몰아붙이는 것도 그의 타고난 천성인지도 모른다고 그녀는 생각했다.

"이봐, 새로운 친구, 기분은 어떠시지?" 하고 그는 신바람이 나서 떠들어댔다.

"멋져요. 나의 새 친구는 어때요?" 하고 그녀도 대꾸했다.

"우리 떨거지들한테로 가지." 하고 그는 말했다. "그 자식들하고 있지 않으면 몸이 근질근질해서 참을 수가 없단 말야." 이것으로 그의 속셈을 알아차렸다. 그에게는 그녀는 새 양복 윗도리 단추구멍에 꽂는 꽃과 같은 존재로서, 다른 사람들에게 과시하고 싶어 견딜 수 없는 것이었다. 밤 12시였다.

2시가 되면 그는 맥주에 취해 제정신이 아닐 것이고, 그렇게 되면 이쪽 작전대로 밀고 나갈 좋은 상태가 될 거라고 판단했다. 그 시간까지 그들은 비슷한 술집 두 군데에 들러 마셔댔고, 동료 패거리들도 바로 옆자리에 진을 치고 앉아 있었다. 이런 종류의 일에도 기묘한 불문율 같은 게 있는 모양이었다. 그와 그녀도 다른 동료와 함께 장소를 바꿨지만, 일단 새로운 술집에 들어가자 그 동료들은 자기네들끼리 다른 테이블을 잡고, 두 사람과는 합석하려 하지 않는 것이었다. 그는 빈번히 자리를 떠서는 동료들이 있는 테이블로 갔다가 다시 그녀의 자리로 돌아오곤 했다. 그러나 동료들이 두 사람의 자리로 온 적은 한 번도 없었다. 아마 그녀는 그의 전유물로서, 서로들 삼가고 있는 듯한 눈치였다.

그녀는 한바탕 도화선에 불을 붙일 꼬투리를 찾고 있었다. 이제 슬슬 한 판 벌일 때가 되었겠지. 머뭇거리다간 날이 새고 만다. 그리고 또한 두 번 다시 이런 연극을 할 배짱이 생길지는 그녀로서도 장담할 수 없는 노릇이었다.

기회는 오히려 저편으로부터, 그녀로서는 더할 수 없이 좋게 찾아왔다. 그는 거침없이 생각나는 대로 온갖 칭찬을 그녀에게 쏟아놓고 있는 중이었다. 그건 마치 기관차 화부가 건성으로 석탄을 퍼넣는 모습이었다. 또다시 칭찬이 시작되자 그녀는 한마디 끼어들었다.

"자기, 극장 좌석에 앉아 있던 사람 중에서 내가 제일 예뻤다고 했죠? 그렇지만 뒤돌아보며, 그거 참 멋진 여자인데 —— 하고 말할 여자는 얼마든지 있을 거 아녜요. 그 얘길 좀 해줘요, 응?"

"당신과 비교할 사람이 어디 있어. 쓸데없는 소리는 그만둬."

"그렇지만 조금 흥미가 생기는데요. 질투하는 게 아니라고요. 말해 줘요. 자기가 여러 극장에 출연하면서 아까 내가 앉았던 그런 비슷한 자리에서 멋있는 여자를 꽤 봤을 거 아녜요? 그 중에서 자기가 데리고 나갈 기분이 난 여자가 있을 거잖아요?"

"물론 당신이지."

"그러리라고 생각했어요. 그럼, 나 다음에는 또 어떤 여자에게 끌리죠? 나는 그냥 자기가 옛날 일을 어느 정도까지 기억하고 있는지 묻는 거예요. 자기 같은 사람은 날이 새면 어젯밤 만난 여자의 얼굴 같은 건 깨끗이 잊어버릴 타입 아닌가요?"

"내가? 절대로 그렇지 않아. 자, 그 증거를 보여주지. 어느 날 밤 내가 건너다보니까 난간 건너편에 어떤 여자가 앉아 있더군 ——"

그녀는 테이블 밑으로 자기 팔의 부드러운 부분을 잡고 있다가 갑자기 심하게 한 대 얻어맞은 듯이 자기 팔을 꽉 쥐었다.

"그것은 다른 극장에서 일할 때였지. 카지노였던가 그랬어. 잘 모르겠지만, 그 여자 어디가 끌렸는지 ——"

희미한 그림자가 하나, 또 하나가 그들의 테이블 옆을 지나가고 있었다. 마지막 하나가 잠깐 발을 멈추고는 말을 걸어왔다. "지금부터 지하실에서 즉흥연주를 하려는데, 올 텐가?"

팔짱을 끼고 있던 그녀의 한쪽 손이 벗어나며 실망한 듯 의자 밑으로 축 처졌다. 동료들은 모두 자리를 떠서 슬슬 안쪽에 있는 지하실 입구로 향했다.

"싫어요, 자기, 여기에 있으면 안되나요?" 하고 그녀는 손을 뻗어 그를 끌어당기려고 했다. "지금 하던 얘기 끝까지 ——"

그는 벌써 일어서고 있었다. "그만둬. 시시한 얘긴걸. 저 녀석을 피할 방법은 없지."

"연주라면 매일 밤 극장에서 실컷 하잖아요."

"아아, 그거야 돈 때문이지. 지금부터는 취미로 하는 거야. 지금부터 기찬 걸 들을 수 있을 거야."

결국 그녀를 버려두고서라도 갈 것 같았다. 그곳에는 그녀보다 훨씬 강한 매력이 있는 모양이었다. 할 수 없이 그녀도 일어나서 그 뒤를 쫓아 벽돌담으로 싸인 좁은 계단을 따라 레스토랑 지하실로 내려갔다. 모두가 모여 있는 그 방은 꽤 넓었고, 악기들이 갖춰져 있는 것을 보니 그가 이전에도 몇 번인가 와 본 적이 있는 모양이라고 생각되었다. 그랜드 피아노도 한 대 있었다. 천정 중앙에서 커다란 알전구가 하나 늘어뜨려져 있었고, 양초를 꽂은 병이 여기저기 놓여 있었다. 방 중앙에는 찌그러진 나무 탁자가 있고, 거의 한 사람마다 한 병씩 진 술병이 놓여져 있었다. 한 남자가 갈색 포장지를 뜯어 많은 담배를 누구나가 마음대로 피울 수 있게 펼쳐놓았다. 계단 저 위의 세계에서 피우는 담배와는 달리 그 속에는 검은 것이 채워져 있었다. 누군가가 '리퍼즈'라고 부르는 것을 그녀는 들었다.

밀번과 그녀가 들어서자, 이내 바깥으로부터 구속받지 않고 자유롭게 행동할 수 있게 문을 잠그고 빗장을 걸었다. 남자투성이 속에서 그녀는 홍일점이었다. 빈 상자와 종이 상자, 술동이가 한두 개 있어서 앉고 싶으면 앉을 수 있게 되어 있었다.

클라리넷의 애틋한 음색을 신호로 광기어린 연주가 시작되었다.

이어 두 시간은 단테가 그린 지옥 그대로였다. 그것이 끝난 뒤에도 실제로 있었던 일이라고 믿을 수 없을 정도였다. 그것은 아예 음악이 아니었다. 음악은 보다 아늑하고 부드러운 것일 텐데. 그것은 그들의 그림자가 그려낸 마법의 주마등이었다. 그림자들이 시커멓게 떠올라 사방의 벽, 천정까지 부풀어올라 흔들렸다. 그것은 무언가에 사로잡힌, 악마적인 그들의 현실의 얼굴이었다. 갑자기 어떤 음색이 울려퍼짐과 동시에 여기저기에서 얼굴이 불쑥 튀어나오기도 하고 쑥 들어가기도 했다. 그것은 방안의 공기를 연기로 가득 채웠다. 진과 마리화나도 있었다. 또, 그들의 가슴에 감춰진 광란의 숨결도 있었다. 그 광기에 휘말려 그녀는 몇 번인가 방구석으로 움츠러들기도 하고, 상자 위로 올라가기도 하는 처지가 되었다. 연이어 한 사람씩 그녀 앞으로 다가와서는 그녀 뒤를 쫓아다니며, 여자라고는 그녀 혼자였기 때문에 특별히 그녀를 골라서 정면 벽 옆으로 밀어붙이고 그녀의 면전에서 관악기를 힘껏 불어대는 것이었다. 귀는 꽉 막혀버리고, 머리카락은 제멋대로 흩어져 온 정신이 공포로 떨었다.

"자, 이 술통 위로 올라가서 춤을 춰봐요, 춤을!"

"싫어요, 출 줄도 몰라요!"

"스텝 같은 건 아무래도 좋아. 가슴이고 허리고 그냥 흔들기만 하면 돼——그건 흔들기 위해 있는 거니까. 옷 같은 덴 신경쓸 필요없어. 우린 모두 친구이니까."

'헨리!' 하고 그녀는 마음속으로 빌었다. 그리고는 열병에 들뜬 색소폰 소리로부터 몸을 빼냈다. 상대는 그녀를 뒤쫓는 것을 포기하고 마침내 천정을 향하여 소리랄 것도 없는 슬픔의 절규를 힘껏 불어젖혔다. '헨리, 나는 당신을 위해서 이렇게 참고 있는 거예요.'

미래파의 리듬, 귓가에서, 고막 옆에서
이 드럼이 울리면 옆으로 쓰러져 버리리.

그녀는 겨우 정신을 가다듬고 벽면을 따라서 보일러실같이 쿵쾅거리는 곳으로 갔다. 큰북, 작은북, 심벌스 등이 울려퍼지는 음악 보일러실. 그리고는 피스턴처럼 오르내리는 밑번의 팔에 매달려 짓눌린 듯한 소리로 말했다. "클리프, 날 여기서 내보내 주세요, 예! 이런 곳에선 쓰러질 것만 같아요."

그는 이미 마리화나에 취해 있었다. 그 눈초리에서 그녀도 알 수 있었다. "어디에 가지? 우리집으로 갈까?"

그녀는 '예스' 하고 대답할 수밖에 없었다. 그러는 수밖에, 일단 여기서 빠져나가려면.

그는 일어나서 그녀를 앞세우고 문 있는 곳까지 더듬어 나아갔다. 문이 열리자 그녀는 피웅 하고 장전된 총알처럼 뛰어나갔다. 그도 뒤이어 따라나갔다. 양해도 이별의 인사도 생략하고, 마음대로 돌아가도 좋도록 되어 있는 듯했다. 나머지 패거리들은 그가 빠져나간 것조차 눈치채지 못한 모양이다. 문이 쾅 하고 닫히자 광란의 소음이 칼로 자른 듯이 들리지 않았다. 갑자기 고요가 되찾아온 것이 처음에는 오히려 위화감을 주는 것이었다.

그대는 뜻하지 않게 찾아왔네, 멈춰진 순간에.
제발 그대의 품안에서 생각하고 잠자고
술마시게 해주오.

계단 위의 레스토랑은 어둡고 텅 비어서 단지 안쪽에 비상등 하나만 켜져 있을 뿐이었다. 바깥의 길거리로 나오자, 그 열기에 들뜬 지하실에 있었던 때에 비해 공기가 너무나도 상쾌하고 맑아서 머리가 빙빙 돌 지경이었다. 그녀는 건물 옆벽에 다가서서 아주 기진맥진해진 듯 얼굴을 벽에 대고는 그 공기를 마음껏 들이마셨다. 그는 문을 잠그느라 그랬는지 그녀보다 한발 늦게 나왔다.

4시쯤 된 게 틀림없겠지만, 주위는 온통 어둡고 거리는 잠들어 있었다. 문득 모든 것을 내팽개치고 그대로 도망치고 싶은 유혹이 그녀의 마음을 사로잡았다. 거리를 따라 도망칠 자신은 있었다. 지금의 그는 그녀를 쫓아올 만한 상태가 못 되었다.

그러나 그녀는 그러지도 못한 채 그냥 서 있었다. 그녀의 방에는 사진이 한 장 있다. 그녀가 문을 열 때마다 가장 먼저 눈에 들어오는 것이 바로 그 사진이다. 그런 생각을 하고 있는데 밀번이 다가와서 도망갈 기회는 사라지고 말았다.

두 사람은 택시를 탔다. 그곳은 낡은 집들을 아파트로 개조한 지역으로, 한 구역이 한 층씩을 점령하고 있었다. 그는 그녀를 2층으로 데리고 올라가서 문을 열고는 전등을 켰다. 정말 기가 막힌 방이었다. 오랜 세월이 흘러 때가 낀 바닥에다 엷게 니스를 발라놓았다. 천정은 멀고 높았다. 창틀은 나팔꽃 모양을 하고 있어 마치 관 뚜껑을 연상케 했다. 아무래도 새벽 4시에 찾아올 만한 장소는 아니었다. 상대가 그가 아니라 다른 누구였다면 당장에 질색할 곳이었다.

그녀는 잠깐 몸을 떨면서 문 옆에 서 있었다. 그는 안쪽에서 조심스레 문고리를 걸고 있었지만, 그녀는 애써 모르는 체하고 있었다. 머릿속을 가능한 한 맑고 자유롭게 하고 싶었다. 문 같은 데 정신을 빼앗겨서는 머릿속만 혼란해질 것 같았다.

그는 문단속을 끝낸 모양이었다. "코트는 벗지 그래."

"싫어요. 이대로가 좋아요." 하고 그녀는 딱딱하게 대꾸했다. "추워요, 나."

시간이 너무 없었다.

"어쩔 작정이야, 그곳에 그렇게 서서?"

"어머나!" 하고 그녀는 짐짓 순종하는 듯, "아네요, 이런 곳에서 있기만 할 생각은 없어요." 하고 말하고서 스케이팅 선수가 얼음 위를 지치듯 무심하게 한쪽 발을 앞으로 내밀었다.

그녀는 주위를 둘러보았다. 암담한 기분이었다. 무엇부터 시작하면 좋을까? 색(色), 오렌지 —— 그래, 혹시 오렌지색 물건은 없을까?

"이봐, 무엇을 찾고 있어?" 하고 그가 퉁명스런 말투로 물었다. "여긴 보통 방이야. 방을 보는 게 태어나서 처음이야?"

그녀는 마침내 그것을 발견했다. 방 저쪽 끝에 있는 얇은 실크 스탠드의 갓이었다.

그녀는 그쪽으로 다가가서 스탠드 불을 켰다. 그것은 위쪽 벽에 후광처럼 둥그런 빛을 던졌다. 그녀는 그곳에 손을 대며 그가 있는 쪽을 돌아보았다. "나는 이런 색이 좋아요."

남자는 들은 체도 하지 않았다.

"듣고 있어요? 나는 이런 색이 좋다니까."

이번에는 그도 멍한 듯한 눈길을 보냈다. "흐흠, 그래서 어쨌다는 거야?"

"나, 이런 색 모자를 갖고 싶어요."

"사주지. 내일이나 모레."

"어머, 고마워요. 이런 식으로 생긴 거요." 그녀는 조그만 스탠드를 들고, 전등이 켜진 채 어깨에 얹었다. 그리고는 그가 있는 쪽으로 향하자, 스탠드 갓이 마침 머리 꼭대기까지 왔다. "이쪽을 봐요. 자, 나를 잘 보세요. 자기, 이런 모자를 쓴 사람을 본 적이 없나요? 이것을 보고 생각나는 사람이 없어요?"

그는 부엉이처럼 진지한 얼굴로 두 번 눈을 깜박였다.

"잘 보세요." 하고 그녀는 말했다. "그래, 그런 식으로 잘 보세요. 그러면 생각이 날 거예요. 오늘밤 내가 앉아 있던 맨 앞좌석에 이런 색 모자를 쓴 사람이 앉아 있었던 걸 당신 본 적이 없어요?"

그는 어리둥절해서 엄숙한 어조로, "아아——나에게 500달러를 준 그 사람 말이지!" 하고 말하자마자 황급히 한쪽 손으로 눈을 가리는 것이었다. "이건 아무에게도 말하면 안되는 일이었는데." 그는 얼굴을 들고는 순진한 표정으로, "내가 이미 내뱉고 말았나?" 하고 중얼거렸다.

"예, 들었어요."

대답은 그것만으로도 충분했다. 처음 입을 떼는 것이 어려운 일이지, 한번 일이 터지기 시작하면 그 다음부터야 어렵지 않게 풀려나가는 것이다. 그 마리화나 담배가 기억력에 어떤 작용을 불러일으킨 것이리라.

그녀는 서둘러 잡지 않으면 안되었다. 이것이 도움이 될는지는 확실치 않지만 놓쳐서는 절대로 안되는 것이다. 그녀는 얼른 전기 스탠드를 내려놓고 재빨리 그가 있는 쪽으로 걸어갔다. 괜스레 비틀거리며 걷는 것처럼 보여 가면서. "있잖아요, 한 번 더 말해 주세요. 듣고 싶어요. 제발, 클리프. 자기, 내 친구잖아. 그랬잖아요, 자기가 그렇다면 얘기해 줘도 좋잖아요."

그는 또 눈을 깜빡거리며, "무슨 얘기? 나는 잊어버렸단 말이야." 하고 멍청히 대답했다.

약으로 끊어진 사고의 줄을 다시 잇지 않으면 안되었다. 그것은 톱니바퀴를 벗어나 달랑 떨어지는 전선을 이어주는 것 같은 느낌이었다. "오렌지색 모자 말예요. 봐요, 이쪽을 잘 보세요. 500달러 —— 500달러면 큰 돈이에요, 이젠 생각났죠? 나하고 같은 자리에 앉아 있었던 여자 말예요 ——"

"그래." 하고 그는 대답했다. "내 바로 뒤쪽에 있었어. 나는 봤어." 그는 미치광이처럼 낄낄거리다가는 갑자기 싹 웃음을 지웠다. "그 여자를 보기만 하고 500달러를 받았지. 그 여자를 보고선, 봤다고 말하지 않기로 약속했거든."

그녀는 자신의 팔이 점점 그의 칼라를 따라서 그의 목을 죄어가고 있는 것을 보았다. 그녀는 멈추지 않았다. 양팔이 그녀의 의지를 무시하고 움직이고 있었다. 그녀는 얼굴을 그의 얼굴 바로 앞에 갖다대고 빤히 들여다보고 있었다. "더 얘기해 줘요, 클리프. 으응, 꼭 들려줘요. 난 자기 얘기를 듣는 게 아주 재미있어!"

그의 눈이 다시 윤기를 잃어버렸다. "무슨 얘기를 하라는 거야, 또 잊어버렸단 말이야."

다시 사슬이 끊어진 것이다. "그 여자를 봤다는 얘기를 안한다는 약속으로 자기가 500달러 받았다고 했지? 생각나죠, 오렌지색 모자를 쓴 여자? 500달러를 그 여자한테서 받았잖아요, 클리프? 누가 자기한테 500달러를 주었나요? 가르쳐 줄래요, 으응?"

"한 손이, 어둠 속에서였어. 그 손이 준 거야. 손과, 목소리, 손수건. 그렇게 말하니까 또 하나 있어 —— 권총이야."

그녀의 손이 천천히 그의 목덜미까지 돌아갔다가 다시 원상태로 돌아왔다. "알았어요. 그런데 그거 누구의 손이었는데?"

"글쎄, 그 당시도 그렇고 나중에도 그렇고 난 통 모르겠어. 아니, 사실 그게 실제로 있었던 일인지조차도 모를 때가 있는 걸. 약기운 때문에 그런 환상을 본 걸 거야. 그러다간 또 그게 실제로 일어난 일이라고 생각될 때도 있단 말이야, 젠장."

"아무튼 어서 그 얘기 좀 들려주세요."

"이런 얘기였어. 어느 날 밤 늦게 쇼가 끝나고 나는 집으로 돌아왔거든. 계단 밑 홀까지 왔는데, 그곳은 언제나 불이 켜져 있을 텐데 이상하게도 그날은 캄캄했단 말이야. 전구가 끊어진 모양이라고 생각하고서 더듬어서 계단 밑까지 왔는데 글쎄 손이 불쑥 뻗어나와서 나를 붙잡는 거야. 무겁고 차가운 느낌이 드는 손이 나를 꽉 눌렀어.

나는 벽 언저리까지 내려가서 이렇게 물었지. '누구요? 당신 도대체 누구요?' 그것은 남자였어. 목소리로 알았지. 잠시 뒤에 어둠에 눈이 익자 뭔가 하얀 물건, 손수건 같은 것이 상대방 얼굴 주위에서 보였어. 그것으로 가려서 그런지, 목소리는 흐려 있었어. 그러나 나에게는 잘 들리더구먼.

그 남자는 내 이름과 직업부터 묻더군. 나에 관해서는 뭐든지 알고 있는 것 같았어. 그리고 나서 어젯밤 극장에서 오렌지 색 모자를 쓴 여자를 본 기억이 있느냐고 묻더군. 그래서 나는 당신이 묻지 않았으면 생각나지 않았을 테지만, 지금 물으니까 생각이 나는군요——하고 대답했지.

그러자 남자는 조금도 흥분한 기색도 없이 침착한 목소리로, '너, 죽고 싶어!' 하고 묻는 거야.

나는 대답이 막혔지. 목소리도 나오지 않았어. 그러고 있는데 그 남자는 내 손을 잡고서 자기 손에 쥐어져 있는 싸늘한 것을 만지게 하더구먼. 권총이었어. 나는 기겁을 했지만, 상대는 내 손을 잡은 채로 그것이 무엇을 뜻하는지 내가 알아차릴 때까지 떠나려고 하지 않는 거야. 그러더니 다시 이렇게 말하더군. '당신이 만일 그 사실을 다른 사람에게 떠들어대면 이놈을 먹여줄 거야.' 하고 말이야.

그리고 나서 잠시 뒤에 또 한마디 하는 거였어. '그 대가로 500달러를 받아두는 게 좋지 않겠어?'

곧 이어 지폐가 바스락거리는 소리가 나더니 그가 내게 뭔가를 쥐어주더군. '500달러야. 성냥 갖고 있나? 자, 성냥을 켜서 직접 확인해 봐.'

나는 성냥을 켜서 봤어. 틀림없는 500달러더군. 그런 뒤에 내가 눈을 들고 남자 얼굴을 쳐다보려고 하자 그 남자는 성냥불을 훅 하고 불어서 꺼버리더구먼.

'자, 이제 당신은 그 여자를 못 본 게 되는 거야. 그런 여자는 없었던 거야. 누가 물어도 '노'라고 말하는 거야. 그렇게만 하면 —— 당신 목숨은 안전하지.' 조금 지나서 그 사람이 또 묻더군. '자, 다른 사람이 물으면 뭐라고 대답하지?'

그래서 나는, '그런 여자는 본 적이 없는데요. 여자 같은 건 없었어요.' 하고 말했지만, 사실 그땐 온몸이 부들부들 떨리고 있었단 말야.

'좋았어. 그럼, 이제 가도 좋아. 잘 있게.' 그 남자는 그렇게 말했어. 손수건 너머로 들려오는 그의 목소리는 마치 무덤 속에서 울려나오는 것 같았어.

나는 도저히 문 앞까지 제대로 갈 수가 없었어. 겨우 방안으로 들어와서 안쪽으로 단단히 자물쇠를 걸고는 창 쪽으로 다가가려고도 하지 않았지. 그전부터 나는 마리화나에 취해 비틀비틀하고 있었거든. 그런 느낌은 당신도 알겠지?"

그는 새삼 그때의 오싹한 기분이 다시 살아나는 듯 큰소리로 웃어젖혔다. 그러다가는 갑자기 뚝 멈추고 말았다. "그 500달러는 그 다음날 경마장에서 몽땅 날려버리고 말았어." 그는 비굴한 투로 그렇게 말하고는 초조한 듯이 몸을 뒤척이며 의자 팔걸이에다 그녀를 내렸다. "당신이 자꾸 물으니까 또 생각이 나는데. 덕분에 나는 다시 공포를 느끼게 되었단 말야. 자, 봐, 이렇게 떨고 있잖아. 그 뒤로는 나는 가끔씩 흠칫흠칫 놀라곤 하지……담배 한 대만 줘. 또 붕 뜨고 싶은 기분이야. 가라앉은 기분을 다시 한 번 되살리고 싶어."

"나는 마리화나는 없어요."

"당신 핸드백 속에 들어 있을 거야. 함께 그곳에 있었으니까 몇 개비 넣고 왔을 거잖아." 자기처럼 그녀도 늘상 피우고 있으리라고 생각한 모양이었다.

핸드백은 테이블 위에 있었다. 그녀가 그곳으로 갈 틈도 없이 그는 핸드백을 열고 알맹이를 전부 쏟아놓았다.

"안돼요!" 하고 그녀는 말렸다. "그건 아무것도 아녜요. 보지 마세요!"

그녀가 빼앗기 전에 그는 벌써 읽고 있었다. 그것은 버지스에게서 건네받은 필요없는 쪽지였다. 그는 우선 천진스러운 놀라움부터 나타냈다. 아직 완전한 의미를 파악하지 못한 것이리라. "아니, 이건 나에 관한 것이잖아! 내 이름과 근무처——"

"안돼, 안돼요!"

그는 그녀의 손을 뿌리치며 읽어나갔다. "우선, 내 사무실에 전화를 걸어보시오. 만일 그곳에 없을 경우엔——"

그의 얼굴이 순식간에 불신의 빛으로 바뀌는 것이 보였다. 그것은 폭풍 같은 속도로 그의 눈에서 솟아올랐다. 눈 속에 나타난 그 모습은 아주 혐오스런, 그러고도 경직된, 이유를 알 수 없는 공포였다. 마약의 환각에 의한 공포, 공포에 떨고 있는 대상마저 없애버리고 말 거라는 그런 공포였다. 그의 눈이 크게 떠졌다. 검은 중심부가 안구의 홍채(虹彩)를 삼켜버린 것처럼 보였다. "놈이 당신을 보냈군. 당신은 우연히 나와 만난 게 아니야. 누군가가 나를 쫓아다니고 있어, 그게 누구지? 나는 모르겠어. 그 녀석을 기억할 수만 있다면 좋을 텐데——누군가가 권총으로 나를 죽이려고 하고 있어. 누구야, 나를 죽이려고 하는 그놈이! 말을 하지 않았어야 하는 건데, 그만 깜빡 잊어버리고——당신이 말을 시켜서!"

그녀는 지금까지 마약상자를 상대한 경험이 없었다. 그가 부르짖는 말은 알아들을 순 있었지만, 전혀 그 의미를 파악할 수가 없었다. 따라서 그것이 의심이나 불신, 공포 같은 감정을 솟아오르게 하는 효과가 있다는 것은 알 턱이 없었다. 더욱이 그러한 감정이 원래부터 그의 가슴에 잠겨 있다고 해도, 그것이 발화점을 넘어선 곳까지 팽배해 있다고까지는 상상도 못했던 것이다. 그저 그의 표정으로 보아 심상치 않은 인간과 맞서지 않으면 안된다는 것 정도만 알 수 있을 뿐이었다. 그 점까지는 확실했다. 예측할 수 없는 그의 사고의 흐름은 이미 위험수위를 넘고 있었지만, 그녀는 그것을 막고 화제를 돌리는 지혜를 갖지 못했다. 그의 머릿속을 도무지 짐작해 볼 수 없었던 것이다. 이러한 것은 사실 그녀는 제정신이고, 남자는——일시적이긴 하지만 머리가 돌아 있기 때문이었다.

그는 잠시 어리둥절한 채 멍청히 서 있었다. 머리를 갸우뚱, 속눈썹 밑으로 그녀를 올려다보듯이 하고서는 간신히 입을 열었다. "나는 아무 말도 하지 말아야 한다고 당신에게 말한 것 같은데. 아아, 무슨 말을 했는지 생각이 나면 좋을 텐데!" 그는 혼란해서 견딜 수 없다는 듯이 이마에 손을 갖다댔다.

"아니, 아무 말도 하지 않았어요. 나에겐 아무 말도 하지 않은걸요." 그녀는 그를 달래주었다. 그러면서도 한시라도 빨리 이곳을 빠져나가야겠다고 그녀는 생각하고 있었다. 그러나 동시에, 그와 같은 의도를 확실히 나타낸다면 그가 방해하리라는 것도 본능적으로 알고 있었다. 그녀는 슬쩍 한 발자국씩 조금씩 물러서기 시작했다. 양손을 뒤로 돌리고 문을 찾으면서, 상대방이 눈치채지 못하는 사이에 문을 열려고 마음먹고 있었다. 그와 동시에, 자기가 조금씩 뒤로 물러서고 있는 것을 깨닫지 못하게 하기 위하여 그의 얼굴을 빤히 쳐다보면서 자신의 시선으로 상대의 시선을 잡고 있었다. 동작이 아주아주 느릿한 탓으로, 점점 긴장의 도가 높아지고 있다고 그녀는 느꼈다. 몸을 사린 독사가 슬슬 물러서고 있는 것과 마찬가지였다. 너무 움직임이 빠르면 날렵하게 덤벼들 것이리라. 아니, 그렇다고 해도 이렇게 느려서야 원——

"아니야, 나는 말했어. 말해서는 안되는 것을 당신에게 말하고 말았어. 그래서 당신은 지금 이곳을 빠져나가 누군가에게 보고하려는 거지? 나를 노리는 작자에게 말이야. 그러면 그 녀석은 이리로 와서, 그 녀석이 말한 대로 나를 ——"

"아니에요, 정말 당신은 말하지 않았어요. 그냥 그렇게 생각하고 있을 뿐이에요."

그는 진정하기는커녕 점점 흉폭해지고 있었다. 그의 눈에 비치는 그녀의 모습은 점점 조그맣게 줄어들고 있음이 분명했다. 이제 더 이상 그에게 눈치채이지 않게 행동하기가 곤란했다. 마침내 그녀는 벽까지 다다랐다. 뒤로 돌린 양손으로 필사적으로 더듬어 보았다. 그러나 손에 잡히는 것은 매끈매끈한 벽뿐이고, 문의 열쇠구멍이 어디에 있는지 닿지 않았다. 아무래도 예측이 빗나간 모양이다. 방향을 바꾸어야 한다. 슬쩍 옆눈길로 보았다. 2~3m 왼쪽에 검은 것이 보였다. 혹시 그가 앞으로 1~2초만 지금 있는 장소에서 움직여 주지 않는다면——

상대방이 눈치채지 않게 옆으로 움직이기란 뒷걸음치기보다 더욱 힘든 일이었다. 먼저 한쪽 발의 뒤꿈치를 비껴놓고, 다음에 구두의 앞 반쪽을 그 뒤로 살짝 이동시켰다. 이어서 다른쪽 발도 같은 방법으로 똑같이 움직여 두 발을 같은 형태로 맞추었다. 그것도 상반신을 움직이지 않은 채 해야만 했다.

"자기, 기억하지 못하세요? 나는 의자 팔걸이에 앉아서 당신 머리를 만져 주었잖아요. 바로 그랬어요. 오, 그만두세요!" 그녀는 마지막 힘을 쥐어짜서 칭얼칭얼 콧소리를 내며 이렇게 말했다.

이 공포의 미뉴에트가 시작되고 나서 겨우 몇 초밖에 지나지 않았지만, 그녀에게는 하룻밤처럼 길게 느껴졌다. 만일 그녀의 손에 그 마법의 담배가 한 개비라도 있어서, 그것을 그에게 던져줄 수만 있다면 아마도——

게처럼 옆걸음을 치다가 그녀의 몸이 가볍고 조그만 테이블을 건드려 조그만 물건을 바닥으로 떨어뜨리고 말았다. 그 미세한 바스락거리는 소리, 그 부주의한 사건이 그녀의 목적을 어긋나게 하고 말았다. 그것은 가식을 벗겨버리고 그의 미친 신경이 기다리고 있던 계기를 만들어 주었다. 이제나 저제나 하고 그녀가 본능적으로 걱정하고 있었던 사태가 마침내 발생한 것이다. 그는 자세를 고쳐서, 납인형이 받침대에서 굴러떨어지듯 의자에서 일어나 양손을 갑자기 앞으로 쑥 내밀고서 그녀 쪽으로 다가왔다.

그녀는 기겁을 해서 문에 매달렸다. 목에서는 꽉 죄는 듯한 가는 소리가 새어나왔지만, 물론 비명으로까지는 발전하지 않았다. 그러나 황급히 더듬는 양손이 어떤 일을 확인할 만한 여유는 있었다——열쇠는 구멍에 꽂힌 채 그대로 있었던 것이다. 그러나 어렵게 찾아내긴 했지만 그녀는 어떻게 해볼 틈도 없이 그만 문앞을 지나가지 않으면 안되었다.

그녀는 얼른 벽을 떠나 방 한쪽을 가로질러 창 쪽으로 도망갔다. 창에는 블라인드가 내려져 있어서 창틀의 정확한 윤곽을 흐릿하게 해주고 있었다. 그가 계속 쫓아오고 있지만 창으로는 빠져나갈 수가 없었다. 더군다나 블라인드가 내려져 있는 터라 창문을 열고서 비명을 지를 수도 없게 되어 있었다. 창 양쪽에 너덜너덜한 먼지투성이의 커튼이 쳐져 있었다. 그녀는 등뒤에 있는 커튼 한 장을 그에게로 던졌다. 목에서 어깨에까지 휘감겨진 커튼을 벗고 있는 사이에 그의 움직임은 아주 둔해졌다.

그녀는 얼른 다른쪽 구석으로 달려가서 소파 뒤로 뛰어들었지만, 건너편 끝으로 도망치기 전에 그에게 들키고 말았다. 두 사람은 소파를 따라 이쪽에서 저쪽으로 마치 고양이가 쥐를 쫓듯 두 번 정도 좌우로 돌았다. 그것은 빅토리아 시대의 미녀와 야수의 판토마임을 연상시키는 장면이었다. 5분 전만 같았으면 그녀도 이것이 '이스트 린' 같은 빅토리아 시대의 대표적인 멜로드라마에서 나오는 일이지 실제로는 일어날 수 없는 일이라고 넘겨버렸을 것이다. 그러나 지금에는 생애에 두 번 다시 웃어버릴 수도 없는 일이 되고 말았다. 무엇보다도 그녀의 인생 그 자체가 앞으로 2~3분 내에 끝날지도 모르는 일이었다.

"안돼!" 하고 그녀는 숨을 헐떡이며 말했다. "안돼! 그만두세요! 나에게 이런 짓을 했다간 그들에게 무슨 일을 당할지 몰라요, 알겠어요! 무슨 일이 일어날지 잘 알잖아요!"

그녀는 인간에게 말을 하고 있는 게 아니었다. 마약금지효과를 향해 말을 하고 있는 것이었다.

그러다가 갑자기 그는 지름길을 택했다. 소파 위에 한쪽 다리를 걸치고 의자 등받이 너머로 그녀를 붙잡았던 것이다. 그녀가 갇혀 있는 조그만 삼각형 공간 안에는 몸을 숙일 만한 여지도 없었다. 그의 손가락이 한쪽 깃을 낚아챘다. 그러나 꽉 잡히기 전에 그녀는 두세 번 몸을 비틀며 흔들었다. 그 바람에 윗도리의 한쪽 팔이 어깨에서 찢겨져 나가서 그의 손아귀로부터 빠져나올 수가 있었다.

그가 그대로 소파에 펄썩 엎어진 사이에 그녀는 옆의 조그만 틈새를 빠져나가 미끄러지듯 네 번째의 마지막 벽면에 이르렀다. 이로써 방을 완전히 한 바퀴 돌아, 다시 문이 있는 벽까지 가려고 했던 것이다. 벽을 따라 움직이기보다는 방 안쪽에서 그쪽으로 다가가는 게 된다.

이 네 번째 마지막 벽면에는 검은 통로가 빠끔히 입을 벌리고 있었다. 그 안에 있는 것이 선반인지 욕실인지 모르지만, 지금 막 소파에서 술래잡기를 경험한 그녀는 들여다보지도 않고 얼른 지나쳤다. 그러는 편이 아까보다 더 손쉽게 아무데나 숨을 수 있었고, 무엇보다도 바깥으로의 출구——오직 그 하나의 탈출구가 엎어지면 코 닿을 데에 있었기 때문이다.

문으로 향하다가 그녀는 문득 화려한 의자 하나를 붙잡고 그를 경멸하듯 슬쩍 돌아보았다. 바로 그 순간 그의 눈에 띄고 말았다. 지금까지 겨우 5초 정도의 탈출에 지나지 않았다.

그녀는 이미 지쳐 있었다. 방의 마지막 구석을 더듬어, 그곳을 돌아 그 끝없는 술래잡기의 출발점으로 되돌아왔다. 그러자 그가 앞서 방향을 바꿔 앞길을 막았다. 너무나 갑작스러운 일이어서 그녀는 멈출 수도 없이 그와 부딪칠 뻔하게 되었다. 마침내 그녀는 그의 손 안에 닿는 벽 사이에 갇히고 말았다. 그의 양손이 게처럼 덮쳐왔다. 그녀는 앞으로도 뒤로도 물러서지 못하고 그대로 주저앉아 버렸다. 이제 움직일 방향은 그쪽밖에 남아 있지 않았기 때문이다. 그녀는 그의 양팔 사이를 쏙 빠져 그 밑으로 기어서 옆쪽으로 빠져나왔다.

그녀는 이름을 불러댔다. 그것은 지금 이 시간엔 아무런 도움도 줄 수 없는 사람의 이름이었다. "스코트! 오, 스코트!" 문 바로 앞이었지만 그곳까지 더듬어갈 시간도 없었다. 비록 더듬어갔다고 해도 지칠 대로 지친 그녀로서는 그곳을 빠져나갈 수는 도저히——

조그만 전기 스탠드는 아직 그곳에 있었다. 아까 그의 기억을 되살리는 데 사용했던 바로 그 스탠드였다. 그를 때려눕히기에는 어림도 없는 물건이었지만 아무튼 그녀는 그것을 집어던졌다. 하지만 그에게 명중하기는커녕, 바로 앞쪽에 허무하게 떨어져 버리는 것이었다. 전구는 얇은 양탄자에 부딪쳐 깨어지지도 않았다. 마침내 그는 아무런 방해물도 없이 마지막 공격을 준비했다. 그 결과는 두 사람 모두 알고 있었다——

그때 놀랄 만한 일이 생겼다. 그의 손톱 끝에 무엇인가가 걸린 것이다. 그 순간 그녀는 아무것도 보이지 않았지만 나중에 생각이 난 것이었다. 조금도 부서지지 않은 전기 스탠드가 그의 뒷바닥으로 떨어져, 한 줄기 푸른빛이 벽 언저리에서 솟아올랐다. 그와 동시에 그는 양손을 앞으로 죽 뻗으며 그녀 앞으로 길게 쓰러지고 말았다.

구원의 문과 남자와의 사이에 조그만한 간격이 벌어졌다. 그녀는 그 사이로 지나가기가 두려웠지만, 그렇다고 가만히 있는 것은 더욱 무서워서 견딜 수 없었다. 쓰러진 그의 손이 몇 번 그녀에게 걸렸다. 그녀는 뛰어넘듯 그의 몸을 돌아, 바닥을 헤집고 있는 그의 손끝을 스치며 문에 달라붙었다.

순간이란 것은 시간과 장소에 따라 길게도, 또 짧게도 느껴지는 법이다. 남자가 쓰러지면서 바닥에 얼굴을 묻고 뻗어버리는 시간도 그녀에게는 한없이 길게만 느껴지는 것이었다. 그녀는 자신의 양손이 열쇠를 비틀고 있는 것을 느꼈다. 마치 꿈속의 일처럼 그 손이 자기 손처럼 느껴지지 않았다. 처음엔 한쪽 방향으로 돌려봤지만 문이 열리지 않았다. 그래서 다시 한 번 반대쪽으로 완전히 한 바퀴 돌리지 않으면 안되었다. 그는 쓰러진 채로 바닥을 배로 기면서 2인치 정도의 사이를 메꾸려 하고 있었다. 그녀의 발목을 잡아 넘어뜨리려고 하는 것이다.

그때 찰칵 소리가 났다. 손잡이를 얼른 잡아당기자 문이 안쪽으로 열렸다. 무엇인가가 구두 뒤꿈치의 둥근 부분을 힘없이 스쳤다. 손톱으로 긁는 듯한 느낌이었다. 그녀는 새롭게 생긴 공간으로 몸을 날렸다.

그 뒤는 공포와 안도감이 뒤섞인 순간이 남았다. 추적의 손이 뻗어오지나 않을까 하는 공포였지만, 다행히 그런 예상은 빗나갔다. 그녀는 위험스런 발걸음으로 희어멀거니 비치는 계단을 뛰어내려가고 있었는데, 그것은 발밑이 잘 보여서가 아니라 오히려 관성에 의해 달려 내려가는 것이었다. 문이 눈에 들어와서 얼른 그것을 열었다. 바깥은 상쾌한 밤이었다. 이제 위험은 지나갔지만, 그래도 그녀는 불안한 발걸음을 계속 옮겼다. 그 꺼림칙한 방의 기억은 두고두고 그녀를 괴롭힐 것이다. 그녀는 인적이 끊어진 보도를 술취한 것처럼 새걸음으로 비틀거리며 걸었다. 사실 그녀는 취해 있었다. 전율과 공포에 취해 있었던 것이다.

길 모퉁이를 돈 기억은 있지만, 그 뒤는 어디쯤 갔는지 짐작이 가지 않았다. 마침내 앞쪽에서 등불이 보여, 그곳을 향해 뛰기 시작했다. 그에게 잡히기 전에 한시라도 빨리 그곳에 닿고 싶었다. 그 집에 들어서니 유리 케이스 안에 이탈리아식 소시지와 감자 샐러드를 가득 담아놓은 접시가 나란히 놓여 있었다. 심야영업을 하는 간이식당인 모양이었다.

남자가 혼자 카운터 앞에서 졸고 있을 뿐, 손님의 모습은 보이지 않았다. 남자는 눈을 뜨고 멍하니 서 있는 젊은 여자를 쳐다보았다. 옷은 찢어져서 어깨가 드러나 있었다. 남자는 머뭇거리며 나와서는 카운터에 양손을 댄 채 그녀를 유심히 바라보았다.

"무슨 일인가요, 아가씨? 사고라도 당했습니까? 도와줄 일이 있으면 말씀하시죠."

"5센트짜리 동전 한 개만 주세요." 하고 그녀는 울면서 끊어질 듯 넓어질 듯, "저, 5센트짜리 동전 하나—— 전화를 걸고 싶어서 그래요." 하고 말했다.

그녀는 전화기 앞으로 가서 5센트짜리 동전을 밀어넣었다. 횡격막의 반사운동 탓인지 그녀는 계속 흐느껴 울고 있었다.

친절한 주인은 가게 안으로 소리를 질렀다. "이봐, 여보, 잠깐 나오구려. 가련한 아가씨가 지독한 일을 당한 것 같아."

그녀는 버지스를 집에서 찾아냈다. 이미 동이 터오는 5시경이었다. 그녀는 자신의 이름을 알리는 것도 잊었지만, 그는 알아차린 것 같았다. "버지스, 이쪽으로 와주세요. 굉장히 무서워요. 이제부터는 어떻게 할 수가 없을 것 같아요."

그 동안에 식당의 주인 부부는 그녀에 대해서 진단을 시도해 보았다. "블랙 커피가 어떨까?"

"아, 그럴 수밖에 없어요. 아스피린은 다 떨어졌으니까."

부인이 다가와서 그녀와 테이블을 사이에 두고 마주앉아 동정어린 손길로 그녀의 손을 가볍게 두드렸다. "아가씨, 그 녀석들에게 무슨 일을 당한 거유? 어머니라도 와주실까?"

그녀는 계속 눈물 콧물을 흘리고 있었지만, 그 말을 듣고는 엷은 미소를 떠올리지 않을 수 없었다. 지금부터 달려올 어머니는 다름아닌 늠름한 형사일 테니까.

버지스는 귓부리까지 외투 깃을 세우고 혼자서 가게에 들어왔다. 그녀는 김이 솟아오르고 있는 블랙 커피의 두꺼운 컵을 감싸쥐고 있었다. 기온과는 무관한 몸의 떨림도 점차 진정되어 가고 있었다. 버지스가 혼자서 찾아온 것은, 이것이 공식적인 임무가 아니고 그에게만 관계된—— 즉, 어디에도 기록할 필요가 없는 개인적인 일이었기 때문이다.

그녀는 겨우 안심하면서 콧소리를 섞어가며 버지스를 맞이했다.

그는 그녀의 모습을 바라보고 나서, "아, 저런!" 하고 낮은 목소리로 중얼거리고는 그녀 곁의 의자를 끌어당겨 옆에 앉았다. "꽤 혼났겠군."

"이건 아무것도 아니에요. 10분 전의 모습을 보셨어야 하는 건데." 그 이야기는 그쯤에서 끊어버리고 그녀는 눈을 반짝이며 버지스 쪽으로 몸을 기울였다. "그래도 그만한 가치는 있었어요. 그 남자는 그 여자를 본 것 같아요. 그뿐만 아니라, 나중에 누가 와서 입을 막기 위해 돈을 건네준 것 같아요. 아마도 그 여자의 지시로 움직이고 있는 자가 있나 봐요. 당신이라면 모든 진상을 알아내실 수 있죠?"

"갑시다." 하고 그는 짤막하게 말했다. "많이 알아내지 못한다고 해도 당신의 노력이 부족했던 것은 아니오. 지금부터 그곳에 가봐야겠어. 그전에 우선 당신을 택시에 태워서……"

"아니에요. 나도 함께 가겠어요. 이젠 괜찮아요. 무섭지 않아요."

식당의 주인 부부도 입구까지 나와서 하얗게 밝아오는 거리를 나란히 걸어가는 두 사람을 전송했다. 부부의 얼굴에는 버지스에 대한 분노의 빛이 완연히 떠올라 있었다.

"허, 참 멍청한 사람도 다 있지!" 하고 남편이 어처구니없다는 듯이 콧방귀를 뀌었다. "새벽 5시에 저런 처녀를 혼자 내버려두는 것부터가 마음에 안 들어! 일이 다 벌어진 뒤에야 오고 나서, 이제 그 녀석들한테 찾아간다고 뭘 어쩌겠다는 거야! 누이동생이나 잘 보살필 생각은 않고, 쯧쯧!"

버지스는 발소리를 죽이며 계단을 올라갔다. 그녀는 뒤에 처져 있었지만, 그는 손짓으로 염려 말고 올라오라고 신호를 보냈다. 그녀가 따라 올라갔을 때에는 그는 잠시 전부터 머리를 가만히 문에 대고 아무리 조그만 것이라도 죄다 엿들으려는 듯 귀를 기울이고 있었다.

"도망친 것 같은데." 하고 버지스가 속삭였다. "아무 소리도 들리지 않아요. 그렇게 가까이 서 있지 말고 뒤로 물러서요. 언제 무엇을 갖고 튀어나올지 모르니까."

그녀는 계단을 몇 칸 내려갔다. 머리와 어깨만이 마루면 위로 나와 있었다. 버지스가 문에다 뭔가를 꺼내어, 거의 소리가 안 나도록 그것을 움직이고 있는 것이 보였다. 갑자기 문이 조금 열렸다. 그는 한 손을 뒷호주머니에 집어넣고 신중하게 방안으로 들어갔다.

그녀도 숨을 죽이고 올라갔다. 언제 기습을 당할지 모른다. 갑자기 공격해 오려고 숨어 있는지도 모르는 것이다. 문지방에까지 다다랐을 때 갑자기 불이 켜져서 그녀는 깜짝 놀랐다. 하지만 소리는 나지 않았다. 버지스가 방의 전등을 켠 것이다.

그쪽으로 고개를 돌리니, 마침 그는 옆방 문으로 들어서려는 참이었다. 조금 전에 그녀가 실내를 한바탕 휩쓸고 다녔던 마의 시간에 그냥 지나친 입구였다. 그녀는 용기를 내어 문지방을 넘어갔다. 버지스가 아무런 저항도 받지 않고 무사히 안으로 들어갔으므로 방안에는 아무도 없다는 것을 알았기 때문이다.

다시 소리도 없이 전등이 켜져서 버지스가 들어간 어두컴컴한 방이 하얗게 빛나는 욕실이라는 것을 알았다. 그녀는 그 욕실을 정면으로 바라보고 있어서 욕실 안을 조금 엿볼 수 있었다. 가장 먼저 눈에 띈 것은 네 발 달린 구식의 욕조였다. 이어서, 그 곁에 세탁 가위와 같은, 두 쪽으로 구부러진 사람 같은 것이 보였다. 뒤집어진 신발 바닥도 보였다. 이런 아파트 욕조에 대리석을 사용할 리는 만무이겠지만, 그럼에도 불구하고 마치 욕조 바깥쪽까지 대리석이 깔린 것 같은 느낌이 드는 것이었다. 바깥 표면에 가느다란 붉은 줄기가 한두 줄 흐르고 있는 것이 그런 착각을 일으키게 한 이유인지도 모른다. 붉은 줄이 쳐진 대리석——

그 순간, 그 남자가 안 좋게 되어 그곳에 쓰러진 게 아닌가 하는 생각이 문득 들었다. 그녀가 안으로 들어가려 하자 버지스의 채찍처럼 날카로운 목소리가 그녀의 발을 멈추게 했다.

"오지 말아요, 캐롤. 저쪽으로 가요!" 그는 한두 걸음 되돌아와서 문에 손을 얹고는 쾅 하고 닫지 않고, 그저 그녀가 들여다볼 수 없을 정도로만 살짝 닫아놓았다.

그는 오랫동안 안쪽에 머물러 있었다. 그녀는 좀 뒤로 물러

나서 기다렸다. 그녀는 한쪽 손목이 가늘게 떨리고 있는 것을 느꼈다. 하지만 공포감은 아니고, 일종의 정신적 긴장감에서 오는 전율이리라. 욕실 안에 있는 것이 무엇인지 지금에야 그녀도 알 것 같았다. 어떻게 해서 그렇게 되었는지도 짐작이 갔다. 겨우 그녀가 도망칠 수 있었던, 그 마약 기운 탓으로 극대화된 공포의 발작에 견딜 수 없게 된 것은 아니었을까? 눈에 보이지 않는 천벌의 촉수가 마침내 자기 몸을 엄습해 오는 걸 느낀 것이리라. 그 촉수의 정체를 알 수는 없었지만 아마도 그 공포와 두려움은 꽤나 대단했을 테지.

테이블 위에 놓여 있는 한 장의 쪽지에 의해 그녀의 확신은 한 층 굳어졌다. 거의 제대로 읽을 수 없는 단어가 세 개, 마지막에는 뜻도 없이 휘갈겨쓴 선이 쪽지를 넘어 바닥에 뒹굴고 있는 나무의 그루터기 같은 연필에서 끝나고 있었다. '놈들이 나를 쫓아온다──'

마침내 문이 열리고 버지스가 나왔다. 얼굴색은 아까보다 훨씬 창백해져 있었다. 그녀는 문득 정신을 차리고는 자기 마음과는 달리 바깥문 쪽으로 물러서고 말았다. 버지스가 서서히 그녀 쪽으로 다가왔기 때문이었다. "저것을 봤나요?" 하고 그녀는 물었다. 쪽지 말이다.

"흠, 들어섰을 때 봤소."

"저 남자는──?"

대답 대신에 그는 한 손가락을 귀밑에 대고서 반대쪽 귀까지 싹 일직선으로 옆으로 그었다.

그녀는 흐윽 하고 숨을 들이켰다.

"자, 나갑시다." 하고 그가 퉁명스럽고도 악당 두목 같은 투로 말했다. "여기는 당신이 있을 만한 장소가 못 돼요." 두 사람이 방을 나오자, 그는 그런 물건이 있다는 걸 처음으로 알았다는 듯이 바깥문을 닫았다. "저 욕조……" 하고 그는 그녀를 앞세우고 그녀의 움츠러진 어깨에 양손을 얹고서 계단을 내려가며 나지막이 중얼거렸다. "앞으로 홍해(紅海)라는 말을 들을 때마다 저 욕조가 생각날 것만 같군." 그리고는 그녀가 귀를 기울이고 있는 것을 알고는 황급히 입을 다물었다.

그는 거리 모퉁이에서 그녀를 택시에 태웠다. "당신은 여기서 집으로 돌아가요. 나는 이 길로 경찰서에 가서 보고를 해야 하니까."

그녀는 택시 문 쪽으로 몸을 기울이며, "이젠 다 틀렸군요." 하며 울먹였다.

"그래요, 이젠 다 틀렸어, 캐롤."

"그 남자가 한 말을 내가 대신 얘기하면 안되나요——?"

"그것은 전문증거(傳聞證據)라고 하는 겁니다. 당신은 어떤 인간으로부터, 그 여자를 보긴 했지만 그것을 실토하지 말라고 돈을 받았다는 이야기를 들은 것에 지나지 않아요. 그긴 간접적인 증언이 되는 거지요. 그것은 아무런 효과도 없어요. 법정에서 받아주지도 않고."

그는 주머니에서 좁게 접은 손수건을 꺼내어 손바닥 위에 펼쳐놓았다. 그리고는 손수건에 싼 물건에 빤히 시선을 쏟았다.

"그게 뭐예요?" 하고 그녀가 물었다.

"한번 와서 봐요."

"면도날이군요."

"보다 확실하게."

"한 개의 안전면도날—— 그렇죠?"

"맞아요. 그런데 한 남자가 구식의 접는 식 면도날로 자기 목을 자르려고 할 경우——나는 그런 구식 면도기를 그의 몸 밑 욕조 바닥에서 발견했지만——욕실의 약품 선반 위에 이런 안전면도날이 또 놓여 있는 건 어찌된 일일까요? 면도날 같은 건 대개 안전식 아니면 구식 중 한 가지를 사용하지, 양쪽 다 사용하는 남자는 드물거든." 그는 그것을 주머니에 다시 넣으며 말을 이었다. "자살——이라고 결론이 나겠지. 나로서도 당분간은 그렇게 생각해 둘 작정이오. 캐롤, 당신은 돌아가요. 어떻게 되었든 당신은 오늘밤 여기에 없었던 겁니다. 당신과는 아무 관계가 없어. 그런 식으로 생각해 둡시다."

동녘이 서서히 트기 시작한 도로에서 택시는 그녀의 집을 향해 달렸다. 그녀는 머리를 맥없이 떨어뜨리고 있었다.

오늘밤도 틀렸군요, 예, 헨더슨. 역시 오늘밤도 틀렸어요. 그렇지만, 아마 내일 밤, 그렇지 않으면 모레 밤은……

15. 사형집행 전 9일

롬버드

그것은 굉장히 화려한 호텔로서, 그 가는 첨탑은 주위에 죽 늘어선 보잘것없는 건물들과 비교가 되어 마치 귀족의 교만스러운 코처럼 아주 높게 우뚝 솟아 있었다. 그것은 영화 왕국에서 동쪽으로 날아온 극락조가 앉게 되어 있는, 비로드의 보석을 아로새긴 회였다. 현란한 깃털로 몸을 온통 장식한 새들이 폭풍우가 채 멎기도 전에 서쪽으로 날아가려다가 물방울이 뚝뚝 떨어질 정도로 흠뻑 젖은 날개를 잠시 동안 쉬어가는 곳이었다.

이런 일에는 요령이 필요하다는 것을 그는 이미 알고 있었다. 적당한 구실을 붙여서 이리저리 끈적한 관계를 유지할 필요가 있었기에, 그냥 무턱대고 걸어가서 안에 들여보내 달라고 부탁하는 전략적 실패를 그는 범하지 않았다. 그곳은 초면의 인간을 순순히 들여보내 줄 만한 장소는 아니었다. 여러 가지 수단을 총동원해서 밀고 나아가지 않으면 안되는 것이다.

그런지라, 그는 먼저 로비에서 파란 유리가 끼워진 문을 밀고 나와 꽃집으로 들어갔다. "멘도자 양의 마음에 들 만한 꽃이 뭐 없겠습니까? 이 가게에서는 배달도 해줍니까?"

"글쎄요." 하고 꽃가게 주인은 탐탁지 않게 대답을 했다.

롬버드는 지폐 한 장을 꺼내어, 처음에 한 질문은 목소리가 작아서 들리지 않았을 거요——하는 듯이 같은 내용의 말을 한 번 더 반복했다.

효과는 즉각적이었다. "대개의 손님들이 난(蘭)이라든가 가디니아같이 흐드러지게 피어 있는 꽃을 보내주더군요. 하지만 그런 꽃들은 그분의 고향인 남미에서는 들판에 천지로 자라고 있어서 진귀한 것도 아니라고 하더군요. 정말로 그분을 기쁘게 해주고 싶으시다면——" 이것이야말로 귀하고도 특이한 종(種)이라고 하면서 그는 목소리를 죽여 말했다. "방을 장식한다고 하면서 그분이 직접 주문한 일이 두세 번 있었는데, 그런 꽃은 늘 정해져 있지요. 진한 연어 색깔인 핑크빛의 스위트피였어요."

"좋아요, 이 가게에 있는 스위트피를 몽땅 주시오." 하고 롬버드가 그 자리에서 말했다. "한 송이도 남기지 말아요. 그리고 카드도 두 장 주시오."

그는 카드 한 장에 영어로 간단한 문구를 썼다. 그리고는, 작은 포켓 사전을 꺼내어 한자 한자 스페인 어로 번역해서는 두 번째 카드에 옮겨적었다. 그리고는 맨 처음의 카드는 던져버리고서 말했다. "이것을 넣어서 곧바로 배달해 주시오. 어느 정도 걸릴까요?"

"5분 이내에 그녀의 손에 들어갈 겁니다. 방은 저 탑에 있어서 보이에게는 급행 엘리베이터로 배달하라고 하지요."

롬버드는 로비로 되돌아가서 프런트 앞에 버티고 서서는 맥박이라도 재는 듯이 손목시계를 노려보았다.

"무슨 일이신지요?" 하고 접수 담당원이 물었다.

"아직은." 롬버드는 손짓을 했다. 그녀가 가장 들떠 있을 때 쳐들어가고 싶었던 것이다.

조금 기다린 뒤, "바로 지금이오!" 하고 롬버드가 별안간 외치는 바람에 접수 담당원이 깜짝 놀라서 눈을 동그랗게 뜨고 말았다. "멘도자 양의 방에다 전화를 좀 해주시오. 지금 꽃다발을 보낸 신사가 방문하려 하는데 사정이 어떤지 물어봐 주시오. 이름은 롬버드, 꽃에 대한 말을 잊지 마시오."

되돌아온 그 남자는 너무나 놀라서 그런지 어안이 벙벙한 표정으로, "어서 올라오시라고 하는데요." 하고 말해 주었다. 호텔의 불문율 하나가 여기에서 깨졌던 것이다. 한 판의 승부가 성공한 셈이다.

롬버드는 엘리베이터를 타고 로켓처럼 쏜살같이 탑의 방으로 올라갔다. 엘리베이터에서 내릴 때는 무릎이 조금 떨리고 있었다. 열려진 문 옆에 젊은 여자가 마중나와 있었다. 검은 태피터 천으로 만들어진 제복을 입고 있는 것으로 보아서 전속 하녀가 분명하리라.

"롬버드 씨죠?" 하고 여자가 물었다.

"그렇소."

세관의 조사는 아니지만, 이 관문을 통과하지 못하면 안으로 들어갈 수 없는 듯했다. "신문사의 인터뷰 기자는 아니세요?"

"아닙니다."

"사인을 받고 싶어서 오신 것도 아니고요?"

"물론이오."

"추천장을 받으려고 하는 것도 아니고요?"

"그렇소."

"세뇨리타가 그──" 하녀는 뭐라고 입속으로 중얼거리다가, "──잊고 계신 청구서에 관한 일이라도……?" 하고 물었다.

"그런 것도 아니오."

이것이 마지막 문 같았다. 하녀는 이제 더 이상은 묻지 않았다. "잠깐 기다려 주세요." 문이 닫혔다가 잠시 뒤에 다시 활짝 열려졌다. "어서 들어오세요, 롬버드 씨. 세뇨리타께서 편지를 보시고 나서, 머리를 손질한 뒤에 만나신다고 합니다. 앉아서 기다리세요."

그는 기가 막히게 현란한 방 속으로 들어갔다. 그러나 그 현란하다는 것은 엄청나게 큰 그 방의 크기 때문도 아니고, 창문으로 내려다보이는 그 성층권적(成層圈的)인 전망도, 숨을 삼킬 정도로 사치를 다한 가구들(사실 그 가구들은 다른 곳에선 보려 해도 볼 수 없는 것들이었지만) 때문도 아니었다. 그것은 바로 음향 때문이었다. 온갖 소음, 잡음이 마구 뒤섞여 아무도 없는 방안에 소용돌이치고 있었던 것이다. 롬버드도 이렇게 시끄러운 빈 방에 들어간 것은 태어나서 처음 있는 일이었다. 한쪽의 출입구에서는 줄줄, 좌좌 등의 소리가 들려왔다. 수도꼭지에서 물이 흘러나오고 있는 것일까, 아니면 기름으로 튀김을 만들고 있는 것일까? 그와 함께 향기롭고도 자극적인 냄새가 흘러 들어오는 것으로 보아 필시 튀김을 만들고 있는 게 분명하리라. 여기에 섞여서 활력이 넘치기는 하지만 별로 잘 부르는 것은 아닌 노랫소리가 약간씩 들려오고 있었다. 또 하나의 출입구──그것은 먼저 것보다 두 배에 가까운 넓이의 문이었는데, 시종 열렸다 닫혔다 하면서 그곳으로는 더욱 요란한 진동음이 뒤섞여 들려오는 것이었다. 이렇게 뒤죽박죽된 잡음을 하나하나 분석한다는 것은 매우 곤란한 일이었지만, 그런 중에서도 단파 라디오에서 흘러나오는 삼바의 리듬, 거기에 덧붙여 라디오의 공전(空電)으로 찌륵거리는 귀에 거슬리는 소리, 다음은 기관총처럼 스페인 어로 쏘아대는 여자의 목소리——어찌된 일인지 말하는 도중에 한 번도 숨을 쉬지 않고 기세좋게 떠들어대고 있는 것이었다. 여기에다가, 조금도 쉬지 않고 들려오는 전화 목소리——한 2분 30초 정도는 숨도 쉬지 않고 계속해서 조잘거리는 모양이다. 그리고 이것은 다른 소음들과는 좀 구별하기가 어려웠지만, 삐걱삐걱거리는 아주 집요한 소리까지 흘러들어오는 것이었다. 유리 표민을 손톱으로 긁는 듯한, 칠판 위에 분필을 꽉 대고 그어대는 듯한, 고막을 갈기갈기 찢는 아주 참기 어려운 소리였다. 게다가 마지막의 그 저주스러운 소리는 제법 오랫동안에 걸쳐서 들려오는 것이었다.

그는 참을성 있게 앉아서 기다리고 있었다. 이렇게 방에까지 들여보내준 이상 후반전은 그의 것인 셈이다. 후반전이 아무리 길어진다고 해도 조금도 걱정할 필요는 없었다.

한번 하녀가 화살처럼 뛰어들어온 적이 있었다. 그는 드디어 자기를 부르는 모양이라고 생각하고는 몸을 일으켰다. 하지만 그녀의 당황해 하는 모습으로 보아 더 중요한 용무가 있는 것 같았다. 그녀는 좌좌——하는 잡음과 바리톤의 가성이 뒤섞인 방으로 뛰어들어가서는 째지는 목소리로 한바탕 늘어놓는 것이었다. "기름을 그렇게 많이 사용해서는 안돼, 엔리코! 세뇨리타가 말씀하셨잖아, 기름을 아끼라고!" 그렇게 소리지르고는 그녀가 원래 있었던 장소로 되돌아가자, 이번에는 사방의 벽을 뒤흔드는 듯한——마치 고물 버스 소리 같은 목소리가 사납게 울려퍼졌다.

"뭐야, 도대체 이거! 그녀의 입맛을 위해서 요리를 하고 있는 건가, 목욕탕에서 그녀가 올라탄 계량기의 눈금에서 기쁨을 잡으려고 이러는 건가, 원 알 수가 있어야지!"

하녀는 학의 깃털로 장식된 핑크빛 옷을 몸에 걸치고는 누군가를 안기라도 하려는 듯이 양손으로 펼치고 있었지만, 부여된 임무와는 아무런 상관이 없는 것 같았다. 그녀는 왔다갔다 하는 사이에 작은 깃털들을 많이 흩뿌려놓았다. 그녀가 모습을 감추고 나서도 계속해서 깃털은 둥실둥실 마루에서 춤추고 있었다.

이윽고 쫘쫘──하는 소리는 쫙──하는 소리를 마지막으로 해서 그치고, "아아!" 하고 깊으면서도 만족스러운 한숨 소리가 들려왔다. 그리고는 하얀 재킷을 입고 요리할 때 쓰는 모자를 머리에 뒤집어쓴, 통통하게 살이 찐 커피색이 감도는 피부를 지닌 하인이 자신만만한 듯이 성큼성큼 걸어나와서, 둥근 뚜껑을 씌운 쟁반을 손에 들고 또 하나의 출입구를 빠져나가 모습을 감추었다.

갑자기 시끄러운 소리가 딱 멎었다. 하지만 아주 한 순간이었다. 다시 계속해서 시끄러운 소리가 교향악처럼 폭발되었다. 이것에 비하면 아까까지의 것은 정말이지 침묵이라고밖에 생각할 수 없을 정도였다. 그것은 지금까지의 소리 그대로에다가 새로운 소리를 첨가시킨 것이었다. 소프라노의 찢어지는 듯한 음성, 바리톤의 신음 섞인 목소리, 손톱으로 긁는 득득거리는 소리, 여기에다가 징을 두드리는 듯한 무거운 소리가 섞여서 들려오는 것이었다. 그 보온난로가 붙어 있는 쟁반의 둥근 뚜껑이 와장창 내동댕이쳐지며, 그것이 벽에 부딪쳤다가 방안을 이리저리 굴러다니면서 마치 차임벨이 굴러 흩어지듯이 요란한 소리를 울리게 했던 것이다.

통통하게 살이 찐 하인이 머리에서 김을 올리며 뛰어나왔다. 커피색의 얼굴은 어디로 갔는지 없어지고, 계란의 노른자와 고춧가루와 같은 붉은색이 여러 줄무늬로 되어서 얼굴을 뒤덮고 있었다. 그는 양팔을 풍차처럼 휘두르면서 소리쳐 댔다. "이젠 정말 나가버릴 거야! 요 다음번 배로 돌아갈 거야! 아무리 무릎을 꿇고 빌어도 이런 빌어먹을 곳에는 이제 더 이상 있을 수 없어!"

의자에 앉아 있던 롬버드는 머리를 안정시키려고 새끼손가락으로 귀를 틀어막고는 시끄러운 소리에서 귀를 보호해 주기로 했다. 인간의 고막이라는 것은 한 장의 얇은 막이기 때문에, 너무 방치해 두면 사용하지 못하게 되는 수도 있는 법이다.

잠시 있다가 귀를 막았던 손을 풀어보니 다시 원래의 상태로 되돌아가 있었기에 그는 안심했다. 잠깐 동안의 이런 소란스러움은 이곳에서는 흔한 일인 모양이었다. 이 정도라면 언제든지 분위기를 되돌릴 수 있는 모양이었다. 잠시 뒤에 전화벨 대신에 현관문 벨이 울렸다. 아까의 하녀가 검은 머리의 말쑥한 신사를 불러들였다. 남자는 의자에 앉아서 롬버드와 함께 기다리게 되었다. 하지만 그는 롬버드만큼 인내심을 지니고 있지 않은지 아주 성급한 성격의 소유자였다. 의자에 앉기가 무섭게 금방 일어나서는 불안한 듯이 실내를 왔다갔다 하기 시작했다. 그러나 그 걸음걸이는 걷는 거리에 비해서 약간 좁았다. 그러다가 그는 롬버드가 가져온 스위트피 꽃다발에 눈을 두고 넘수어서서는 그 중 한 송이를 뽑아 자기의 코끝에 갖다댔다. 롬버드는 만일의 경우 그 남자와 합세해 보려는 마음을 먹었다가, 그 스위트피 일 때문에 생각을 고쳐먹었다.

"아가씨는 이제 준비가 됐소?" 하고 그 남자는 나는 듯이 들어온 하녀에게 물었다. "새로운 아이디어가 떠올랐단 말야. 그 생각이 도망가 버리기 전에 이 손으로 꽉 붙잡아야 할 텐데."

'나도 역시 마찬가지야.' 하고 롬버드는 남자의 목덜미를 증오스러운 시선으로 노려보면서 생각했다.

스위트피 향기를 맡고 있던 남자는 일단 다시 의자에 앉기는 했지만 또 급히 일어섰다. 무릎 주위가 바들바들 떨리고 초조한 듯한 모습이었다. "아이디어가 도망가요." 하고 그는 경고라도 하는 듯이 말했다. "그 아이디어가 사라져 버리면 나는 다시 낡은 생각으로 돌아가야 한다고!"

하녀는 이 절박한 말을 가지고 안으로 뛰어들어갔다.

롬버드는 비꼬는 듯이 중얼거렸다. "벌써 낡은 생각으로 돌아가 있는 거 아뇨?"

하지만 그 녀석은 성공했다. 하녀가 나와서 서둘러 남자를 방안으로 안내했던 것이다. 롬버드는 남자가 버리고 간 스위트피를 한쪽 발을 들어 구두 끝으로 들어올려서 위로 던져버렸다. 그렇게 해서 상한 비위를 달래보려 할 정도로 핏대가 머리 끝까지 올라 있었던 것이다.

하녀가 나와서 가만히 그의 앞에 허리를 조금 굽히고는 기분을 맞춰주려는 듯한 투로 말했다. "저분과 의상 디자이너 사이에 꼭 당신을 만나게 해드릴께요. 저런 사람은 상대하기가 정말 어렵거든요, 알고 계시겠지만……"

"모르겠소." 롬버드는 혐오스러운 듯이 말하고는 뻗었던 발끝을 몇 번 떨고는 눈을 돌렸다.

그 뒤에는 꽤나 오랜 시간 동안 정적이 계속되었다. 물론 비교적 조용하다는 의미이다. 하녀는 한두 번밖에 출입하지 않았고, 전화벨도 한두 번인가 울렸을 뿐이다. 스페인 어의 기관총도 한 번인가 드문드문 들려왔을 뿐이었다.

다음 배로 귀국하겠다고 떠벌리던 요리사가 더욱 동글동글해진 모습으로 다시 들어왔다. 베레모를 쓰고, 목도리를 두르고, 보풀이 인 오버로 몸을 감싸고 있었다. 하지만 온통 울상이 된 그는 단지 하나님의 가호가 있기를 빌기 위해서 온 것이었다. "오늘밤 식사는 집에서 할 건지 어떤지 물어봐 줄래요. 내가 가서 직접 물어볼 수는 없잖아. 그녀하고는 이제 말을 하지 않을 생각이니까."

겨우 롬버드에 앞서 면회한 사람이 작은 도구상자를 손에 들고 나왔다. 그는 방을 나가기 전에 일부러 한 바퀴 빙 돌아다보고는 또 한 송이의 스위트피를 무례히 다루는 것이었다. 롬버드는 살짝 한 발을 뻗어서 스위트피와 화병을 함께 남자 앞으로 쏟아지게 할까 하고 생각했다가는 곧 속 좁은 생각이라고 느끼고는 그 충동을 억눌러 버렸다.

하녀가 안에서 나와서, "세뇨리타께서 뵙자고 하십니다." 하고 일러주었다.

일어서려던 그는 양다리가 흐느적거리는 것을 알아차렸다. 그는 위에서 아래에까지 다리를 툭툭 두어 번 정도 두드리고 나서, 넥타이를 바르게 하고는 커프스 단추를 바로 잡고 방안으로 들어갔다.

긴의자 위에 클레오파트라처럼 길게 엎드려서 누워 있는 여자의 모습이 언뜻 보이는가 싶더니, 뭔가 털이 자란 부드러운 것이 바람을 헤치고 날아와서는 그의 어깨 위에 올라타서 끼익끼익 하는 소리를 냈다. 바깥 방에서 가끔씩 들렸던 아까의 그 유리를 긁는 듯한 소리였다. 그는 철렁 가슴이 내려앉았다. 기다란 비로드 천 뱀 같은 것이 살그머니 그의 목을 감아오는 듯한 느낌이 들었던 것이다.

긴의자의 여자는 애정어린 어머니가 아이의 장난을 바라보는 듯한 표정으로 빙긋이 웃었다. "놀라지 마세요, 시뇨르. 나의 귀여운 비비예요."

여자는 '비비'라는 애칭으로 부르고 있기는 했지만, 그로서는 방심하고 있을 수는 없었다. 그 정체를 확인하려고 둘러보았지만 너무나 가까이에 있어서 그런지 눈에 들어오지 않았다. 그러나 지금부터의 일이 중요하다고 생각되었기에 그는 딱딱해진 표정을 애써 풀고 싱글싱글 웃어보였다.

"나는 뭐든지 비비가 하라는 대로 해요." 하고 여주인은 비밀이라도 털어놓는 듯이 말했다. "그러니까, 비비는── 뭐라고 할까── 손님을 감정(鑑定)하는 역할을 하지요. 마음에 들지 않는 분이라고 느끼면 비비는 소파 밑에 숨어버린답니다. 좋은 분이라고 생각하면 목에 달라붙지요. 그러한 분에게는 자연스럽게 행동한답니다." 그녀는 안심했다는 듯이 어깨를 으쓱했다. 그리고는, "당신은 분명히 비비를 좋아하게 될 거예요. 자, 비비, 이쪽으로 내려와요." 하고 말하면서 달래었다.

"아닙니다. 이대로가 좋습니다. 나는 조금도 상관없습니다." 그는 여유 있는 듯이 그렇게 대답했다. 여자가 하는 말을 액면 그대로 받아들였다가는 어마어마한 실례를 범하는 것이 아닌가 하고 걱정했기 때문이다. 그 방해물은 오드콜로뉴(향수 비슷한 화장수)를 흠뻑 뿌리고는 있었지만, 벌써 그의 코는 그것이 작은 원숭이라는 것을 냄새로 알고 있었다. 그의 목에 휘감겨 있던 원숭이의 꼬리가 풀어지더니 이번에는 반대방향으로 휘감기려 하는 것이었다. 그 녀석 마음에 든 모양이었다. 원숭이는 마치 뭔가를 찾으려는 듯이 그의 머리카락을 정성껏 헤쳐가며 조사하기 시작했다.

여주인은 재미있는 듯이 빙긋 미소지었다. 이 여자의 기분을 누그러뜨리고 사람을 받아들이게 하는 것은 이 원숭이밖에는 없는 것 같았다. 그래서 롬버드는 구역질나도록 느껴지는 불유쾌함을 표면에 나타내서는 안되겠다고 판단했다.

"앉으시죠." 하고 그녀는 애교 있는 목소리로 말했다.

그는 머리의 균형에 신경을 써가며 부자유스러운 걸음으로 걸어가서 의자에 앉았다. 그곳에서 처음으로 그는 여자를 유심히 살펴보았다. 그녀는 검은 비로드 파자마 위에 학의 날개로 장식된 핑크빛 숄을 걸치고 있었다. 그 파자마는 한쪽만으로도 보통 사람의 스커트를 충분히 만들 수 있는 넓이였다. 머리 위에는 타오르는 용암과 같은 끔찍한 것이 얹혀져 있었다. 그보다 먼저 방에 들어왔던 그 스위트피 남자가 만들어서 그녀의 머리에 올려놓은 것이다. 하녀가 뒤에서 종려나무 같은 것으로 그것에다 부채질을 해대고 있었다. "앞으로 1분만 있으면 머리 모양이 다 만들어져요." 용암을 뒤집어쓰고 있는 여자가 얌전하게 설명해 주었다. 그렇게 말하면서 그가 스위트피에 넣어서 보낸 카드를 살짝 읽고 있는 것이 눈에 띄었다. 그의 이름을 찾아보려 하는 것이다.

"롬버드 씨, 내가 좋아하는 꽃을 스페인 어로 카드를 써서 보내주시다니 정말 고마워요. 당신, 우리 고향에서 오셨나요? 거기에서 만난 일이 있었던가요?"

다행히도 그녀는 롬버드가 자기 신분을 애써 밝힐 필요가 없다는 듯이 다른 화제로 바꾸어 주었다. 커다랗고 검은 눈이 열정적인 빛을 발하면서 무엇인가를 찾으려는 듯이 천정을 바라보았다. 그리고는 양손을 겹치더니, 그 위에 자기 얼굴을 올려놓고서 한숨 같은 것을 내쉬었다. "아아, 나의 부에노스 아이레스. 보고 싶어! 황혼이 지면 플로리다 거리에 켜지는 빨갛고 파란 그 불빛들!"

그가 여기 오기 전에 미리 여행안내서를 들여다본 게 헛된 것은 아니었다. "라 플라타의 해변, 그 부서지는 파도 소리." 하고 그도 작은 목소리로 말을 이었다. "그리고 팔레모 공원의 경마——"

"그만하세요." 하고 그녀는 어쩔 줄 몰라 하며 신음하듯 말했다. "제발, 나, 울고 싶어져요."

연극이 아니었다. 정말로 연극이 아니라는 것을 그로서도 알 수 있었다. 연극처럼 꾸미려는 사람들은 흔히 가슴 속에 잠겨 있는 감정을 야단스럽게 나타내려 하는 법이다. 본능적인 감정 그 자체는 꾸밀 수 없는 것이다. "어쩌자고 고향을 버리고 이렇게 먼 땅에까지 온 거지?"

일주일에 7,000달러에다가 쇼 수입의 10퍼센트를 받기로 한 조건인데, 어쩌자고는 무슨 어쩌자고야—— 하고 롬버드는 생가했지만, 그것은 현명하게 가슴에 묻어두기로 했다.

그 동안 비비는 그의 머리를 자세히 조사했지만 아무것도 발견할 수 없었는지 결국 포기해 버리고서 롬버드의 팔을 밟고 마루로 휙 뛰어내렸다. 이제 얘기가 좀 부드럽게 진행되겠지. 그의 숱이 많은 머리카락은 돌풍에 휘날리는 건초더미처럼 지독하게도 헝클어져 있었지만, 변덕스러운 여주인의 기분을 상하게 해서는 안된다고 생각했기에 그는 빗질하는 것을 삼가기로 했다. 지금이야말로 그녀가 자기의 말을 들어줄 절호의 기회라고 느낀 그는 드디어 입을 열기 시작했다.

"이렇게 방문하게 된 것도, 당신이 재색을 겸비한 분이라고 들어왔기 때문에 ── " 하고서 그는 우선 아첨부터 퍼부었다.

"그래요, 나를 바보라고 하는 사람은 없어요." 이 명배우는 자기 손가락을 바라보면서 쑥스러워하는 기색도 없이 스스로가 인정했다.

그는 의자를 죽 앞으로 끌고 가서는 말을 이었다. "당신은 지난 시즌의 곡명을 기억하고 있는지요? 그 왜 손님들에게 작은 꽃다발을 던져주면서 하던……? "

그녀는 잠깐 기다리라는 듯이 손가락 하나를 천정으로 향했다. 눈이 반짝반짝 빛났다. "아아, '치카 치카 붐 붐'이었지요! 물론 기억하고말고요! 마음에 드셨나 보죠? 그렇게 좋았었나요? "

그는 부드러운 말씨로 맞장구를 쳤다. "완벽했습니다." 하고 그가 대답하자 목 중간에 있는 갑상연골의 돌기가 약간 움직였다. "그런데 어느 날 밤 내 친구가 ── "

그의 진격은 거기에서 멎었다. 조금 전에 종려나무로 부채질하던 것을 끝낸 하녀가 또다시 방으로 들어와서는 이렇게 보고했던 것이다. "윌리엄이 오늘의 지시를 받기 위해서 와 있는데요, 세뇨리타? "

"잠깐 실례하겠어요." 여자는 롬버드에게 그렇게 말하고는 방문 쪽으로 얼굴을 돌렸다. 운전사 제복을 입은 키가 큰 남자가 발을 내디디고는 차려 자세로 기다리고 있었다. "12시까지는 아무런 일도 없어요. '콕 블'로 점심을 먹으러 갈 테니까, 10분 전에 호텔 현관에 차를 대세요." 계속해서 그녀의 목소리는 조금도 변하지 않은 채로 이어져 나갔다. "일부러 여기까지 오지 않아도 되니까, 저거나 가져가세요. 당신이 잊은 거예요."

남자는 그녀가 가리키는 화장대로 가서, 은제(銀製) 담배케이스를 집어 호주머니 속에 넣었다. 시종 아무런 거리낌도 없는 동작이었다.

"그런 것은 싸구려 백화점에서는 팔지 않아요." 남자의 등을 향해서 그렇게 말하는 그녀의 목소리에는 약간의 경멸이 섞여 있는 것 같다고 롬버드는 생각했다. 그녀의 눈빛으로 판단하여 보건데, 윌리엄은 아무런 용무도 없었던 모양이다.

그녀는 다시 롬버드를 향해 돌아섰다. 눈빛이 더욱 부드러워졌다.

"아까 그 얘기를 계속하겠습니다. 내 친구가 어느 날 밤 여자를 데리고 당신의 쇼를 보러 갔었나 봅니다. 이렇게 방문한 것도 사실은 그 일 때문입니다."

"그래서요?"

"나는 그 친구를 위해서 그 여성을 찾고 있는 중입니다."

그녀는 오해를 했다. 새로운 흥미가 일어나는지 눈을 빈짝였다. "오, 정말 로맨틱하군요! 나는 로맨틱한 얘기를 무척 좋아해요."

"유감입니다만, 그런 것이 아니고, 사람의 목숨이 걸려 있는 대사(大事)입니다." 다른 경우에도 그랬었지만, 상대가 겁을 집어먹으면 곤란하기 때문에 그는 상세한 이야기는 피했다.

하지만 그녀에게는 오히려 그것이 재미있다고 느껴졌던 모양이다. "탐정물이군요! 나는 추리소설을 좋아해요."——그녀는 어깨를 으쓱했다——"그렇지만 내 신변에 관계되는 것은 딱 질색이에요."

그러다가 갑자기 그녀는 말을 멈추었다. 그 기색으로 보아 아무래도 귀찮은 일이 있는 모양이었다. 그녀는 다이아몬드가 박힌 작은 손목시계를 들여다보았다. 그리고는 급히 일어서더니 손뼉을 딱딱 치기 시작하는 것이었다. 딱총이 터지는 듯한 소리가 방안에 울려퍼졌다. 하녀가 뛰어들어왔다. 새로운 손님이 찾아와서 이번에도 양보해야 되는 건가 하고 롬버드는 생각하고 있었다.

"지금 몇 신 줄 알아?" 하며 댄서는 하녀를 나무랐다. "시간에 신경을 쓰라고 내가 몇 번 얘기했는 줄 알아? 조금도 신경을 쓰지 않는 것 같아. 이젠 시간을 놓쳤단 말이야. 의사는 한 시간마다 먹이라고 했어. 어서 약이나 가져와——!"

그리고는 눈깜짝할 사이에 이곳에서 정기적으로 부는 듯한 그 계절풍이 쏴—— 하고 그의 주위에서 소용돌이치기 시작했다. 스페인 어의 기관총 소리, 손톱으로 유리를 긁는 듯한 그 끔찍한 소리, 비비의 뒤를 쫓아 방안을 온통 뒤집으면서 쫓아 다니는 하녀——롬버드는 자신이 회전목마의 축이 된 듯한 느낌이 들었다.

마침내 롬버드도 큰소리로 아우성을 치기 시작함으로써 그 요란법석통을 더욱 난장판으로 만드는 데 훌륭한 역할을 담당하게 되었다. "아니, 왜 그러고 있어요! 반대쪽으로 돌잖아!" 그는 찢어져라 고함쳤다.

드디어 그 활극의 막이 내려졌다. 비비는 하녀의 손에 잡히고, 약이 비비의 뱃속으로 들어갔다.

병이 든 원숭이는 맥없이 여주인에게 매달려 있었다. 양팔을 목에 두르고 있었기 때문에, 언뜻 보면 그녀가 수염이 무성하게 나 있는 사람처럼 보이는 거였다. 그는 다시 자기의 용건으로 돌아가서 이야기를 계속했다.

"매일 밤 수많은 사람들 앞에서 연기하고 있는 당신에게, 그 중의 특정한 한 사람을 기억하고 있느냐고 묻는 것이 어리석기 짝이 없는 질문이라는 것은 잘 알고 있습니다. 시즌 내내 일주일에 6회 밤공연, 낮공연 2회를 수많은 관객들 앞에서 ——"

"나는 지금까지 텅 빈 극장에는 나간 적이 없어요." 하고 드디어 그녀는 천성적인 그 겸양의 자세를 발휘해서 롬버드의 말을 보완해 주었다. "불이 나는 것도 방해가 안돼요. 한번은 부에노스 아이레스의 극장에서 불이 난 적이 있었거든요. 그런데 손님들이 다 도망갔다고 생각하세요?"

그는 그 화재 이야기가 일단락지어지는 것을 기다렸다가, "내 친구와 그 여성은 맨 앞줄의 통로 근처 자리에 앉아 있었답니다." 하고 호주머니에서 꺼낸 종이쪽지를 보여주면서 말이었다. "즉, 당신이 보기에는 객석을 향해서 왼쪽에 해당하는 자리입니다. 그런데 생각해 주실 것은 바로 이겁니다——그 여성이 의자에서 벌떡 일어난 거죠. 더구나 노래의 두 번짼가 세 번째 코러스인가가 나오는 도중에——"

그녀의 눈에는 이상한 빛이 감돌았다. "일어섰다고요? 이 멘도자가 출연하고 있는 중에요? 재미있군요. 그런 적은 지금까지 한 번도 없었는데."

언뜻 보니까, 어여쁜 그녀의 손가락이 보복을 하기 위해 손톱을 갈고 있기라도 한 듯이 비로드 바지를 움켜쥐고 있었다. "그럼, 그녀는 내 노래 같은 건 아무래도 좋았단 말이군요. 분명히 기차시간이라든가 뭔가가 생각이 나서였겠죠?"

"아니, 아닙니다. 그렇지 않았어요." 하고 롬버드는 당황해하며 그녀를 바라보았다. "당신에게 어떤 사람이 그런 바보 같은 짓을 할 수 있겠습니까? 거기에는 이유가 있었습니다. '치카 치카 붐 붐' 노래를 부를 때 당신은 그녀에게 꽃다발을 던져주는 걸 잊었죠. 그래서 그녀는 일어나서 당신의 주의를 끌려고 했던 겁니다. 정말 짧은 시간이었습니다만, 그녀는 당신 앞에 서 있었던 거죠. 그런데 우리들은——"

그녀는 그러한 일이 정말로 있었던가를 기억하려는 듯이 눈을 두세 번 깜박거렸다. 머리 형태가 흐트러지지 않게 주의를 하면서, 긴 손가락으로 귀의 뒤쪽을 찔러보기도 했다. "당신을 위해서 어떻게든 기억해 보겠어요." 그녀는 있는 힘을 다하고 있는 듯했다. 기억을 되살리는 방법을 남김없이 총동원한 모양이었다. 어색한 손동작으로 보아 항상 피우는 것 같지는 않았지만, 어쨌든 담배에 불을 붙였다. 그녀는 담배를 손가락에 끼운 채 열심히 피워댔다. "안돼, 기억이 나질 않아요." 결국 그녀는 그렇게 말하고 말았다. "미안해요. 아무리 해도 안되는걸요. 지난 시즌 같은 건 내게는 한 20년 전의 옛날 일처럼 느껴져요." 그녀는 갑자기 고개를 숙이고, 당신 기분을 이해하지만 안되겠네요——하는 듯이 두어 번 혀를 찼다.

그는 쓸모가 없어진 종이조각을 호주머니에 넣으려다가 문득 거기에 잠깐 눈길을 두었다. "아, 또 한 가지 있습니다——이런 것이 도움이 될는진 모르겠습니다만, 그 친구의 말에 의하면 그 여성은 당신과 똑같은 모자를 쓰고 있었다고 하더군요.

그러니까, 아주 비슷한 복제품이라는 의미였던 것 같습니다만."

그러자 뭔가 가슴에 와닿는 것이 있다는 듯이 갑자기 그녀는 등을 폈다. 지금까지는 별 볼일 없었다 해도, 지금이야말로 그녀의 주의를 완전히 자기 쪽으로 쏠리게 할 수 있을 것 같았다. 그녀는 생각을 모으려는 듯이 눈을 가늘게 떴다. 그리고는 실같이 가느다란 그녀의 눈이 반짝 빛나는 것이 보였다. 그는 몸을 움직일 수도, 아니 호흡하는 것까지도 두려운 기분이 들었다. 비비까지도 발밑에서 멍청한 얼굴로 그녀를 올려다볼 정도였으니까.

드디어 기억이 되살아난 모양이다. 그녀는 거칠게 담배를 비벼껐다. 그리고는 정글 속에서 들려오는 것 같은 괴성을 질렀다. "아——아——! 이제 겨우 생각이 났어요! 지금 막!" 스페인 어의 정신없는 폭포수가 그와의 대화에서 그녀를 휩쓸어 가버렸다. 그것은 격심한 소용돌이, 지독한 격류가 되어 주위를 온통 뒤집어엎었다가는 차차 가라앉더니, 다시 원래의 영어로 돌아와서 말했다. "그때에 일어섰던 그 여자 말이죠! 빽빽이 들어찬 객석 제일 앞에 앉아 있다가 일어섰던 그 여자는 나하고 똑같은 모자를 쓰고 있었는데, 그것을 과시하려고 했지요. 그녀는 스포트라이트까지도 내게서 빼앗아 갔었어요. 흥! 기억하고 말고! 어떻게 잊을 수 있겠어요! 그런 일을 누가 잊을 수 있으리라고 생각해요! 이 멘도자를 만만히 봐서는 안되지!" 그 콧김이 너무 섶기 때문에 비비는 마른 나뭇잎처럼 5~6피트나 떨어진 곳으로 불려 날아가는 것 같은 상태였다—— 사실은, 두려워서 스스로가 움찔움찔 도망가고 있는 것이었지만.

그때 하녀가 나타났으나, 그것은 이 기분 나쁜 분위기를 표출시키는 계기를 만들어주었을 뿐이었다. "의상실에서 아까부터 와서 기다리고 있는데요, 세뇨리타."

여주인은 팔을 머리 위에서 몇 번 꼰 뒤에 큰소리로 말했다. "그녀라면 조금 더 기다리게 해도 돼! 지금 아주 끔찍한 이야기를 하고 있으니까."

그녀는 긴의자에서 내려와 한쪽 무릎을 구부려서 자세를 바르게 한 뒤에 롬버드와 마주섰다. 지금의 정신상태를 오히려 자기의 예지의 표출이라고 보고 있는 듯했다. 양팔을 과시하듯 롬버드 쪽으로 쑥 내밀고는 딱다구리처럼 두 손으로 자기 가슴을 탁탁 두드리는 것이었다. "나를 보세요! 아주 오래 전의 일이지만, 내 창자는 지금까지도 이렇게 뒤틀리고 있다고요! 보세요, 내가 어떻게 화를 내고 있는가를!"

그렇게 말하고는 자기의 몸을 부둥켜안기라도 하듯 도전적으로 양팔로 몸통을 꽉 껴안고서 방안을 왔다갔다 하기 시작했다. 그러다가 몸을 돌리려고 폭이 넓은 바지의 끝을 크게 휘둘렀다. 비비는 구석에다 머리를 처박고 의지할 데 없이 웅크리고 앉아서는 가느다란 손을 포개고 있었다.

그녀가 갑자기 물었다. "그래서 당신과 당신 친구는 그 여자를 찾아내어서 어떻게 하려고요? 그 점에 관해서는 아직 듣지 못했는데!"

싸움을 걸려드는 듯한 그 어감에서 롬버드는 어떤 것을 짐작해 냈다. 만일 그의 대답에서 조금이라도 디자인 남용자에 대한 호의적인 변명이 들어 있으면, 멘도자는 뭔가를 알고 있다손 치더라도 분명히 그녀에게서는 도움을 받을 수 없을 것이다. 그는 이리저리 궁리한 끝에 쌍방의 최종목표는 반드시 같지는 않다고 말하고는, 그녀의 목표와 자기의 목표가 일치될 수도 있다고 꾸며보기로 했다. "내 친구는 지금 빠져나올 수 없는 궁지에 몰려 있습니다. 하찮은 사실을 일일이 들어서 말씀드리면 오히려 폐를 끼치게 되니까 요점만 이야기하겠습니다. 그 친구를 구할 수 있는 것은 그 여성에게 달려 있습니다. 즉, 그 친구가 그날 밤 죽 그녀와 함께 있었던 것을 증명해야만 하는 겁니다. 그가 그녀와 만난 것이 바로 그날 밤뿐이었거든요. 하지만 그 여자의 이름도, 주소도, 아무것도 모르고 있습니다. 그래서 우리들은 사방으로 손을 써서 찾고 있는 중이지요——"

멘도자는 생각에 잠겨 있다가 잠시 뒤에 롬버드에게 말했다. "좋아요. 힘이 되어드리고 싶어요. 그녀의 정체를 찾아내는 데 실마리가 되는 것이라면 무엇이든 말씀드리지요. 하지만 그녀와 만난 것은 그날이 처음이자 마지막이었습니다. 그때 일어난 것을 보았을 뿐이에요. 그 이상은 아무것도 말할 게 없군요." 적어도 외관상으로는 그녀가 롬버드보다 더 절망의 빛이 짙은 것같이 보였다.

"그에게는 신경을 쓰지 않았습니까?——함께 온 남자 말입니다."

"전혀 신경쓰지 않았어요. 남자가 있는지 어땠는지도, 객석이 깜깜하기 때문에 잘 보이지 않았거든요."

"사실은 여기에 한 가지 커다란 사실이 어긋나 있어서 전체가 연결되지 않고 있습니다. 이 경우는 완전히 거꾸로입니다만, 지금까지의 대부분의 증인들은 그 남자는 기억하고 있지만 여자는 기억하지 못하고 있지요. 그런데 당신의 경우는 여자는 기억하고 있지만 남자는 모른다는 거죠? 하지만 그것만 가지고는 아무런 도움도 되지 않습니다. 어떤 여자가 어느 날 밤 극장 의자에서 일어섰다는 것만으로는 말이죠. 어떤 여자인지도 모르고, 또 그녀에게 동행이 있었는지도 모르고서는 말이죠. 동행이 있다고 해도 전혀 다른 사람일지도 모릅니다. 그렇기 때문에 그건 아무런 의미도 없는 거나 마찬가지입니다. 나는 한 사람의 증인을 내세워서, 그 두 개의 고리를 잇고 싶은 겁니다."

그는 실망한 듯이 양손으로 무릎을 탁 치고선 돌아가기 위해서 일어섰다. "결국, 처음 상태로 되돌아간 것 같군요. 매우 실례했습니다."

"어쨌든 더 노력해 보겠어요." 그녀는 이렇게 약속을 하고는 롬버드에게 한쪽 손을 내밀었다. "도움이 되는지는 잘 모르겠지만, 곰곰이 생각해 보겠어요."

그는 가망성이 없다고 느꼈다. 서둘러서 악수를 나누고, 우울함으로 가득찬 얼굴로 방을 나섰다. 그는 절망의 늪에 잠겨 있는 듯이 보였다. 지금까지 어떤 경우보다도 확실한 증거를 잡을 듯했는데, 결과는 마찬가지였기에 실망이 더욱 컸던 것이다. 드디어 희미한 빛을 잡았나 보다고 생각한 순간에 훌쩍 도망가 버렸던 것이다. 이렇게 해서 그는 다시 처음으로 되돌아가 버리고 말았다.

정신을 차리고 보니 엘리베이터 보이가 어떻게 된 겁니까——하는 듯이 그의 얼굴을 빤히 훑어보고 있었다. 잠시 지나서 엘리베이터에서 내리자 이번에는 누군가가 회전문을 밀어주었고, 그리하여 그는 길거리로 나오게 되었다. 나오기는 나왔지만, 어느 쪽으로 가야 좋을지 결심이 서지 않았기 때문에 그는 잠시 현관 앞에 우두커니 서 있었다. 어느 쪽으로 가든 모두 희망이 없었지만, 그래도 어느 쪽으로든 가지 않으면 안될 처지에 놓여 있었다. 그런데도 그런 사소한 일조차도 그 상황에서는 결단을 내릴 수가 없었다.

택시가 지나가기에 그는 불러세웠다. 그러나 손님이 타고 있었기 때문에 다음 차를 기다리지 않으면 안되었다. 그러한지라 그는 잠시 동안 그 장소에 머물러 있게 되었다. 불과 1분이라는 시간이 큰 차이를 만들어내는 일이 인생에서는 자주 있는 법이다. 그는 멘도자에게 아무런 연락처도 남겨놓지 않았기 때문에, 그대로 떠나가 버렸다면 그녀로서는 연락을 할 수도 없었을 것이다.

그가 두 대째의 택시를 타고서 막 출발하려는 순간이었다. 호텔의 회전문이 열리며 보이가 뛰어나왔다. "선생님, 지금 멘도자 양의 방에서 나오셨습니까? 방금 그분이 전화를 하셨는데, 괜찮으시다면 다시 한 번 들러주십사 하더군요."

그는 다시 호텔로 가서 단숨에 올라갔다. 처음과는 달리 희망에 찬 기대감 같은 게 그를 엄습해 왔다. 이번에는 마음이 아까와 같진 않았다. 그녀는 파자마를 벗고서 다른 것으로 갈아입으려는 참이었다. 아직 완성되지 않은 스탠드의 갓이 마루 한가운데 서 있는 듯한 묘한 모습이었지만, 그는 개의치 않았다.

그녀도 당황하는 빛도 없이 물었다. "당신 결혼하셨나요? 그렇지 않다 해도 결국은 당신은 아내를 맞아들일 테니 같은 뜻이겠군요." 무슨 함축성이 있는 말 같았지만, 그로서는 의미를 알 수가 없었기 때문에 그대로 흘려들었다. 그녀는 기다란 천을 집어서, 그것을 허술하게 어깨에 걸쳤지만 몸을 가리는 데는 아무런 도움도 되지 않았다. 그리고는 그녀는 자기 발 밑에서 입에다 핀을 물고 앉아 있는 사람을 물러가게 했다.

두 사람만이 있게 되자, 그녀는 말을 꺼내기 시작했다. "당신이 돌아가고 나니까 그때의 일이 생각나더군요. 그것은 뭐라할까――" 그녀는 문의 손잡이를 돌리는 듯이 손을 여러 번 돌려보면서――"저어, 내가 좀……짜증을 냈댔어요."

'윌리엄 때문에 그런 모양이군.' 하고 그는 문득 머릿속에서 생각이 났다.

"그리고 나는 짜증이 날 때는 항상 물건을 때려부숴야만 직성이 풀린답니다." 그녀는 마루에 산산히 조각이 나서 흩어져 있는 유리를 가리켰다. 부서진 향수병이 방 한가운데 나뒹굴고 있었다. "그러던 중에 갑자기 떠오른 거예요. 우리들이 아까 얘기했던 그 여자에 관한 것인데, 그때도 내가 짜증을 냈던 게 문득 기억이 나지 않겠어요. 지금 물건을 던져서 저렇게 부숴놨잖아요. 바로 그때에도 물건을 던져서 저렇게 만든 일이 있었거든요." 그녀는 어깨를 으쓱했다. "이상한 일이죠? 잇따라서 그 모자를 어떻게 했었는지도 기억이 나더군요. 그래서 그거라도 도움이 될까 생각해서요."

롬버드는 용수철처럼 그녀 쪽으로 발을 내디뎠다.

그녀는 그 일에 관해서 계속 설명해 나갔다. "그녀가 나하고 똑같은 모자를 쓰고 깝죽거렸던 그날 밤에 나는 음악실로 돌아와서는 곧——" 한번 한숨을 쉬고 나서 계속했다. "내 양손을 묶어두었다면 좋았을 텐데, 하여간 테이블 위에 있는 것은 손에 잡히는 대로 집어서 저런 상태로 만들어놓았지요." 그녀는 한쪽 손을 휙 하고 휘둘렀다. "내 기분을 이해해 주시겠죠? 내가 나빴나요?"

"당신의 죄가 아닙니다."

그녀는 브래지어로 더욱 강조된 두 개의 산 사이를 손바닥으로 탁탁 두드리면서 말했다. "꽉꽉 들어찬 관객들 앞에서 내게 그런 행동을 할 사람이 있다고 생각하세요? 게다가 이 멘도자가 그것을 눈감아줄 것이라고 생각하시나요?"

그로서도 그렇게는 생각할 수 없었다. 그녀가 흥분을 잘하는 성격이라는 것은 아까부터 보아서 익히 알고 있는 터였기 때문이다.

"무대 감독과 내 하녀가 나를 간신히 뜯어말렸지요. 무대복 차림으로 음악실 밖으로 뛰쳐나가려는 나를요. 나는 그 여자를 극장 현관에서 찾아내서는 내 두 손으로 갈기갈기 찢어 버리고 싶은 심정이었거든요."

순간 그는 정말로 그렇게 되었더라면, 극장 입구에서 멘도자가 그녀와 싸워주었더라면 재미있었을 거라고 생각했다. 그러나 그렇게 하지 않았다는 것은 이미 알고 있는 사실이었다. 만일 실제로 그러한 일이 일어났었다면 헨더슨이 말해 주지 않았을 리가 없고, 그녀 또한 더 빨리 기억해냈을 것이기 때문이다.

"내 눈으로 꼭 그녀를 보고 싶어요." 그녀는 상당한 시간이 흐른 지금에 와서도 아직 그때의 기분에 싸여 있는 듯한 느낌이었다. 롬버드가 조심스럽게 두세 발자국 뒤로 물러설 정도였으니까. 그녀는 그와 마주보고 서서는 자세를 낮추고, 마치 새우처럼 두 손의 손가락을 바들바들 떠는 것이었다. 비비는 무서웠는지, 아니면 애원이라도 하는 듯이 그 작은 손을 굳게 쥐었다 풀었다 하고 있었다.

그녀는 등을 펴고서 평형수영이라도 하려는 듯이 양팔을 펼쳤다. 그리고는 말을 계속했다.

"그 다음날이 되어도 나는 화가 풀리지 않더군요. 나라는 여자는 그 정도로 끈질겨요. 그래서 그 모자 가게로 가서 내 모자를 장식해 준 디자이너에게 화풀이를 해댔죠. 거기에서 손님들 모두가 보고 있는 앞에서 그 디자이너에게 모자를 내던졌어요. 그리고는 이렇게 한바탕 쏴붙였지요. '당신은 이 모자를 내 무대용으로 하나만 만들었다고 했죠, 그렇죠? 어느 누구도 이것과 똑같은 것은 만들 수 없다고 하면서 말예요?' 그런 다음에 그 모자를 그 여자의 얼굴에다 대고 북북 비벼댔어요. 그 가게를 나오면서 보니까, 그녀는 입에 처박힌 모자의 재료들을 토해내고 있더군요. 그녀야 아무 대꾸도 할 수 없었죠."

그녀는 뭔가를 도와주려는 듯이 그의 얼굴을 살폈다. "이런 말이 당신에게 도움이 될는지요? 어때요? 그 사기꾼 같은 디자이너는 분명히 같은 모자를 사간 손님의 이름을 알고 있을 거예요. 그 여자가 있는 곳에 가면 당신이 찾고 있는 여자에 대해서 알 수가 있을 텐데요."

"아주 좋습니다! 이젠 됐어요!" 그가 하도 크게 외치는 바람에 겁에 질린 비비가 소파 밑으로 기어들어가서는 꼬리까지도 감추어버렸다. "그 디자이너의 이름을 가르쳐 주시겠습니까!"

"기다리세요. 찾아볼 테니까." 그는 변명하려는 듯이 자기 관자놀이를 손으로 가볍게 두드렸다. "여러 쇼에 출연하기 때문에, 그때마다 의상실이 바뀌어서 일일이 기억하지 못해요." 그리고는 하녀를 불러서 지시를 내렸다. "지난번 시즌 쇼 때의 청구서를 조사해서 모자에 관한 것이 있는지 찾아봐."

"하지만, 세뇨리타, 그렇게 오래 된 청구서는 없을 텐데요?"

"바보 같은 소리. 처음부터 한번 조사해 보란 말이야." 여느 때처럼 여배우는 무관심한 투로 말했다. "지난달 분을 찾아보면 될 거야. 지금까지도 청구서가 계속 오고 있으니까."

롬버드로서는 참고 있기 어려운 기나긴 시간이 지났을 때에야 비로소 하녀가 돌아왔다. "예, 찾았어요. 역시 이번 달에도 와 있더군요. '모자, 한 개, 100달러.' 그리고 이름은 '케티샤'로 되어 있습니다."

"아, 그거야!" 그녀는 그렇게 말하고는 그 청구서를 롬버드에게 건네주었다. "아시겠어요?" 그는 주소를 적고서 그녀에게 돌려주었다. 그녀의 손이 히스테릭하게 떨리고 있었고, 그 작은 종이쪽지가 눈처럼 마루에서 춤추고 있었다. 그녀는 그것을 발로 밟아서 뭉개며 말했다. "대단히 끈질겨요. 1년이 지났는데도 아직까지 청구서를 보내오니 말예요. 창피한 줄도 모르는 모양이야."

그녀가 얼굴을 들었을 때는 롬버드는 벌써 옆방을 지나쳐서 출구로 향하는 중이었다. 실로 건방진 남자였다. 알고 싶은 것을 안 이상, 그녀의 이용가치는 거기까지뿐이었고, 이제는 한시바삐 다음의 고리를 겨냥하고 있었던 것이다.

그녀는 롬버드에게 일이 잘될 거라고 격려해 주려고 서둘러서 현관문으로 나갔다. 그녀의 동기는 자기의 분을 풀기 위해서였지 결코 애타주의(愛他主義)에서 나온 것은 아니었다. 그녀는 현관문까지 쫓아갔지만, 유감스럽게도 아직 완성되지 않은 스커트가 걸려서 현관문을 빠져나갈 수가 없었다.

그래서 복수의 마음을 담아 그의 등뒤에다 대고 큰소리로 외쳤다. "그 여자, 꼭 붙잡기를 빌겠어요. 그년, 아주 혼내줘 버려요!"

여자는 다른 일은 참을 수 있었지만——자기와 같은 모자를, 그것도 같은 시간에 같은 장소에서 쓰고 있는 상대에게는 말투까지 경멸조로 바뀌는 법이다.

그 상점에 들어서자, 그는 육지에 올라온 물고기 같은 느낌이 들었지만 주눅이 들어서 되돌아가려는 생각은 추호도 없었다. 목적 달성을 위해서라면 여기보다 더 괴상한 장소일지라도 발을 내디뎠을 게 분명했다.

그것은 골목길에서 잘 보이는 건물 중 하나였는데, 보통 주택을 상점으로 개조한 것이었다. 이러한 상점에서는 돈을 들여서 독자성을 강조하면 할수록 거꾸로 점점 더 평범하게 보이는 것 같았다. 1층 전부가 상업용어로는 무엇인지 알 수 없지만 전시실 같은 모습으로 꾸며져 있었다. 그는 자기 용건을 알리고, 그 전시실의 한쪽 구석에서 몸을 숨기듯이 하고서 기다렸다.

그는 쇼가 한창 진행될 때에 들어왔던 것이었다, 잘은 모르지만 매일 같은 시간에 열리는 것 같았다. 그렇게 생각해도 역시 기분은 안정되지 않았다. 남자는 자기 혼자였다——적어도 남성이라고 말할 수 있는 사람은 말이다. 외모로 보아서 한 칠십쯤 되어 보이는 노인이 한 명 북적거리는 손님 속에 섞여서 앉아 있긴 했다. 그 옆에 있는 귀여운 처녀는 필시 노인의 손녀일 것이고, 그녀가 옷을 고르기 위해서 억지로 끌고 온 게 틀림없으리라.

'인간의 마음은 정말로 알 수 없는 것이로군.' 하고 롬버드는 신경질적인 시선을 노인에게 던진 채 그런 생각을 하고 있었다. 그러나 그 밖에는 모두가 여자들이었다. 문지기도, 시중드는 사람도 몽땅 여자였다.

마네킹들이 하나씩 천천히 안에서 나타나 이쪽 저쪽으로 우아하게 걸어가면서 방 앞을 빙 돌았다. 게다가 롬버드가 일부러 선택한 그 구석 자리가 바로 길 모퉁이였기 때문에 마네킹들은 예외없이 그의 곁으로 다가왔다. 그 덕분에 그는 그 우아한 모습들을 충분히 볼 수 있었다. 그의 앞에서 멈춰서는 경우도 있었다. 무의식 중에 그는 , '나는 물건을 사러 오지 않았소.' 하고 말하고 싶었지만, 그런 용기는 사실 없었다. 그는 아주 기분이 나빴다. 더구나 다른 것이 보고 싶은데, 그녀들의 얼굴만 바라보지 않으면 안되었기 때문에 더욱 핏대가 나는 것이었다.

미리 연락을 해놓았던 처녀가 들어와서 그를 구해내 주었다. ·

"마담 케티샤가 2층의 내실에서 뵙겠다고 하는군요." 하고 그 처녀는 속삭이듯이 말했다. 심부름을 하는 처녀가 그를 안내해서는 문에다 노크를 하고 나서 계단을 내려가 모습을 감추고 말았다.

내실에 들어서니 정면에 있는 커다란 책상 맞은편에 살이 찌고, 머리카락은 붉은 중년의 아일랜드 여자가 앉아 있었다. 의상 디자이너라는 느낌은 조금도 들지 않고, 다만 뚱뚱하고 칠칠치 못한 인상만이 강하게 풍길 뿐이었다. 그녀는 돈을 벌어들이는 데는 마법과 같은 힘을 갖고 있는 게 분명하리라. 경제적으로 크게 성공했음에도 불구하고 몸에는 하나도 치장하지 않고 이처럼 지저분한 모습으로 사람을 맞는 것이다. 하지만 첫인상으로는 호감이 가는 편이었다.

그녀는 크레용으로 채색한 디자인 스케치를 한장 한장 잽싸게 넘기면서 추려내고 있었다. 합격품은 왼쪽에, 불합격품은 오른쪽에 —— 아니, 그 반대인지도 모르지. "무슨 일이신가요?" 그녀는 무뚝뚝하게 얼굴도 들지 않고 물었다.

그는 어떻게 말을 꺼내야 할지 몰랐다. 멘도자와 만나고 나서 곧장 이리로 왔기 때문에 아직 피곤이 풀리지도 않은 상태였다. 게다가 시간도 꽤 늦어서 벌써 오후 5시에 접어들고 있었다.

"실은 당신이 전에 거래하던 고객을 만나고 곧바로 이리로 왔습니다. 남미의 여배우 멘도자."

그래도 그녀는 얼굴을 들지 않고, "용건만 말씀하세요." 하고 말하며 기분나쁘게 재촉했다.

"당신은 작년에 그녀의 쇼를 위해서 모자를 만들어 주었죠. 기억하고 있습니까? 가격은 100달러. 나는 그 모자의 모조품을 사간 여자의 이름을 알고 싶습니다."

그녀는 공격을 개시하기 전에 먼저 스케치들부터 피난시켰다. 합격품은 서랍 속에, 불합격품은 휴지통 속에. 그녀는 자신의 의지로 짜증을 낼 수도, 그러지 않을 수도 있었다. 게다가 그런 감정에 타임 스위치를 꽉 누를 수도 있는 여자 같았다. 그 점에 있어서는 멘도자 같은 여자보다는 훨씬 다루기가 쉬웠다. 그녀는 매우 정직했기 때문이다.

그녀는 한쪽 손을 수류탄같이 책상 위에다 내리치고 나서는 소리질렀다. "그 이야기, 그 모자에 관한 일이라면 이젠 지긋지긋해요. 그때에도 말했지만, 똑같은 것은 결코 만들지 않았습니다. 내가 원본을 발표할 때는 진짜의 것이었어요. 복제할 수 있었다고 해도, 우리 상점에서 만들어낸 것이 아니기 때문에 책임은 질 수 없어요. 우리 상점에서는 높은 가격을 받는 대신에, 손님을 배반하지는 않습니다."

"하지만 복제품이 있었잖습니까?" 그가 맞대꾸했다. "그리고 그 모자는 극장의 스포트라이트를 받아서 멘도자의 눈에까지 띄게 된 겁니다."

그녀는 양팔꿈치를 책상 위에 얹어놓은 채 앞으로 다가앉았다. "그녀가 나를 어떻게 하고 싶어하든가요! 명예훼손죄로 고소라도 하려는가요? 그녀가 계속해서 그렇게 고집을 부릴 작정이라면 고소해도 좋아요! 그녀는 거짓말쟁이에요. 돌아가서 그녀에게 내가 그렇게 말하더라고 전해 주세요!"

그는 모자를 벗고 방구석에 있는 의자로 다가갔다. 여기에 온 목적을 달성할 때까지는 꼼짝도 않겠다는 의사 표시였다. 그는 윗도리 단추를 풀고서 팔을 흔들거리며 피로를 풀었다. "그녀는 내가 여기 온 것과는 아무런 관련이 없으니까 그녀의 일은 잊어버리시지요. 내가 묻고 싶은 것은 나 자신의 목적에 관계되는 겁니다. 정말로 그 복제품 모자는 있었습니다. 사실은 내 친구가 극장에서 그 모자를 쓴 여자와 함께 있었기 때문이죠. 아니라고는 말씀하지 마십시오. 나는 단지 그 여자의 이름만 알고 싶을 뿐입니다. 이곳에 찾아오는 손님들의 명단에 적혀 있을 그 여성의 이름만을요."

"그런 것은 적어두지 않아요. 우리 상점에서는 그런 식으로는 장사를 안해요. 당신. 도대체 언제까지 그 쓸데없는 얘기만 늘어놓을 건가요?"

그는 턱을 쑥 내밀고는 지지 않겠다는 듯이 주먹으로 책상을 내리쳤다. 책상 전체가 진동했다. "하늘에다 두고 맹세하겠소, 지금 한 남자의 목숨이 시간 단위로 헤아릴 정도로 절박합니다! 당신은 거기에 그냥 앉아서 내 질문을 회피해서는 안됩니다. 그런 태도로 나온다면, 나도 이 방문을 걸어 잠그고 여기에서 잘 수밖에 없소. 내가 말하는 뜻을 모르시겠습니까? 한 남자가 9일 뒤에 사형장의 이슬로 사라지게 된단 말입니다. 그의 생명을 구할 수 있는 사람은 그 모자를 쓰고 있었던 그 여성밖에는 없습니다. 당신이라면 그 여성의 이름 정도는 가르쳐 줄 수가 있을 텐데요? 내가 알고 싶은 것은 모자에 관한 것이 아니고, 그 여자에 관한 겁니다."

갑자기 그녀의 목소리가 가라앉은 채로 흘러나왔다. 이제서야 짜증이 풀린 모양이다. 그의 말이 그녀를 흔들리게 한 것이다. "그 남자의 이름이 뭐죠?"

"스코트 헨더슨. 자기 아내를 살해했다는 죄목으로 갇혀 있는 남자요."

그녀는 고개를 끄덕였다. "그 당시에 신문에서 읽은 기억이 있습니다."

그는 다시 한 번 책상을 내리쳤다. 하지만 아까같이 강하지는 않았다. "그 친구는 죄가 없어요. 사형집행을 어떻게 해서라도 중지시켜야 합니다. 멘도자는 이 상점에서 특별 주문한 모자를 샀지요. 그것은 다른 상점에서는 만들 수 없는 모자였습니다. 그런데 어떤 여자가 그것과 똑같은 모자를 쓰고 극장에 나타났어요. 그는 그녀와 함께 그날 밤을 보냈지만, 이름이고 뭐고 하나도 모르고 있습니다. 그녀만 있다면 살인이 일어난 그 시간에 그가 집에 없었다는 것을 증명할 수가 있지요. 이만하면 모든 사정을 이해하시겠습니까? 이해해 주지 않는다 해도 나로서는 이 이상 설명할 수는 없습니다."

그 여자는 사건의 단서를 주는 데에는 조금도 망설이지 않을 거라는 인상을 그는 받았다. 이미 결단을 내리고 있었지만, (결단을 내리는 데는 시간이 길게 걸리지 않았다) 자기방어를 위해서 그녀는 한 가지 질문을 했다. "설마 이것은 마귀할멈이 덮어씌우는 법률의 올가미는 아니겠죠? 그녀는 아직까지도 모자 대금을 지불하지 않았을 뿐만 아니라, 여기에 와서 심한 행패까지 부렸어요. 내가 고소하지 않은 것은 그녀가 고소하지 않았기 때문이었어요. 그러한 얘기가 세상에 알려지면 곤란하기 때문이었죠. 그와 같은 상품은 신용을 철저히 지켜야 하거든요."

"나는 변호사가 아닙니다." 그는 상대방이 경계심을 풀게끔

했다. "나는 남미에서 온 기술자입니다. 의심스럽다면 신분증명서를 보여드리지요." 그는 호주머니에서 신분을 증명할 만한 것을 모조리 꺼내어 그녀에게 보여주었다.

"그러시다면 안심하고 말씀드리겠습니다." 그녀는 드디어 결심을 했다.

"괜찮습니다. 나의 관심은 헨더슨에 대한 것뿐입니다. 그의 억울함을 풀어주기 위해서 혼신의 힘을 다하고 있는 중이거든요. 당신들의 사소한 싸움 같은 건 나로서는 아무런 관심도 없습니다. 그리고 어느편에 들고 싶은 마음도 없고요. 그것은 단지 나의 수사과정에 굴러다니는 돌에 불과합니다."

그녀는 고개를 끄덕이고는 문이 꼭 닫혀 있는가를 확인하려고 그쪽으로 눈을 돌렸다. "자, 됐어요. 사실은, 이 상점의 비밀이 누설되고 있는 게 분명해요. 이것만은 멘도자에게 알리고 싶지 않은 사실입니다. 그 이유는 아시겠죠? 복제된 모자의 원본은 여기 것이에요. 물론 정식 절차를 밟지 않고 여기에서 일하고 있는 사람에 의해서 몰래 바깥으로 흘러나간 모양이에요. 당신에게만은 솔직히 털어놓았습니다만, 이 이상 소문이 퍼지면 곤란합니다. 만일 이 일이 알려지면 나는 모든 사실을 부정할 거예요. 우리 상점에서 스케치를 하고 있는 디자이너는 결백해요. 그녀가 우리를 배반하지 않았다는 것을 나는 잘 알고 있습니다. 그녀는 내가 이 사업을 시작했을 때부터 죽 함께 일해 온 친구로서, 즉 동업자 같은 것이지요. 그렇기 때문에 그녀는 자기가 고안한 아이디어를 50이나 75달러 같은 돈을 받고서 팔아넘길 여자는 아니지요. 그렇게 되면 자기 자신이 상대와 경쟁하게 되니까요. 멘도자가 우리 상점에 와서 행패를 부리고 돌아간 날, 나는 그녀와 둘이서 비밀리에 조사해 보았지요. 그런데 바로 그 모자의 스케치만이 그녀의 앨범에서 없어진 거예요. 복제품을 만들기 위해서 훔쳐간 사람이 있었던 거죠. 분명히 바느질하는 여자의 소행이라고 우리들은 짐작했지요. 그 모자를 실제로 재봉한 여자 말이에요. 하지만 당연히 그녀는 부인했고, 이쪽에서도 확실한 증거는 없었어요. 분명히 자기 집에 돌아가서 그 모자를 서둘러 만들었을 거예요. 우리들이 조사하기 전까지 훔쳐간 스케치를 앨범에 다시 끼워넣으려 했는데,

그럴 여유가 없었던 거지요. 그리고 우리들도 그와 같은 불상 사가 두 번 다시 일어나지 않게 하기 위해서 그 여자를 그만두 게 했지요."

그녀는 엄지손가락으로 어깨너머를 가리켰다. "롬버드 씨, 그렇기 때문에 우리 상점의 판매대장에는 복제된 모자를 산 사 람의 이름 같은 건 적혀 있지 않습니다. 그리고 아무런 단서도 없어요. 힘을 다해서 도와드리고 싶지만 어쩔 수가 없군요. 내 가 말씀드릴 수 있는 것은, 당신이 그 여자를 꼭 찾아야만 한다 면 우리 상점에서 일한 그 바느질하던 처녀를 만나보는 게 좋 을 거예요. 그렇다 해도 그녀가 그 모자에 관한 것을 정말 알고 있는지는 확실하게 보장할 수가 없어요. 하지만 그 당시 그녀 를 내쫓을 때는 우리 나름대로의 확신이 있었지요. 만나고 안 만나는 것은 당신 자유예요."

이번에야말로 확실한 단서를 잡았다고 생각한 순간, 또 한 걸음 뒤로 물러서야만 했다. "할 수 없군요. 다른 방법이 없으 니까." 그는 암울한 목소리로 중얼거렸다.

"약간은 도와드릴 수 있습니다." 그녀는 친절하게 말하고 나 서 책상 위에 있는 스피커의 스위치를 눌렀다. "루이스 양, 그 멘도자 모자 사건 이후에 내쫓은 봉제공 처녀 있지? 그 처녀의 이름을 알아봐 줘요. 하는 김에 주소도."

그는 고개를 갸우뚱거리며 책상에다 양팔꿈치를 올려놓은 채 앉아서 기다리고있었다.

그의 그런 태도를 보고서 그녀는 다정스러운 목소리로 말을 걸었다. "친구 일에 대단히 열심이군요?" 말씨는 매우 아름다 웠다. 이런 억양으로 말을 한다는 것은 그녀에게는 아주 드문 일이리라. 그러한 목소리를 내기 위해서 그녀는 헛기침을 해야 만 했으니까. 대답을 요하는 질문이 아니었기 때문에 그는 묵 묵히 있었다.

그녀는 재빠르게 서랍을 열더니 아일랜드산 위스키를 꺼냈 다. "육교 밑에서 팔고 있는 어린애 장난감처럼 약한 위스키예 요. 정말이랍니다. 어려운 일에 부딪치면 이것을 한잔 마시곤 하지요. 이런 것은 죽은 남편에게 배웠어요."

스피커로 대답이 흘러나왔다. 젊은 여자의 목소리였다. "이

름은 매지 페이튼. 여기에서 근무했을 때의 주소는 14번가 498
번지입니다."

"14번가 중에서도 어느 쪽?"

"여기에는 그렇게밖에 적혀 있지 않아요."

"좋습니다." 롬버드가 말했다. "동쪽이든 서쪽이든 둘 중에
하나겠죠." 그는 번지를 적고서 모자를 쓰고 단추를 끼고는, 다
시 생긴 희망을 가슴에 품고 나갈 준비를 했다. 휴식의 시간이
끝났던 것이다.

그녀는 불빛을 막으려는 듯이 손으로 얼굴을 가리고 앉아 있
었다. "좀 기다려 보세요. 그녀에 관한 일이 생각날지도 모르겠
군요. 좋은 단서가 말예요. 잘못을 시인할 처녀는 아니니까요."
그녀는 얼굴을 가렸던 손을 내리고 얼굴을 들었다. "이제 겨우
그녀에 대해 생각이 났어요. 아주 내성적인 처녀였지요. 그녀의
옷차림을 보고서 짐작할 수가 있죠. 그러한 처녀들은 돈 문제
라면 다른 처녀들보다도 오히려 유혹에 빠지기 쉽습니다. 또,
그러한 애들은 대개 남자를 무서워해서 남자와 사귀려 들지도
않아요. 그러한 방면에 예비지식이 부족하기 때문에, 남자를 사
귄다 해도 쓸모없는 인간을 잡게 되지요."

상당히 날카로운 안목이었다. 롬버드는 그 점을 인정하지 않
을 수 없었다.

"나는 멘도자에게 100달러를 받고 그 모자를 팔았지만, 그
처녀라면 50달러를 받고서도 복제품을 만들어 주지 않았을까
요? 바로 그 점에 착안해 보세요. 누가 50달러를 쥐어 주었다
고 해보세요. 분명 입맛이 당겼을 거예요. 만일 그녀를 찾아내
신다면."

"만일 찾아낸다면요." 롬버드는 맞장구를 치고서 무거운 걸
음걸이를 계단으로 옮겼다.

하숙집 아주머니가 흑단처럼 검은 문을 열어 주었다. 위쪽의
네모난 창문은 닫혀 있고, 그 맞은편 쪽에선 노란 커튼이 보였
다. "무슨 일이죠?"

"매지 페이튼이라는 여자를 찾고 있는데요."

그녀는 아무 도움도 줄 수 없다는 듯이 고개를 좌우로 흔들

었다.

"그 왜 아주 순진하고 평범한 처녀 말입니다."

"당신이 말하는 것은 알고 있어요. 하지만 그 처녀는 벌써 그전에 여기를 떠난걸요. 이사한 지 꽤 오래 되었어요." 아주머니는 그렇게 말하면서 밖을 두리번두리번 둘러보고 있었다. 일부러 밖에 나왔기에 뭐 재미있는 것이라도 보려는 듯한 태도였다. 그에게는 아무런 관심도 없는 모양이었다.

"어디로 이사를 갔는지 짐작도 못하시나요?"

"그냥 훌쩍 떠났어요——나는 그것밖에 몰라요."

"아니, 그래도 뭐 좀 짐작가는 점이라도 없나요? 짐을 날라 준 사람이라도?"

"그녀 혼자서 했어요." 아주머니는 엄지손가락을 움직이며, "저쪽으로 갔어요." 하고 대답했다.

도움이 될 만한 내용은 아니었다. '저쪽'에는 큰 길이 세 개좌우로 나 있었다. 그 앞에는 길, 그리고 강. 강의 맞은편에는 15에서 20개 정도의 주(州)가 놓여 있다. 그 끝은 태평양이고. 하숙집 아주머니는 신선한 공기를 흠뻑 들이마시고 있었다. 거리 구경도 이제는 싫증이 난 듯한 모습이었다. "뭐 이야기를 꾸며보라면 못할 것도 없지요. 당신이 알고 싶어하는 것은——" 그녀는 손가락을 입술에 대고, 그것을 혹 불고는 아무것도 없다는 것을 표시했다.

"그런데 왜 그러죠? 당신 얼굴색이 너무 안 좋군요."

"그래요. 여기에 있는 돌층계에 앉아서 쉬어도 좋을까요?"

"어서 편안하게 앉도록 하세요. 사람들이 다니는 곳이니까, 출입에 방해가 되지만 않게 해준다면야."

쾅! 하고 문이 닫혔다.

16. 사형집행 전 8일
17. 사형집행 전 7일
18. 사형집행 전 6일

그는 뉴욕에서 세 시간을 달린 뒤 열차에서 내렸다. 기차가 점점 멀어져 보이지 않게 될 때까지 그는 두리번거리며 주위를 둘러보았다. 그곳은 대도시에서 그다지 떨어지지 않은 변두리의 작은 마을이었다. 이러한 마을은 웬지 대도시에서 멀리 떨어진 외딴 시골보다도 오히려 훨씬 더 촌스러운 인상을 주곤 한다. 그가 그렇게 두리번거린 것은 주위의 낯선 모습이 뉴욕에 비해서 너무나도 달라서 다소 어리둥절했기 때문이리라. 하지만 대도시 특유의 모습이 군데군데 보이는 것으로 보아 완전히 시골은 아닌 것 같았다. 그 유명한 10센트 백화점, 낯익은 오렌지 주스 연쇄점인 A&P. 그러나 이런 것들을 바라보고 있자니 멀리 왔다는 느낌이 약해지기는커녕 더욱 강하게 느껴지는 것이었다.

그는 봉투 뒤에 휘갈겨쓴 메모를 들여다보았다. 몇 개의 이름이 죽 쓰여 있고, 각각의 이름에는 주소가 덧붙여져 있었다. 모두 비슷비슷한 이름이었으며, 2개 국어로 되어 있는 점만이 달랐다. 마지막 두 개를 제외하고 나머지에는 줄이 그어져 있었다.

메모는 다음과 같았다.

매지 페이튼, 여자 모자 (주소)
마지 페이튼, 여자 모자 (주소)
마거리트 페이튼, 모자 (주소)
마그다 부인, 모자 (주소)
마르고 부인, 모자 (주소)

그는 선로를 건너 휘발유 주유소로 가서 기름투성이의 남자

종업원에게 물었다.

"이 근처에서 모자를 만들고 있는 마르거리트라는 여자를 혹시 모릅니까?"

"어, 그러고 보니 하스콤 부인 집에 세들어 살고 있는 사람이 창가에 그런 간판을 내걸고 있는 것을 본 것 같긴 한데……그러나 별로 신경써서 보지 않았기 때문에 모자인지 옷인지는 모르겠는데요. 이 길의 이쪽편 끝 집인데, 이 길로 곧장 가면 돼요."

그곳은 아주 허름한 건물이었다. 그 아래쪽 창가에 '마르거리트, 모자'라고 손으로 직접 써서 만든 초라한 간판이 걸려 있었다. 이런 시골에서도 프랑스 어로 된 간판을 보니 묘한 느낌이 들었다. 그는 어둠침침한 현관 위에 올라서서 문을 두드렸다. 안에서──케티샤의 말이 모두 사실이라면──그가 찾고 있는 바로 그 장본인이라고 여겨지는 여자가 나왔다. 특별히 눈에 드러나는 점도 없고 그저 다소곳하고 내성적으로 보이는 여자. 린네르 블라우스에 감색 스커트를 입은 차림새. 손가락 끝에 작은 금속성 물건이 끼어져 있는 것이 눈에 들어왔다. 그것은 바로 골무였다.

그녀는 그가 이 집의 주인에게 일이 있는 사람일 거라고 생각하고는 묻지도 않았는데 이렇게 대답했다. "하스콤 부인은 시장에 가셨는데요. 이제 곧 오실 텐데……"

"페이튼 양, 나는 당신을 만나러 왔소." 하고 그가 말했다. 그러자 그녀는 깜짝 놀라 몸을 뒤로 빼며 문을 닫으려고 했다. 그가 발로 그것을 막았다.

"사람을 잘못 찾으신 것 아니에요?"

"그렇지 않은 것 같습니다."

어째서 도망치려고 했는지 이유는 알 수 없지만, 그녀의 놀란 모습만으로도 훌륭한 증거가 될 것 같았다. 그녀는 계속 머리를 흔들었다.

"좋소, 그럼, 내가 이야기하죠. 당신은 케티셔 상점에서 봉제공으로 일한 적이 있었죠?"

그녀의 얼굴이 하얗게 질렸다. 사람을 잘못 찾은 것은 아니었다. 그는 그녀의 손목을 꽉 잡았다. 아무래도 그녀가 도망칠 것만 같았기 때문이다.

"어떤 여자가 당신에게 와서 여배우 멘도자가 주문한 모자와 똑같은 것을 만들어 달라고 했죠?"

그녀는 점점 더 세게 머리를 흔들었다. 마치 지금 자신이 할 수 있는 일은 고개를 흔드는 것밖에 없는 것처럼——그녀는 겁을 집어먹고 날카롭게 몸을 뒤로 젖히며 그에게서 벗어나려고 애썼다. 그는 그녀의 손목을 붙잡고 놔주지 않았다. 두려움과 용기는 정반대의 성질을 가지고 있는 것이지만, 굽히지 않는다는 점에서는 다름이 없었다. "나는 그 여자의 이름만 알면 그것으로 족해요."

그녀는 말로 해서 알아들을 상대가 아니었다. 그녀는 보기에도 안타까울 정도로 공포에 휩싸여 있었던 것이다. 얼굴은 새파랗게 질려 있었으며, 양볼이 크게 실룩거리는 모습은 마치 심장이 목 근처까지 올라온 것이 아닌가 의심스러울 정도였다. 그녀는 단지 모자 문제 때문에 이렇게 두려워하는 것은 아닐 게다. 그 원인과 결과는 너무나도 동떨어진 느낌이었다. 모자 때문이라면 그녀가 저렇게 불안해 할 필요가 없는 것이었다. 그는 또 다른, 자기가 추적하고 있는 문제와는 전혀 관계가 없는 다른 일이 또 있을 것이라고 어렴풋이 느꼈다. 그로서는 그렇게밖에 생각할 수 없었던 것이다.

"그 여자의 이름만 가르쳐 주시죠……"

하지만 공포에 가득찬 그녀의 눈동자를 보면 그의 말은 조금도 귀에 들리지 않는 것 같았다.

"나는 당신의 잘못을 탓하려는 게 아니오. 당신은 그녀의 이름을 알고 있죠?"

그녀는 가까스로 입을 열어서 목쉰 소리로 띄엄띄엄 더듬어 나갔다. "갖고 오겠어요. 이름을 적어놓은 메모가 방에 있어요. 그러니 이것을 좀 놓아주세요."

꼭 쥐고 있던 손목을 놓고 그는 문이 닫혀지지 않도록 꽉 붙잡았다. 그녀는 폭풍에 휩쓸린 것처럼 안으로 모습을 감추었다. 그는 갑자기 외로움을 느끼게 되었다. 그렇게 잠시 기다려 보았다. 그러다가 뭐라고 설명할 수 없는——그녀가 그 자리에 남겨놓은 긴박감 같은 것에 따라 그는 쏜살같이 안으로 뛰어들어갔다. 음침한 복도를 지나 방금 그녀가 들어간 방을 열었다. 다행히 문은 잠겨 있지 않았다. 문을 열자마자 그녀의 머리 위에서 커다란 가위가 번쩍 빛나는 것이 보였다. 그는 엉겁결에 몸을 날려 가위를 치워버렸다. 한쪽 팔을 크게 휘두르는 바람에 옷소매가 찢어지고 팔을 조금 다쳤다. 그는 그녀에게서 가위를 빼앗아 방 구석으로 집어던졌다. 만일, 그녀가 정말로 가위를 내리찔렀다면 그녀의 심장을 꿰뚫고 말았으리라.

"도대체 무슨 짓이오?" 그는 엉거주춤한 태도로 손수건을 소매에 밀어넣으면서 말했다.

그녀는 짓밟힌 아이스크림처럼 흐물흐물 늘어졌다. 지지리도 못난 모습으로 눈물까지 뚝뚝 흘리며, "그 사람을 만난 지는 벌써 오래 되었어요. 이젠 어떻게 하면 좋을지 모르겠군요. 그 사람이 무서워요. 그 사람을 싫다고 할 수가 없는 거예요. 처음엔 그 사람이 2~3일이라고 했지만, 이젠 벌써 몇 개월이 지난걸요. 누군가에게 죄다 털어놓고 싶었지만, 그랬다가는 그 사람이 나를 죽일 것 같아서……그 사람이 그렇게 말했거든요."

그는 얼른 그녀의 입을 손으로 막았다. 역시 그가 알고 싶은 것과는 다른 사정이 있었던 것이다. 그는 자기와 관계없는 사건에 말려들고 싶지 않았다. "그 얘긴 더 이상 하지 마시오! 당신은 괜한 일을 갖고 겁에 질려 있는 모양인데, 나는 단지 그 여자의 이름만 알면 그만이오. 당신은 케티샤의 상점에서 만든 모자와 똑같은 것을 누군가에게 만들어 주었소. 그 여자—— 여자의 이름만 가르쳐 주면 끝이오, 알겠소?" 상황이 갑자기 바뀌었다. 이건 전혀 다른 이야기가 아닌가? 그녀는 자기 신변에 위험이 없다는 걸 알려주는 것은 고맙지만, 그의 말이 너무 뜻밖이어서 선뜻 믿고 싶은 마음이 들지 않았다. "당신이야 그렇게 말하겠지만, 그랬다가는 내가 함정에 빠지는 것은 아니겠죠, 설마……"

목소리가 가냘퍼서 알아듣기가 어려웠지만, 그녀는 훌쩍거리기 시작한 모양이었다. 지금의 그녀에게는 모든 것이 두려울 뿐이었다. 울음소리는 커다랗지 않았지만, 그녀의 뺨이 또다시 흑빛으로 바뀐 것을 알 수 있었다.

"종교를 가지고 있소?" 하고 그가 물었다.

"카톨릭이에요.". 그 딱딱한 목소리 속에는 비극적인 요소가 담겨 있었다.

"그럼, 로자리오(카톨릭에서 기도할 때 사용하는 십자가가 달려 있는 염주)를 갖고 있겠군요? 가져오시오." 이론으로는 통하지 않을 테니 감정에 호소해서 설득시킬 수밖에 없다고 그는 생각했다. 그녀는 로자리오를 그에게 내밀었다. 롬버드는 그 것을 받지 않고 로자리오를 든 그녀의 한쪽 손을 두 손으로 꼭 감싸쥐었다.

"이 로자리오를 걸고 맹세하오. 내가 바라는 것은 그녀의 이름뿐이오. 그밖에 다른 뜻은 아무것도 없소. 너저분한 문제로 당신에게 피해를 줄 생각은 손톱만큼도 없단 말이오. 다른 목적이 있어서 여기에 온 것이 아니오. 이젠 믿을 수 있겠소?"

로자리오를 만지고 있으니 마음이 다소 수그러졌는지 그녀는 차츰 침착해져 갔다. "피에레트 더글러스, 리버사이드 드라이브 6번지." 하고 그녀는 망설이지 않고 말했다. 울음소리가 점점 높아졌다. 그녀는 또다시 겁먹은 눈길로 그를 바라보았다. 벽 한쪽에 커튼으로 가려진 벽장이 있었다. 그녀는 그곳으로 갔다. 울음소리가 멈춰졌다. 잠시 뒤 돌아온 그녀의 팔에는 하얀 옷을 입은 인형이 안겨져 있었다. 작고 분홍빛의 얼굴을 가진 인형이 신뢰에 찬 눈으로 그녀를 바라보고 있었다.

롬버드 쪽을 쳐다보는 그녀의 눈에는 여전히 공포의 그림자가 남아 있었다. 하지만 인형의 작은 분홍빛 얼굴을 내려다볼 때에는 인자한 빛으로 바뀌는 것이었다. 그것은 남이 알아주지 않는 불안한 애정이었지만 무한한 것이었다. 고독한 애정은 하루하루 깊어져서 나중에는 불변의 애정으로 되는 법이다.

"피에레트 더글러스, 리버사이드 드라이브 6번지, 맞소?" 그는 지폐를 꺼내어 세면서 말했다. "그녀가 당신에게 얼마나 주었소?"

"50달러." 그녀는 그런 것은 오래 전에 잊어버렸다는 듯이 멍청하게 중얼거렸다. 그는 뒤집혀져 있는 모자를 만드는 틀 속에 50달러를 집어넣었다. 그리고는 문 쪽으로 가서 말했다. "당신은 자제심부터 길러야겠소. 당신은 그런 면에서는 저 밑바닥이오."

그의 그런 말은 그녀의 귀에는 들어오지 않았다. 그녀는 미소를 머금고, 자기를 보며 이빨 없는 입으로 웃고 있는 작은 얼굴을 내려다보고 있을 뿐이었다.

바로 눈 아래에서 그녀를 쳐다보고 있는 그 작은 얼굴은 그녀의 얼굴과는 조금도 닮지 않았다. 하지만 그것은 언제까지나 영원히 그녀의 것이었다. 그녀의 재산이며, 그녀의 고독을 떨쳐버려 줄 유일한 대상물이었다.

"행운을 빌겠소." 그는 현관에서 어깨너머로 그렇게 외쳤다.

여기에 오는 데에는 세 시간이나 걸렸지만, 돌아가는 데에는 30분도 채 걸리지 않았다. 아니, 그에게는 그렇게 느껴졌다. 그의 발밑에서 열차 바퀴가 요란스럽게 그 특유의 리듬으로 그에게 이렇게 속삭이는 것이었다.

'이제야 드디어 그녀를 붙잡았어! 이제야 드디어 그녀를 붙잡았어! 이제야 드디어 그녀를 붙잡았어!'

차장이 곁에 다가왔다. "표를 좀 보겠습니다."

그는 얼굴을 들고 슬그머니 미소를 지었다. "자, 여기. 이제야 드디어 그녀를 붙잡았지. 이제야 드디어 그녀를 붙잡았어. 이제야 드디어 그녀를 붙잡은 거요. 이제야 드디어 그녀를 붙잡았어……"

19. 사형집행 전 5일

자동차가 도착하는 소리는 들리지 않았다. 단지 자동차가 유리문의 곁을 지나쳐 가는 붕 하는 듯한 낮은 소리만이 들렸을 뿐이다. 그는 얼굴을 들었다. 그러자 유리문을 등에 지고 유령 같은 그림자가 이미 안쪽 현관에 서 있는 것이 보였다. 그녀는 문을 조금 열고 안으로 들어오면서 얼굴만을 뒤로 돌린 채 자신을 태우고 온 차가 멀어져 가는 것을 지켜보고 있었다.

그는 바로 그 여자가 틀림없다고 생각했지만, 그거야 그렇다는 느낌뿐이지 아무런 확증도 갖고 있지 않았다. 단지 가정을 갖고 있지 않은 자유스러운 여자 같다고만 막연히 생각했는데, 그의 이 예상은 뜻밖에도 적중하고 말았다. 그녀는 정신이 아찔할 정도로 미인이었다. 도가 지나치면 뭐든지 그렇겠지만, 그녀는 너무 미인이었기 때문에 보는 사람에게 즐거움보다는 오히려 부담감을 주는 것이었다. 세상의 모든 것이 공평하다는 말이 있듯이, 그녀의 외모는 저렇게 완벽할 정도로 아름답지만, 마음은 온통 상처투성이인 것은 아닐까? 머리 색깔은 거무스름하고, 키도 크고 몸매는 말로 표현할 수 없을 정도로 완벽했다. 평범한 여자들이 고민하는 것을 전혀 알지 못하는 그녀의 생활은 틀림없이 무미건조할 것이리라! 그러한 생각을 가지고 바라보니, 그녀의 얼굴은 영락없이 따분한 생활에 젖어 있는 여자의 표정이었다.

그녀는 입술에 비누거품이라도 묻은 듯한 씁쓰레한 표정을 짓고 있었다. 살짝 열려진 유리문 사이로 그녀의 은색 가운이 작은 물결처럼 아래로 향해 흐르듯 가볍게 흔들렸다. 자동차가 사라져 버리자, 그녀는 얼굴을 이쪽으로 돌리고는 조용히 안으로 들어왔다. 그녀는 롬버드는 바라보지도 않은 채, "안녕." 하고 호텔 보이에게 우울하고 힘없는 목소리로 입을 열었다.

"이분이 아까부터 기다리고 있었는데요……"

그 말이 채 끝나기도 전에 롬버드는 성큼성큼 그녀에게 다가 갔다. "피에레트 더글러스 양?" 그는 묻는다기보다는 단정하는 듯한 투로 말했다.

"그런데요?"

"당신에게 할 이야기가 있어서 기다리고 있었습니다. 지금 이야기하고 싶습니다만, 시간을 다투는 일이라서……"

그녀는 기다리고 있는 엘리베이터 앞에 서 있었다. 그를 한 번 쳐다보고는 더 이상 관심을 갖고 싶지 않다는 태도였다. "시간이 너무 늦은 것 같은데요?"

"아니, 그런 문제가 아닙니다. 더 이상은 지체할 수 없습니다. 나는 존 롬버드라는 사람인데, 스코트 헨더슨의 일 때문에 이렇게 찾아왔습니다."

"그런 사람은 알지도 못하고, 당신도 알지 못하는데요. 내가 틀린 걸까요?" 마지막의 '틀린 걸까요?'는 단지 예의상 덧붙인 말에 지나지 않았다.

"그는 지금 주 형무소의 사형수 감방에서 처형날만 기다리고 있습니다." 롬버드는 그녀의 어깨너머로 보이를 쳐다보며 말했다. "여기에서 이러고 있을 사이가 없습니다. 좀 장소가 이상하긴 합니다만……"

"미안하지만, 나는 여기에 살고 있어요. 더군다나 지금은 새벽 1시 15분이에요. 그래도 예의는 있는 것 아네요. 저쪽에 가서 이야기하시죠?"

그녀는 호텔 아래층 로비를 가로질러 긴의자와 재떨이가 놓여 있는 한쪽 모퉁이로 걸어갔다. 그녀는 롬버드와 마주보고 섰지만 앉으려고는 하지 않았다. 두 사람은 선 채로 이야기를 나누었다.

"케티샤 상점에서 일하던 매지 페이튼이라는 아가씨한테서 모자를 산 적이 있죠? 50달러를 지불하고서?"

"글쎄요." 그녀는 보이가 로비에 나와서 흥미진진한 표정으로 그들의 이야기에 귀를 기울이고 있는 것을 보았다. "조지 ──"

그녀가 날카롭게 내뱉자 보이는 겸연쩍은 표정을 지으며 로비에서 사라졌다.

"당신은 그 모자를 쓰고 어느 날 밤에 어떤 남자와 극장에 간 적이 있었죠?"

이번에도 그녀는 모호하게 말꼬리를 흐렸다. "갔을지도 모르죠. 극장에는 잘 가니까. 그럴 때는 물론 남자와 함께 가지요. 미안하지만, 빨리 요점을 말해 주시겠어요?"

"지금 요점을 말하고 있는 겁니다. 당신은 그 남자와 그날 밤에 처음 만났습니다. 당신은 그의 이름을 알지 못하고, 그도 당신의 이름을 알지 못한 채 함께 극장에 갔습니다."

"당치도 않아요." 하고 그녀는 꽤 냉담한 어조로 말했다. "사람을 잘못 찾아오신 것 같군요. 아실지 모르겠지만, 내 행동 기준은 다른 사람들처럼 자유로워요. 그렇지만 정식으로 소개받지도 않고 우연히 알게 된 사람과 어울려 다니지는 않아요. 아무래도 사람을 잘못 찾으신 것 같군요."

그녀는 은색 가운의 옷자락에서 한쪽 발을 내밀며 돌아가려고 했다.

"부탁입니다. 이건 사교문제와는 아무 관계가 없는 겁니다. 그 남자는 사형선고를 받아서 이번 주에 처형됩니다. 당신이 도와주지 않으면 정말이지 곤란하게 되어 있습니다."

"이제야 무슨 뜻인지 조금 알겠군요. 그럼, 내가 어느 날 밤 그 사람과 함께 있었다고 거짓 증언을 하면 도움이 된다는 거예요?"

"아니, 아니, 그것이 아닙니다." 그는 잠시 숨을 돌렸다가 말을 이었다. "그와 함께 있었다는 것을 사실대로 증언해야 합니다."

"그것은 안되겠는데요. 그런 사실이 없었는걸요."

그녀는 빤히 그의 눈을 바라보았다. 롬버드가 입을 열었다.

"이야기를 모자 쪽으로 바꿉시다. 당신은 모자를 샀습니다. 그런데 그 모자는 다른 사람이 특별히 주문해서 만든 것과 똑같은 거였더군요……"

"또 이야기가 엇갈리는군요. 내가 그 모자에 관한 일을 인정하는 것과, 그 남자와 함께 극장에 갔었다는 것을 인정하는 것과는 완전히 다른 문제예요. 그 두 가지 문제에는 전혀 관계가 없단 말이에요."

그녀의 말을 듣고 보니 그 이야기가 맞는다고 인정하지 않을 수 없었다. 지금까지 견고하다고 생각하고 있었던 발밑의 땅에 희미한 균열이 생긴 것 같은 느낌이었다.

"극장에 대해서 좀더 자세히 설명해 주시겠어요?" 하고 그녀는 말을 이었다. "그 남자와 함께 있었던 여자가 나라는 증거라도 있나요?"

"모자가 바로 그 증거이지요." 하고 롬버드가 대답했다. "그날 밤 멘도자라는 여배우가 그 모자의 원품을 쓰고 무대에 나왔었습니다. 그 모자는 그녀가 특별히 주문한 것이었지요. 당신은 그 모조품을 사들였다고 이미 인정했습니다. 그리고 스코트 헨더슨과 동행한 그 여자는 바로 그 모조품을 쓰고 있었습니다."

"그렇다고 해도 그 여자가 나라고 단정지을 수는 없지요. 당신의 논리는 당신이 믿는 것만큼 그렇게 완벽하지는 못해요." 하지만 그녀의 목소리는 힘없이 들려왔으며, 그녀의 머리는 여러 가지로 바쁘게 돌아가고 있는 것 같았다. 어떤 변화가 그녀에게 일어나고 있었다. 놀라울 정도로 커다란 변화가 일어나기 시작하는 것이었다. 롬버드의 이야기 속에 담긴 내용 때문이었는지, 아니면 문득 그녀의 마음속에 떠오른 것이 있어서 그런지는 모르겠지만—— 갑자기 그녀의 태도가 바뀌어 관심어린 표정이 나타나며 흥분된 모습이 역력히 드러났다. 그녀의 눈이 반짝이기 시작했다.

"한두 가지 알고 싶은 것이 있어요. 멘도자의 쇼였다고 하셨는데, 대충 날짜를 아세요?"

"정확한 날짜를 알고 있습니다. 두 사람이 함께 극장에 간 것은 지난 5월 20일 밤 9시부터 11시가 넘어서까지였습니다."

"5월이라——" 그녀는 소리내어 중얼거렸다. "재미있게 되어가는군요." 그렇게 말하고 롬버드의 소매를 잡아끌었다. "당신 말이 모두 맞아요. 아무튼 저 위층의 내 방으로 가서 이야기하는 것이 좋을 것 같군요."

엘리베이터를 타고 올라가는 도중에 그녀는 이렇게 말했다. "와주셔서 기뻐요."

두 사람은 12층 근처에서 엘리베이터를 내렸다. 그는 몇 층이라고 정확하게 말할 자신이 없었다. 그녀가 열쇠로 문을 열고 방의 불을 켰다. 롬버드도 그 뒤를 따라서 방으로 들어갔다. 그녀는 팔에 걸치고 있던 붉은여우 목도리를 아무렇게나 의자에 내던졌다. 그리고는 그의 곁에서 멀리 떨어져 갔지만, 반질반질한 마루에 거꾸로 비치는 그녀의 모습에서는 은색 증기가 어지럽게 흩어져 나오고 있었다.

"5월 20일이라고 하셨죠?" 하고 그녀는 다짐을 받듯이 어깨 너머로 물었다. "곧 돌아오겠어요. 앉아서 기다리세요."

활짝 열어놓은 안쪽 방문에서 불빛이 흘러나왔다. 그녀가 잠시 방안에 들어가 있는 동안 그는 앉아서 기다렸다. 이윽고 그녀는 청구서와 영수증 다발을 한 움큼 들고서 그것을 한장 한장 뒤적이며 돌아왔다. 그의 곁에 올 때는 이미 자기가 찾는 것을 골라낸 모양이었다. 그녀는 그 한 장만을 남기고 나머지를 획 집어던지고는 그의 옆으로 다가왔다.

"이야기를 시작하기 전에 확실히 해두고 싶은 것이 하나 있어요." 하고 그녀가 말했다. "그날 밤 그 남자와 함께 극장에 갔었던 것은 내가 아니라는 사실이에요. 이것을 좀 보세요."

그것은 병원비 청구서로, 입원기간은 4월 30일부터 4주일간으로 되어 있었다.

"나는 맹장수술 때문에 4월 30일부터 5월 27일까지 입원해 있었어요. 이런 종이조각 한 장이 불만이시라면 그 병원의 의사나 간호원에게 직접 확인해 보시죠."

"아니, 이것으로 충분합니다." 그는 자기가 틀렸다는 것을 인정했다. 하지만 그녀는 이야기를 끝맺으려고 하지 않고 롬버드의 곁에 앉았다. "그러나 그 모자를 산 것은 분명히 당신이었잖습니까?" 하고 그가 잠시 뒤에 입을 열었다.

"예, 그건 맞아요."

"그럼, 모자는 어떻게 했습니까?"

그녀는 대답하지 않았다. 무슨 생각인가를 골똘히 하고 있는 모습이었다. 주위가 조용한 덕분에 그는 그녀와 방안을 살펴볼 수 있었다. 그녀는 그 정적에 흠뻑 빠져들어서 스스로의 문제를 검토해 보고 있었다. 그 방은 여러 가지 사실을 그에게 말해 주고 있었다. 이곳은 곁에서 보는 것처럼 호화스럽지는 못했다. 이 호텔은 일류라고는 할 수 없어도 제법 훌륭한 곳으로 알려져 있다. 하지만 안에 들어오면 깨끗한 마루를 장식한 카펫조차 온전하지 못했다. 또한 가구도 만족스러운 것이 아니었다. 누가 팔아치우기라도 했는지 여기저기 빈자리가 눈에 띄는 것이었다. 그렇지만 겉만 번지르르한 값싼 가구로 그 자리를 채우는 것은 양심상 허락할 수 없는 모양이었다. 그리고 여기에 살고 있는 여자에게서도 똑같은 분위기를 느낄 수 있었다. 그녀의 구두는 40달러는 될 듯한 특수 주문품이지만 너무 오래 신어서 닳아빠져 있었다. 뒤꿈치와 가죽의 광택으로 그런 것을 분명히 알 수 있었다. 옷도 역시 싸구려라고는 도저히 말할 수 없는 독특한 모양이었지만, 이것 또한 상당히 낡은 것이었다. 하지만 무엇보다도 그런 것을 분명하게 말해 주는 것은 그녀의 눈이었다. 잔꾀를 부려서 살아가는 몰락한 사람에게서 흔히 볼 수 있는 병적일 정도의 경계의 표정. 다음 기회가 어느 방향에서 찾아올지 모르지만, 일단 기회가 주어지면 절대로 놓치지 않겠다는 집착력. 주의해서 보면 그러한 세세한 사항들이 모여서 지금의 그녀의 입장을 말해 주고 있다는 것을 알 수 있었다. 하나하나를 따로 떼어보면 별것 아닌 잡다한 것이었지만, 하나로 모아서 생각하면 거기에 공통으로 흐르는 내용을 읽어낼 수 있을 것이다.

그는 가만히 앉아서 그녀의 마음속에 귀를 기울였다. 그녀는 자신의 손을 내려다보고 있었다. 그는 그 모습에서 그녀의 생각을 읽어냈다. 그녀는 그전에 자기 손가락에 끼워져 있었던 다이아몬드 반지를 생각하고 있는 거겠지. 그것은 지금 어디에 있을까? 틀림없이 전당포일 것이다. 다음에 그녀는 한쪽 발을 가볍게 들어서 발등을 유심히 살펴보는 것이었다. 지금 이 여자는 무엇을 생각하고 있는 것일까? 아마 스타킹을 상상하고 있는 것이리라. 그것도 한 켤레가 아니라 몇십 몇백 켤레를. 다 신지 못할 정도로 많은 스타킹을 쌓아두고 있는 자신의 모습을. 이렇게 생각하자 돈이라는 대답이 나왔다. 무엇이라도 갖고 싶은 것을 다 살 수 있을 만큼의 돈. 그녀는 마음을 결정한 것 같았다. 그녀의 표정을 자세히 들여다보고서 그는 그렇게 판단했다.

그녀는 침묵을 깨고 그의 물음에 간신히 대답했다. 사실 그 사이는 정말 짧은 순간이었다. "그 모자 이야기는 사실 별것 아니에요. 나는 첫눈에 그 모자가 마음에 들어서 그 아가씨를 꾀어 똑같은 것을 만들어 달라고 했지요. 나는 돈에 여유가 있으면 그렇게 충동적으로 물건을 사곤 하거든요. 그 모자는 아마 한 번밖에 쓰지 않았을 거예요."

그리고서 그녀가 어깨를 으쓱하자 은색 가운이 눈부시게 반짝이며 출렁거렸다. "게다가 그 모자는 나에겐 어울리지도 않았는걸요. 별로 뚜렷한 이유는 모르겠지만 웬지 어색해 보이는 것 같았어요. 나 같은 사람이 쓸 모자가 아니었던 거지요. 그리고서는 그냥 잊어버리고 있었지요. 그런데 병원에 들어가기 전에 어느 날 친구가 찾아왔었어요. 그녀는 그 모자를 보더니 한번 써보더군요. 당신이 여자였다면 그런 행동을 이해할 수 있을 거예요. 다른 사람이 멋을 내고 있는 것을 바라보는 동안 여자들은 흔히 상대방이 산 물건을 입어보고 싶어하거든요. 그녀가 그 모자가 매우 마음에 든다고 해서 나는 그녀에게 주어버렸어요." 이야기를 끝내고 나서 그녀는 다시 한 번 이야기를 시작했을 때와 똑같이 어깨를 으쓱했다. 이제 더 이상 이야기할 것이 없다는 뜻 같았다.

"그 친구의 이름은?" 그는 부드럽게 물어보았다. 아무리 단순하고 아무렇지도 않은 듯한 말이지만 그는 두 사람의 사이에 불꽃이 튀고 있다는 것을 깨달을 수 있었다. 이것은 일종의 거래였으므로, 그 자리에서 대답을 받아낼 수 있다고는 생각지 않았다. 그녀도 똑같이 아무렇지도 않은 듯이 대답했다.

"그런 것을 말해도 괜찮을지 모르겠네요?"

"거기에 한 남자의 생명이 걸려 있습니다. 그 남자는 금요일에 죽게 되어 있습니다." 그는 억양 없는 목소리로 낮게 말했다. 입술은 거의 움직이지 않았다.

"그것이 내 친구 때문이라는 거예요? 그녀가 그 사건의 원인이고, 그녀에게 책임이 있다는 뜻인가요?"

"아니, 그런 뜻이 아닙니다." 그는 한숨을 내쉬었다.

"그럼, 도대체 내 친구를 무슨 권리로 끌어들이려는 거죠? 여자라도 사형에는 똑같은 고통이 있는 거예요. 사회적인 죽음——그것은 치명적인 거라고요. 소문이라고 하는 것은 그렇게

빨리 사라지는 것이 아니니까요. 친구에게 나쁜 영향을 주지
않는다고 보장할 수도 없잖아요."

그가 긴장함에 따라 그의 얼굴빛도 점점 창백해져 갔다. "당
신의 마음속에선 이미 내 부탁을 받아들여 준다는 결심이 서
있는 것 같군요. 당신이라고 해서 내 친구가 죽는다면 태연하
게 지낼 수 있을 것 같습니까? 당신의 그 한마디 때문에 그가
사형을 받는다고 하면 말입니다."

"나는 내 친구는 잘 알지만 그 남자는 알지 못해요. 그녀는
나에게 친구이지만, 그 남자는 생판 남이잖아요. 당신의 말은
제3자인 그 남자를 구하기 위해 내 친구를 위험에 빠뜨려도 괜
찮다는 뜻 아네요?"

"당신 친구가 어째서 위험에 빠진다는 겁니까?"

그녀는 대답하지 않았다.

"그럼, 당신은 내 부탁을 거절하는 거군요?"

"거절한다고 받아들여도 할 수 없어요. 하지만——"

그는 견딜 수 없다는 듯이 숨을 몰아쉬었다. "하지만 나는 물
러설 순 없소. 여기는 홈 베이스요. 이제 뒤에는 아무것도 없습
니다. 어떻게 해서든지 당신에게 그 사실을 알아내야 할 책임
이 내겐 있습니다."

어느새 두 사람 다 일어서 있었다.

"당신 입을 열게 하는 데 내가 폭력을 쓰지 못하리라고는 생
각지 마시오. 나로선 언제까지나 이런 상태로 기다릴 수만은
없는 노릇이니까……"

그녀는 의미 있는 눈길로 자신의 어깨를 내려다보았다. "어
머, 이게 무슨 짓이에요!" 하고 그녀는 차가운 목소리로 말했
다.

그는 상대방의 어깨를 쥐고 있던 손을 풀었다. 그녀는 어깨
를 몇 번 들썩였다. 그리고는 매서운 눈매로 그를 쏘아보았다.
꽤나 비열한 남자라고 비웃듯이——"아래층에 전화를 걸어 당
신을 쫓아내 버릴까요?"

"마음대로 하시죠. 여기서 불미스러운 격투가 벌어져도 괜찮
다면——"

"강제로 내 입을 열게 할 순 없어요. 선택의 자유는 이쪽에

있으니까." 그녀의 말은 당연한 것이었다. 그것은 그도 익히 알고 있는 터였다. "나는 자유로운 사람이란 말예요. 날 어떻게 하시겠다는 거죠?"

"이거요."

그녀는 권총을 본 순간 갑자기 얼굴색이 변했지만, 그것은 권총을 들이댔을 때 누구나가 나타내는 잠깐 동안의 충격에 지나지 않았다. 그녀의 얼굴은 본디의 모습으로 되돌아왔다. 그리고는 천천히 자리에 앉았다. 그것은 그의 위협에 놀라서 그러는 것이 아니라 자신의 감정을 억제한 자신에 찬 행동을 나타내는 것이었다. 어쨌든 해결하려면 시간이 걸릴 테니까 우선 자리에 앉아나 보자는 듯한 느낌이었다.

그는 이런 여자는 처음이었다. 처음엔 약간 얼굴이 굳어지는 듯했지만, 시간이 지날수록 그녀는 두 사람 사이의 주도권을 차지해 가고 있었다. 그가 권총을 들이대고는 있었지만 그의 입장은 조금도 바뀌지 않았다. 그는 권총을 들고 그녀 앞에 우뚝 서서 그녀를 정신적으로 위협해 보려고 애를 썼다.

"죽는 것이 두렵지도 않은 모양이지?"

그녀는 그의 얼굴을 쳐다보면서, "그거야 굉장히 무섭죠." 하고 침착한 목소리로 대답하는 것이었다. "죽음이 두렵지 않은 사람은 아무도 없잖아요. 하지만 지금 내게는 죽음에 대한 위험이 없을 텐데요. 당신이 나를 죽일 리가 없거든요. 사람들은 보통 남들이 알고 있는 사실을 입밖에 내지 못하도록 하기 위해서 사람을 죽이지요. 나는 알고 있는 사실을 억지로 말하게 하기 위해서 사람을 죽인다는 이야기는 들어본 적이 없어요. 죽이고 나면 어떻게 알아낼 수 있겠어요? 그렇게 권총을 들이대고 있어도 결정권은 나에게 있는 것이지, 당신에게 옮겨가지는 않아요. 내게는 여러 가지 방법이 있어요. 경찰에 전화해도 되고. 하지만 그렇게 하고 싶지는 않네요. 당신이 그 총을 집어넣을 때까지 그냥 앉아서 기다리겠어요."

그녀가 한 수 위였다. 그는 권총을 집어넣고 한 손으로 눈썹을 문지르며 거친 목소리로 말했다. "알겠소."

그녀는 호들갑스럽게 웃었다. "권총의 덕을 본 것은 어느쪽이죠? 내 얼굴은 깨끗한데 당신 얼굴은 땀으로 범벅이 되었고,

더군다나 아주 새파래졌군요."

그는 겨우 똑같은 말을 되풀이할 뿐이었다. "알겠소. 당신이 이겼소."

그녀는 망치로 계속 그의 급소를 내리쳤다. 그녀는 상당히 세련되게 상대를 이끌었다. 망치를 쥔 손은 아무리 봐도 당돌한 손이었다. 그녀의 손은 섬세하고도 세련되어 있다. "흥, 아무래도 나를 협박할 순 없을 텐데요. 당신도 무척 재미있는 사람이군요."

그는 고개를 끄덕였다. 그녀에 대해서가 아니라 자기 가슴 속에 있는 확신에 대해서 긍정한 것이다.

"좀 앉아도 되겠소?" 그는 이렇게 말하면서 작은 테이블을 가리켰다. 그는 호주머니에서 무엇인가를 꺼내어 절취선을 따라 조심스럽게 뜯어냈다. 그리고 나서 다시 그 수첩 같은 것을 호주머니에 집어넣었다. 아무것도 쓰지 않은 네모난 것이 그의 앞에 놓였다. 그는 만년필 뚜껑을 열고 그 위에다 무언가를 써내려갔다. 그리고는 도중에서 얼굴을 번쩍 들었다. "귀찮습니까?"

그녀는 가식이 아닌 자연스러운 미소를 지었다. 완전히 서로를 이해한 두 사람 사이에서만 나눌 수 있는 미소였다. "당신과는 좋은 친구가 될 것 같군요. 조용하면서도 유쾌한 성격이 마음에 들어요."

이번에는 그가 미소를 지었다. "이름이 어떻게 됩니까?"

"베어러."

그는 물끄러미 그녀를 바라보다가 다시 몸을 구부리고 하던 일을 계속했다.

"그다지 좋은 이름은 아니군요." 그는 중얼거리면서 써내려갔다. 그는 100이라는 숫자를 써넣었다. 그녀는 어느새 곁에 다가와서 비스듬히 그것을 내려다보았다.

"졸린데요." 그녀는 일부러 하품을 크게 하고는 손바닥으로 입을 한두 번 톡톡 두드렸다.

"창문을 좀 열어놓지 그러십니까? 방안 공기가 좀 답답한 것 같은데——"

"그것 때문이 아니에요." 하고 말하면서 그녀는 창가로 가서 창문을 열고는 자기 자리로 되돌아왔다. 그는 다시 '0'을 하나 더 덧붙였다.

"어떻습니까? 조금 기분이 나아졌나요?" 하고 그는 빈정거림과 희망을 반반씩 섞어서 물었다. 그녀는 물끄러미 아래를 내려다보면서 대답했다.

"꽤 상쾌해졌어요. 이제는 아무렇지도 않은걸요."

"호, 그렇게 금방 말입니까?" 하고 그는 비양거리듯이 말했다.

"정말이에요. 전혀 아무렇지도 않은걸요." 그녀는 재미있다는 듯이 말했다. 그는 쓰는 것을 멈추었다. 그리고는 만년필을 손가락 사이에 낀 채 책상 위를 가볍게 톡톡 두드렸다. "순서가 바뀐 것 같군."

"내가 부탁이 있어 당신을 찾아간 것이 아니에요. 당신이 나에게 부탁하러 온 것이지――" 그녀는 고개를 숙여 인사했다. "그럼, 안녕히 가세요."

그는 만년필을 고쳐쥐었다.

그가 열려진 방문 쪽으로 가서 그녀에게 인사를 하려고 할 때 엘리베이터가 도착하고 문이 열렸다. 그의 손에는 종이가 한 장 들려져 있었다. 그것은 수첩에서 뜯어낸 것으로, 반으로 접혀져 그의 손가락 사이에 끼워져 있었다.

"너무 귀찮게 해드려서 미안합니다." 이렇게 말하는 그의 옆얼굴에는 쓸쓸한 미소가 떠올랐다. "하지만 지루하지는 않았을 겁니다. 너무 늦은 시간에 찾아온 것은 이해해 주실 줄 믿습니다. 문제가 문제이니 만큼――" 그리고는 그녀가 뭐라고 했는진 모르지만 이렇게 대답했다. "그 일이라면 걱정마십시오. 지불정지를 당할 정도라면 처음부터 수표 같은 건 쓰지도 않았습니다. 게다가 뭐 적은 액수니까 신경쓸 것 없습니다."

"내려가실 겁니까?" 하고 엘리베이터 보이가 그를 재촉했다.

그는 잠깐 뒤돌아보았다. "엘리베이터가 왔군요." 그는 중얼거리며 다시 방 쪽을 향했다. "그럼, 안녕히 계십시오." 그는 예의바르게 모자를 벗어서 인사하고는 방문을 열어놓은 채 엘리베이터 쪽으로 급히 걸어갔다. 그녀는 배웅하러 나오지 않았다. 문이 천천히 닫혔다.

그는 엘리베이터에 타서 손가락 사이에 끼고 있던 종이를 내려다보았다.

"잠깐만!" 갑자기 그는 엘리베이터 보이에게 손짓을 했다. "그녀에게 받은 메모지에는 이름이 하나밖에 없잖아."

보이는 엘리베이터의 속도를 늦추고 되돌릴 준비를 했다. "되돌아갈까요?"

그는 그러라고 대답할 듯했다. 하지만 얼른 손목시계를 보고는, "아니, 됐소. 그냥 아래층으로 내려갑시다." 하고 말했다.

엘리베이터는 다시 속도를 더하여 아래층으로 향했다.

아래층 로비에 내린 그는 잠시 발걸음을 멈추고 그 종이를 쳐다보면서 프런트에 있는 보이에게 물었다. "여기로 가려면 어떻게 가야 합니까? 북쪽인지 남쪽인지 잘 모르겠는데."

거기에는 두 개의 고유명사와 한 개의 번지가 쓰여 있었다.

'플로라,' 그리고 '1번지,' 끝에 '암스테르담.'

"겨우 끝났습니다."

그는 브로드웨이에 있는 한 심야영업 약국에서 숨을 헐떡거리며 버지스에게 전화를 걸고 있었다. "이젠 붙잡은 것 같습니다. 단서가 하나 나타났는데, 이번에야말로 정말 결정적인 겁니다. 이야기할 틈이 없어요. 지금 그 근처에 있는데, 당장 그곳으로 가겠습니다. 곧 와주실 수 있겠죠?"

버지스는 순찰차를 타고 쏜살같이 달려가는 바람에 하마터면 약속장소를 지나칠 뻔했다. 하지만 다행히도 어느 건물 앞에 롬버드의 차가 멈춰 있는 것을 보았다. 한눈에 빈 차라는 것을 알 수 있었다. 그는 달리는 순찰차에서 무모하게 훌쩍 뛰어내려 롬버드의 차 쪽으로 향했다. 보도로 올라가서 그쪽으로 다가가서야 비로소 계단에 앉아 있는 롬버드의 모습이 보였다. 지금까지는 차에 가려서 보이지 않았던 것이다.

버지스는 처음엔 그가 몸이 좋지 않은 모양이라고 생각했다. 롬버드는 등을 구부리고 계단에 앉아 있었다. 그는 윗몸을 무릎 근처까지 구부리고 머리는 보도에 닿을 정도로 늘어뜨리고 있었다. 그런 자세를 보면 누구라도 위경련이 일어나기 일보 직전을 생각할 것이다. 지금 당장이라도 발작이 일어날 듯한 증세를 모든 점에서 갖추고 있었다. 셔츠 위로 멜빵을 한 어떤 남자가 두세 발자국 떨어진 곳에서 안됐다는 듯이 담배 파이프를 손에 쥐고 그를 쳐다보고 있었다. 그의 발 근처에는 개 한 마리가 얼굴을 삐죽 내밀고 있었다.

버지스의 요란한 발소리가 다가오자 롬버드는 창백한 얼굴을 들었다. 그것은 입을 여는 것도 귀찮다는 듯한 얼굴이었다.

"도대체 어떻게 된 거요? 당신은 그곳에 가 있겠다고 하지 않았소?"

"아직 가지 않았습니다. 바로 저쪽입니다." 그는 커다란 입을 열고 있는 동굴 같은 출입구를 가리켰다. 청동제 파이프가 똑바로 서 있는 것이 보였다. 앞쪽 현관에는 검은 벽을 배경으로 번쩍이는 금색 글자로 다음과 같이 새겨져 있었다.

뉴욕 시 소방서

"여기가 그 번지입니다."

롬버드는 손에 들고 있던 종이조각을 흔들었다. 이때 점박이 개가 다가와서 그 종이조각에 콧등을 갖다댔다. "이름은 '플로라'라고 했는데 —— 모두에게 물어본 바에 의하면 —— "

버지스는 자동차의 문을 열고서 넘어지지 않도록 롬버드를 억지로 일으켜 세우며 명쾌한 어조로 말했다.

"얼른 돌아갑시다. 한시가 급하니까 —— "

롬버드는 몸으로 문을 밀었지만 헛수고였다. 그가 힘에 겨운 듯이 숨을 몰아쉬자 버지스가 만능열쇠를 갖고 올라왔다.

"안에선 아무런 소리도 들리지 않아요. 아래층에서 건 전화는 받지 않습니까?"

"아직도 계속 벨이 울리고 있소."

"혹시 도망친 것은 아닐까?"

"그것은 불가능해요. 어떤 기가 막힌 방법이 없는 한 그녀가 밖으로 나오면 사람들 눈에 띄게 되어 있소. 자, 이것으로 열어봅시다. 기를 쓰고 덤비면 다 되게 되어 있소."

문이 열리자 두 사람은 재빨리 안으로 들어갔다. 그들은 그 자리에 서서 방안을 살폈다. 현관 홀에서 한 칸 낮게 내려간 곳에 기다란 거실이 있었지만 거기에는 아무도 없었다. 하지만 그 방은 두 사람에게 어떤 것을 암시해 주고 있었다. 그들은 곧 그것을 깨달았다.

전등은 모두 켜져 있었다. 담배 한 개비가 아직 불이 붙은 채로 발 달린 재떨이 위에 놓여 있어서 옅은 푸른빛의 연기가 나선 모양으로 하늘하늘 피어오르고 있었다. 마루의 폭만큼이나 큰 창문은 열려져 있어 밤공기 속으로 거무스름한 공간을 보여주고 있었다. 한쪽으로는 커다란 별이, 반대쪽에는 그것보다 작은 별이 마치 등화관제용의 검은 천을 압핀으로 눌러놓은 것처럼 반짝반짝 빛나고 있었다.

창문 바로 앞에 은색의 구두 한 켤레가 뒤집혀진 보트처럼 옆으로 쓰러져 있었다. 기다란 융단이 윤이 나는 마루를 2등분하듯이 바로 한 칸 낮게 내려간 곳에서부터 창가까지 깔려 있었다. 그리고 그 융단의 한쪽 끝에는 잔물결처럼 주름이 잡혀져 있었다. 발을 잘못 디뎌서 비틀린 모양이었다.

버지스는 벽을 따라 빙 돌아서 창으로 갔다. 그리고 장식의 역할조차 하지 못하는 난간에서 몸을 쑥 내밀고 한참 동안 가만히 내려다보고 있었다.

이윽고 허리를 펴고 방안으로 되돌아와서, 아까부터 어쩔 줄 모르고 서 있는 롬버드 쪽으로 조용히 고개를 끄덕였다. "여자는 저기에서 곧바로 떨어졌소. 높은 담으로 둘러싸인 뒤편 빈터에 떨어져 있는 것이 여기에서도 보이는군. 마치 빨랫줄에서 떨어진 세탁물 같소. 아무도 소리를 듣지 못한 모양이오. 이쪽편의 창문이 모두 캄캄한 것을 보니——"

이상하게도 버지스는 이 사건에 대해서 아무런 수습도 취하지 않고 말조차 하지 않았다.

그를 제외하곤 방안에서 움직이고 있는 것은 단 하나뿐이었다. 그렇다고 해서 롬버드는 아니었다. 그것은 담배에서 피어오르는 연기였다. 버지스의 눈을 꼼짝 못하게 한 것은 아마 그 연기가 틀림없으리라. 그는 그쪽으로 걸어가서 담배를 집어들었다. 아직 1인치 정도 손가락으로 집을 여유가 남아 있었다.

그는 뭐라고 입속말로 낮게 중얼거렸는데, 그것은 이렇게 들려왔다. "우리들이 도착한 순간에 일어난 일이군!"

그러고 나서 그는 자신의 담배를 꺼내어 그 두 개를 손가락으로 집어들고 끝을 모아 수직으로 세웠다. 그리고는 연필을 꺼내어 타다남은 쪽과 똑같은 자리에 자신의 담배에 표시를 했다. 그는 자신의 담배를 입에 물고 불을 붙여 그 불이 꺼지지 않도록 가볍게 한 모금 빨았다. 그런 다음, 담뱃재가 남아 있는 재떨이에 그것을 조심스럽게 얹어놓고는 손목시계를 쳐다보았다.

"무엇 때문에 그러는 겁니까?" 롬버드는 전혀 관심이 없다는 듯이 내키지 않는 목소리로 물었다.

"조잡한 방법이지만, 저 여자가 언제 떨어졌나 알아내려는 것이오. 하지만 이것이 과연 믿을 만한 방법인지 그것은 나중에 전문가에게 물어보아야 하겠지만──"

그는 재떨이 쪽으로 가서 자세히 바라보다가 다시 그 자리를 떠났다. 그리고는 다시 돌아가더니 담배를 들고 돌아와서 체온계를 보듯이 그것을 위로 치켜올려서 가만히 들여다보았다. 그는 다시 손목시계를 보고는 담뱃재를 털어내고 꽁초를 버렸다. 이미 목적을 달성한 모양이었다.

"그녀는 우리들이 이 방에 들어오기 3분 전에 밑으로 떨어졌소. 내가 창가에서 아래를 내려다본 뒤 재떨이 쪽으로 가서 실험할 때까지 1분 정도 걸렸는데, 그 시간은 뺀 것이오. 그렇다면 그녀는 내가 한 것처럼 가볍게 한 모금밖에 피우지 못했을 것이오. 두세 모금 피웠다면 담배는 더욱 짧아졌을 테지."

"킹 사이즈였는지도 모르잖습니까?" 저쪽 구석에서 롬버드가 물었다.

"러키 스트라이크였소. 타다 남은 쪽에 간신히 상표가 남아 있었소. 그런 생각도 없이 내가 이렇게 할 사람이라고 생각합니까?"

롬버드는 그 말에 대한 대답은 하지 않고 이렇게만 말했다. "그렇다면 그녀를 죽인 것은 우리들이 아래층에서 건 전화였을지도 모르겠군요."

버지스가 계속 이어서 말했다. "전화벨 소리에 깜짝 놀라 창문 앞에서 미끄러졌든지, 뭐 어떻게 해서든지 굴러떨어졌을 거요. 이곳의 상황이 모든 것을 그렇게 말해 주고 있소. 그녀는 창가에 몸을 기대고 밤 경치를 바라보고 있었소. 바깥 공기를 가슴 가득 들이마시면서 유쾌한 마음으로 이것 저것 장래의 계획을 꿈꾸고 있었겠지. 그때 전화벨이 울렸소. 거기에서 그녀는 바보 같은 짓을 한 거요. 방안으로 되돌아오려고 서둘렀는지, 몸의 균형을 잃었는지, 아니면 구두 때문이었는지도 모르지. 이 구두는 조금 뒤틀려 있잖소. 낡아서 한쪽으로 기울어진 것이지. 어쨌든 왁스로 깨끗이 닦아놓은 마루 위로 융단이 주르르 미끄러졌소. 그녀의 발은 한쪽이나 아니면 양쪽이 다 융단에 얹혀져 있었겠지. 그 발이 융단을 따라 갑자기 미끄러지며 한쪽 구두가 쑥 벗겨져 공중으로 올라갔을 테고. 그리고 몸은 뒤로 기울어졌겠고. 열려진 창 곁에 있지 않았다면 아무 일도 없었을지도 몰라요. 그냥 엉덩방아만 찧고 끝날 것을, 재수없게도 그녀는 뒤로 벌렁 나자빠지며 공중으로 날아가 저 밑으로 떨어져 버린 거요."

이어서 버지스는 이렇게 덧붙였다. "그런데 그녀가 당신에게 주소를 가르쳐 주었다는 그 일은 이해할 수가 없군. 그거 혹시 장난 아니었을까요? 당신과 함께 있었을 때 그녀의 태도는 어땠소?"

"아니, 장난친 거라고는 생각지 않습니다." 하고 롬버드가 대답했다. "정말 돈이 필요한 것 같았어요. 분명히 얼굴에 쓰여 있었다고요."

"당신에게 엉터리 주소를 가르쳐 주고, 당신이 그곳을 찾는 동안에 수표를 현금으로 바꿔 도망치려고 했다면 이야기야 제대로 되지. 하지만 이렇게 여기에서 두세 구획밖에 떨어지지 않은 곳을 가르쳐 준 것을 보면——5분 내지 10분 정도면 당신이 다시 되돌아오리라는 것을 분명히 알고 있지 않았겠나 하는 겁니다. 당신은 어떻게 생각하오?"

"아니, 혹시 그녀는 문제의 그 여자에게 미리 알려주어서 내가 제시한 것보다 더 많은 액수의 돈을 손에 넣으려고 했던 건 아닐까요? 즉, 그 여자에게 연락하는 동안만 나를 따돌려놓으려고 말입니다."

버지스는 그러한 해석만으로는 만족할 수 없다는 듯이 고개를 양옆으로 흔들면서, "아무래도 알 수가 없군." 하는 말만 되풀이했다.

롬버드는 버지스의 말을 기다리지 않고 몸을 돌려 술취한 사람처럼 발을 질질 끌면서 어슬렁어슬렁 한쪽 끝으로 걸어갔다. 버지스는 의아스러운 눈으로 그 동작을 바라보고 있었다. 롬버드는 지금 자신의 주위에서 일어나고 있는 일에 마치 흥미를 잃은 듯이 발걸음이 비틀거렸다. 그는 간신히 벽에 다다라서야 기운이 나는 듯이 그 앞에 잠시 멈춰섰다. 계속되는 실망으로 완전히 기진맥진해서 마침내 단념하려고 하는 듯한 태도였다.

버지스가 눈치채지 못하고 멍청하게 있는 사이에 롬버드는 한쪽 팔을 쳐들어 원수라도 되는 듯이 눈앞의 벽을 마구 두드렸다. "병신 같은 놈!"

버지스는 깜짝 놀라서 소리쳤다. "아니, 무슨 짓이오, 이게? 손을 부러뜨리고 싶은 거요? 벽에 무슨 원수가 졌다고!"

롬버드는 병에 마개라도 쑤셔넣은 듯한 모습으로 웅크리고서 몸을 비틀었다. 얼굴이 찌그러져 있는 것은 손에 느낀 고통보다는 절망적인 분함 때문인 것 같았다. 그는 타는 듯한 아픈 손을 배에 갖다대고 문지르면서 목이 메이는 듯한 목소리로 대답했다.

"그놈들은 알고 있어요! 지금 알고 있는 것은 그놈들뿐입니다. 그런데 나는 그것을 알아낼 수가 없단 말입니다!"

20. 사형집행 전 3일

형무소가 있는 역에서 열차를 내리자마자 곧 그는 마지막 한 잔을 들이켰다. 하지만 몇 잔을 기울인다고 해도 현실을 바꿀 수는 없는 노릇이다. 흉보를 길보로 바꿀 수도, 죽을 운명에 놓인 친구에게 구원의 손길을 뻗칠 수도 없었다.

앞쪽에 우뚝 솟아 있는 음침한 건물들로 이르는 경사가 급한 비탈길을 터벅터벅 걸어가면서 그는 계속해서 괴로워하고 있었다. 한 인간을 눈앞에 두고, '너는 죽게 돼.' 하고 어떻게 말할 수 있겠는가? 희망의 밧줄이 끊어졌다고, 마지막 빛이 그만 꺼져버렸다고 어떻게 말하면 좋단 말인가? 그는 자신이 없었다. 하지만 그는 이제부터 그런 행동을 직접 해야만 한다. 차라리 만나지 말고 돌아가는 편이 낫지 않을까 하는 생각도 들었다. 지금은 얼굴을 맞대어 봤자 아무런 소용도 없을 테니까 혼자서 편안히 나머지 시간이나 보내게 해주는 것이 사람의 도리가 아닐까?

하지만 그는 그 꺼림칙한 순간을 맛보지 않을 수 없는 입장을 되새겨 보았다. 그거야 이미 정해진 일이 아닌가! 건물 안으로 들어가자 오싹한 기분이 피부를 파고들어왔다. 하지만 그는 들어가지 않으면 안되었다. 이제 와서 물러날 수는 없었다. 이제부터 고통스러운 사흘. 헨더슨을 어중간한 상태로 둔다는 것은 더더욱 견딜 수 없는 노릇이었다. 이젠 절대로 찾아오지 않을 형집행정지를 금요일 밤의 마지막 순간까지 허무한 희망을 갖고서 형장으로 끌려가게 하고 싶지는 않았다.

간수의 뒤를 따라 2층의 독방으로 터벅터벅 걸어가면서 그는 천천히 손등으로 입가를 문질렀다. '오늘밤 여기에서 나가면 정신이 나갈 정도로 취해 버려야지!' 그는 고통스런 생각을 되씹었다. '이 끔찍한 일이 다 지나갈 때까지는 술에 흠뻑 취해서 병원 침대에 누워버릴까?'

간수가 옆으로 물러섰다. 드디어 그는 장송곡에 직면하기 위해 감방 안으로 들어갔다. 이것이 바로 사형집행이었다. 진짜 처형에 앞서서 피를 흘리지 않는 사형이었다. 모든 희망이 산산조각이 나는 순간——간수의 발자국 소리가 낯선 여운을 남기며 멀어져 갔다. 그 뒤에 무서운 침묵이 찾아왔다. 두 사람 다 오랫동안 참을 수 없었다.

"역시 그렇게 됐군." 헨더슨이 조용히 입을 열었다. 그는 모든 것을 이해하고 있었다. 적어도 이제는 극적인 긴장만은 풀린 것이다.

롬버드는 창가에서 되돌아와서 상대방의 어깨를 가볍게 두드리며, "이보게——"하고 말을 꺼냈다.

"괜찮아." 하고 헨더슨이 대답했다. "알고 있어. 자네의 얼굴에 다 쓰여 있는걸. 자, 이제 그 얘기는 그만두세."

"그 여자를 또 놓쳐버렸어. 살짝 도망치더니——이젠 영원히 붙잡을 수 없게 되었네."

"그런 얘기는 그만두자고 하지 않았나!" 하고 헨더슨이 짜증스럽게 말했다. "자네 마음이 어떤지 나는——나는 잘 알아. 제발 이젠 그만두세."

오히려 그가 롬버드를 위로했다. 롬버드는 무너지듯이 침대 끝에 주저앉았다. 이 방의 주인인 헨더슨은 손님에게 자리를 양보하고 자신은 일어서서 건너편의 벽에 등을 기대었다.

잠시 동안 방안에는 헨더슨이 접고 있는 셀로판지의 바삭바삭하는 소리만이 들릴 뿐이었다. 그는 속이 텅빈 담뱃갑의 셀로판지를 둥그렇게 말았다가는 다시 그것을 정성껏 펴서 원래대로 되돌려놓았다. 무슨 짓이라도 하지 않으면 따분해서 견딜 수 없다는 그런 느낌이었다. 이런 분위기에서 견딜 수 있는 사람은 아무도 없을 테지만. 드디어 롬버드가 입을 열었다.

"그만두게. 그 소리를 듣고 있으면 내 마음이 미칠 것 같아."

헨더슨은 놀라서 자신의 손을 내려다보았다. 그 손이 무엇을 하고 있었는지 깨닫지 못했던 것 같았다. 그는 멋적은 듯이 말했다. "이것은 오래 된 버릇이야. 그만두자 하면서도 잘 고쳐지지가 않는군. 자네도 기억하고 있겠지? 기차를 타면 언제나 열차시간표가 이런 꼴이 되어버려. 병원에서 차례를 기다릴 때는 그곳의 잡지를 한장 한장 이렇게 접고 있지. 극장에 가면 프로그램을 갖고 이렇게 하고……"

그는 잠시 말을 멈추고 꿈꾸는 듯한 눈길로 롬버드 머리 근처의 벽을 바라보다았다. "그날 밤 그 여자와 함께 쇼를 보면서도 나는 이렇게 하고 있었어. 참으로 이상한 일이군. 이제 와서 그런 하찮은 일이 생각나다니. 더 중요한 것을 생각해 내었다면 혹시 도움이 되었을지도 모르는데 말이야. 아니, 왜 그러나? 왜 그런 얼굴로 나를 쳐다보는 거지? 이제는 더 이상 접지 않잖나?" 그는 구겨진 셀로판지를 옆으로 버렸다.

"자네, 물론 그 프로그램을 던져버렸겠지? 그 여자와 함께 있었던 날 밤에 말이야. 극장의 의자나 바닥에 버리고 왔겠지?"

"아니, 그 여자가 두 장 다 갖고 갔네. 그것을 기억하고 있어. 이상하게도 그것은 기억이 나는군. 가만 있자, 그 여자가 내 것도 달라고 했어. 그날 밤의 기념으로 간직하고 싶다고 했던가, 뭐 그러면서 말이야. 잘 기억이 나지 않는군. 하지만 그녀가 두 장을 갖고 간 것만은 틀림없어. 핸드백에 집어넣는 것을 내 눈으로 분명히 보았거든."

롬버드는 이미 일어서 있었다. "대수롭지 않은 단서일지도 몰라. 하지만 잘만 하면 뭔가가 나올 것도 같아."

"그게 무슨 말인가?"

"한 가지는 확실해. 그 여자가 그것을 갖고 있다고 하는 것."

"하지만 지금까지 갖고 있을지는 모르지."

"처음에 버리지 않고 갖고 있었다면 지금까지 갖고 있을 거야. 극장의 프로그램 같은 것은 처음부터 버리든지, 아니면 오랫동안 보관해 두든지 하거든. 곧 그 자리에서 버리든가, 그렇지 않으면 몇 년씩이나 보관해 두는 게 보통이라네. 잘하면 그것에서 무언가를 낚아올릴지도 모르겠군. 그것만이 자네와 그녀를 연결하는 유일한 공통분모였던 걸세. 그 프로그램은 표지부터 맨 뒤까지 위쪽 오른편 귀퉁이가 접혀져 있을 테니까 말야. 어떻게 해서든지 그 프로그램을 그녀가 갖고 오도록 할 수만 있다면 그녀는 모습을 나타내게 될 거야."

"광고라도 내겠다는 말인가?"

"홈, 그럴 생각이네. 이 세상에는 여러 가지 물건을 모으는 사람들이 많네. 우표, 조개껍질, 성냥갑 등등. 그러한 사람들은 자기가 모으는 것에 대해서 터무니없이 많은 돈을 쓰는 경우가 많아. 다른 사람에게는 쓰레기라고밖에 보이지 않는 것이라도 그 사람들에게 있어서는 더할 수 없는 보물이 되니까. 한번 수집욕에 빠지게 되면 값에 상관하지 않고 무조건 덤벼들거든."

"그래서?"

"만일, 내가 극장 프로그램을 모으는 사람이라고 해보세. 게다가 돈을 여기저기 물쓰듯이 뿌리는 정신병자 같은 백만장자라고 말일세. 그리고 그것은 내게 취미의 한계를 넘어서 하나의 집념이 되어 있네. 나는 이 도시의 모든 극장에서 상연하는 프로그램을 하나라도 손에 넣지 못하면 마음이 편치 못하겠지. 더욱이 지금뿐만이 아니라 훨씬 옛날의 것까지도 말이야. 나는 불쑥 나타나서 조그만 교환소를 차리고 광고를 내는 거야. 소문이 갑자기 퍼지겠지. 나는 미치광이이니까 쓰레기 같은 것에라도 돈을 준단 말야. 교환소가 존재하는 한 사람들이 모여들기 마련이네. 신문에서는 사진을 싣고 기사를 내겠지. 때때로 세상을 떠들썩하게 하는 미치광이의 하나로서 말이야."

"자네 교환소는 쓰레기로 가득차겠군. 그러나 아무리 터무니없이 많은 돈을 쓴다고 해도 그 여자가 관심을 가질까? 돈이 궁색하지 않을지도 모르잖나?"

"아니, 틀림없이 궁색할 걸세."

"그렇다고 해도 그녀가 거기에 함정이 있다는 것을 알아차리지 못한다고 보장할 수도 없잖나."

"그 프로그램은 우리에게는 군침을 흘릴 만한 것이지만 그녀에게는 아무것도 아닌 물건이야. 도대체 거기에 무슨 의미가 있겠나? 프로그램의 모서리가 조금씩 접혀져 있다는 것조차 깨닫지 못했을지도 몰라. 만일, 깨달았다고 해도 그것이 우리들이 알고 싶어하는 것을 말해 준다고는 꿈에도 생각지 못할 거네. 자네 자신도 바로 조금 전까지만 해도 생각해 내지 못했잖나. 그녀도 그럴 거야. 그녀는 천리안이 아니네. 지금 나와 자네가 이렇게 이 방에서 이야기하는 것을 알 리가 있겠나, 응?"

"아무래도 믿을 수 없는 이야기로군."

"물론 믿을 수 없는 이야기지." 하고 롬버드는 고개를 끄덕였다. "가능성은 천분의 일이야. 하지만 어떻게 해서라도 꼭 해보고 말 걸세. 구걸하는 입장에서 싫다 좋다 떠들 수는 없는 일 아닌가. 헨디, 나는 꼭 해낼 거야. 사실, 나는 묘한 예감이 들어. 다른 시도는 모두 실패했지만 이것만은 성공할 것 같단 예감 말일세."

그는 등을 돌리고 문 쪽으로 다가갔다.

"자, 그럼, 잘 가게." 하고 헨더슨은 우울한 목소리로 말했다.

"그럼, 또 보세." 하고 롬버드도 어깨너머로 대답했다.

간수를 따라서 그의 발소리가 멀어져 가는 것을 들으면서 헨더슨은 생각했다. '저 친구에게는 확신이 없어. 나도 마찬가지 이지만……'

'신문 광고. 전국 조간, 석간에 게재'

오래 된 극장 프로그램을 삽니다.

이곳에 머물고 있는 부유한 수집가가 자기 수집을 완성시키기 위해 미수집품을 특별한 가격에 사들입니다. 이 사람에게는 일생을 건 취미입니다. 새것과 오래 된 것을 가리지 않고 사들이니 많이 찾아와 주시기 바랍니다. 특히 필요한 것은 이곳에서 여러 시즌 동안 상연된 뮤지컬과 쇼의 공연물 프로그램, '앨험브러' '벨베데르' '카지노' '콜리시엄' 극장의 프로그램입니다. 주로 해외여행 때문에 수집하지 못한 것들입니다. 하지만 대량 취급자 및 전문업자의 것은 사양합니다. 접수기한은 금요일 오후 10시까지. 그 뒤는 이곳을 떠날 예정임. 프랭클린 스퀘어 15번지 J.L.

21. 사형집행일

오후 9시 30분. 그날 비로소 사람의 행렬이 끊어지고 두 사람의 번덕스러운 손님을 잘 처리한 뒤 겨우 쉴 틈을 가질 수 있었다. 가게 안에는 롬버드와 조수인 젊은 남자 둘만이 남아 있었다.

롬버드는 피곤한 듯이 의자에 몸을 깊게 파묻었다. 그는 아랫입술을 쑥 내밀고 완전히 지친 한숨을 내쉬었다. 그 숨결은 위쪽으로 올라가 이마에 내려온 헝클어진 머리카락을 스쳐지나갔다. 윗도리를 벗은 조끼 차림에서 그는 셔츠의 깃을 풀어젖혔다. 그는 바지 뒷주머니에서 손수건을 꺼내어 얼굴을 문질러댔다. 손수건은 곧 시커멓게 되었다. 손님들은 먼지도 털어내지 않고서 갖고 온 물건을 그냥 그의 앞에 내놓는 것이었다. 먼지가 많이 쌓여 있으면 있을수록 많은 돈을 받아낼 수 있다고 생각했는지는 모르지만, 롬버드는 손을 닦고 나서 더러워진 손수건을 던져버렸다.

그는 돌아서서 비스듬히 높게 쌓여 있는 프로그램의 그늘에 가려져 있는 사람에게 말했다. "이젠 돌아가도 좋아, 제리. 마감 시간이 다됐군. 30분 뒤에 가게 문을 닫아야겠어. 바쁜 시간도 끝난 것 같으니까."

19살 정도의 비척 마른 젊은이가 프로그램으로 둘러싸인 참호 속에서 날렵하게 일어나서는 윗도리를 입었다. 롬버드는 돈을 건네주었다.

"자, 15달러. 사흘치 급료네."

청년은 실망한 듯이 말했다. "내일부터는 나오지 않아도 됩니까?"

"응, 나도 내일부터는 나오지 않아." 하고 롬버드는 우울한 표정을 지었다. "자네, 좋다면 이것들을 폐품상에 팔아도 좋아. 조금이나마 돈이 될 테니까."

청년은 눈을 동그랗게 떴다. "사흘 동안 꼬박 사들인 것을 폐품 가게에 팔아버리란 말입니까?"

"나는 원래 괴짜거든." 하고 롬버드가 말했다. "하지만 그때까지는 잠자코 있어도 돼."

청년은 멋적은 듯이 등뒤를 흘끔흘끔 쳐다보면서 밖으로 나갔다. 롬버드는 청년이 자기를 미친 녀석으로 여길 거라고 생각했다. 당연하지. 자기라도 그렇게 생각했을 테니까. 이것이 성공하리라고──그녀가 나타나리라고 생각한 자체가 애당초부터 어처구니없는 발상이었다. 너무나 경솔한 생각이었던 것이다.

청년이 밖으로 나갔을 때 젊은 여자 한 사람이 가게 앞을 지나갔다. 롬버드가 그것에 신경을 쓴 것은, 나가는 조수를 바라보고 있던 그의 시선이 여인의 등장으로 가로막혔다는 이유에서뿐이었다. 그녀는 문 앞을 지나가다가 잠깐 발을 멈췄다. 그리고는 다시 걷기 시작하여 텅 빈 진열창 건너편으로 모습을 감추고 말았다. 그 잠깐 동안 그는 그녀가 가게 안으로 들어올 것 같다고 느꼈었다. 짧은 휴식이 끝났다. 외투깃을 털로 장식한 코트를 입고 검은 테의 안경을 쓴 노인이 지팡이를 옆에 끼고 가게 안으로 들어왔다. 그 뒤에서 택시 운전사가 낡고 작은 트렁크를 질질 끌고 오는 것을 보고 롬버드는 당황해 했다. 손님은 롬버드가 사무용으로 쓰는 테이블 앞에 가로막고 섰다. 너무 과장된 제스처를 취해서 롬버드는 잠시 동안 그것이 실제의 장면이라고는 도저히 믿어지지 않고, 마치 연극을 보는 것만 같았다.

롬버드는 무심코 천정을 올려다보았다. 하루 종일 이러한 사람들을 수없이 만났다. 하지만 한꺼번에 트렁크 가득 프로그램을 갖고 온 것은 이것이 처음이었다.

"여어!" 푸트라이트가 가스등이었던 구시대의 유물이 낭랑한 목소리를 울렸다. 이게 평소의 실력이라면 그 방면에 꽤나 실력이 있는 인물이리라. "당신은 정말로 운이 좋은 사람이오. 당신이 낸 광고가 내 눈에 띄었다는 게 말이오. 나는 당신의 수집에 기가 막힌 가치를 제공할 수 있소. 내게는 이곳의 어느 누구도 갖고 있지 않는 희귀한 것들이 많이 있거든. 당신이 꽤나 좋아할 것이 이 트렁크 속에 가득 들어 있단 말이오. 우선 저 그리운 제퍼슨 극장의 것을 보여 주겠소."

롬버드는 황급히 손을 흔들어서 거절했다. "제퍼슨 극장의 것에는 흥미가 없습니다. 모두 다 갖고 있으니까요."

"그럼 올림피아 극장은 어때요? 그리고……"

"아니, 이젠 됐습니다. 또 무엇을 갖고 계신진 모르지만, 그런 종류의 것은 전부 다 샀습니다. 지금 불을 끄고 가게 문을 닫으려던 참이었어요. 내가 지금 갖고 싶은 것은 카지노 극장의 먼젓번 공연 것뿐입니다. 그것을 갖고 계십니까?"

"카지노 극장이라고!" 노인이 조금 흥분해서 말한 것이 그만 도가 지나쳐 롬버드의 얼굴로 침이 튀고 말았다. "이 나에게 카지노 극장의 프로그램을 내놓으라는 거요? 그 따위 극장의 것을——! 이래뵈도 나는 옛날 이 미국 땅의 무대에서는 가장 뛰어난 비극 배우라고 갈채받았던 사람이란 말이오!"

"잘 알고 있습니다." 하고 롬버드는 쌀쌀맞게 대답했다. "하지만 유감스럽게도 내게 필요할 것 같지가 않군요."

운전사가 트렁크를 들고 나갔다. 하지만 트렁크의 주인만은 잠깐 입구에 멈춰서서, "카지노 극장이라고, 쳇!" 하고는 휑하니 밖으로 사라져 버렸다.

또 잠시 뒤 잡역부같이 보이는 허름한 노파 한 사람이 들어왔다. 그녀는 외출하는 길인지 커다란 모자를 쓰고 있었다. 모자 꼭대기가 많은 장미꽃으로 장식되어 있었지만, 그것은 쓰레기통에서 주운 것이 아니면 헛간 구석에 몇십 년 동안 처박혀 있었던 것을 뒤집어쓰고 온 것 같았다. 가죽같이 늘어진 양볼은 열병에라도 걸렸는지 붉게 물들어 있었는데, 이것도 역시 오랜 세월 잊고 있었던 솜씨로 더덕더덕 찍어바른 것이 역력히 나타났다.

그가 얼굴을 들고 동정어린 눈길로 노파를 쳐다보았을 때, 그녀의 오동통한 어깨너머로 뜻밖에도 아까의 그 젊은 여자의 모습이 보였다. 하지만 아까와는 조금 상황이 달랐다. 그녀는 잠깐 동안 완전히 걸음을 멈추었던 것이다. 어디 그뿐인가—— 앞으로 한 발 내디딘 걸음을 일부러 뒤로 끌어당겨 활짝 열려진 출입구와 자신의 몸이 나란히 되도록 하는 것이었다. 그리고 대충 가게 안을 훑어보고 나서 다시 걸어갔다. 안에서 무엇을 하고 있는지 관심을 갖고 있는 것이리라. 원래 이번 일은 통행인의 주의를 끌기 위해 광고나 선전에 힘을 기울였으므로 여자가 두 번씩이나 엿볼 마음을 일으켰다고 해도 이상한 것은 아니었다. 첫날에는 많은 카메라맨들이 사진을 찍으러 올 정도였으니까. 게다가 그녀는 조금 전에 갔었던 목적지에서 돌아오는 길에 다시 한 번 지나쳐 간 것인지도 모른다. 그리고 보통 어딘가로 가는 경우, 같은 길로 되돌아오는 것이 당연한 일일 테니 별로 이상한 것도 아니리라.

잡역부 같은 노파는 롬버드의 앞에 와서 흠칫흠칫 망설이면서 말했다. "저, 젊은이, 낡은 프로그램을 사들인다는 게 정말이우?"

그는 노파 쪽으로 시선을 되돌렸다. "물건에 따라서요."

노파는 팔에 걸치고 있던 시장 바구니 속을 바스락바스락거리며 뒤졌다. "두세 장이지만 혹시나 해서 갖고 와봤수. 내가 합창단에 있을 때의 것인데……전부 갖고 왔어요. 사실 내게는 이것이 무척 소중한 거라오. '미드나이트 램블스'와 1911년의 '플로릭스' 같은 것들……" 그것들을 꺼내어 놓으면서도 노파는 아쉬운 듯이 손을 부들부들 떨고 있었다. 그리고 자신의 이야기가 거짓이 아니라는 것을 증명해 보이려는 듯이 그 노란색의 것들을 한 장씩 넘기며 말했다. "보세요, 여기에 내 이름이 나와 있잖우. 도리 골든――그 당시의 내 예명이지요. 이 마지막 장면에서는 내가 청순한 역을 맡았었다오."

시간은 어떠한 인간보다 더 지독한 살인자라고 그는 생각했다. 더군다나 시간은 벌을 받지 않는 살인자인 것이다.

롬버드는 프로그램은 뒷전으로 돌리고 숱한 고생으로 꺼칠꺼칠해진 노파의 손만 쳐다보았다. "한 부에 1달러씩 드리겠습니다." 그는 내뱉듯이 말하고는 지갑을 꺼냈다.

그녀는 너무나 기쁜 나머지 훌쩍훌쩍거리기 시작했다. "정말 고맙수, 젊은이!" 손을 뺄 틈도 없이 그녀는 롬버드의 손을 잡고 입을 맞추었다. 화장이 눈물에 지워져 연분홍색 눈물이 흘렀다. "저것이 그런 가치가 있는 거라고는 꿈에도 생각지 못했다오."

사실 조금도 가치가 없는 거였다. 단돈 한푼어치의 가치조차 없는 것이었다.

"그럼, 할머니, 이것을……" 하고 그는 동정하듯이 돈을 꺼내어 주었다.

"아, 이제는 밥을 먹을 수 있겠군. 멋진 식사를 해야겠어!" 뜻밖의 행운에 취한 듯 노파는 비틀비틀 걸어나갔다.

노파가 나가자 조용히 기다리고 있던 젊은 여인의 모습이 눈에 들어왔다. 노파에 가려 있어서 그 동안 보지 못했던 것이다. 가게 앞을 이미 두 번이나 지나쳐 갔던 바로 그 젊은 여자였다. 아까는 너무 짧은 순간이어서 눈에 잘 들어오지 않았지만, 분명히 그 여자가 틀림없었다.

이렇게 가까운 거리에서 보는 것보다도 아까처럼 문 밖에 서 있을 때가 훨씬 젊어 보였다. 그것은 젊은 여자로서의 매력이 거의 그녀에게서 사라져 버렸지만 날씬한 몸매만은 그대로 남아 있기 때문이리라. 그녀는 거친 인상을 주었다. 성격은 다르지만, 한 발 앞서 다녀간 노파 정도로 거칠어 보였다.

그는 목 뒤를 핀으로 찔린 듯한 느낌을 받았다. 그는 슬쩍 바라보고 나서는 너무 노골적으로 상대방을 쳐다보지 않으려고 눈을 감았다. 자신의 얼굴에 나타난 표정을 눈치채이고 싶지 않았던 것이다.

그가 받은 인상은 복잡했다. 바로 조금 전까지는 멋진 여자라고 생각했었다. 그 아름다움이 이제는 급속하게 그녀에게서 사라져 가고 있는 것이다. 교양이나 지성미, 그리고 세련된 품위 같은 것이 피부 바로 아래에서 아직도 아름답게 빛나고 있었다. 그렇지만 외모는 딱딱하고 거친 껍질에 점차 덮이기 시작하여 본래의 기품을 덮어버리고 영원히 소멸시키려 하고 있었다. 그 기구한 행진에서 그녀를 구해 내는 것은 이미 때늦은 일이라는 생각이 들었다. 그가 느낀 바로는, 그것은 가속도가 붙어서 진행되고 있었다. 아침부터 밤까지 절망한 상태로 술만 마셔댔기 때문인지, 이제까지 경험해 본 적이 없는 심한 궁핍이 닥쳐온 탓인지, 아니면 그 절망감을 술로 달래려고 했었던 탓일까? 이 세 번째 증세는 여러 군데에서 살펴볼 수 있었다. 그리고 아마도 그것이 앞의 두 가지 추측보다도 더한 원인이 된 것인지도 모른다. 하지만 이미 그것은 결정적인 요소의 자리를 앞의 두 가지에게 양보해 버린 듯했다. 참기 힘든 고뇌, 마음속의 번민, 후회와 불안——이런 것이 몇 개월도 아니고 끝없이 그녀의 가슴을 들볶고 있었던 것이다. 하지만 그것은 흔적만이 남아 있고 이제는 차츰 사라져 가고 있었다. 육체적인 소모——지금은 그것만이 나타나 있었다. 지금의 그녀는 쾌활——그 한 가지뿐이었다. 밑바닥 생활을 하고 있긴 하지만 아직도 눈에 두드러진 탄력성과 여유를 갖추고 있었다. 이미 떨어질 대로 떨어진 인간의 달관이라고 할까. 막다른 곳에 몰리면 허름한 하숙집에서 가스 마개를 열어놓고 인생을 끝마칠 그러한 부류의 여자였던 것이다.

자세히 살펴보니, 세 끼 식사도 제대로 못하는 듯했다. 양볼은 그늘지게 움푹 패어서 거친 피부를 통해 뼈의 골격이 드러나 보였다. 옷은 위에서 아래까지 온통 검은색이었는데, 미망인의 상복은 아니고, 물론 유행을 따라서 입은 것도 아니었다. 때가 타지 않기 때문에 그 옷 한 벌만 입고 그냥 지내는지 지독히도 검은색이었다. 스타킹까지도 검은색이었는데, 구두 뒤꿈치의 윗부분이 하얗게 초생달 모양으로 닳아 있었다.

그녀는 입을 열었다. 낮은 목소리였지만, 값싼 위스키를 밤낮 가리지 않고 퍼마신 모양인지 바삭바삭하게 목이 바싹 쉬어 있었다. 하지만 거기에도 아직 지성의 망령이 그림자를 남기고 있었다. 저속한 말을 사용하고 있긴 해도, 그것은 그녀가 스스로 선택해서 대하는 사람들과의 접촉에서 배운 것이지, 더 세련된 말을 알지 못하기 때문은 아닌 듯한 느낌을 주었다.

"프로그램을 사들일 만한 돈이 아직 남아 있나요? 혹시 내가 너무 늦은 건 아닌가요?"

"어떤 물건인지 우선 보기나 합시다." 하고 그는 신중한 태도를 보였다. 겉이 번지르르하고 엄청나게 큰 핸드백이 열리며 프로그램 두 장이 꺼내어졌다. 같은 날 밤의 똑같은 것이었다. 지지난 시즌의 리자이너 극장에서 공연된 뮤지컬 쇼의 프로그램이었다. 도대체 이 여자는 어떤 남자와 함께 갔었을까——그는 그것을 생각해 보았다. 그때는 생활이 안정되고, 옷차림도 깨끗했으며, 지금과 같은 상황에 놓이리라는 것은 꿈에도 생각해 보지 않았으리라. 그는 목록을 보고 미수집된 '구멍'을 조사하는 체하며, "아, 이것은 없군요. 흠, 7달러 50센트 드리지요." 하고 말했다. 여자의 눈이 반짝 빛났다. 이것으로 이 여자의 마음을 잘 유혹해 보자——하고 롬버드는 생각했다. "그것뿐인가요?" 하고 그는 그녀를 유도했다. "오늘이 마지막입니다. 가게는 오늘밤으로 닫아버리니까요."

그녀는 주저했다. 그 시선이 핸드백 쪽을 향하고 있는 것을 그는 알아차렸다. "하지만 한 장씩 사지는 않겠죠?"

"그럼, 여기에 갖고 온 것만이라도……"

그녀는 다시 핸드백을 열고 프로그램 한 장을 꺼냈다. 핸드백의 입구가 그녀 쪽으로 기울어져 있어서 그는 안을 들여다볼 수 없었다. 그녀는 얼른 핸드백을 탁 닫아버렸다. 그는 그것을 분명히 알아차렸다. 이어서 그녀는 프로그램을 펼쳤다.

그는 자신 쪽으로 프로그램을 돌렸다.

'카지노 극장'

이 사흘 동안에 겨우 모습을 나타낸 최초의 한 장이었다. 그는 아무렇지도 않은 듯이 페이지를 넘겨보았다. 우선 공연작품에 대한 소개 쪽으로 눈을 돌렸다. 날짜는 다른 극장의 프로그램과 마찬가지로 주별로 나타나 있었다.

'5월 17일부터 일주일간'

그는 숨을 죽였다. 바로 그 주다. 그 주가 틀림없다. 그것은 5월 20일 밤의 일이었다. 그는 그녀가 자기 눈빛의 변화를 알아차리지 못하도록 얼굴을 숙였다. 하지만 각 페이지의 오른편 위쪽 귀퉁이에는 손을 댄 흔적이 없었다. 한번 접혀졌던 것을 편 것도 아니었다. 만일, 그렇다면 접혀진 자국이 분명히 남아 있을 것이다. 그러나 이것은 처음부터 접혀 있지 않았던 것이다.

그는 시치미를 떼고서 어색하게 다른 이야기를 꺼냈다. "이것의 짝이 있을 텐데요? 대개 두 장이 한 쌍이 되어 있죠. 그렇다면 더욱 많은 값을 드릴 수 있을 텐데."

그녀는 눈치를 살피는 듯한 시선으로 롬버드를 쳐다보았다. 문득 그녀의 손이 핸드백을 더욱 세게 움켜쥐는 것이 보였다. 그 작은 동작도 그는 놓치지 않았다. 그녀는 그 손을 살그머니 떼었다. "내가 프로그램을 인쇄라도 하고 있다고 생각하시는 모양이죠?"

"될 수 있으면 나는 두 장을 한꺼번에 사고 싶은 겁니다. 이 쇼에 당신은 혼자서 가지는 않았을 거 아닙니까? 다른 프로그램은 어떻게 됐나요?"

이 질문에는 그녀의 마음에 들지 않는 것이 포함되어 있었던 모양이다. 그녀는 마치 함정에라도 빠지지 않았나 하는 눈초리로 가게 안을 이리저리 둘러보았다. 그리고는 테이블에서 한두 발자국 뒤로 물러서서 뒷걸음질쳤다. "나는 한 장만 갖고 있어요. 사시겠어요, 안 사시겠어요?"

"그렇다면, 액수가 좀 적을 텐데……"

그녀는 한시라도 빨리 밖으로 나가고 싶어하는 것 같았다. "좋아요, 얼마든지——" 그녀는 서 있는 자리에서 몸을 앞으로 숙이고 손을 뻗어 돈을 받았다. 롬버드는 두 번 다시 그녀를 테이블 앞까지 끌어당길 수는 없었다.

그녀가 문 가까이로 다가갈 때 그가 소리를 지르듯이 말했다. 하지만 그것은 상대방이 경계심을 불러일으키지 않도록 온화하게 억제된 목소리였다. "잠깐 이리로 와보시겠습니까? 중요한 것을 잊고 있었습니다."

그녀는 그 순간 발을 멈추고 의아해 하는 눈초리로 뒤를 휙 돌아다보았다. 그것은 누가 불러서 자동적으로 뒤돌아보는 동작과는 달랐다. 경계의 빛이 보였다. 그가 일어나서 손가락을 구부려 이리 오라는 신호를 보내자, 그녀는 누가 목을 조르기라도 한 듯한 비명을 지르며 쏜살같이 달려나갔다. 그리고 이내 가게 문을 돌아 눈깜짝할 사이에 모습을 감추어 버리고 말았다.

그는 거추장스러운 테이블을 옆으로 밀어젖히고 재빨리 뒤쫓았다. 무서운 기세로 그가 뛰쳐나가는 바람에 등뒤에서 애써 젊은 청년이 쌓아놓은 몇 개의 프로그램 산더미가 휘청 흔들리더니 무너지며 종이 눈보라가 되어 바닥에 흩어졌다.

그가 보도로 뛰쳐나갔을 때 여자는 다음 모퉁이 쪽으로 발을 옮겨놓고 있었지만 하이힐 때문에 마음놓고 달리지 못하고 있었다.

뒤돌아본 그녀의 눈에 쏜살같이 쫓아오는 롬버드의 모습이 비쳤다. 그녀는 전보다 한층 커다란 비명을 질러대며 속도를 높였다. 롬버드와의 거리가 반 정도로 좁혀졌을 때 그녀는 모퉁이를 돌아 골목으로 들어갔다.

하지만 그는 골목에서 그녀를 붙잡을 수 있었다. 2~3야드 바로 앞에 그의 자동차가, 틀림없이 이런 사태가 있으리라는 예감을 했는지 하루 종일 주차되어 있었다. 그는 여자를 앞질러 길을 막고 양어깨를 붙잡아 옆 건물의 벽에 밀어붙였다. "자, 꼼짝 말고 있어!"

그는 숨을 헐떡였다. 그녀는 말을 할 수 있는 상황이 아니었다. 술에 절은 생활로 호흡이 매우 약해져 있었던 것이다. 질식하는 것이 아닐까 생각될 정도였다. "마, 말하겠어요. 내, 내가 무엇을 했다고 이러는 거죠?"

"그럼, 왜 도망쳤지?"

"기분이 좋지 않았어요." 하고 여자는 괴로운 듯이 말했다. "당신이 쳐다보는 눈길이……"

"그럼, 핸드백을 좀 봅시다. 어서 열어요. 그렇지 않으면 내가 마음대로 열겠소!"

"이 손 좀 놔줘요. 내가 열겠어요."

그는 더 이상은 입씨름하지 않았다. 힘껏 핸드백을 잡아당기는 바람에 끈이 끊어져 버렸다. 그는 그녀를 벽으로 밀어붙여서 도망치지 못하도록 한 다음, 핸드백을 열고 손을 집어넣었다. 여자가 조금 전에 가게에서 내놓았던 것과 똑같은 프로그램이 한 장 더 나왔다. 그는 핸드백을 땅에 떨어뜨리고 나서 두 손으로 그것을 펼쳐보려고 했다. 하지만 모든 면이 단단히 달라붙어 있어서 떨어지지 않았다. 비틀어 뜯듯이 잡아떼지 않으면 안되었다. 표지부터 맨 뒤까지 모두 오른편 위쪽 귀퉁이가 꼼꼼하게 접혀져 있었던 것이다. 희미한 가로등 불빛에 얼핏 보니 날짜도 다른 한 장과 똑같았다.

스코트 헨더슨의 프로그램──초라한 스코트 헨더슨의 프로
그램이 되돌아온 것이다──운명의 갈림길에 간신히 맞추어서
──아무렇지도 않은 표정으로.

22. 사형집행일

오후 10시 55분——종말——무슨 일이든지 끝난다고 하는 것은 정말로 슬픈 일이다.

날씨는 따뜻했지만 그는 전신에 한기를 느꼈다. 땀에 흠뻑 젖은 몸으로 그는 덜덜 떨고 있었다. 그리고 마음속으로는 같은 말을 계속 되풀이해 댔다. '나는 두렵지 않아.' 하고——

목사의 말 같은 건 제대로 귀에 들어오지 않았다. 그렇다고 들리지 않는 것은 아니었으나, 단지 제대로 들려오지 않는다는 것은 그 자신도 알고 있었다.

그러나 누가 그를 탓할 수 있으랴? 자연은 그의 가슴에서 일어나는 본능을 일깨워주고 있었다. 그는 침대 위에 오랫동안 엎드려서 잠을 청했다. 정수리를 정사각형으로 깎은 머리가 침대 끝에서 마루 쪽으로 드리워졌다. 목사는 그 옆에 앉아 그의 두려움을 진정시키려는 듯 한 손으로 어깨를 쓰다듬어주고 있었다. 어깨가 흔들릴 때마다 거기에 올려진 손도 공감하는 듯이 따라서 흔들렸다. 하지만 목사는 앞으로도 적어도 몇십 년은 더 살겠지. 그래도 어깨는 일정하게 흔들리고 있었다. 자신의 죽음을 안다는 것은 무서운 일이다.

목사는 낮은 목소리로 시편 23편을 중얼거리듯이 읊어나갔다. "그가 나를 푸른 초장에 누이시며——" 그것은 위로가 아니라 그의 기분을 더욱 상하게 할 뿐이었다. 그는 내세 같은 건 믿지 않았다. 그가 믿는 것은 현세뿐이었다.

몇 시간 전에 먹은 치킨 프라이와 워플, 그리고 복숭아 쇼트케이크가 가슴 깊숙히 얹힌 채 소화가 전혀 되지 않는 느낌이었다. 어차피 소화는 되지 않을 것이다. 그만한 시간이 없을 테니까.

또 한 개비의 담배를 피울 시간이 있을까 하고 그는 생각했다. 그들은 저녁식사와 함께 담배 두 갑을 갖다주었다. 그러고 난 지 아직 두세 시간밖에 지나지 않았다. 그런데도 한 갑은 벌써 연기로 사라져 버렸고, 두 갑째도 반이나 비어 있었다. 그런 것에 마음쓴다는 것이 바보스러운 일이라는 것은 그도 잘 알고 있었다. 한 개비를 끝까지 피우건, 한 번 빨고 버리건 이제 와서 어떤 차이가 있겠는가. 그러나 그는 그런 식의 검소한 행동을 신조로 갖고 살아온 사람이었다. 일상 습관이란 그렇게 간단히 사라지는 것이 아니다. 그는 목사의 낮은 노래를 가로막고 그런 점을 물어보았다. 그랬더니 목사는 직접 대답하지 않고, "한 개비 더 피우시오." 하고 말하며 성냥불을 그어 그에게 내밀었다. 그것은 더욱더 시간이 없다는 것을 의미하고 있었다. 그는 머리를 떨구었다. 창백해진 입술 사이로 뭉게뭉게 담배 연기가 흘러나왔다. 목사의 손이 다시 공포를 진정시키려는 듯 그의 어깨를 감쌌다.

바깥의 돌로 된 복도를 조용히, 그리고 무서울 정도로 천천히 걸어오는 발소리가 들리는 순간 죽 늘어서 있는 사형수 감방들이 침묵 속으로 빠져들어갔다. 스코트 헨더슨은 머리를 들기는커녕 더욱 수그렸다. 담배가 굴러떨어졌다. 목사의 손은 그를 침대에 고정시키려는 것처럼 더욱 힘이 들어갔다. 발소리가 멈춰졌다. 헨더슨에게는 그들이 감방 앞에 서서 이쪽을 엿보고 있는 것처럼 느껴졌다. 그는 그쪽을 쳐다보지 않으려고 했지만 참을 수가 없었다. 하지만 그의 의지와는 달리 머리가 들려져 저절로 입구 쪽으로 향해졌다.

"마지막입니까?" 하고 그는 물었다.

감방의 철문을 천천히 열고 형무소장이 말했다. "드디어 시간이 되었소, 스코트."

스코트 헨더슨의 프로그램 —— 불쌍한 스코트 헨더슨의 프로그램이 물 위에 던져진 빵처럼 보였다. 그는 물끄러미 그것을 바라보았다.

여자의 손에서 낚아챈 핸드백이 그대로 발밑에 구르고 있었다. 젊은 여자는 그 사이에 어깨를 움켜잡고 있는 그의 손에서 벗어나려고 몸을 비틀었다.

그는 먼저 그 프로그램을 조심스럽게 안주머니에 쑤셔넣었다. 그리고는 여자를 두 손으로 꽉 붙들고 보도 위를 질질 끌어서 그의 차가 서 있는 곳으로 갔다. "자, 어서 타! 인간의 탈을 쓴 이 냉혈동물 같으니! 함께 갈 데가 있어! 이미 알고 있겠지만, 지금 당신은 도저히 돌이킬 수 없는 짓을 한 거야!"

여자는 한참 동안 반항했지만, 결국 그에게 밀려 문을 열고 안으로 들어가고 말았다. 그녀는 무릎으로 기어들어가 자리에 앉았다. "부탁이에요. 내려주세요." 그녀의 울음 섞인 호소가 사방으로 울려퍼졌다. "이런 짓은 용서할 수 없어요! 누구 좀 와서 도와주세요! 이곳에는 이런 폭력배를 혼내줄 경찰이 한 명도 없나!"

"경찰? 경찰이라면 얼마든지 있지. 지금부터 싫증을 낼 만큼 만나게 해주겠어. 나중에는 경찰을 보기만 해도 가슴이 메슥거릴 정도로——"

여자가 반대쪽 문으로 도망치지 못하도록 재빨리 태우고서, 그녀가 자기에게 덤비려는 순간 그는 자기 쪽의 문을 간신히 닫을 수 있었다. 그는 여자를 조용히 하게 하려고 뺨을 두 번 후려쳤다. 처음 것은 위협하기 위한 것이었지만, 두 번째는 정말로 침묵시키기 위한 것이었다. 그리고서 그는 운전대로 몸을 굽혔다.

"나는 지금까지 여자에게 이렇게 거칠게 행동한 적이 없었어." 하고 그는 이를 드러내면서 말했다. "그러나 당신은 여자가 아니야. 여자의 탈을 쓴 괴물! 인간 쓰레기야." 자동차는 방향을 돌려 쏜살같이 달려갔다.

"당신은 이제부터 진절머리나도록 신나는 드라이브를 즐기게 될 거야. 될 수 있는 대로 조용히 있는 게 좋아. 내가 운전하는 도중에 큰소리를 내거나 이상한 행동을 한다면 그때마다 아까와 같은 선물을 줄 테니까. 모든 것이 당신의 태도에 달려 있으니까 알아서 하라고!"

그녀는 무모한 시도를 단념하고, 공기가 빠진 풍선처럼 멍하니 자리에 파묻혀서 눈만 반짝이고 있었다. 차는 몇 번이나 길 모퉁이를 돌아 같은 방향으로 달리는 다른 차를 계속 앞질러 나아갔다.

빨간 신호등에 걸려 차가 멈췄을 때, 그녀는 아예 도망칠 생각은 포기한 채 초연히 앉아서 물었다. "도대체 나를 어디로 데려가는 거죠?"

"몰라서 묻는 거야?" 그의 목소리는 아주 날카로웠다. "그렇게 전혀 감이 잡히지 않아?"

"음——그 사람이 있는 곳?" 완전히 체념해 버린 말투였다.

"그래. 그 사람이 있는 곳——이제야 좀 사람 같아졌군!" 그가 다시 액셀러레이터를 힘껏 밟자 두 사람의 머리가 동시에 흔들렸다. "당신은 욕을 바가지로 얻어먹어도 마땅한 여자야. 아무 죄도 없는 남자를 그냥 죽음으로 몰아넣다니. 당신이 나서서 한마디 말만 해주었으면 그는 살게 되었을 건데."

"나도 그것 때문일 거라고 생각했어요." 그녀는 힘없이 말하고 자기 손으로 시선을 떨구었다. 그리고는 잠시 침묵을 지키다가 다시 입을 열었다. "그게 언제라고 했죠? 오늘밤이던가?"

"그래, 오늘밤이지."

계기반에 여자의 눈이 빛나고 있는 것이 희미하게 보였다. 그토록 절박한 상황에 빠져 있는 줄은 미처 몰랐다는 표정이었다. "정말 몰랐어요, 그렇게 급한 줄은——"

그는 꿀꺽 침을 삼키고 나서, "그렇지만, 이젠 끝났어." 하고는 쉰 목소리로 말했다. "당신을 내 손으로 잡아갈 수 있게 되었으니——"

또 신호등에 걸렸다. 그는 커다란 손수건을 꺼내어 얼굴을 닦았다. 그리고 나서 또 두 사람의 몸이 뒤로 크게 흔들렸다.

그녀는 앞만 바라보고 있었다. 하지만 앞쪽에서 무엇을 찾는 것은 아니었다. 고정되어 있는 유리창 밑에는 아무것도 없었다. 백미러에 비치는 그녀의 얼굴이 그에게도 보였다. 그녀는 지금 마음속으로 무엇인가를 생각하고 있는 것이다. 아마도 자기의 과거가 아닐까——자기 자신이 걸어온 길을 압축해서 반성하고 있는 것은 아닐까? 지금은 그녀를 도피시켜 줄 위스키도 없다. 하긴, 차가 달리고 있는 동안 그녀는 조용히 앉아서 앞만 바라보는 길밖에 달리 도리가 없었을 테지만.

"당신은 톱밥으로 만든 인형이야. 속이 텅 비어 있어——"

그가 이렇게 말하자 그녀는 뜻밖의 대답을 했다. "그 일 때문에 내가 얼마나 괴로워했는지 아세요? 그런 것은 생각해 보지 않았겠죠? 지금까지 얼마나 고민했는데, 아직도 모자란단 말이에요? 그 남자에게 일어난 일을 모두 왜 나 혼자만 짊어져야만 하는 거죠? 그 남자가 나에게 무슨 존재인데? 아무 상관도 없는 남남이잖아요? 그 사람이 오늘밤 죽는다고요? 하지만 나는 그 일 때문에 이미 오래 전부터 죽어 있는 몸이에요. 정말 그래요. 나는 죽은 인간이에요. 지금 당신 옆에 있는 여자는 죽은 사람이란 말이에요."

그녀의 목소리는 폐부를 찌르는 슬픈 호소였지, 결코 신경질적으로 애원하는 여자의 울음 섞인 소리는 아니었다. 그것은 남자 목소리인지 여자 목소리인지 구별하기도 어려울 정도로 침통한 호소였다. "나는 가끔 꿈속에서 어떤 여자를 만나곤 하지요. 그녀는 행복한 가정을 가지고 있어요. 그녀를 사랑해 주는 남편, 그리고 돈과 아름다운 가구, 친구들의 부러움을 받으며 안정된 생활을 하고 있죠. 그래요, 무엇보다도 불안이 없는 안정된 생활, 그것은 그녀가 죽을 때까지 지속되도록 약속받은 거였어요, 영원히 깨지지 않도록 말이에요. 내게는 그 여자가 나라고는 믿어지지 않아요. 내가 아닌 것만은 확실해요. 그런데 위스키를 마시면 그것이 나 자신이라고 생각되기도 하죠. 당신도 알겠지만 꿈이란 것은——"

그는 말없이 앞에서 흘러들어오는 암흑을 뚫어지게 바라보고 있었다. 그것은 헤드라이트의 은색빛을 받아서 한가운데에서 둘로 갈라졌다가는 다시 그들의 뒤에서 하나로 합쳐졌다. 그것은 신비롭게 요동치는 커다란 파도처럼 보였다. 그것을 바라보는 자갈 같은 그의 회색 눈은 조금도 움직이지 않았다. 그녀의 말을 듣고 있기는 했지만 아무것도 들려오지 않는 듯이, 그녀의 고민 같은 것은 들을 필요가 없다는 태도였다.

"갑자기 길거리에 내동댕이쳐졌을 때 어떤 기분인지 아시겠어요? 문자 그대로 한밤중에 나는 내동댕이쳐진 적이 있어요. 잠옷 차림으로 말이에요. 현관에는 커다란 자물통이 잠겨 있고, 내 밑에 있던 하녀들에게는 나를 집안에 들여놓으면 즉시 내쫓긴다는 명령이 내려졌죠. 첫날밤 나는 공원의 벤치에서 뜬눈으로 새웠지요. 그리고 다음날 그 집 하녀에게서 5달러를 빌려 겨우 방을 얻어서 밤이슬만은 피할 수 있었어요. 하지만 그 사람의 압력은 그 정도에서 끝나지 않았어요. 만일, 내가 그 사람의 명성이나 지위를 더럽힐 말을 한다면 나를 알코올 중독자들 수용소에 가둬버리겠다고 하더군요. 그 사람은 권력과 돈을 가지고 있었기 때문에 그런 것쯤은 쉽게 해낼 수가 있지요. 그렇게 되면 나는 두 번 다시 햇빛을 볼 수 없을 뿐만 아니라 스트레이트 재킷(미친 사람이나 광폭한 죄수에게 입히는 삼베로 만든 재킷)을 입고 냉수요법에 시달리게 되는 거예요."

"그런 것은 변명이 되질 않아. 우리들이 당신을 얼마나 찾았는지 당신도 알고 있을 거야. 그것을 지금까지 모른 체했다는 것은 당신 양심상의 문제야. 당신은 비겁한 사람이란 말이야. 그것이 당신의 참모습이지. 당신이 지금까지 한 번도 착한 일을 해본 적이 없고, 또 앞으로 죽을 때까지 한 번도 착한 일을 할 수 있는 처지가 아니더라도 지금만큼은 그럴 수가 없어. 당신이 스코트 헨더슨을 위해서 증언해 준다면 그를 구해 줄 수 있단 말이야."

그녀는 오랫동안 침묵을 지키다가 한참 뒤에 천천히 머리를 들고는, "좋아요." 하고 겨우 말했다. "그렇게 하죠. 사실 나도 지금은 그렇게 하고 싶어졌어요. 요 몇 달 동안 나는 장님이나 마찬가지였어요. 세상을 있는 그대로 볼 수 없었던 거예요. 그리고 지금까지는——그 사람 일을 별로 생각하지 못했어요. 그 사람 때문에 얼마나 많은 것을 잃어버렸는가 하는 내 자신의 일에만 몰두해 있었지요." 여자는 다시 머리를 들고 그를 바라보았다. "그러니까 이젠 단 한 번만이라도 보람있는 일을 해보고 싶어요. 마음을 정리하기 위해서라도——"

"지금부터 당신은 그렇게 하게 될 거야." 하고 그는 딱딱하게 말했다. "그날 밤 당신이 술집에서 그와 만난 것은 몇 시였지?"

"6시 10분—— 앞에 있는 시계를 보았거든요."

"당신은 그것을 증언할 수 있겠지? 그리고 맹세할 수도?"

"그렇게 하죠." 그녀는 피곤한 목소리로 대답했다. "기꺼이 증언하겠어요."

그 말에 그는 이렇게 대꾸했다. "하나님, 이 여자가 그에게 진 모든 죄를 용서해 주소서!"

드디어 그 순간이 왔다. 그녀의 마음속에 얼어붙어 있었던 것이 녹아서 흘러내리는 것일까? 그렇지 않으면, 그가 진작부터 짐작하고 있었던 대로 ——그녀의 외부를 둘러싼 채 차츰 그녀를 질식시켜 마침내는 죽음으로 이끌고 갈 그 단단한 껍질이 점차 벗겨지는 것일까? 그녀는 두 손을 갑자기 위로 치켜올려서 깊게 숙이고 있던 얼굴을 감싼 채 가만히 움직이지 않았다. 그리고는 아무 소리도 내지 않았다. 몸의 내부가 하나하나 분해되어 버리는 듯한 착각이 들었다. 그녀는 언제까지나 그러고 있을 것만 같았다.

그는 그녀에게 아무 말도 하지 않았다. 백미러를 통해서 보기는 했지만, 직접 그녀 쪽으로 돌아보지는 않았다. 잠시 뒤에 그는 그녀의 태도가 바뀐 것을 알았다.

그녀는 두 손을 아래로 떨구고 그에게라기보다는 자기 자신에게 하는 말투로 입을 열었다. "기분이 오히려 맑아졌어요. 지금껏 두려워하고 있었던 것을 이제서야 하게 되었다고 생각하니——"

자동차는 조용히 달리고 있었다. 계기반의 불빛만이 두 사람의 모습을 희미하게 비추고 있을 뿐이었다. 차들의 행렬이 점점 뜸해져 갔다. 그것도 이쪽을 향해서 달리는 차들뿐이지, 그들과 같은 방향으로 달리는 차는 한 대도 없었다. 두 사람을 태운 차는 시의 경계선을 넘어 매끄러운 도로를 일직선으로 북쪽으로 달려나갔다. 반대쪽에서 달려오는 차들은 모두 흐르는 물 같은 헤드라이트의 빛을 남기면서 뒤쪽으로 사라져 갔다. 그들이 탄 차는 그렇게 빠른 속도를 내고 있었다. "왜 이렇게 먼 곳으로 가죠?" 하고 그녀가 약간 근심스러운 표정으로 물었다. "재판소로 가는 게 아닌가요?"

"지금 곧바로 주 형무소로 달려가는 길이야." 하고 그는 긴장된 목소리로 대답했다. "그것이 가장 빠른 길이니까. 관청의 번거로운 수속절차를 생략해도 될 테고."

"확실히 오늘밤이라고 했죠?"

"앞으로 한 시간 반 정도 남았지. 아마 간신히 시간에 맞출 수 있을 것도 같은데."

잠시 뒤 나무가 울창하게 우거진 곳에 이르렀다. 허리께를

희게 칠한 나무들이 밤의 어둠 속에서 도로의 경계선을 알려 주고 있었다. 인가의 전등불은 보이지 않았다. 다만, 때때로 시내로 들어가는 차가 흰빛 속에 희미하게 나타나 교차하는 순간 잠시 모자를 기울이는 것처럼 헤드라이트를 줄이며 스쳐가는 인사를 하고는 사라져 갈 뿐이었다. "그렇지만 뜻밖의 사고가 생겨서 시간에 댈 수가 없으면 어떻게 하죠? 전화라도 걸어두는 것이 좋지 않을까요?"

"모두 준비하고 있어. 이제 와서 갑자기 걱정이 되는 모양이군."

"예, 그래요." 하고 그녀는 한숨을 내쉬었다. "나는 지금까지 장님이었어요. 아무것도 볼 수 없는 장님, 그러나 이제는 알게 되었어요. 어느 것이 꿈이고 어느 것이 현실인지를——"

"굉장한 발견이군." 하고 그가 비웃듯이 말했다. "다섯 달이라는 긴 세월 동안 당신은 그를 위해서 손가락 하나 까딱하지 않았어. 그러던 것이 단 15분도 될까 말까 하는 짧은 시간에 이젠 마치 정열의 화신같이 되고 말았군 그래."

"그래요, 정말 그래요." 하고 그녀도 솔직하게 인정했다. "갑자기 모든 것이 긍정적으로 보이기 시작한 거예요. 남편 일도, 요양소에 집어넣겠다는 협박도, 이제는 모두 우습게 보여요. 당신 덕분에 모든 것을 지금까지와는 다른 각도에서 볼 수 있게 되었어요." 그녀는 피곤한지 눈언저리를 손등으로 문지르며 내뱉는 투로 말했다. "한 번만이라도 꼭 용기 있는 일을 하고 싶군요. 이대로 일생을 비겁하게 보낸다는 것은 정말이지 끔찍한 일이잖아요."

그들은 잠깐 동안 아무 말 없이 달려나갔다. 얼마 뒤에 그녀가 걱정스런 표정으로 말했다.

"내 증언만으로 그 사람을 구해 낼 수가 있을까요?"

"최소한 연기할 수는 있지. 오늘밤의 처형을 연기할 수만 있으면, 변호사의 손을 빌려서 확실한 처치를 강구할 수가 있단 말이야."

무심코 그녀는 갈림길에서 차가 왼쪽으로 들어가는 것을 알았다. 그리고 차는 황량한 비포장도로의 뒷골목 같은 곳으로 달렸다. 그녀가 그것을 안 것은 상당한 시간이 흐른 뒤였다. 차가 점점 심하게 흔들리기 시작했으며, 이쪽으로 향하는 차는 한 대도 보이지 않았다. 길 위에 움직이는 것은 아무것도 없었다.

"왜 이런 길로 들어왔죠? 주 형무소로 가는 길은 이미 지나온 남북 하이웨이 같은데. 혹시 그 사람이 그곳에 없는 것 아네요?"

"이것이 지름길이야." 하고 그는 무뚝뚝하게 대답했다. "시간을 절약해야 돼."

바람소리가 조금 높아져서 구슬픈 신음처럼 들려오는 음산한 곳을 차는 달리고 또 달렸다.

다시 그가 입을 열었다. 그는 턱을 핸들 가까이에 댄 채 아무 표정도 없는 눈을 깜박거리지도 않았다. "이제부터는 충분한 시간을 갖고 달리지."

자동차에 타고 있는 사람은 그들 둘만이 아니었다. 아까부터 계속되는 침묵 속에 어느 사이엔가 제3의 인물이 끼어들어 지금 둘 사이의 자리를 차지하고 있었다. 그것은 얼음 같은 차디찬 공포였다. 그 보이지 않는 팔이 그녀를 차갑게 감싸고, 그 손가락이 그녀의 목젖을 어루만지고 있었다. 지금까지의 10분 동안 두 사람이 탄 차의 헤드라이트밖에는 어떠한 불빛도 보이지 않았다. 두 사람은 한마디도 주고받지 않았다. 길 양쪽으로 나무들이 희미한 기복을 보이며 지나갔다. 바람은 경고를 발하듯이 불어댔지만, 그 경고를 깨달았을 때는 이미 때가 늦은 뒤였다. 앞 유리창에 비친 두 사람의 얼굴은 마치 유령 같았다. 그는 속력을 줄여서 후진한 뒤, 다시 샛길로 차를 몰았다. 그 길은 포장은커녕 온통 진흙투성이에다 나무 사이로 난 샛길 같았다. 차는 굴곡이 심한 길에서 크게 흔들렸다. 배기관에서 뿜어나오는 가스로 마른 나뭇잎들이 공중으로 치솟았다가 바삭바삭하는 소리를 내며 떨어졌다. 헤드라이트는 동굴 속 같은 나무 사이를 이리저리 비추면서 앞으로 나아갔다.

가까운 곳에 있는 나무는 눈부신 광선을 받아 석순처럼 반짝였으며, 먼 곳의 것들은 검은 그림자를 남기고 있었다. 마치 동화에 나오는 기분나쁜 마법에 걸려든 숲속의 빈터 같았다. 불길한 일이 일어날 것 같은 이상한 숲이었다.

그녀는 고통스러운 목소리로 쥐어짜듯이 말했다. "도대체 무슨 짓을 하려는 거예요?" 공포는 더욱더 강하게 그녀를 엄습해서 차가운 기운이 등골을 오싹하게 만들었다. "당신의 행동이 어쩐지 이상해요. 무엇 때문에 이러는 거죠?"

갑자기 차가 멈추었다. 이제는 끝장이다. 그녀는 차가 멈춘 뒤에야 비로소 브레이크 소리를 들었다. 그가 엔진을 끄자 주위는 온통 정적에 감싸이고 말았다. 차 안도 차 밖도──그들은 조금도 몸을 움직이지 않았다. 자동차도, 남자도, 여자도. 그리고 그녀의 공포도──하지만 엄밀하게 말하면 그렇지는 않았다. 움직이고 있는 것이 딱 하나 있었다. 아직 핸들에 놓여 있는 그의 손가락 세 개가 꿈틀거리고 있는 것이었다. 피아노의 건반을 두드리는 것처럼 차례대로 오르락내리락 하고 있었다.

그는 그녀를 돌아보고는 막연한 불안에서 주먹으로 자기 가슴을 내리치기 시작했다.

"왜 그러는 거예요. 뭐라고 말 좀 해보세요. 뭐라고 설명 좀 해줘요. 그렇게 앉아만 있지 말고. 왜 이런 곳에다 차를 멈춘 거예요? 당신, 무슨 생각을 하는 거죠? 왜 그런 얼굴을 하고 있는 거예요?"

"내려." 그는 턱을 앞으로 내밀며 말했다.

"싫어요. 무슨 짓을 하려는 거예요? 싫어요. 안 내리겠어요." 그녀는 점차 고조되어 가는 공포심에 몸을 떨면서 그를 흘겨보았다. 그는 손을 뻗어 그녀 쪽의 문을 열었다.

"내리라고 했잖아!"

"싫어요. 당신이 무슨 짓을 하려는 건지 당신 얼굴에 쓰여 있는데……"

그는 힘차게 내뻗은 팔로 그녀를 자기 쪽으로 끌어당겼다.

잠시 뒤, 두 사람은 황갈색의 가랑잎 속에 구두를 파묻은 채 자동차 옆에 서 있었다. 그가 손을 뒤로 돌려서 차 문을 닫았다. 나무 숲에는 습기가 차 있었고, 주위는 칠흑 같은 암흑이었다. 단지 헤드라이트가 비추고 있는 곳만이 신비스러운 굴처럼 뽀얗게 흐르고 있었다.

"이쪽으로 와." 그는 조용한 목소리로 말하고 나서 그녀의 팔을 잡은 채 그 헤드라이트 불빛 속을 걷기 시작했다. 도저히 현실이라고는 믿어지지 않는 정적 속에서 바삭바삭하는 가랑 잎 소리만 울려퍼졌다.

두 사람은 차를 벗어나 조금씩 앞으로 나아갔다. 그녀는 어색하게 몸을 비틀면서 그의 얼굴을 올려다보았다. 그녀는 자신의 숨소리가 나무들 꼭대기 아래에서 메아리치는 것을 들을 수 있었다. 그의 숨소리는 아주 조용했다. 두 사람은 말없이 걸어 갔다. 이 무언의 행진은 헤드라이트의 빛이 차차 희미해져 금 방이라도 꺼질 것 같은 곳까지 계속되었다. 이 빛과 그림자의 경계선에 이르자, 그는 걸음을 멈추고 그녀에게서 손을 떼었다. 그녀는 그 순간 흐느적거리며 비틀거렸다. 그는 여자를 부축하여 바로 세우고는 다시 손을 떼었다.

그는 담배를 한 개비 꺼내어 그녀에게 권했다. 그녀가 사양하자, "자, 괜찮으니까 피워." 하고 거칠게 말하며 그녀의 입에 물려주었다. 그리고는 성냥을 그어 두 손으로 그녀에게 내밀었다. 그의 이런 친절한 행동에는 묘한 의식 같은 것이 들어 있어서 그녀를 안심시키기는커녕 오히려 공포만 더해 주는 것이었다. 한 모금 빤 뒤에 담배는 그녀의 부자연스럽게 뒤틀린 입술에서 힘없이 땅으로 떨어지고 말았다. 그녀는 자신의 힘으로는 더 이상 그것을 물고 있을 수 없었던 것이다. 그는 낙엽에 불이 옮겨붙기 전에 발로 비벼서 그것을 껐다.

"좋아, 그러면 이제 차로 돌아가. 이 빛을 따라 걸어가서 차에 타서 나를 기다려. 분명히 말해 두는데, 절대로 뒤돌아보아서는 안돼. 곧바로 걸어가기만 하는 거야."

그녀는 도무지 무슨 일인지 알 수가 없었다. 너무나 두려워서 그녀는 제대로 움직일 수 없는 것일까? 그는 그녀에게 무서워하지 말고 걸어가라고 했다. 그녀는 비틀거리면서 낙엽 위를 걷기 시작했다.

"자, 내가 말한 것처럼 헤드라이트 빛을 따라 곧바로 차로 돌아가는 거야." 그의 목소리가 뒤에서 들렸다. "뒤돌아보면 안 돼."

그녀는 역시 여자였다. 더군다나, 공포에 떨고 있는 여자였다.

그의 경고는 도리어 역효과를 낳고 말았다. 그녀는 도저히 참을 수가 없어서 휙 뒤돌아보고 말았다. 그의 손에는 권총이 들려 있었다. 아직 겨냥하지는 않았지만, 이미 절반 가량 올려져 있었다. 그녀가 등을 돌리고 걷기 시작했을 때 품속에서 조용히 꺼낸 것이 틀림없었다. 그녀의 비명은 죽어가는 새소리 바로 그것이었다. 나무 사이를 이리저리 방향감각도 없이 날아다니다가 마지막으로 한번 퍼득거리면서 힘없이 숨을 거두는 가련한 새. 그녀는 다시 그에게 다가가려고 했다. 그에게 가까이 가면 안전이 보장되고, 멀어질수록 오히려 위험을 느끼는 것처럼——

"가만히 서 있어!" 하고 그는 냉혹하게 내뱉었다. "나는 당신을 편하게 해주고 싶었던 것뿐이야. 뒤돌아보면 안된다고 했잖아."

"제발 그만두세요. 왜 이러는 거예요?" 하고 그녀는 울음 섞인 목소리로 말했다. "무엇이든지 증언하겠다고 말했잖아요! 분명히 그렇게 말했어요. 내가 그렇게 하겠다고 약속까지 했잖아요!"

"아냐." 하고 그는 무서울 정도로 침착한 어조로 거절했다. "당신은 증언하지 않을 거야. 지금부터 내가 절대로 증언할 수 없도록 만들어주지. 그 대신, 지금부터 한 시간 반 뒤에 저승에서 그가 당신을 뒤따라오거든 그때 증언이나 해주시지."

헤드라이트의 희미한 광선을 등에 업고 그녀의 그림자가 뚜렷하게 떠올랐다. 덫에 걸린 것처럼 어떻게 해도 빠져나갈 수 없이. 두 줄기 헤드라이트 광선 밖의 암흑세계로 달아나고 싶어도 광선의 폭이 넓어서 그곳까지 갈 수 없을 것만 같았다. 그 자리에서 머뭇거리고 있는 사이에 그녀의 몸은 완전히 한 바퀴 돌아 또 조금 전과 마찬가지로 그와 마주보고 서게 되었다.

더욱더 시간이 없었다.

그때 숲속에서 총소리가 요란하게 울려퍼졌다. 그와 동시에 그녀의 비명이 들려왔다. 두 사람의 거리는 아주 가까웠으나 그래도 그는 맞추지 못한 것 같았다. 이상하게도 그의 손에서는 연기가 나지 않았다. 그러나 지금의 그녀로서는 그 이유를 찾아낼 만한 여유가 없었다. 그녀는 아무것도 느끼지 못했다.

멍하게 서서 도망치지도 못하고 그곳에 못박힌 채 선풍기에 묶인 리본처럼 흔들흔들 흐느적거릴 뿐이었다. 오히려 비틀거린 것은 남자 쪽이었다. 그는 가까운 나무에 기대어 지금 자기가 한 일을 후회하는 듯이 나무 껍질에 얼굴을 비벼대고 있었다. 그가 한 손으로 자기 어깨를 짓누르고 있는 것이 보였다. 그가 떨어뜨린 권총은 낙엽 위에서 말없이 빛나고 있었다. 헤드라이트의 빛을 받은 그 물체는 석탄 덩어리처럼 보였다.

그녀의 뒤에서 한 사람의 그림자가 나타나 미끄러지듯이 재빨리 헤드라이트 빛을 따라 그에게 접근하고 있었다. 그 사람은 중심을 잃고 나무에 기대어 있는 사람에게 권총을 겨냥하고 있었다. 그가 잠깐 몸을 구부리자 낙엽 속에서 요동하던 것이 사라져 버렸다. 사나이가 다가서더니, 두 사람의 손목 사이에서 무엇인가가 반짝거린 뒤 나뭇가지가 부러지는 소리가 들렸다. 롬버드가 휘청거리며 새로운 남자에게 중심을 잃고 기대었다. 잠시 뒤, 그는 자세를 바로 했다.

납처럼 무거운 침묵 속에서 두 번째 남자의 목소리가 또렷하게 그녀의 귀에 들려왔다.

"마셀라 헨더슨을 살해한 죄로 당신을 체포하겠소!"

그가 입에 무엇인가를 갖다대자 요란한 호각 소리가 길게 꼬리를 물며 메아리쳤다. 그리고는 또다시 침묵의 장막이 세 사람을 감쌌다.

버지스는 근심스런 표정으로 허리를 굽혀 낙엽 위에 무릎을 꿇고 앉아 있는 그녀를 부축하여 일으켜세웠다. 그녀는 두 손으로 얼굴을 감싸고 흐느껴 울고 있었다.

"알고 있소." 하고 그가 위로하듯이 말했다. "얼마나 끔찍했는지 —— 그러나 이젠 끝났소. 모두 끝났어요. 당신이 해낸 거요. 당신이 그를 구한 겁니다. 내게 기대어 실컷 울어요. 자, 울고 싶은 대로 울어요."

그녀는 그런 말을 듣자 울음을 뚝 그쳤다. "이젠 울고 싶지 않아요, 괜찮아요. 나는 이런 시간에 누가 이곳까지 오리라고는 상상도 못했어요."

"당신들 두 사람을 미행하기가 여간 힘든 게 아닐 거요, 그 친구들 운전 솜씨 가지고는 —— " 조금 전에 샛길 건너편 어디에선가 브레이크를 밟는 소리가 났었다. 그 차에 타고 있는 사람들은 아직 현장에 도착하지 못했다. "그런 면에서는 나 역시 자신이 없었지. 그래서 나는 처음부터 당신들의 차를 타고 여기까지 온 거요. 뒤의 트렁크에 숨어서 말이오──그 안에서 이야기를 모두 들었소. 나는 당신이 그 가게에 들어갈 때부터 그 속에 들어가 숨어 있었소."

그는 큰소리로 뒤에 대고 외쳤다. 그들이 차에서 내렸는지 번쩍번쩍 빛나는 손전등 빛이 나무 사이로 보였다. "그레고리 일행인가? 여기까지 올 필요는 없네. 바로 길 모퉁이로 되돌아가서 근처의 공중전화로 지방검사 사무실에 전화해 주게. 앞으로 2~3분밖에 시간이 없어. 나도 이쪽 차로 곧 뒤따라가겠네. 검사에게는 존 롬버드를 체포했다고 말하게. 그가 헨더슨 부인을 죽였다고 자백했으니 형무소장에게 연락해 달라고──"

"당신은 아무런 증거도 잡지 못했어." 롬버드는 고통스런 표정으로 혼신의 힘을 다해서 말했다.

"바로 몇 분 전에 당신이 보여준 행동──그것이 충분한 증거야. 당신이 불과 한 시간 전에 만난 여자를 잔인하게 죽이려고 한 것은 무슨 이유에서였지? 그녀의 증언이 헨더슨을 구할 수 있는 유일한 것인데 말이야. 그래서 당신은 그녀가 증언하게 해서는 안된다고 마음먹었겠지. 그녀가 증언하게 된다면 사건 전체를 처음부터 다시 재판해야 되기 때문이야. 곧, 당신 자신의 위치가 위태로워진다는 말이지. 내가 당신을 진범이라고 믿는 이유는 바로 이것이야."

주 경찰의 경관들이 발소리를 내면서 몰려왔다.

"어떻게 할까요?"

"이 여자를 차까지 데려가게. 상당히 피곤할 테니까 잘 모시게. 이 남자는 내가 책임지겠네──"

건장한 몸집의 경관이 양팔로 그녀를 부축하면서, "이 여자는 누굽니까?" 하고 헤드라이트가 번쩍이는 융단 같은 길을 따라 차 있는 곳으로 가면서 어깨너머로 물었다.

"매우 중요한 사람이네." 범인을 끌고 가면서 버지스가 뒤에서 대답했다. "그러니까 정중하게 모셔야 해. 좀더 천천히 걷게. 자네가 부축하고 있는 여자는 그 헨더슨이라는 사람의 젊은 애인인 캐롤 리치먼 양이야. 우리에게 많은 도움을 주었지. 자네는 아주 운이 좋은 사람이군."

23. 사형집행 뒤 하루

그들은 잭슨 하이츠에 있는 버지스의 아파트 거실에 모여 있었다. 석방되고 나서 처음으로 모인 것이다. 버지스가 두 사람을 위하여 미리 준비해 둔 모임이었다. 헨더슨이 기차로 달려오는 동안 그녀를 이곳에 데려다놓은 것이다. 버지스는 이렇게 설명했다. "형무소 문 밖에서 만나는 것은 피하는 것이 좋소. 당신 두 사람은 그런 거라면 이젠 아주 질려버렸을 테니까 내 집에서 기다리는 게 좋을 거요. 가구들이 월부이긴 하지만 그래도 형무소 것보다는 나을 거요."

두 사람은 부드러운 스탠드의 불빛 아래에서 소파에 서로 몸을 맞대고 나란히 앉아 있었다. 깊은 꿈속을 헤매는 것처럼 행복한 순간이었다. 헨더슨은 그녀를 끌어안고, 그녀는 머리를 그의 어깨에 비벼대고 있었다.

버지스는 방에 들어와서 두 사람의 모습을 보고는 가슴이 뭉클 치밀어오르는 것을 느꼈다. "그래, 기분은 좀 어떻소?" 그는 그런 기분을 밖으로 표현하지 않으려고 일부러 거칠게 말했다.

"정말이지 하나에서 열까지 모두 아름다울 뿐입니다." 하고 헨더슨이 감탄한 듯이 말했다. "세상이 이렇게 아름답다는 것을 나는 미처 몰랐습니다. 마루에 깔린 융단, 스탠드의 부드러운 불빛, 소파의 쿠션——자, 보십시오, 모든 것이 아름답지 않습니까?" 그는 턱으로 그녀의 머리 꼭대기를 지그시 누르며 말했다. "모두가 다 내 것입니다. 다시 내게 돌아온 거지요. 앞으로 40년은 내 것이겠지요——"

버지스와 그녀는 무언의 공감을 느끼며 서로 눈짓을 나누었다.

"나는 지금 지방검사 사무실에서 오는 길이오." 하고 버지스가 말했다. "그녀석이 그곳에서 모든 것을 자백했소."

"나는 지금도 아직 이해가 되지 않는 점이 있습니다." 헨더슨은 고개를 흔들면서 말했다. "아직도 믿을 수가 없어요. 그 배후에 도대체 무엇이 있었습니까? 마셀라와 정이라도 통했었단 말입니까? 내가 알기론 그 친구는 마셀라를 두 번밖에는 본 적이 없었을 텐데."

"당신이 알기로는 물론 그렇겠지." 버지스는 무뚝뚝하게 말했다.

"그렇다면 내 눈을 피해서 은밀히 만났다는 말입니까?"

"부인이 자주 외출했었다는 것을 눈치채지 못했었소?"

"알고는 있었습니다. 그렇지만 특별하게 관심두지는 않았었죠. 나와 집사람 사이는 이미 애정 같은 것이 사라진 지 오래여서."

"문제는 바로 거기에 있었던 거요." 그는 실내를 왔다갔다하면서 말했다. "이봐요, 헨더슨, 당신에게 한 가지 확실히 해두고 싶은 것이 있소. 새삼스럽게 무슨 말이냐고 할지 모르겠지만, 미리 밝혀두는 것이 좋을 것 같군. 엄밀히 말해서 그는 일방적인 편애성벽(偏愛性癖)을 가지고 있었던 거요. 즉, 당신 부인은 롬버드를 조금도 좋아하지 않았단 말이오. 만일, 사랑했었다면 부인은 아마 죽지 않았을는지도 모르지. 그녀는 자기 자신 이외에는 아무도 사랑하지 않는 타입의 사람이었소. 오직 자신만을 사랑하는 여자였지. 부인은 다른 사람에게서 칭찬을 받거나 여러 사람과 함께 어울리는 것을 좋아했소. 순간적인 불장난이나 잠깐 외도를 해서 남자들과 재미보는 것을 좋아했단 말이오. 그 같은 게임은 아홉 사람까지는 무사히 끝난다고 해도 열 사람째는 목숨을 잃게 되는 법이지. 그것은 그녀에게 있어서는 사소한 불장난에 지나지 않았으며, 마음 한편으로는 당신에 대한 가벼운 복수라고 생각하고 있었던 거요. 다시 말해서, 그녀는 남편 같은 존재는 자기에게 필요치 않다는 것을 자기 자신에게 인식시켜 주고 싶었던 게지. 그런데 운이 나쁘게도 그 남자가 열 번째 사람이었소. 그 사람은 남과 어울리기가 힘든 사내였소. 롬버드라는 그 친구는 지금까지 대부분의 시간을 황폐한 유전지대에서 보냈기 때문에 여자들과 접촉할 기회가 적어서, 그런 일에 적응할 만한 감각을 가지고 있지 않았던 거요. 그는 그녀의 말을 진정으로 받아들였던 겁니다. 그녀로서는 그것이 더욱 신나는 일이었겠지. 그래서 더욱 불장난에 열중했었을 게요. 하지만 그녀의 행동이 지나쳤으리라는 건 능히 짐작할 수 있소. 어떻게 되어가리라는 게 뻔히 내다보이는데도 그를 마지막 순간까지 질질 끌고 다녔으니. 그리고 그에게 장래에 대한 설계를 꾸미도록 충동질까지 했을 거요. 그와 함께 살겠다는 마음 같은 것은 애당초부터 털끝만큼도 없었을 테지만. 그 때문에 그는 남미의 석유회사와 5년간 계약을 맺었던 거요. 게다가 그녀와 함께 살 방갈로까지 구해서 여러 가지 시설과 가구를 구비해 두었소. 두 사람은 그곳에 도착하는 즉시 당신과 이혼하고 자기네끼리 결혼하기로 약속했었던 거요. 그런 판에, 남자도 그 나이 정도 되면 어린애가 아니기 때문에 배신당한 충격이 매우 컸을 거요.

그녀는 서서히 그에게서 멀어져 남자를 단념시키는 방법 대신에, 도저히 생각할 수 없는 잔인한 방법을 택했소. 힘들게 손에 들어온 과자를 쉽게 내놓지 않으려는 속셈이었겠지. 그녀는 전화를 걸어 함께 점심을 먹은 다음, 또 저녁식사 약속과 데이트, 택시 속에서의 키스——그녀에게 그런 행동은 당연한 필수품이었소. 이미 습관이 되어 있었기 때문에 그 같은 것을 잃기가 몹시 아쉬웠던 게지. 그렇기 때문에 두 사람의 관계가 질질 끌리게 되었을 거요. 드디어 그들이 배를 타고 남미로 떠나야 할 밤이 닥쳐왔소. 당신이 아파트를 나오자마자 롬버드는 그녀를 부두로 데려가려고 당신 집에 찾아갔었소.

그녀가 목숨을 잃게 된 사실에 대해서는 나는 조금도 놀라지 않소. 오히려 죽지 않았다면 그것을 이상하게 생각했을 거요. 그의 말에 의하면, 그는 당신이 창백한 얼굴로 아파트를 뛰쳐나가기 전까지는 위층으로 올라가는 계단에 숨어서 조용히 기다리고 있었다고 하더군. 다행히도 그날 밤은 현관 홀 담당 보이가 없었기 때문에 그가 들어오고 나가는 것을 아무도 보지 못했던 거요.

어쨌든 그녀는 그를 방에 들어오게 한 뒤 다시 화장대 앞에 앉았소. 그리고는 출발 준비가 되었느냐는 그의 질문에 큰소리로 웃어버리고 말았죠. 마치 그날이 그녀가 웃음을 타는 갯날이라도 된 것처럼 웃어대기만 한 거지. 그녀는 자기가 남미의 그런 촌구석에 가서 뼈빠지게 고생할 사람이라고 믿고 있었느냐고 그에게 말했소. 지금의 이 생활을 포기하고, 당신이 결혼하자고 하면 결혼하고, 싫다고 하면 포기하는 그런 여자라고 믿어 왔느냐고 비웃듯이 말했다는 거요.

게다가 자기가 그를 놓아줄 테니까 어디 가서 다른 좋은 여자를 찾아보는 게 어떻겠느냐고 내뱉는 말이 그에게 결정적인 충격을 주게 되었던 거요. 그것이 바로 그녀의 고약한 성격이었지. 당신 부인은 그 따위 불장난이나 모험 때문에 확실한 것을 내팽개칠 그런 여자는 아니었던 거요. 그러나 무엇보다도 그의 마음을 뒤틀리게 한 것은 그녀의 비웃는 듯한 바로 그 웃음이었소. 그 친구 말에 의하면, 설령 헤어지자는 이야기였다 해도 그녀가 눈물 섞인 말을 했다든지, 최소한 진심으로 호소하는 표정이라도 지었다면 조용히 물러섰을 거라고 하더군요. 그대로 밖으로 나와 정신을 차릴 수 없을 때까지 취해 버렸을지도 모르지만, 그녀의 목숨을 끊는 행동은 하지 않았을 거라고 고백했소. 사실 나도 거기엔 동감이오."

"그래서 아내를 죽인 거군요." 헨더슨은 조용히 말했다.

"그렇지, 그래서 죽이게 된 거지. 당신이 풀어놓은 넥타이는 그대로 그녀 뒤쪽의 마루에 떨어져 있었소. 그는 무의식적으로 그것을 집어들고 자기도 모르게 두 손으로 그녀의 목을 조르고 만 것이오." 버지스는 손으로 그 흉내를 냈다.

"나로서는 도저히 그 사람을 나무랄 수가 없군요." 캐롤은 한숨을 쉬며 마루로 시선을 떨구었다.

"나도 마찬가지요." 하고 버지스도 동감을 표시했다. "그러나 그가 그 다음에 한 짓에 대해서는 조금도 용서할 수 없소. 그는 용의주도하게 머리를 써서 둘도 없는 친구에게 그 죄를 몽땅 뒤집어씌워 그가 범인으로 몰리도록 사방으로 손을 써놓았던 거요."

"그 친구가 어떻게 했다는 겁니까?" 헨더슨은 조금도 친구를 탓하는 기색을 보이지 않고 물었다.

"그것은 말하자면 이렇소. 그는 그녀가 왜 갑자기 그런 태도로 나왔는가를 그 순간까지 이해하지 못했고, 지금까지도 이해

할 수가 없다고 말하고 있소. 그렇게 인정사정없이 거절해 버린 원인에 대해서 말이오. 당신 부인이 그런 여자라는 것을 조금도 눈치채지 못했던 거지요. 그녀가 원래부터 그런 성격의 여자란 것을. 그는 필경 그녀의 마음이 당신에게로 다시 쏠리게 되었기 때문이라고 오해했던 거지요. 그래서 당신을 증오하게 되었던 거요. 그녀를 잃은 것은 모두 당신 때문이라고 생각한 끝에 당신이 죽이고 싶도록 미워졌고, 결국 당신에게 복수해야겠다는 생각이 떠올랐던 거요. 일종의 비뚤어진 질투심이 사랑하는 상대가 갑자기 죽게 되자 더욱 광폭해진 거라고 볼 수 있겠지요. 이것이 지금으로선 가장 가능성 있는 동기라고 생각합니다."

"정말 어처구니없는 일이었군요."

"그는 사람들 눈에 띄지 않게 당신 아파트를 나와 당신의 뒤를 쫓아갔소. 윗계단에서 엿들은 당신 부부의 언쟁을 그대로 넘겨버리기에는 너무 아까운 꼬투리였으니까. 자기가 저지른 죄를 뒤집어씌우기에는 다시 없는 기회라고 생각했던 거지.

처음 생각으로는 우연히 길에서 당신을 만난 것처럼 꾸며 당신과 함께 있다가, 그 뒤 집요하게 뒤따르면서 마지막에는 당신 스스로가 범행을 인정할 수밖에 없도록 만들려는 계획이었다고 하더군요. 적어도 당신이 범행에 중요한 관계가 있을 것이 분명하도록 그가 당신에게——'아니, 자네, 부인과 함께 있었던 게 아닌가?' 하고 물으면 당신은, '그 여자하고 한바탕하고 나오는 길이야.' 하고 대답하겠죠. 그는 당신에게서 그 부부 싸움 이야기가 꼭 나와야만 했소. 그가 계단에 숨어서 엿들었다고 하면 영락없이 의심받게 되겠지만, 당신이 직접 자신의 입으로 털어놓게 되면 그럴 염려가 없기 때문이지요. 이것이 바로 당신 입에서 그 이야기가 나와야 하는 이유요. 내 말 이해하겠소?

평소에 당신과 만났을 때 당신이 더 취하고 싶다고 하면 그는 녹초가 되도록 마시게 했소. 그리고는 당신을 아파트까지 데려다주곤 했었소. 당신이 그 끔찍한 현장으로 들어갈 때는 그도 그곳에 함께 들어가서 당신이 부인과 한바탕하고 뛰쳐나오게 된 경위를 당신에게서 직접 들었다고 내키지 않는 심정으로 나중에 경찰에게 진술하려는 계획이었소. 따라서 그의 충격을 약화시키는 완충기 역할을 하게 되는 셈이죠. 사실, 자기 손으로 여자를 죽이고 난 뒤에 그 현장에 그 남편과 함께 가는 것은 정말이지 기발한 아이디어요. 그는 자동적으로 남의 범행에 끌려들어간 죄없는 방관자가 되고 말겠지. 그렇게 되면 당연히 혐의자의 범위에서는 완전히 벗어나게 되는 거요.

지금까지는 모두 그가 직접 한 이야기요. 그가 자진해서 줄줄 풀어놓는 자백의 형식을 취하기는 했지만, 조금도 후회하는 빛을 보이지 않았다는 점은 이야기해야겠군요."

"대단한 사람이군요." 케롤이 음울한 투로 말했다.

"그는 당신이 혼자서 행동할 거라고 판단했었소. 당신이 갈 곳도 두 군데 모두 알고 있었더군요. 그날 오후 당신과 그가 만났을 때 당신이 오늘밤은 아내와 함께 메종 블랑세에서 저녁을 먹은 뒤 카지노 극장에 갈 생각이라고 이야기했다는군. 하지만 당신이 갔었던 그 술집은 몰랐었답니다. 거기야 당신이 아무 생각없이 불쑥 들어간 곳이었으니까.

그는 곧장 메종 블랑세의 현관으로 가서 다른 사람들 눈에는 띄지 않게 살며시 안쪽을 살폈소. 그러다가 당신의 모습을 발견하게 되었지. 당신이 막 도착했을 때였을 거요. 그런데 뜻밖에도 당신에게는 동행자가 있었소. 이것으로 그의 계획이 완전히 바뀌게 되었지. 이렇게 되면 그는 당신의 자리에 비집고 들어가 당신 입에서 부부 싸움 이야기가 나오도록 할 수가 없으니까 말이오. 그뿐만이 아니라 당신이 아파트를 나온 지 얼마나 지나서 그녀를 만났는가도 문제가 되겠고, 또한 그 동행자가 어느 정도의 알리바이를 제공해 줄지 모르기 때문이었소. 다시 말하면, 그 시점에서는 그 여자가 그의 입장에서 보든지 당신의 입장에서 보든지간에 중요한 인물이 될 것이라고 재빨리 느낀 거지요. 그래서 상황에 맞추어 계획을 바꾸기로 했던 거요.

그는 일단 밖으로 나와 큰길을 어슬렁거리며 자기의 모습이 눈에 띄지 않을 만한 거리에서 식당의 입구를 감시했소. 당신의 다음 예정지가 카지노 극장이라는 것을 알고 있었지만, 물론 확신을 가질 수는 없었기 때문이오. 꼭 그렇게 되리라는 보장은 사실 아무도 못하는 것 아니겠소? 그런 중에 당신 두 사람은 그곳을 나와 택시를 탔소. 그 사람도 역시 택시를 타고 당신들을 뒤쫓았지요. 그리고는 카지노 극장까지 들어간 거요. 여기는 중대한 대목이니까 잘 들어야 됩니다. 우선, 한 막만 볼 틈밖에 없는 사람처럼 그는 입석표를 샀소. 그리고는 기둥 뒤에 숨어서 쇼가 끝날 때까지 당신들의 뒷모습을 '죽 감시한 겁니다. 공연이 끝나고 당신들이 나오려고 자리에서 일어섰소. 극장문을 나올 때 혼잡해서 하마터면 당신들을 잃어버릴 뻔했지만 행운이 그를 따라주었소. 하지만 가깝게 따라붙지 않았기 때문에 장님 거지와의 일은 전혀 알지 못했었지. 그러나 당신들이 탄 택시가 혼잡한 속을 빠져나가는 데 시간이 걸렸기 때문에 그는 다른 택시를 잡아 계속 뒤따를 수 있었던 게요.

당신들은 끝으로 그를 안젤모 술집으로 이끌었소. 그러나 물론 그는 거기가 이번 사건의 핵심이 될 장소라는 것을 알아차리지는 못했소. 그는 밖의 보도에서 서성거렸소. 술집이 비좁았기 때문에 안으로 들어가면 아무래도 당신에게 들킬 거라고 생각했던 거죠. 잠시 뒤, 그는 당신이 여자를 그곳에 남겨두고 혼자 나오는 것을 보았소. 그리고 그때 당신이 아파트를 나오면서 외치던 그 말, 즉 '지금 거리에 나가서 맨 처음 만나는 여자를 당신 대신 데리고 가지!' 라는 말을 당신이 행동으로 옮긴 거라고 추측했소. 그는 그 자리에서 결단을 내리지 않으면 안 되었소. 그 여자를 놓치더라도 당신을 계속 미행하든지, 아니면 여자 쪽으로 방향을 돌리든가 말이오. 그녀가 당신에게 유리하게 작용할 것인지 불리하게 작용할 것인지를 그때로서는 알 수 없으니 주저할 수밖에 없었죠.

그러나 언제까지나 주저하고 있을 수만은 없었소. 여기에서도 또 행운은 그에게 돌아갔소. 거의 육감적인 그의 선택은 정확했던 거요. 그 이상 당신을 뒤쫓았다면 그는 틀림없이 불리해졌을 거요. 당신을 웅덩이에 처넣기는커녕 자칫 잘못하면 자기 꼬리가 붙들리게 될 위험이 있었던 거죠. 즉, 그의 배가 부두를 떠날 시간이 임박했던 겁니다. 그는 꼭 그 배에 타야만 했소.

그래서 어쩔 수 없이 당신을 포기하고 여자를 선택하게 되었죠. 사실 그는 자기의 육감이 맞아떨어지리라고는 꿈에도 생각지 못했다고 하더군.

그는 은밀하게 여자를 감시하면서 밖에서 기다리고 있었소. 여자가 밤늦게까지 술집에 있을 리가 없고, 결국에는 어디론가 돌아갈 것이라고 생각했던 거지요. 잠시 뒤, 그녀가 나타나자 그는 눈에 띄지 않도록 조심하면서 여자의 뒤를 따랐소.

그는 빈틈없는 사람이었기 때문에 그 장소에서 바로 이야기를 거는 섣부른 행동은 하지 않았소. 자기의 정체를 노출시키게 되기 때문이지요. 만일, 그렇게 해서 그녀가 알리바이를 입증이라도 하게 된다면 필연적으로 위험하게 될 테니까. 당신과의 일을 그녀에게 물어보아 그것에 관심을 나타냈다는 사실이 나중에 밝혀지면 말이오.

그는 현명하게도 다음과 같은 조치를 취했소. 즉, 지금 단계에서는 여자의 신분과 주소를 확인하는 정도로만 해두자. 그러면 필요할 때에 언제든지 찾아낼 수가 있을 테니까. 그리고 나서는 잠시 그녀를 자유스럽게 내버려두는 겁니다. 그 다음, 만일 형편이 허락되면 그녀가 어느 정도 당신에게 유리하게 작용할 수 있는가를 알아내고 싶었던 거요. 그러려면 우선 그날 밤당신들이 간 곳을 모두 조사해서 당신과 그녀가 처음 만난 장소를 찾아내야 하겠죠. 그리고 무엇보다도 중요한 것은 당신들두 사람이 만난 것이 당신이 아파트를 뛰쳐나온 뒤 얼마나 시간이 지난 뒤인가 하는 점이었소. 또, 이 사건에서 그녀의 역할이 매우 중요하다면 그녀가 표면에 나타나지 않도록 모든 방법을 강구해야 했기 때문이오. 그가 그 여자에게 찾아가서 입을 다물어 달라고 하면 순순히 받아들일 것인지 아닌지 꼭 확인할 필요가 있었소. 만일 응하지 않는다면 이미 마음속으로는 여자를 없애버릴 잔인한 방법까지도 생각하고 있었겠지. 그가 그렇게 자백했소. 처음의 범죄에서 벗어나기 위해 제2의 범죄를 저지르는 수법이지요.

그래서 그는 여자를 미행하기 시작했던 거요. 그런데 무슨 일인지 밤이 무척 깊었는데도 그녀는 계속해서 걸어가는 것이었소. 덕분에 그는 그녀를 놓칠 염려 없이 쉽게 미행할 수 있었죠. 처음에 그는 여자의 집이 술집에서 가까운 곳에 있는 모양이라고 생각했는데, 차츰 멀리로 가는 것이었소. 이내 그는 자기 생각이 틀렸다는 것을 알게 되었지. 그런 중에 혹시 여자가 자기를 미행하고 있다는 것을 알아차리고는 행방을 감추려고 일부러 그러는 것이 아닐까 생각도 했지만, 그런 것도 아니라는 결론을 내릴 수 있었소. 그녀는 무엇인가를 경계하는 기색은 조금도 없었고, 다만 목적도 없이 흐느적흐느적 걸어가는 것이었소.

그녀는 불이 꺼진 진열창 앞에서 걸음을 멈추고 진열되어 있는 물건들을 들여다보기도 했고, 길잃은 고양이의 등을 쓸어 주기도 하면서 무작정 힘없이 비틀비틀 걸어갔소. 일부러 그러는 기색은 조금도 없었죠. 만일, 그녀가 그의 미행을 알아차렸다면 택시를 불러서 타고 갈 수도 있겠고, 경관에게 한두 마디 귀엣말로 부탁할 수도 있었을 거요. 도중에 경관을 대여섯 명이나 만났지만 여자는 그들을 쳐다보지도 않았소. 결국 그녀에게는 갈 곳이 없어서 그렇게 방황하고 있는 것이라고 해석할 수밖에 없었던 거요. 그렇다고 집이 없다고 단정짓기에는 너무나도 단정한 옷차림이어서 그는 어떻게 판단을 내려야 할지 갈피를 잡지 못하고 있었소.

여자는 렉싱턴 57번가까지 올라가서 서쪽으로 돌아 5번가로 다시 나왔소. 또, 북쪽으로 두 블럭 더 걸어가 셔먼 장군의 동상이 있는 광장의 벤치에서 잠시 쉬었소——마치 오후 3시에 시내를 산책하는 듯한 태도였소. 공원에 들어온 세 대의 차 중 한 대가 타지 않겠느냐고 하는 듯이 속도를 줄이고 그녀 앞을 지나가는 바람에 그녀는 또다시 벤치에서 일어나 걸어가는 것이었소. 그렇게 해서 59번가를 다시 동쪽으로 향해 흐느적거리며 걸어갔소. 길거리에 있는 미술점 앞에 멈춰서서는 상점 안에 진열되어 있는 물건을 외기라도 할 것처럼 열심히 들여다보아서 뒤에 있던 롬버드도 머리가 이상해질 정도였소.

이대로라면 퀸즈버러 다리를 건너 롱아일랜드까지 가게 되는가 보다 하고 생각하고 있는데, 여자는 갑자기 59번가의 끝에 있는 작고 지저분한 여관으로 들어가고 말았소. 그는 뒤에서 여자가 프런트에서 서명하고 있는 것을 지켜보았소. 이것도 역시 지금까지의 행동과 마찬가지로 아무 생각 없이 장난삼아하는 것처럼 보였소.

여자의 모습이 사라진 뒤, 그 사람도 그 여관에 들어가서 방하나를 빌렸소. 그게 여자가 어떤 이름으로 서명하고 어느 방에 들어갔는지 알기 위한 가장 빠른 길이었으니까. 그는 서명하면서 바로 위의 이름을 보니 '프랜시스 밀러'라고 되어 있고 방은 214호실이었소. 그는 운좋게도 여자의 옆방인 216호를 얻을 수가 있었소. 여관측에서 보여준 두세 개 방은 이런저런 이유를 둘러대어 싫다고 한 거지요. 그 여관은 금방이라도 무너질 듯한 데다가 여인숙보다도 지저분한 곳이어서 그가 여러 가지 트집을 들먹여도 별로 의심하는 눈치가 아니었다고 하더군요.

그는 잠시 동안 2층에 머물러 있었소. 그는 여자의 방을 살펴보며 여자가 오늘밤 이대로 머무를 것인지, 그가 나갔다가 돌아올 때까지 거기에서 움직이지 않고 있을 것인지를 확인하기위해서 2층의 자기 방 앞 복도를 서성거렸죠.

그러던 중에 그는 그 이상은 어떻게 할 수 없다는 판단을 내렸소. 자기 방 출입문 위의 들창으로 그녀 방의 불빛이 보였소. 게다가 건물이 너무도 낡았기 때문에 여자가 움직이는 소리가 손에 잡힐 것처럼 들려서 무엇을 하고 있는지 쉽게 판단할 수가 있었죠. 그는 그녀가 옷을 벗어서 초라한 옷장 속에 걸어두는 소리를 들었소. 그녀는 물론 짐은 가지고 있지 않았으니까. 그녀가 실내를 걸어다니면서 낮은 콧노래를 부르고 있는 소리가 들려왔소. 가끔 콧노래의 가사를 알아들을 수도 있을 정도였다는군요. 치카 치카 붐 붐——당신이 그날 저녁때 그녀를 데리고 간 극장에서 들은 구절이었지. 그녀가 서둘러서 잘 준비를 할 때 수돗물이 떨어지는 소리가 들렸고, 잠시 뒤 들창 안의 불빛이 꺼졌소. 그리고 낡은 침대에 그녀가 몸을 누이는 스프링 소리까지도 들을 수 있었소. 마지막 조서를 꾸밀 때 그는 그 이상스런 스프링 소리에 대해 아주 자세히 묘사하더군요.

그는 자기 방에 들어가서 불을 켜지 않고, 창가에 서서 창밖으로 몸을 내밀어 보았소 창은 막다른 골목의 지저분한 빈터쪽으로 나 있었기 때문에 그는 거기에서 여자의 방을 자세히 들여다볼 수 있었소.

커튼은 창턱에서 1피트(약 30cm) 높이까지 내려져 있었지만, 자기 방의 창에 올라가서 몸을 옆으로 내밀면 그녀의 침대를 볼 수가 있었소. 그녀가 침대 끝에 누워서 피우고 있는 담뱃불이 어둠 속에서 빨갛게 빛나고 있었답니다. 두 창문 사이에는 배수관이 있었는데, 그것은 고리 같은 쇠붙이로 바깥쪽 벽에 고정되어 있어서 발판으로도 사용할 수 있었소. 그는 그것을 눈여겨봐 두었죠. 만일, 필요하다면 그것을 이용해서 들어갈 계획이었던 겁니다.

여자에 대해서는 안심이 되자 그는 다시 밖으로 나왔소. 새벽 2시가 조금 못 된 시간이었지. 그는 택시를 잡아 곧바로 안젤모 술집으로 되돌아왔소. 그 시간이면 매우 한가하기 때문에 바텐더와 이야기도 나눌 수 있겠고, 또 그 밖에 필요한 정보도 얻을 수 있을 거라고 생각한 거지요. 그는 적당한 기회를 보아서 바텐더에게 의심받지 않도록 그녀 이야기를 꺼냈소. '조금 전에 저기 끝에 앉아 있었던 여자를 아시오?' 이런 식으로 말이오.

그런 일을 하는 사람들은 지나칠 정도로 친절해서, 손님이 살짝 말을 비추기라도 하면 그냥 줄줄 풀어놓기 마련이잖소. 그 바텐더는, 그녀는 저녁 6시경에 와서 어떤 남자와 함께 나갔다가, 다시 그 남자와 둘이 돌아와서 남자는 먼저 가고 여자 혼자 남아 있었다고 이야기해 주었소.

그리고 한두 가지 의심스러운 점을 물어보았더니 그가 가장 관심을 가지고 있는 것에 대해 이야기해 주는 것이었소. 곧, 당신이 술집에 들어오자마자 그 여자에게 말을 걸었다는 것과, 그것이 6시에서 불과 2~3분이 지났었다는 사실을 알아냈소. 그것은 바로 그가 가장 두려워한 상황이었지. 그녀는 당신을 보호해 줄 가능성을 갖추고 있을 뿐만 아니라, 절대적인 구세주였던 거요. 그의 입장으로서는 어떻게 해서든지 손을 쓰지 않으면 안되었소. 그것도 아주 급하게 —— " 버지스는 잠시 말을 끊었다가 헨더슨에게 물었다. "말이 길어서 지루합니까?"

"아닙니다. 내 생명이 걸려 있는 문제인데 —— " 하고 헨더슨은 덤덤한 표정으로 말했다.

"그는 조금도 망설이지 않았소. 아직 손님이 한두 명 남아 있는 그 술집에서 거래를 시작한 거요. 그 바텐더는 약간의 팁으로도 간단히 움직일 수 있는 사람이었소. 그는 익을 대로 익어서 건드리기만 하면 그냥 톡 떨어지는 그런 인물이었던 거요. 신중한 한두 마디, 카운터 너머로의 악수——이것으로 이야기는 끝났소. '얼마를 주면 그 여자와 남자가 이곳에서 만났다는 것을 잊어버릴 수 있겠소? 아니, 그 남자가 이곳에 왔다는 것을 잊어버릴 필요는 없소. 여자만 잊으면 돼.' 바텐더는 아주 적은 액수를 말했소. '경찰에 불려가서도 절대로 말하면 안돼요.' 이 말에 바텐더는 잠시 주저하는 눈치였소. 롬버드가 바텐더가 말한 액수의 50배를 제시하자 그는 결심을 굳혔소. 현금으로 1,000달러를 쥐어준 것이오. 그는 당신 부인과 둘이서 남미로 도망치려고 했기 때문에 상당한 액수의 현금을 가지고 있었던 거요. 바텐더는 물론 그것으로 약속해 버렸죠. 롬버드는 조용한 말투였지만 가슴이 섬뜩할 정도의 위협조로 그 약속을 재확인 시켰소. 그는 협박에는 일가견이 있었던 모양이오. 그가 협박하는 말투가 보통이 아니었기 때문에 상대방도 대충 넘어갈 성질의 것이 아니라고 느꼈던 것 같소.

바텐더는 그 뒤로는 단단히 입을 다물고 말았소. 사건의 전모를 대강 알고 난 뒤에도 우리들은 그에게서 한마디도 얻어내지 못할 정도였으니까. 그것은 결코 1,000달러라는 돈 때문만이 아니라 목숨이 두려웠기 때문이었을 거요. 다른 사람들에게도 물론 같은 방법을 썼겠죠. 클리프 밀번에게 어떤 일이 있었는지를 보면 그것을 잘 알 수 있을 거요. 롬버드라는 사람은 어딘가 흉폭한 구석이 있는 인물이었던 것 같소. 농담 같은 건 조금도 생각할 수 없는 그런 인물 말이오. 너무나 오랫동안 거친 자연만 상대하다 보니 그렇게 변한 모양이오.

바텐더의 입을 막은 뒤, 그는 그곳을 나와 당신이 다닌 길을 그대로 따라나섰소. 새삼스럽게 당신에게 자세한 것을 반복할 필요는 없겠지. 그 시간에는 레스토랑과 극장은 이미 문을 닫았지만 그는 갖은 수단을 다 써서 미리 봐두었던 사람을 찾아다닌 거요. 포레스트 힐스까지 쫓아가 잠자고 있는 사람을 흔들어 깨우기도 했소. 그렇게 해서 새벽 4시에는 그런 일을 죄다 끝낼 수 있었소. 그는 꼭 필요한 사람 세 명을 만났던 거요. 택

시 운전사인 앨프, 메종 블랑세의 지배인, 그리고 카지노 극장
의 매표원——그는 그들에게 적당한 액수의 돈을 쥐어주었소.
택시 운전사는 단지 여자를 못 보았다고만 말하면 되는 것이고,
지배인은 테이블 담당 보이에게 조금 나누어주면서 입을 다물
라고 말하면 되는 거였소. 극장의 매표원에게는 상당한 액수를
주었으니까 사실상 그와는 공모자가 된 것이오. 매표원은 오케
스트라 단원 한 명이 어떤 특이한 여자를 보았다고 떠벌이는
소리를 들었다고 하며, 그 친구 입도 틀어막아 놓는 게 좋을 거
라고 롬버드에게 귀띔해 주기까지 했다는 거요. 하지만 롬버드
는 다음날까지 돌아다닐 수는 없는 입장이었소. 그런데 그에게
는 다행스럽게도 우리가 그 같은 인물에 대해서는 조금도 신경
을 쓰지 않았기 때문에, 롬버드가 그 친구를 찾아가는 걸 다음
번으로 미루었어도 안전할 수가 있었던 게요.
　날이 밝기 한 시간쯤 전에 그는 그 일을 모두 끝낼 수 있었소.
그는 온갖 수단과 방법을 가리지 않고 여자의 모습을 지워버리
는 데 애썼소. 남은 것은 이제 그 여자뿐이었지. 그는 그 일을
마무리짓기 위해 그 여관으로 다시 돌아갔소. 그때에는 이미
자기의 생각이 굳어졌다고 그는 자백하더군요. 돈으로 입을 막
기보다는 더욱 영구적인 방법, 곧 죽음으로 확실하게 침묵시킬
계획이었다고 합니다. 그렇게 해야만 다른 모든 노력이 안전해
지고, 어느 누군가가 배신해서 입을 열어도 아무런 증거도 남
지 않을 테니까 말이오.
　그는 여자의 옆방에 들어가자마자 어둠 속에 앉아서 계획을
세웠소. 같은 살인이라도 당신 부인과는 달리 이번에는 범인으
로서 주목받을 위험이 가장 크다고 생각했던 거요. 여관의 프
런트에는 존 롬버드가 아니라 흔한 이름을 써놓았으니까 엉뚱
한 사람이 의심받게 되겠지만. 그는 배 시간에 맞추어 갈 작정
이었소. 그러므로 이곳에 다시 모습을 나타내지 않을 것이기
때문에 시간이 지난다고 해서 그의 신분이 탄로날 염려는 없었
소. 여자를 죽인 범인으로서 자신이 의심을 받게는 되겠지요.
그러나 그 사람이 누구인지는 아무도 알 수 없게 될 것이오. 내
가 하는 말을 알아듣겠소?
　그는 복도에 나가서 여자의 방문에 귀를 대보았소. 주위는

아주 조용했소. 모두 잠들어 있는 시간이었으니까. 문의 손잡이
를 확인해 보았으나 짐작한 대로 잠겨 있었소. 기대할 수 있는
것이라곤 두 창문 사이의 바깥쪽 벽에 붙은 배수관의 발판을
이용하는 거였소. 사실 그는 그 방법을 죽 생각하고 있었던 거
지요.

창문에서 고개를 내밀어 보니까 커튼은 아까와 마찬가지로
창턱에서 1피트 정도까지 내려져 있었소. 그는 소리가 나지 않
게 재빨리 창밖에 나가서 배수관의 발판에 왼발을 딛고 쉽게
여자 방의 창틀에 발을 올려놓고 허리를 구부려 커튼 밑을 통
해서 방안으로 들어갈 수 있었죠. 그는 침대 시트를 이용할 생
각으로 아무것도 가지고 들어가지 않았소.

캄캄한 어둠 속을 헤치고 그는 침대에 다가섰소. 그리고는
두 팔을 들어올리고 조심스럽게 침대로 다가가서는 약간 부풀
어 오른 침대 시트를 힘차게 눌러버렸소. 그러나 그것은 힘없
이 찌부러들고 말았소. 그 안이 비어 있었던 거지요. 여자는 그
속에 없었소. 사라져 버렸던 거요. 그녀는 잠시 쉴 생각으로 들
어왔기 때문에 잠깐 침대에 누워 있다가는 날이 밝기 한 시간
쯤 전에 밖으로 나가버렸던 겁니다. 화장대 위에 흩어져 있는
재와 담배꽁초 두 개, 주름투성이의 침대 시트──남아 있는
것이라곤 단지 그것뿐이었소.

뜻밖의 상황에 그의 가슴이 철렁했으나, 차츰 마음을 가라앉
히고 프런트에 내려가서 상당히 노골적으로 그녀에 관해서 캐
물었던 모양이오. 그 대답에 의하면, 그녀는 그가 돌아오기 조
금 전에 2층에서 내려와 열쇠를 반환하고 조용히 밖으로 나가
버렸다는 거였소. 어느 쪽으로 갔는지, 어디로 갔는지, 왜 나갔
는지 도무지 갈피를 잡을 수가 없었소. 그녀는 바람처럼 나타
났다가는 바람처럼 사라져 버린 거였소.

그는 자기가 준비해 놓은 올가미에 자신이 걸려든 셈이었소.
밤중 내내 그 많은 돈을 써가면서 헨더슨, 바로 당신에게 환상
의 여인처럼 꾸며놓은 것이 지금에 와서는 오히려 자기 자신에
게 환상의 여인과 같은 존재가 되어버리고 말았던 거요. 그에
게는 절대로 있어서는 안될 일이었지요. 그 일로 인해서 상황
이 갑자기 위험해지기 시작했소. 언제 어디에서 여자가 불쑥

튀어나올지 몹시 불안해졌던 거요.

그 다음부터 계속되는 시간 내내 그는 지옥의 맛을 느껴야 했소. 그 남은 시간——비행기로 떠난다면 아직도 남아 있는 그 나머지 시간에도 그는 희망이 없다는 것을 알고 있었소. 모두 알고 있는 것처럼 뉴욕이란 도시가 그렇게 짧은 시간 내에 사람을 찾아낼 수 있는 그런 곳이 아니라는 것은 그도 잘 알고 있었으니까 말이오.

그는 미친 듯이 닥치는 대로 쏘다니며 찾아헤맸소. 그러나 두 번 다시 여자의 모습은 보이지 않았소. 날이 밝고 다음날 밤이 왔소. 시간은 더욱 없었소. 그로서는 더 이상 늦출 수가 없었지요. 그는 아직 해결하지 못한 문제를 그대로 두고 떠나야 할 형편이었소. 그때부터 그는 머리 위에 도끼가 매달려 있는 초조하고 불안한 시간을 보내야만 했던 거요.

살인한 지 사흘째 되는 날에 비행기로 뉴욕을 출발하여 마이애미를 거쳐 하바나로 갔소. 거기에서 출항한 지 사흘이 지나 예정된 배가 하바나에 입항했을 때 간신히 배에 오를 수가 있었죠. 승무원에게는 출항 당일에 술에 취해서 제시간에 대지 못했다고 변명했고요.

따라서 내가 당신 이름으로 전보를 친 것은 그에게는 구원의 밧줄이었던 거요. 그것을 핑계로 회사 일을 내팽개치고 황급히 돌아올 수 있었죠. 조마조마하게 하루하루를 지내고 있었는데 이제 마지막 마무리를 할 수 있는 기회가 굴러들어온 것이오. 흔히 살인범은 본능적으로 사건 현장을 다시 보고 싶어한다고 하지요. 그 친구 역시 자석에 이끌리듯이 되돌아온 거요. 도움을 구한 당신의 전보가 그에게는 아주 좋은 기회가 되었지요. 이렇게 되니 그는 당당히 돌아와서 당신을 위해서 그녀를 찾을 수가 있게 된 거요. 전에는 어쩔 수 없이 포기해 버린 작업을 이번에는 철저하게 할 수가 있었소. 만에 하나라도 경찰이 그녀를 찾아낸다 해도 그녀는 이미 시체가 되어버린 뒤이리라 하고서."

"그렇다면 당신은 감방에 찾아와서 내 이름으로 전보를 친 그날에는 이미 그를 의심하고 있었다는 말인데, 그를 처음으로 의심하기 시작한 것은 언제부터였습니까?"

"확실하게 몇 월 며칠 몇 시부터라고는 말할 수 없지만, 당신이 무죄일 거라는 육감이 들기 시작하면서 나는 점점 그에게로 관심이 쏠렸던 것 같소. 하지만 그가 진범이라는 결정적인 증거는 애당초부터 없었소. 그래서 그렇게 한참이나 돌고 도는 방법을 쓸 수밖에 없었던 거죠. 아파트에도 그의 지문은 남아 있지 않았소. 틀림없이 손을 댄 곳은 모두 깨끗이 닦아놓았겠지. 문의 손잡이에 지문이 몇 개 있긴 했지만, 누구의 것인지 가려낼 수 없었소.

처음부터 그의 존재는 당신이 심문받을 때에 입에 잠시 오른 사람에 불과했소. 당신이 부인 때문에 아주 친한 친구의 송별 파티마저도 거절해야 했다고 말했잖소. 그 당시에 그는 그저 그런 정도의 존재에 불과했소. 우리 쪽에서도 당신의 배후 관계를 알기 위한 한 자료로서 형식적으로 그의 신변을 조사했을 뿐 그 이상의 다른 생각은 하지도 못했지요. 그는 당신에게 이야기한 대로 배로 출발했다는 것을 알았소. 그런데 참으로 우연히도 기선회사를 통해서 그가 출항할 때 타지 못하고 사흘 뒤에 하바나로 뒤쫓아가 거기에서 승선했다는 사실을 알게 되었소. 그리고 또 하나, 그는 처음엔 두 사람의 배표를 예약했었소. 자기와 부인의 것을——그런데 나중에 승선한 것은 그 사람 혼자뿐이고 부인은 끝까지 타지 않았다는 거였소. 그리고 좀더 자세히 알아보았더니 그는 결혼했다거나, 이곳에서 부인을 맞이한 기록이 없더군요.

물론 그렇다고 해서 그를 범인이라고 단정할 수는 없는 일이오. 뭐 사실 예약한 배를 타지 못하는 것은 누구에게나 있을 수 있는 일이니까. 출발 직전의 송별 파티가,지연될 수도 있겠고, 또 갑자기 피치 못할 일이 생겨서 잠시 동안 결혼을 미루는 것도 흔히 있을 수 있는 일 아니오?

그래서 나는 그 이상은 생각지 않기로 했었죠. 그러면서도 또 한편으로는 그가 출항할 때 타지 못하고 사흘 뒤에 혼자 뒤쫓아가서 배에 탔다는 사실이 내 머릿속에서 늘 떠나지 않고 맴돌고 있었던 겁니다. 그것이 내 주위를 끌었다는 것이 무엇보다도 그에게는 치명적인 일이었지요. 경찰에게 주목을 받아서 덕을 보는 건 사실상 거의 없는 법 아니겠소. 그때부터 내 머릿속에서 당신이 유죄라는 확신이 차츰 증발하기 시작하면서 내 머리는 진공상태로 되어가는 거였소. 진공이란 무엇인가로 메꾸어야 하며, 또 자연적으로 메꾸어지게 되어 있지요. 그러한 상황에서 그에 대한 이러저러한 사실들이 하나씩하나씩 모여 방울지기 시작하더니 어느 사이엔가 공간이 꽉 차버리게 되었던 겁니다."

"그것을 나에게는 한마디도 해주지 않았군요." 하고 헨더슨이 말했다.

"할 수 없었소. 결정적인 것이 하나도 없었으니까. 사실대로 말해서, 그날 밤 그가 리치먼 양을 차에 태우고 숲속으로 데리고 갈 때까지만 해도 당신에게 모든 것을 털어놓는다는 것이 커다란 도박이었소. 만일, 내가 그대로 말했다면 당신은 분명히 내 의견에 반대했을 거요. 그리고는 틀림없이 왜곡된 우정의 힘에 끌려서 그에게 경고해 주었을 거라고 생각합니다. 또, 당신이 내가 그 친구에 대해 뒷조사한 것을 알고는 그것을 믿는다고 해도, 당신은 끝내 유치하기 짝이 없는 감정에 휩쓸려 당신 자신을 배신했을 거요. 당신의 태도에서 그는 무엇인가를 육감적으로 눈치채게 되겠지요. 그러면 이쪽의 모든 계획은 수포로 돌아가고 마는 거요. 당신은 무서울 정도로 긴장해 있었으니까 말이오. 그래서 내가 생각한 가장 안전한 방법은 당신을 통해서 그를 움직이는 것, 당신에게마저도 알리지 않는다는 것, 당신을 일종의 무의식적인 매체로서 이용한다는 것이었소. 하지만 이것들은 입으로 말하는 것처럼 그렇게 쉬운 일은 아니었지요. 예를 들어, 극장의 프로그램을 가지고 쇼를 벌린 것도 그렇고——"

"지금에 와서 하는 말이지만, 나는 당신의 머리가 좀 이상해진 모양이라고 생각했었습니다——그렇지 않으면 내 머리가 돈 것이겠고요. 당신은 내게 똑같은 질문을 반복, 반복, 반복하고 또 동작 하나하나, 말 한마디 한마디를 모조리 반복하게 했으니까요. 당신은 내가 어떻게 생각하고 있는지를 처음부터 모두 꿰뚫어보고 있었던 겁니다. 나는 그것을 고통을 줄이기 위한 하나의 방편으로, 시시각각으로 죄어오는 생명의 사선에서 마음을 안정시키기 위한 방편으로만 받아들였었지요. 그래서 나는 아무 생각 없이 빠져들어서 당신의 말대로 행동했었던 겁니다——물론 반은 장난삼아서 말이오."

"당신이야 반은 장난삼았다고 하겠지만 나는 심장이 목구멍까지 올라오는 기분이었소." 하고 버지스는 쓴웃음을 지었다.

"당신이 그를 뒤따르던 중에 발생한 모든 사건에서도 혹시 그 친구가 관계된 것은 아닐까요?"

"맞았소. 아주 깡그리 그러했소. 한 가지 이상한 것은, 타살처럼 보였던 클리프 밀번 사건이 틀림없는 자살이라고 밝혀진 거요. 바텐더는 물론 교통사고로 죽었소. 그러나 사고라고 했던 두 가지는 실은 타살이었다는 것이 밝혀졌소. 그가 손을 쓴 살인사건이었지. 장님 살인과 피에레트 더글러스 살인사건 말이오. 두 사건 모두 흉기가 쓰이지 않은 평범한 살인이었소. 특히 장님은 소름이 끼치는 끔찍한 방법으로 살해되었죠.

그는 밖에 나가서 나를 전화로 불러온다는 핑계로 장님을 잠시 혼자 방에 남겨두었소. 그 장님은 다른 사기꾼들과 마찬가지로 경찰을 싫어한다는 것쯤은 그도 잘 알고 있었던 터요. 그러니까 무엇보다도 먼저 거기에서 도망치려고 할 것이 분명하다고 생각한 거죠. 꼭 그렇게 할 거라는 사실을 알고 행동한 것이랍니다. 그는 방을 나서자마자 양복점에서 쓰는 튼튼한 검은 실을 내려가는 계단 맨 꼭대기에 발목 높이 정도로 나지막하게 옆으로 여러 가닥 치고 한쪽은 문 손잡이의 목에, 반대편은 판자 벽에 박혀 있는 못에 잡아매어 두었소. 그리고는 전등불을 끈 거요. 장님이 앞을 볼 수 있다는 것을 알고 있었으니까. 그 다음에는 당신도 알고 있는 그 흔한 수법으로 계단을 퉁퉁 울리면서 내려갔지요. 그리고는 계단 아래의 넓은 곳에서 몸을 숨기고 숨을 죽이며 기다렸소.

장님은 롬버드가 경찰을 데려오기 전에 먼 곳으로 도망치려고 허둥지둥 방을 뛰쳐나오다가 불쌍하게도 롬버드의 계략에 걸려들고 만 거요. 장님은 실에 발이 걸려 계단 밑으로 몇 바퀴 굴러떨어지면서 과히 넓지 않은 계단 밑의 벽에 머리를 부딪쳐 버렸소. 물론 실은 끊어졌지만 그가 떨어지는 것을 막아주지는 못했지. 하지만 그는 죽은 것은 아니었소. 그는 비명을 지르며 굴러떨어져서 두개골이 금이 갈 정도일 뿐, 단지 기절해서는 쓰러졌던 거지요.

롬버드는 재빨리 그곳으로 달려가서 기절해 있는 장님을 타고 넘어 계단을 올라가 증거가 될 만한 실을 모두 없애버렸죠. 그런 뒤에 장님에게 다가가서 손으로 더듬어보니 그가 아직도 숨을 쉬고 있는 거였소. 그는 머리를 부자연스런 각도로 벽에 기대고 있었으며, 목은 괴상하게 비틀어져 있었소. 양 어깨는 찰싹 바닥에 닿아 있었고, 머리는 비스듬히 벽에 기대어 있는 모습이 마치 조교(吊橋) 같았다고 합니다. 롬버드는 목의 위치를 옮겨놓고 난 뒤에 벌떡 일어나서는 한쪽 발을 들어 무거운 구두로 목뼈를 겨냥하고서——"

캐롤이 참다못해 얼굴을 돌렸다.

"이거, 미안하게 됐소." 버지스는 중얼거리는 투로 사과했다.

그녀는 다시 앞으로 고개를 돌리면서 말했다. "그것도 이야기의 한 토막이니까 다 들어야겠군요."

"그리고 나서 그는 밖으로 나가서 나에게 전화를 걸었소. 그리고 나서는 되돌아가서 아래층 현관문 근처에서 서성거리다가 일부러 순찰중인 경관을 붙들고는 내가 도착할 때까지 말을 걸고 있었던 거요. 혹시라도 알리바이를 추궁당할 경우 사람눈에 띄는 곳에 있으면 의심받지 않기 때문이지요. 그는 거기까지도 생각해 두었던 겁니다."

"당신은 그것을 금방 알아차렸습니까?" 하고 헨더슨이 물었다.

"그날 밤 늦게 그를 돌려보낸 뒤에 나는 시체보관소에 가서 시체를 조사해 보았소. 그랬더니 장님의 발목 앞쪽에 가느다란 붉은 줄이 나 있더군요 바로 그 실자국이었지요. 또, 그의 목 뒤에 먼지가 묻어 있는 것도 발견했소. 그때 비로소 어떤 일이 일어났었는지를 짐작하게 된 거요. 나는 그 두 가지 사실만으로 하나의 추리를 만들어낸 거지요. 하지만 그것만으로 그의 짓이라고 단정짓는다는 것은 너무 억지였소. 조금 잔인한 일인지 모르지만, 나는 때를 기다렸다가 더욱 큰 사건의 범인으로서 그를 체포하고 싶었소. 장님 사건을 단서로 해서 그가 다른 사건도 저질렀다고 단정하기에는 무리라서 말이죠. 섣불리 체포했다가는 어쩔 수 없이 놓아주게 될지도 모르는 일이었거든요. 나는 한번 체포한 이상은 절대로 그를 놓치고 싶지 않았던 거요. 그래서 나는 아무 말없이 로프를 점점 더 늦추어 그가 마음대로 헤엄치도록 내버려두었던 겁니다."

"마리화나 담배를 피우던 남자와는 관계가 없었던 모양이지요?"

"면도날이 의심스럽긴 했지만, 그 사건만은 유일하게 그의 짓이 아닌 것 같소. 클리프 밀번은 마약중독에서 오는 우울증과 공포감 때문에 발작적으로 자기 목숨을 끊은 거요. 선반 위에 깔아놓은 종이 밑에서 발견된 안전 면도날은 그전에 살던 사람의 것이 아니면, 밀번의 친구가 그의 목욕탕에서 수염을 깎고 버린 걸 거요. 행동파 심리학자들이 그 사건을 보면 아마도 비상한 관심을 나타낼 거요. 사람들은 아무리 자살할 때라도 도구를 본래의 용도 이외에는 사용하지 않으려고 한다는군요. 이것은 본능적인 행동인가 봅니다. 그게 우리 인간들의 공통된 습성이겠지요. 무심코 자기 아내가 면도칼로 연필을 깎았다고 해서 남편이 핏대를 올리며 화를 내는 것도 그런 종류이지요."

캐롤이 조용히 중얼거리듯이 말했다. "그날 밤부터 나는 면도칼 옆에는 가지도 못했어요."

"그러나 피에레트 더글러스의 죽음은 그의 짓이었다죠?" 하고 헨더슨이 흥미 있는 듯이 물었다.

"그것은 먼젓번보다 더 교묘한 방법이었소. 그녀의 방에는 번쩍번쩍 윤이 나도록 닦아놓은 마루 위에 길쭉한 융단이 입구 쪽의 한 단 내려간 곳에서부터 프랑스식 창문 밑에까지 깔려 있었소. 그는 자신이 그 마루에서 미끄러져 넘어질 뻔한 것을 이용해서 이 방법을 생각해 낸 거요. 그가 넘어질 뻔했을 때 그녀가 웃은 것이 계기가 된 것이지요. 나머지는 그녀와 이야기하면서 대충 방의 구조를 훑어보면서 구상했겠지. 융단이 일직선으로 깔려 있었기 때문에 그녀가 어떤 위치에 서면 몸의 균형을 잃었을 경우 몸의 대부분이 프랑스식 창문 밖으로 쏠린다는 것을 눈여겨보고, 그는 그곳에 보이지 않는 X 표시를 해두었소. 그리고는 그 정확한 위치를 머릿속에 못박아둔 겁니다. 말로 하니까 간단한 것 같지만, 자신이 움직이면서, 더구나 상대방과 이야기하면서 그곳에 주의력을 쏟기란 사실상 무척 어려운 일이었을 거요. 보통 힘든 일이 아니지.

이것은 내가 적당히 꾸며대서 하는 이야기가 아니라, 그가 직접 쓴 진술서를 보고 알게 된 거요. 그 순간부터 그가 그녀를 자신의 목적지로 교묘하게 유도할 때까지 그들은 죽음의 미뉴에트를 춤추기 시작했소. 그는 수표를 쓰고 나서, 그것을 손에 들고 일어서서 바깥 공기에 잉크를 빨리 말리는 체하면서 창가로 갔소. 그리고는 그녀를 오게 하려고 예정한 장소 바로 근처로 천천히 걸어갔소. 그곳은 융단이 깔려 있지 않은 곳이지요. 그리고 나서는 수표를 내미는 듯한 손짓으로 그녀를 예정한 장소로 유도한 거요. 그가 가만히 서서 수표를 내미니 그녀 쪽에서 그곳으로 갈 수밖에. 즉, 투우 같은 이치였지요. 소는 투우사가 내두르는 케이프를 따라 움직입니다. 그녀도 그가 한쪽에서 내미는 수표에 이끌려 그가 정해 놓은 바로 그 장소에 이르게 되었던 겁니다. 그런 다음 그는 손가락을 늦추고 수표를 내주었소.

그녀는 수표를 확인하는 데 정신을 쏟느라고 순간적으로 그 자리에서 머뭇거렸죠. 그 순간 그는 재빨리 그녀의 곁을 떠나 밖으로 나가는 것처럼 성큼성큼 문 쪽으로 걸어갔소. 그리고는 나가기 바로 전에 융단이 깔려 있지 않은 곳으로 가서 그녀 쪽을 뒤돌아보며, '안녕히 계시오!' 하고 소리쳤소. 그 소리에 그녀는 수표에서 눈을 떼어 그와 마주보게 되었지요——그와 동시에 그녀의 등은 프랑스식 창문을 향하게 되어 바로 그가 바라던 바대로 꼭 맞춰지게 된 것이오. 만일 그녀의 몸 앞쪽이 프랑스식 창문 쪽으로 향했거나, 아니면 적어도 옆으로 향한 자세에서라면 아무리 몸의 균형을 잡지 못했다고 하더라도 순간적으로 창문 틀을 붙잡을 수 있었을 겁니다. 그러나 등을 지고 있는 자세에서는 어떻게 할 수가 없었던 거죠. 사람의 팔의 관절은 그런 식으로는 움직이지 못하니까.

그는 재빨리 엎드리면서 융단 끝부분을 잡고 일어서며 팔을 죽 머리 위로 치켜올렸다가 다시 내렸소. 그는 단지 그렇게밖에 하지 않았습니다. 그 순간 그녀는 바람과 같이 프랑스식 창문 밖으로 떨어져 버렸죠. 그는 그녀가 비명 한마디도 지르지 못했다고 합디다. 그녀는 마침 숨을 내쉬고 있었던 때였던 모양이오. 발에서 벗겨진 은색 구두가 마루 위에 쿵 떨어졌을 때는 이미 그녀의 모습은 보이지 않았죠."

캐롤은 눈살을 찌푸리며 말했다. "그건 칼이나 권총을 사용하는 것보다 더 비겁한 방법이에요. 그건 일종의 배신이라고요."

"예, 맞아요. 하지만 배심원을 납득시키기에는 상당히 어려운 부분이죠. 그는 그녀에게서 20~22피트(약 6~6.6*m*) 떨어진 곳에서 손가락 하나 까딱 안하고 죽였으니까. 물론 단서인 융단이 그곳에 그대로 남아 있기는 하지만. 나는 그곳에 들어가자마자 바로 그러한 것을 알 수가 있었소. 주름이 잡혀 있었던 것은 그가 있었던 쪽의 끝이었거든요. 그녀가 서 있었던 곳의 융단은 주름이 잡히지 않고, 전체가 조금 비뚤어져 있었을 뿐이었소. 하지만 정말로 발이 걸려서 비틀거렸다면 그 반대로 그녀가 서 있었던 쪽의 융단에 주름이 잡혀 있어야 할 게 아니겠습니까? 그리고 설사 그렇다고 해도 그 영향이 그렇게 멀리까지는 가지 않으니까 그가 서 있었던 쪽은 주름 하나 없이 평평했어야 하지요.

그 방에는 그녀가 피우고 있었던 담배가 하늘하늘 연기를 내뿜고 있었소. 그 사람에게서 내게 전화가 걸려온 것이 15분 전이었으니까, 담배가 탄 것으로 보아 그녀는 우리가 도착하기 바로 직전에 떨어진 것으로 생각되었소. 아니, 전화 이야기는 그만두고라도 내가 그 사람과 소방서 앞에서 만난 시간으로 보아도, 그는 8분이나 10분간은 줄곧 나와 함께 행동했소.

나는 한 순간이라도 오판을 했다고는 생각지 않지만, 그런 중에도 그의 계략을 완전히 알아차리기에는 꼭 사흘간이나 걸렸소. 그 아파트에 있는 스탠드식 재떨이에는 한가운데 구멍이 나 있어서, 재가 속이 비어 있는 긴 대롱을 통해 맨 끝으로 떨어지도록 만들어져 있었소. 그 재떨이에 저절로 닫히는 뚜껑이 붙어 있는 것을 그는 계속 열려 있도록 손질해 놓았소. 그리고 보통 크기의 담배를 세 개비 이어놓았던 거요. 앞의 두 개비를 속담배를 조금 빼내어 이어놓았으니 보통 것보다 세 배나 긴 담배가 만들어졌겠죠. 게다가 내가 들어갔을 때 담배가 타고 있도록 하기 위해서 마지막 것은 담배 상표가 남아 있도록 해놓았소. 그런 다음 담배에 불을 붙이고 재떨이 위에 올려놓았소——맨 끝부분은 비어 있는 대롱 쪽에 걸쳐놓고 입이 닿는 부분은 재떨이의 가장자리에 얹어놓았죠. 담배의 끝이 아무것에도 닿지 않도록 해두면 사람이 입으로 빨지 않아도 좀처럼 꺼지지 않는 법이오. 그런 식으로 담배는 점점 타들어간 겁니다. 처음의 두 개비는 다 타버리면 대롱 속으로 떨어져서 아무 흔적도 남지 않소. 세 개비째는 재떨이의 가장자리에 놓여 있어서 우리들이 도착할 즈음에는 그의 계획대로 타다 남은 반 개비의 담배처럼 마지막 연기를 하늘하늘 내뿜고 있었던 거지요.

그러나 이 알리바이는 다른 방향에서 그를 불리하게 만들어버렸소. 이 치밀한 조작은 애당초부터 시도하지 않는 것이 그에게는 차라리 유리했을 거요. 그가 치밀한 계산으로 피워놓은 그 담배로 인해 그가 갈 수 있는 거리가 한정되어 버린 겁니다. 그 담배가 타들어간 시간에 의하면, 그는 다시 일정한 시간 내에 되돌아와야 했었던 거지요. 그는 우리 두 사람이 그가 말한 번지를 찾아헤매지 않아도 될 수 있는, 그것도 그 여자에게 한 수 당한 듯한 장소를 바로 그 근처에서 찾아내야 했단 말이오. 그것이 바로 뉴욕 시 소방서란 멋진 곳이었지. 그것이라면 우리들이 한눈에 알아보고 다시 그녀의 방으로 되돌아갈 수 있을 테니까.

다시 말해서 그가 담배의 알리바이를 가지고 자기를 속박해두었기 때문에 다른 면에서 그의 말에 의심을 품을 수 있도록 한 결과를 초래한 것이지요. 그녀는 왜 곧바로 들통날 엉터리 장소를 코앞에 있는 곳에다 가르쳐 주었을까요? 그녀로서는 정말로 주소를 제대로 가르쳐 주거나, 아니면 애당초부터 아무것도 일러주지 않든가 했어야 했을 것이오——그녀의 목적이 그 사이에 수표를 현금으로 바꿔 도망치려는 것이었다면 말이오——그렇지 않다면, 그 다음날 하루 종일 헤매도 찾을 수 없는 가짜 주소와 이름을 댔겠지. 그러면 그녀로서도 도망칠 여유가 충분히 있지 않겠소? 하지만 그는 그녀의 동기에 대한 신빙성을 희생해서까지라도 자기가 살인혐의를 받지 않도록 해야겠다고 생각한 것이지요. 그는 이미 장님 사건도 있고 해서

똑같은 혐의가 이중으로 겹치게 되는 것을 두려워했었던 것 같
소. 바로 그 치명적인 실수만 제외한다면 사실 그의 수법은 거
의 완벽한 것이라고 해도 좋을 정도였소.

엘리베이터 보이가 듣도록 일부러 아무도 없는 방을 향해서
이야기한 것이나, 그가 나온 뒤에 그녀가 문을 닫은 것처럼 보
이기 위해서 등뒤에서 문을 닫는 시간을 늦춘 것 등은 정말로
치밀한 계산이었소.

어때요, 이 사건 하나만 가지고도 그를 체포하기에 충분하지
않겠소?" 그리고 나서 이야기를 마무리지으려는 뜻으로 이렇
게 말했다. "그러나 그것만으로는 당신 부인을 살해한 범인이
라고 단정하기는 사실 어려웠소. 그래서 나는 다시 한 번 말없
이 그의 행동을 지켜보기로 했죠. 그가 또 한 번 같은 짓을 되
풀이하도록 유도하는 것이 내 목적이었소. 더더군다나, 이번의
상대는 우리가 선택해서 끄나풀을 달아 그의 앞에서 나풀거리
게 했던 거요."

"캐롤에게 그 여자 흉내를 내도록 한 것은 당신의 계획이었
군요?" 하고 헨더슨이 물었다. "내가 처음부터 몰랐으니망정
이지, 만일 알았더라면 못하게 했을 겁니다."

"그것은 리치먼 양이 제안한 거지, 내가 생각해 낸 것은 아니
오. 나는 젊은 여자를 구해서 해볼 생각을 갖고 있었소. 그러고
있는데 그녀가 자기가 하겠다고 나선 거죠. 그 마지막 밤, 사형
집행이 눈앞에 임박한 때였소. 우리들이 프로그램 가게 안에
있는 그를 감시하고 있는데 리치먼 양이 험악한 얼굴로 나타나
서는 자기가 결정적인 역할을 하겠다고 막무가내로 고집을 부
리더군요. 그녀는 내가 말린다고 해서 물러날 태세가 아니었소.
그쯤 되면 내 힘으로야 어찌해 볼 수 없는 것 아니겠소, 응? 그
렇다고 두 여자를 모두 보낼 수도 없고 해서, 할 수 없이 나는
그녀의 말에 따르기로 한 거요. 그래서 어느 극장의 분장 전문
가를 불러서 교묘하게 변장시킨 뒤 그녀를 그곳에 들여보내게
된 겁니다."

"한번 생각해 보세요." 캐롤은 어느 누구에게가 아닌 그냥
반항하는 듯한 투로 말했다. "2달러에 고용된 무능한 여배우가
과장된 연기로 모든 것을 다 망쳐버리는 것을 내가 어떻게 보

고만 있을 수 있겠어요. 다시 되풀이할 시간도 없었는데, 그게 바로 마지막 순간이었는걸요."

"그럼, 그 여자는 끝까지 나타나지 않은 거군요?" 하고 헨더슨이 말했다. "내가 말한 것은 정말입니다. 나는 누구인지, 어디에서 왔는지도 모르는 여자와 끝도 없는 게임을 하고 있었던 겁니다."

"사실 그녀는 숨으려고 하지 않았소. 그리고 게임을 즐긴 것도 아니오." 버지스가 대답했다. "그렇다면 더 이상한 일이 아니겠소?"

헨더슨과 그녀는 약간 동요한 빛을 보이며 몸을 앞으로 내밀었다. "당신이 어떻게 그런 것까지 알고 있습니까? 그녀의 정체를 알아내기라도 했나요? 누구인지 정말 알아낸 겁니까?"

"아, 물론 알고 있었소." 버지스가 힘없이 말했다. "상당히 오래 전부터——몇 주일 전, 아니 몇 달 전에 그녀가 누구인가를 죄다 알아냈소."

"오, 저런!" 헨더슨은 숨을 죽였다. "그렇다면 그 여자는 죽었습니까?"

"아니, 당신이 생각하고 있는 것과는 다르오. 그녀의 육체는 아직 살아 있기는 하지만, 어떻게 보면 죽은 거나 마찬가지요. 정신이 완전히 나가서 지금 정신병원에 있거든요."

그는 천천히 주머니에 손을 넣어 봉투와 서류를 따로따로 꺼내놓았다. 두 사람은 얼어붙은 것처럼 꼼짝 못하고 그것을 바라보았다.

"나는 그 병원에 갔었소——그것도 한 번이 아니라 몇 번씩이나 가서 그녀와 이야기를 나누어 보았죠. 그녀는 꿈꾸고 있는 것처럼 멍하니 앉아 있기는 했지만, 겉으로는 조금도 미친 사람처럼 보이지 않더군요. 그러나 기억이라고는 도무지 하지 못해서 어제의 일도 생각해 내지 못하는 거였소. 과거 전체가 몽롱한 상태로 안개에 휩싸여 있는 것처럼 보였소. 그런 상태이니까 우리들에게는 아무런 도움도 줄 수가 없었던 거지. 증언 같은 건 아예 꿈에도 생각할 수 없는 처지였습니다. 그래서 이런 거 저런 거 죄다 생각해 보고는 어쩔 수 없이 다른 방법을 택해야겠다고 결론을 내렸던 거지요. 즉, 누군가를 그녀의 대역

으로 만들어서 그 자신의 입으로 자백하게 하는 것이 우리 쪽
의 마지막 방법이라고 생각했던 겁니다."

"그녀는 언제부터 그렇게 되었습니까?"

"당신과 함께 지낸 밤부터 3주일도 채 지나지 않아서 그녀는
병원에 수용되었소. 그때까지만 해도 가끔씩 정신이 오락가락
하는 증세를 보이긴 했지만, 그 뒤로는 영원히 막이 내려진 거
지요."

"당신은 어떻게 그것을 알았습니까?"

"이제 와서 새삼스럽게 그 얘기를 떠벌이고 싶지는 않지만,
상당히 복잡한 방법을 통해서 알아냈지요. 먼저 그 모자가 어
느 고물상에서 발견되었소. 불필요한 것을 몇 센트에 사들이는
아주 보잘것없는 고물상이었소. 우리 쪽 사람이 그것을 발견한
거요. 우리들은 거기에서부터 하나하나 거꾸로 실마리를 풀어
나가기 시작했지요. 롬버드도 나중에는 같은 것을 탐색해 나갔
지만, 그는 우리와는 반대방향으로 시작했었던 것 같소. 그 모
자는 어느 꼬부랑 노파가 쓰레기통에서 주워 고물상에다 판 거
였소. 우리들은 몇 주일에 걸쳐 노파가 주웠다는 쓰레기통 근
처의 집을 철저히 탐문했지요. 그렇게 해서 결국은 그 모자를
버렸다는 가정부를 찾아냈습니다. 그녀는 자기 여주인이 얼마
전에 정신병원에 들어갔다는 이야기를 해주더군요. 그래서 나
는 그 여주인의 남편과 가족들을 한 사람씩 심문했죠. 그러나
당신과의 일을 정확히 알고 있는 사람은 하나도 없더군요. 오
직 그 여자만이 알고 있는 것 같았소. 그러나 그들이 이야기하
는 것을 보아 그 여자가 틀림없을 거라는 생각이 들긴 했죠. 얼
마 전부터 그녀는 상식에서 벗어난 행동을 하고 다녔다고 하더
군요. 캄캄한 밤중에 혼자 나가서 돌아오지 않거나, 혼자 호텔
에 들어가거나, 한번은 새벽에 공원 벤치에 나가 앉아 있는 것
을 발견하기도 했다더군요. 아, 그렇지! 그때 이걸 얻어왔소."

그는 스냅 사진을 한 장 헨더슨에게 건네주었다. 어떤 여자
의 사진이었다.

헨더슨은 한참 동안이나 그것을 뚫어지게 쳐다보았다. 그리
고는 고개를 끄덕이며, 두 사람에게라기보다는 자기 자신에게
말하는 투로 중얼거렸다. "맞아."

캐롤은 손을 내밀어 그에게서 사진을 빼앗아갔다. "이젠 그만 보세요. 그 여자 때문에 당신은 한평생 잊을 수 없는 혹독한 고생을 한 거예요. 그 여자에 관한 것은 이제 전부 잊어버리세요. 자, 이 사진은 되돌려드리겠어요."

"물론 이 여자 때문이지." 버지스가 사진을 넣으면서 말했다. "그날 밤 캐롤을 대타로 내보낼 때 이 사진이 한몫 했소. 이 사진 덕분에 분장 전문가가 캐롤을 이 여자와 똑같이 변장시킬 수가 있었던 거지요. 그 녀석의 눈을 속일 정도로 말이오. 그는 그날 밤 어두컴컴한 불빛 아래에서 먼발치로 그 여자를 보았을 뿐이니까."

"그 여자의 이름이 무엇입니까?" 헨더슨이 물었다.

캐롤이 재빨리 손으로 가로막았다. "안돼요. 이 사람에게 가르쳐 주지 마세요. 나는 그 여자는 생각하고 싶지도 않아요. 우리들은 새롭게 출발할 거예요 —— 환상 같은 것은 이제 모두 옛 말이에요."

"당신 말이 맞소." 하고 버지스가 말했다. "이젠 모두 끝났소. 지나간 일은 모두 잊어버리도록 합시다."

세 사람은 한참 동안 묵묵히 앉아 있었다. 그들은 마음속으로 그 여자를 생각하고 있을 것이다. 그들이 살아 있는 한 그녀의 존재는 잠시도 뇌리를 떠나지 않을 것이다. 이런 일은 좀처럼 잊혀지지 않는 법이니까.

헨더슨은 캐롤과 팔짱을 끼고 돌아가려다가 입구에서 잠시 버지스를 뒤돌아보고는 불만 섞인 표정으로 말했다. "이번 사건에는 교훈 같은 것이 들어 있었던 게 아니겠습니까? 인간의 도리 같은 것 말입니다. 나와 캐롤은 여러 가지 경험을 했지만, 결국엔 아무것도 얻지 못했다고 생각하시겠죠? 하지만 그래도 그 어딘가엔 교훈적인 면이 남아 있지 않겠습니까?"

버지스는 빨리 가라는 투로 그의 등을 탁 쳤다. "그렇게까지 교훈이 필요하다면 한 가지 말해 두겠는데, 다음부터는 생판 처음보는 사람을 극장에 데려갈 때는 우선 상대방의 얼굴부터 잘 기억해 두시오." 〈끝〉

작가와 작품에 대해서

「환상의 여인」(Phantom Lady, 1942)의 작가 윌리엄 아이리시(William Irish)의 본명은 코넬 조지 호플리 — 울리치(Cornell George Hoply — Woolrich, 1903~1968)이다.

그가 추리작가로서 명성을 얻게 된 작품은 코넬 울리치(Cornell Woolrich) 명의로 쓴 처녀 추리장편 「검은 옷을 입은 신부」(The Bride Wore Black, 1940)이다. 이 작품 역시 서스펜스의 걸작이었는데 「환상의 여인」의 필명을 윌리엄 아이리시(William Irish)로 바꾸게 된 건 출판사의 사정 때문이었다고 한다.

그리고 또 그는 공포추리의 걸작 「밤은 천 개의 눈을 가지고 있다」(Night Has a Thousand Eyes, 1945)는 그의 중간 이름을 딴 조지 호플리(George Hopley) 명의로 썼다.

이렇게 호플리 — 울리치는 세 개의 필명으로 열여섯 편의 추리장편을 썼는데, 이상의 세 편은 그의 대표작으로 볼 수 있다.

특히 「환상의 여인」은 그의 최고 걸작일 뿐만 아니라 세계추리문학사상 굴지의 명작으로 이미 정착되어 있다. 특히 서스펜스의 분야에 있어서는 이 작품에 견줄 만한 것이 없는 것으로 정평이 나 있다. 만일 있다면 추리소설의 창시자 포가 되지 않겠느냐는 의견이 있을 정도이다.

이 소설은 1944년에 유니버설 영화사에서 로버트 시오드마크 감독, 프란쇼트 톤 주연으로 영화화되었다. 앞서 말한 두 편도 영화화되어 있다.

그는 장편 이외에 약 250편이 넘는 단편을 썼으며, 1948년에는 추리단편 분야에의 공헌으로 미국추리작가협회의 에드거 앨런 포 상을 받았다.

그의 단편으로서는 단편집 「춤추는 탐정」(The Dancing Detective, 1946년)이 가장 유명하며, 이 단편집에 수록되어 있는 '손톱'(Fingernail)은 특이한 걸작이다. '뒷창문'(Rear Window, 1944)

은 히치콕 감독, 제임스 스튜어트, 그레이스 켈리 주연의 영화로도 유명하다.

호플리—울리치는 그의 작품 세계처럼 외롭고 어두운 세계에서 살다가 세상을 떠난 것으로 알려지고 있으며, 그의 장례식에는 세계적으로 유명한 작가치고는 참석자가 거의 없어 지극히 쓸쓸했다고 한다.

그는 백만 달러의 유산을 모교 콜롬비아 대학에 기증했다.

■ 옮긴이/**최운권**

· 서울대학교 농대 졸업
· 주한 미국대사관 근무
· 「The English Weekly」 편집장
· 「월간 영어」 발행인
· 저서로 「영어의 속담과 명언」 「영자신문 읽는 법」 등이 있음.

환상의 여인

1989년 8월 30일 초판 1쇄 발행
2007년 5월 20일 2판 중쇄 발행

지은이 윌리엄 아이리시
옮긴이 최 운 권
펴낸이 이 경 선
펴낸곳 해문출판사
주 소 서울시 마포구 합정동 392-2 써니힐 202호
전 화 325-4721
팩 스 325-4725
등 록 1978. 1. 28 제3-82호

값 6,000원

ISBN 89-382-0291-7 04840
ISBN 89-382-0290-9 (세트)

※잘못 만들어진 책은 교환해 드립니다.

출발 5분전

여유 있는 한마디를 위한

여행 영어회화

240쪽 / 3×6판 / 편집부 편

모처럼 떠나는 신나는 해외 여행, 몇 마디 말 때문에 부담스러워서야 되겠습니까?

언어 때문에 걱정스러운
해외 여행 초보자들의 고민을
깨끗이 해결해 드립니다.
출발 5분전의 간단한
학습만으로도 어느 장소,
어떤 상황에서도 당황하지 않고
만족스런 회화를
구사할 수 있습니다.
함께 실려 있는 각종 여행
정보와 에티켓도 여행 기간
내내 매우 유용한 친구가 될
것입니다.

나 혼자 떠나는

여행 일본어회화

동국대 일어일문학과 교수 신용태 감수

출국에서 귀국까지
일본 여행 완벽 가이드!

일본 여행자를 위한
기초 회화에서 여행지
곳곳에서 일어날 수 있는
모든 상황에 멋지게 대처할
수 있는 생활 회화와 각종
여행 정보까지……
언제 어디서나 간편하게
사용할 수 있는 이 책
한 권으로 여행의 즐거움을
만끽하십시오.
여행기간 내내 편안하고
든든한 동반자가 될
것입니다.

TRAVEL
JAPANESE
CONVERSATION

추리 문학의 여왕
"애거서 크리스티"

한 번 읽기 시작하면 도저히 눈을 뗄 수 없는 추리소설!!

애거서 크리스티는 추리문학에 대한 공로로
영국 엘리자베스 여왕으로부터 <데임>(남자 기사)
작위를 수여 받았습니다. 최고의 추리문학으로
평가되고 있는 그녀의 작품은 **전세계 인구 3분의 1**에
해당하는 사람들이 읽었으며, 지금도 변함 없이
온 세계인의 사랑을 받고 있습니다.

※추리문학에 20여년을 공들인 **해문출판사**에서는 크리스티의
전작품을 80권으로 완간, 인기리에 판매하고 있습니다.

인류 역사상 성경 다음으로 가장 많이 팔린 슈퍼베스트셀러!